Weitere Titel der Autorin:

Die Verführung des Ritters
Bezwinger meines Herzens

Titel in der Regel auch als E-Book erhältlich

Über die Autorin:

Kris Kennedy ist Ehefrau, Mutter, Psychotherapeutin und Autorin. Sie glaubt, dass jede Frau es verdient, von einem guten Buch in eine andere Welt entführt zu werden. Sie stammt aus Philadelphia, lebt inzwischen aber mit ihrem Mann, ihrem Sohn und einem Hund im Bundesstaat Washington im Nordwesten der USA.

Kris Kennedy

GEFANGENE DER SEHNSUCHT

Roman

Aus dem amerikanischen Englisch von
Susanne Kregeloh

BASTEI LÜBBE TASCHENBUCH
Band 16 856

1. Auflage: Juni 2013

Dieser Titel ist auch als E-Book erschienen

Vollständige Taschenbuchausgabe

Deutsche Erstausgabe

Für die Originalausgabe:
Copyright © 2011 by Kris Kennedy
Titel der amerikanischen Originalausgabe: »Defiant«
Originalverlag: Pocket Books, A Division of
Simon & Schuster, Inc.
Published in Agreement with the Author
c/o BAROR INTERNATIONAL, INC., Armonk, New York, USA

Für die deutschsprachige Ausgabe:
Copyright © 2013 by Bastei Lübbe GmbH & Co. KG, Köln
Textredaktion: Gerhild Gerlich
Titelillustration: © Agentur Schlück/Franco Accornero
© missbehavior.de
Umschlaggestaltung: Pauline Schimmelpenninck
Büro für Gestaltung, Berlin
Satz: Urban SatzKonzept, Düsseldorf
Gesetzt aus der New Caledonian
Druck und Verarbeitung: GGP Media GmbH, Pößneck
Printed in Germany
ISBN 978-3-404-16856-9

Sie finden uns im Internet unter
www.luebbe.de
Bitte beachten Sie auch: www.lesejury.de

Der Preis dieses Bandes versteht sich einschließlich
der gesetzlichen Mehrwertsteuer.

Für die Männer in meinem Leben, die mich Mutter, Ehefrau und Schriftstellerin sein lassen und die mich an den Tagen, an denen ich eigentlich nur Autorin war, so sehr unterstützten. Aber besonders für meinen Mann, zuallererst und am allermeisten, für alles.

Für meinen Sohn, der mir während meiner Arbeit immer angespitzte Bleistifte und saubere Radiergummis – ungefähr fünfzig an der Zahl – wortlos auf den Schreibtisch gelegt hat.

Für meine wunderbare Agentin Barbara Poelle, dafür, dass sie weiß, wer was lieben wird, und dann jeden zum Lesen bringt, auch wenn er sehr, sehr beschäftigt ist.

Für meine fantastische Verlegerin Abby Zidle, für eine ganze Menge
Geduld und Unterstützung, als ich ohne Muse durch diese Geschichte gewandert bin.

Für meine Leserinnen und Leser, die leidenschaftliche Liebesgeschichten, dickköpfige Ritter, eigenwillige Frauen und Abenteuer in Hülle und Fülle lieben. Hier liegt eine lange Reise vor uns!

1

England, Juni 1215

Zuerst sah es so aus, als wollten sie beide denselben Hahn haben.

Aber als Jamie die schlanke Frau noch eine Weile beobachtete, wurde ihm klar, dass sie überhaupt nicht an dem Federvieh interessiert war. Ebenso wenig wie er.

Er zog sich in die Schatten zurück, die die Werksteinhäuser der Cheap Street warfen, während sich am Abendhimmel schwere, dunkle Wolken aufzutürmen begannen. Jamie war der Hahn nur aufgefallen, weil ein Priester ihn sich angeschaut hatte und Jamie zurzeit auf der Suche nach einem Mann Gottes war. Aber der dort drüben war lediglich ein x-beliebiger Pfarrer, der sich ein Federvieh anschaute. Weder der Mann noch das Tier war Jamies Ziel.

Und auch nicht das der Frau, denn ihr Blick wanderte gleichmütig weiter.

Auf der anderen Seite der Straße hatte man sich in dreckstarrende Durchgänge verzogen, um von dort aus das Treiben auf dem Marktplatz zu beobachten. Der Abendnebel zog in schmalen Bändern um die Beine der Menschen, als sie durch die dunkel werdenden Straßen eilten. Jamie legte den Kopf schief, um die Frau besser beobachten zu können. Die Kapuze tief in die Stirn gezogen, die Laterne war aus, stand sie fast reglos da, alles signalisierte: Jagd und Verfolgung.

Er sollte das wissen.

Jamie ließ die Augen rasch über den noch immer geschäftigen Marktplatz schweifen, schlüpfte aus seiner Gasse, um die Frau aufzusuchen. Er ging um den Block herum und schlich sich von hinten an sie heran, als die Marktbuden schlossen, um Platz für die wilderen, nächtlichen Unterhaltungen zu schaffen, die zu erwarten waren.

»Habt Ihr etwas im Auge?«, fragte er leise.

Sie zuckte zusammen und stolperte zur Seite. Rasch, mit einer anmutigen Bewegung, fing sie sich jedoch sofort wieder. Ihre schmale Hand berührte leicht die rohe Mauer, die Fingerspitzen zitterten.

Alles, was er von der Frau sehen konnte, waren die dunklen Dinge an ihr. Ihre Augenbrauen standen leicht schräg vor Argwohn, fein geschwungene tintenschwarze Bögen auf einer breiten, blassen Stirn, eingerahmt von der dunklen Kapuze.

»Ich bitte um Verzeihung«, sagte die Frau mit kalter Stimme, ihre Hand war unter ihrem Umhang verschwunden.

Sie hatte eine Waffe. Wie ... bemerkenswert.

Er neigte den Kopf in Richtung der Menschenmassen. »Habt Ihr Eure schon gefunden?«

Sie sah verblüfft aus, während sie einen Schritt zurückmachte und gegen das Mauerwerk stieß. »Meine was, Sir?« Obwohl verwirrt, fuhr sie damit fort, die Menschen zu beobachten, musterte jeden, der sich auf dem Platz aufhielt, mit einem raschen Blick. Genau wie er es tat, wenn er auf der Jagd war.

»Eure Beute. Hinter wem seid Ihr her?«

Sie richtete ihre Aufmerksamkeit auf ihn. »Ich mache Einkäufe.«

Er lehnte sich mit der Schulter an die Mauer am anderen Ende, gelassen. *Ich bin nicht gefährlich*, sollte ihr das sagen. Weil sie es sein könnte. »In einem finstern Seitengässchen lässt sich aber kein gutes Geschäft machen. Ihr wäret besser bedient, wenn Ihr mit einem der Markthändler verhandeln würdet.«

Ihre Augen waren von einem dunklen Grau, und ihr Blick war höchst eindringlich. Sie betrachtete Jamie einen Moment lang und schien dann zu einer Entscheidung gekommen zu sein. Sie zog die Hand unter ihrem Umhang hervor und wandte sich wieder den Menschenmassen zu.

»Vielleicht laufe ich vor meinem Mann und seinem schrecklichen Jähzorn davon«, sagte sie. »Ihr solltet jetzt gehen.«

»Wie schrecklich ist sein Jähzorn denn?«

Sie stieß mit ihrer kleinen Faust in die Luft. »So schrecklich.«

Jamie drehte sich um und ließ wie sie die Augen über die Menschen auf dem Marktplatz wandern. »Soll ich ihn für Euch töten?«

Sie lachte leise. Die dunkle Kapuze, die sie sich über den Kopf gezogen hatte, bewegte sich in kleinen Wellen um ihr blasses Gesicht. Lange, schwarze Locken fielen ihr über die Schultern. »Wie ritterlich von Euch. Würdet Ihr das so einfach tun? Aber schließlich habe ich nicht gesagt, dass ich vor einem Ehemann davonlaufe. Ich sagte, dass es vielleicht so sein könnte.«

»Ah. Und was sonst könntet Ihr hier wollen?«

»Vielleicht will ich Hähne stehlen.«

Ah. Sie wusste also, dass jemand, der sie beobachtete, glauben musste, dass sie das Federvieh haben wollte. Und weil das so war, sollte er auch nicht seinem Wunsch nachgeben, darüber zu lächeln. Denn eine Frau, die merkte, dass sie beobachtet wurde, war eine gefährliche Frau.

Er wandte sich um und schaute zu dem Platz, auf den, den Gerüchten nach, Father Peter am Abend kommen würde, um sich mit einem alten Freund zu treffen, einem Rabbi. Jamie hatte genaue Anweisungen erhalten, die mit »Greift Euch den dämlichen Priester« begannen und mit »Bringt ihn mir« aufhörten. Ein gnadenloses königliches Herbeizitieren eines fähigen Illuminators und Agitators, der frühere Einladungen ausgeschlagen hatte. Aber in diesen Tagen lehnten schließlich viele Menschen eine Einladung König Johns ab, weil man von denen, die eine angenommen hatten, sehr oft nie wieder etwas gehört hatte.

Jamie ließ seine Augen über den Marktplatz wandern. Der fragliche Hahn saß in einem Käfig auf einem Käfig auf einem Käfig, alle gefüllt mit Hähnen, die versuchten, sich zu brüsten. Der oberste, der all diese Aufmerksamkeit auf sich gezogen hatte, war ein besonders prächtiges Exemplar seiner Gattung.

»Die grünen Schwanzfedern?«

Sie nickte. Jamie nickte ebenfalls, als sei es üblich, sich in dunklen Gassen zu verstecken und über den Diebstahl eines Tiers zu reden. »Hübsch. Stehlt Ihr des Öfteren?«

»Tut Ihr es?«

»Ständig.«

Sie wandte ihm ihr blasses Gesicht zu, ihre grauen Augen blickten kühl und prüfend. »Ihr lügt.«

»Vielleicht. So wie Ihr.«

Warum kümmerte es ihn? Sie war weder sein Ziel noch ein Hindernis auf seinem Weg und deshalb außerhalb seines Interessenbereiches. Aber etwas an ihr weckte in ihm den Wunsch zu bleiben.

Sie zog kaum merklich eine ihrer anmutig geschwungenen dunklen Augenbrauen hoch. »Wollten wir denn ehrlich zueinander sein? Das war mir nicht bewusst.«

»Nein, aber Ihr würdet es ohnehin nicht sein«, entgegnete er und schaute wieder zu der Menschenmenge hinüber. Noch immer keine Spur von dem Priester. »Ihr haltet Euch nicht oft bei solchen Menschenansammlungen auf. Ich hingegen springe immer mit Räubern und Dieben und jenen herum, die in solchen Abgründen der Menschlichkeit, wie diese schmale Gasse, zu Hause sind; deshalb kenne ich mich in diesen Dingen aus.«

Aus dem Augenwinkel sah er, dass sie das Gesicht verzog. Sie lächelte. »Ah. Wie günstig für mich. Ein Lehrmeister.« Sie schwieg. »Springen Diebe herum?«

»Ihr solltet sie um ein Feuer herumspringen sehen.«

Sie lachte leise. Jamie war ein wenig überrascht, dass er es amüsant fand, die Absicht dieser Fremden herauszufinden.

Für einen Augenblick herrschte Schweigen, ein seltsam kameradschaftlich anmutender Zustand.

Vor ihnen floss ein wahrhafter Strom menschlichen Wahnsinns vorbei. Oder besser gesagt: Jubels, aber von der wahnsinnigen Sorte. Der Bürgerkrieg drohte auszubrechen. Auf den Straßen von Dorset bis York herrschte das Gefühl des Überschwangs, eine schwer zu beschreibende Ausgelassenheit, die die Menschen trunken machte. Und hemmungslos. Um Mitternacht würde diese Stimmung in Gewalt umschlagen. So war es immer. Das Königreich war wie im Fieber, erregt und hektisch, erhitzt von Krankheit.

»Ich bin sicher, ich sollte Angst vor Euch haben«, sagte sie ruhig.

»Das solltet Ihr ganz gewiss«, bestätigte Jamie grimmig.

»Ich sollte Euch vielleicht niederstechen.«

Er verrückte seine Schultern am Mauerwerk und schaute auf die Frau hinunter. »So weit müssen wir es ja nicht kommen lassen.«

»Natürlich wusste ich das gleich.« Ihre Stimme war kühl und wohlklingend. »Dass Ihr gefährlich seid. Schon als ich Euch das erste Mal sah.«

»Wann war das? Als ich mich hier an Euch heranschlich?«

Wieder verzog sie leicht das Gesicht, das wie aus Alabaster geschnitzt wirkte. »Als ich Euch auf der anderen Seite der Straße sah.« Sie neigte leicht den Kopf und wies auf die Kirche jenseits des Marktplatzes.

Ah. Sie hatte scharfe Augen. Denn Jamie war in der Lage, mit seiner Umgebung zu verschmelzen, sich sozusagen unsichtbar zu machen. Das war ein Teil dessen, was ihn so erfolgreich sein ließ. Das und seine Unbarmherzigkeit.

»Ihr habt mich gesehen?«, murmelte er. »Was hat mich verraten? Der Durchgang? Das Herumschleichen?«

Sie sah ihn an. »Eure Augen.«

»Ah.«

»Eure Kleidung.«

Er sah überrascht an sich hinunter.

»Die Art, wie Ihr Euch bewegt.«

Jamie hob den Kopf und verschränkte schweigend die Arme vor der Brust, forderte die Fremde mit dieser Geste auf fortzufahren. Sie tat ihm den Gefallen.

»Euer Geruch.«

Er ließ die Arme sinken. »Mein Geruch ...?«

»Euer Lächeln«, sagte sie und wandte sich ab.

»Nun, das hieße ja, so ungefähr alles«, stellte er fest. Er musste etwas sagen, damit sie weitersprach, denn mit jedem Wort, wurde sie faszinierender, obwohl er nicht sicher war, dass es aus den üblichen Gründen war. Den lebensnotwendigen Gründen, die einen Mann am Leben hielten oder ihn umbrachten.

»Wonach genau rieche ich denn? Nach einem hungrigen Bären oder als hätte ich im Blut meiner Opfer gebadet?«

»Als würdet Ihr bekommen, was Ihr wollt.«

Sie hatte also auch eine gute Nase. War klug und hübsch. Und sie war eine Lügnerin.

Sie schaute wieder hinüber zu den Menschen, die auf der Straße vorbeiströmten. »Und was ist mit Euch, Sir? Seid Ihr auf der Suche nach einem Hahn?«

»Nein.«

»Nach einer Hure?«

Er schnaubte.

»Vielleicht nach einer Knoblauchzehe?«

Er schwieg. Dann sagte er ihr aus einem Impuls heraus die Wahrheit. »Ich suche einen Priester.«

Sie zuckte kaum merklich zusammen, ein kleines unterdrücktes Zucken, das die Spitzen ihrer Locken zum Schwingen brachte.

Das Zusammenzucken hätte einfach nur eine überraschte Reaktion auf seine lässige und respektlose Art, über einen Mann Gottes zu reden, sein können. Oder darauf, dass sie überhaupt miteinander sprachen. Oder darauf, dass sie bis jetzt noch nicht angegriffen worden war.

Aber Jamie hatte drei Viertel seines Lebens damit verbracht, es herauszufinden, wenn Menschen etwas verbargen, und diese Frau verbarg ganz gewiss etwas.

Sie stieß sich von der Wand ab. »Ich muss jetzt meinen Hahn holen gehen.«

Er grinste. »Man wird Euch vermissen.«

Sie lächelte ihn über die Schulter an. Es war wieder dieses kühle, atemberaubende Lächeln, und er wusste, warum er sich so lange mit ihr aufgehalten hatte. »Ihr werdet nicht lange allein bleiben. Die Straßenwache wird bald kommen, Euch zu holen, dessen bin ich mir sicher.«

Er lachte. »Seid vorsichtig«, sagte er. Es war eine Warnung, die aus irgendeinem, ihm bis jetzt unbekannten Winkel seines Innersten plötzlich aufgetaucht war.

Wieder warf sie ihm dieses kleine Lächeln zu, das, wie er bemerkte, durchaus nicht kalt war. Es war verstohlen. Verhalten. Wunderschön.

Sie schlüpfte aus ihrem engen Zufluchtsort, tauchte in das wogende Meer von Körpern ein und ging direkt auf den Hahn mit den grünen Federn zu. Ihr abgetragener schwarzer Umhang blähte sich, sodass sie über den Schmutz der Straße zu schweben schien. Dann, kurz bevor sie die Käfige erreichte, bog sie scharf nach links ab – und sein Weg den Hügel hinunter begann.

Als er das Haus des Rabbis, in dem sich der Priester und seine gefährlichen Handschriften laut Hörensagen befinden sollten, endlich entdeckt hatte, war der Rabbi verschwunden. Der Priester war verschwunden. Die Dokumente waren verschwunden. Und die Frau mit den grauen Augen war verschwunden.

König John würde nicht erfreut sein.

Jamie machte sich daran, die Frau zu suchen.

2

»Darf ich stören?«
Die leise gesprochenen Worte rissen ihn mitten im Gehen herum. Er blieb stehen. Sie war es, die Frau mit den grauen Augen, die ihm zuvorgekommen war, sich seine Beute geschnappt hatte.

Jamie kämpfte den Drang nieder, die Frau zu packen und zu schütteln, als ihm klar wurde, dass sie auch ohne einen solchen Ansporn reden wollte. Dennoch, sein Bedürfnis fand kaum Befriedigung. »Was?«, stieß er aus. »Wo ist der Priester?«

»Ein paar schreckliche und stinkende Männer haben ihn weggeschleppt.«

Das raubte ihm für einen Moment den Atem. Es musste ihm anzusehen sein, denn sie nickte mitfühlend. »Ja, wirklich. Ich war genauso entsetzt.«

»Vielleicht nicht in demselben Maße.«

»Nein, vielleicht nicht ganz. Immerhin habt Ihr zwei Schocks erlitten und ich nur einen. Aber ein schrecklicher Schock ist es dennoch, nicht wahr?«

»Ja, schrecklich«, bestätigte er finster. »Wollt Ihr damit sagen, dass Ihr den Priester nicht habt?«

»Natürlich habe ich ihn nicht. Aber ich könnte Eure Hilfe brauchen, um ihn wiederzufinden.«

Was erwiderte man auf ein solches Ansinnen? »So, könntet Ihr das?«

Sie sah ihn forschend an. »Habt Ihr gedacht, es sind *Eure* Männer, die mit Father Peter auf und davon sind? Sie sahen nicht wie Eure Männer aus, also macht Euch keine Gedanken, dass es Euch gelungen ist, mir meinen Priester zu stehlen.«

»Ich habe mir keine Gedanken gemacht«, widersprach er trocken. Er setzte keine Männer ein, im Allgemeinen, ausgenommen seinen Freund und Gefährten Ry, der zurzeit die Pferde für einen Ritt sattelte, den sie heute Nacht nun wohl doch ohne einen dickschädeligen Priester in ihrer Obhut unternehmen würden. »Warum sagt Ihr, dass es nicht meine Männer waren?«

»Kommt«, sagte sie und zog ihn am Ärmel mit sich. »Sie haben diesen Weg genommen.«

Er folgte ihr den engen Durchgang entlang, wachsam und hoffend, sich mit ihr zusammen durch eine weitere dunkle Gasse schleichen zu können, ohne dass sie sich umdrehte und ihm den Schädel einschlug.

»Ich weiß, dass es nicht Eure Männer sind«, erklärte sie, während sie durch die verwinkelten, kopfsteingepflasterten und dreckigen Gassen eilten, »weil diese Männer böse Augen hatten und gemein und barbarisch aussahen. Eure Männer würden schmutzig und gefährlich aussehen.«

Er starrte auf den Rücken ihrer umhangverhüllten Gestalt, die die schmale Gasse gleichsam hinunterflog. »Wollt Ihr mir etwa schmeicheln?«

»Schmeicheln? Nichts davon ist ›schmeichelhaft‹. Ich sage Euch, dass diese schrecklichen Männer den *curé* haben. Wir müssen ihn zurückholen, wie einen Sack Weizen.«

»Warum?«

Sie blieb am Ende der Gasse stehen, kurz bevor diese in die High Street einmündete. Dort ging es geschäftig zu, überall waren Menschen, die ihrem Ziel zueilten. Es war noch nicht ganz dunkel, aber die Gewitterwolken hatten dem Abend ein frühes Ende gesetzt. Die Laternen waren angezündet worden. Menschen hasteten nach Hause oder hinaus in den dunklen, windgepeitschten Abend. Die hölzernen Läden der Geschäfte und Werkstätten wurden geschlossen und verriegelt, während durch die Ritzen der geschlossenen Windläden darüber orangefarbenes Licht flackerte,

Kerzenlicht, als Familien und Freunde sich in der Wärme zum Essen und zum Beisammensein einfanden.

Jamie verabscheute diese Zeit des Abends.

Seine Gefährtin wandte sich zu ihm um, ihre geschwungenen dunklen Augenbrauen verflachten sich, als sie ihn tadelnd ansah. »›Warum?‹ Was soll Eure Frage bedeuten? Dieses ›Warum‹?«

Über ihren Kopf hinweg sah Jamie zwei Männer, die einen bewusstlosen Priester mit sich zerrten. Drei weitere Männer in ledernen Rüstungen trotteten hinterher. Die fünf bogen in eine Straße, die nur zu einem Ort führte: zum Hafen.

Jamie packte seine neue Begleitung am Arm und hinderte die Frau daran weiterzugehen, zwang sie, ihn anzusehen.

Genau genommen hatte er nicht die Absicht, sie noch länger bei Bewusstsein zu lassen. Aber wenn er sie jetzt besinnungslos schlug, würden es Leute beobachten. Und wenn er sie jetzt gehen ließ, so argwöhnte er, würde sie diesen Männern folgen und sie ansprechen oder sie beißen oder etwas gleichermaßen Aufmerksamkeiterregendes tun. Auf jeden Fall würde sie irgendetwas unternehmen, um die Männer davon abzuhalten, sich mit ›ihrem‹ Priester davonzumachen. Und Aufmerksamkeit war das Letzte, was Jamie wollte.

Drei verschiedene Parteien waren jetzt an Father Peter interessiert. Eine Straße voll von betrunkenen Feiernden schien da eine überflüssige Ergänzung zu sein.

Er würde also den richtigen Zeitpunkt abwarten. Die Männer konnten mit Father Peter auf dem Weg zum Hafen sein, aber dass sie sich jetzt aufteilten, um mehrere Schiffe anzusteuern, verriet Jamie, dass sie über kein eigenes Schiff verfügten. Um diese Tageszeit würden sie jedoch keine Passage bekommen, auch nicht auf einem der kleinen Fischerboote. Wollten sie zu einer Überfahrt kommen, so mussten sie in die Taverne gehen, die nah am Kai lag, in den Red Cock, den Roten Hahn, in dem sich die Kapitäne, die Ruderer und anderes wassergeborgenes Treibgut versammelten.

Die Männer mit Father Peter waren soeben an der Schenke vorbeigegangen. Jamie hingegen blieb jetzt davor stehen.

Letztendlich würden die Entführer es kapieren. Also würde er warten. Er ging jede Wette ein, dass nicht alle fünf samt zusammengesacktem Priester in der Schenke aufkreuzen würden. Sie würden sich also trennen, und das würde er nutzen. Er würde die Unglücklichen, die in die Taverne geschickt werden würden, überwältigen, wenn sie sie wieder verließen.

Es war ein Plan. Dass er improvisiert und riskant war, zählte nicht: Jamie hatte sein ganzes Leben bisher so gestaltet.

Und er würde, das entschied er, die Wartezeit darauf verwenden, mehr über diese Heimatlose im dunklen Umhang zu erfahren, bevor er sie bestenfalls nicht mehr als eine lästige Störung betrachten und schlimmstenfalls gefesselt und geknebelt zurücklassen würde.

Er zog sie zurück ins Dunkle. »Das bedeutet, dass ich eine Antwort haben will. Warum wolltet Ihr den Priester? Wer hat Euch nach ihm geschickt?«

»Mich geschickt?« Sie wandte sich um, in ihrem blassen Gesicht spiegelte sich Zorn. »Warum wollen *jene Männer* ihn, das solltet Ihr besser fragen.«

»Mich kümmert nicht, was ›besser wäre zu fragen‹. Ich will eine Antwort.«

Sie grub weiter, als wäre er Erde unter ihrem Zorn. »Diese Barbaren schleppen ihn in diesem Moment mit sich fort. Das sollte Euch kümmern. Warum wollt *Ihr* ihn? Vielleicht können wir damit anfangen, bei unserem Wunsch nach Antworten. Genau genommen ist das die Art Frage, die ich sehr viel angebrachter finde.«

»Er hat etwas, was ich haben will.«

Seine rasche, ehrliche Erwiderung ließ sie innehalten. Sie blinzelte, lange Wimpern glitten hinunter, als sie zu Boden schaute. Er folgte ihrem Blick. Die Spitzen von abgetragenen Schuhen schauten unter ihrem Rocksaum hervor. Sie hob den Kopf.

»Hat er das?« Ihre blassen Wangen waren jetzt gerötet. »Das ist keine Antwort. Natürlich hat er etwas, was Ihr begehrt; warum sonst ihn suchen? Ich bin auch wegen etwas hinter ihm her. Er hat viele Dinge, die ich will. Ich möchte diese Dinge unbedingt haben.«

»Welche Art von Dingen?«

»Zierrat. Ein Stück scharlachrotes Tuch. Verträge, die er bezeugte. Truhen voller Münzen und Reliquien aus dem Heiligen Land.«

Sie zählte vieles auf, doch nichts davon waren die Dinge, deretwegen Father Peter offiziell gejagt wurde. Was interessant war, da sie geradezu alles andere unter der Sonne genannt hatte.

»Redet Euch ein, was immer Euch Trost bringt«, schloss sie und wandte sich wieder Richtung High Street, »und lasst uns endlich handeln. Bitte. Oder sie werden entkommen.«

Ein kurzer, heftiger Donner rollte am Himmel. Jamie schloss die Finger um ihren Arm, knapp oberhalb ihres Ellbogens.

»Mistress, ich rede mir nichts ein, um mich zu trösten.« Er zog sie so nah an sich heran, dass sie den Kopf in den Nacken legen musste, um ihm in die Augen sehen zu können. »Ich mache mir weder etwas aus Trost noch aus Euch. Euch wird das nicht klar sein, aber ich habe bis jetzt sehr viel Selbstbeherrschung gezeigt. Ihr lügt mich an, habt nichts verraten. So etwas ist schwer. Ich bin beeindruckt. Und gereizt.« Ihr Atem ging ein wenig kürzer und schneller. »Also warum versucht Ihr es nicht mit der Wahrheit, und wir ›können endlich handeln‹?«

»Er ist mein Onkel«, sagte sie rasch.

»Peter von London ist Euer Onkel«, wiederholte er ungläubig.

»So gut wie.«

»Was überhaupt nichts bedeutet. Wisst Ihr, was Euer ›Onkel‹ getan hat?«

»Euren König verärgert.«

»Und zwar mächtig.«

Er sah sie schlucken. »Jeder ärgert Euren einfältigen, dummen König. Einfältigen, gefährlichen, mordenden König. Vielleicht sind diese Männer Männer des Königs«, fügte sie unheilvoll hinzu.

»Vielleicht«, gab er fast reuevoll zu. »Aber gebt acht, Frau, denn ich bin noch schlimmer als diese Männer.«

Die Farbe wich aus ihrem Gesicht wie Wasser, das sich vom Strand zurückzieht. Sie riss ihren Arm zurück, und Jamie ließ sie los. Sie taumelte rückwärts, atmete heftig. Die Gedanken, die durch ihren Kopf wirbelten, hätten ebenso gut auf dem hin und her schwingenden Wirtshausschild über ihrem Kopf stehen können: *Achtung, Gefahr. Lauf weg.*

Sie hatte es gewusst, dass er für sie eine Gefahr bedeutete, als sie ihn um seine Hilfe anging. Sie mochte nicht erkannt haben, dass er ein Mann des Königs war – »einfältiger, gefährlicher, mordender König« war eine starke Untertreibung –, aber sie wusste genau, dass er nicht hier war, um ihren »Onkel« zu retten. Sie hatte die Gelegenheit genutzt und ihm vertraut.

Eine bedauerliche Fehleinschätzung.

Er legte eine behandschuhte Hand auf das Türblatt, genau über ihrem Kopf, und drückte die Tür zur Schenke auf.

»Los, hinein jetzt!«

3

»Dort hinein?« Eva blieb wie angewurzelt stehen und starrte diesen unmöglichen Mann an. »Nein. Warum?«

»Weil ich mit Euch sprechen muss«, sagte er, legte die Hände auf ihre Schultern und drehte sie Richtung Eingang. Seine Hände waren stark – eisenbewehrt. »Weil ich nicht nass werden will, wenn der Himmel gleich seine Schleusen öffnet. Weil ich zu extremeren Maßnahmen greifen werde, als nur darum zu bitten, wenn Ihr nicht sofort gehorcht.«

Sie schwieg.

»So ist es besser. Und jetzt hört zu. Jene Männer, die den Priester haben – wir lassen sie die Stadt verlassen«, erklärte er mit diesem tiefen, einschmeichelnden Tonfall, mit dem Höflinge und Männer mit Macht sprachen, nicht aber Rüpel in schwarzen Umhängen. Er war also wandlungsfähig. Nicht vertrauenswürdig. »Ich kann am Stadttor kein Handgemenge für mich entscheiden. Könnt Ihr es?«

Sie zögerte, dann schüttelte sie den Kopf.

»Gut. Dann sind wir einer Meinung. Wir werden es diesen barbarischen Entführern erlauben, die Stadt zu verlassen, und sie dann aufstöbern.«

Sie sah ihn argwöhnisch an. »Und was wird aus Father Peter?«

Er legte erneut seine panzerbehandschuhte Hand auf das Türblatt. »Ich schlage vor, wir machen einen Schritt nach dem anderen. Geht hinein. Jetzt. Und setzt Euch.«

Eva tat es, weil ihre Möglichkeiten zu wählen in der Tat beschränkt waren: entweder der Gefahr folgen oder Father Peter verlieren.

In der Tat machten Alternativen wie diese die Dinge wesentlich einfacher. Gefahr schreckte Eva nicht. Oder genauer gesagt, sie hatte sich daran gewöhnt. Unklarheit hingegen lehrte sie das Fürchten. Keinen Plan zum Handeln zu haben erschreckte sie. Ebenso wie Dunkelheit. Das Dunkle machte ihr panische Angst.

Zumindest hatte dieser Halunke einen Plan, ebenso wie er ein bösartig scharfes Schwert und ein Arsenal von Messern hatte. Nur aus diesem Grund würde sie wie Pech an ihm kleben, bis sie Father Peter gerettet hatten. Dann würde sie sich in Rauch auflösen, und dieser Rüpel würde sie nie wieder zu Gesicht bekommen.

Aber dass er ihr Befehle erteilte, als sei sie ein Hund, das war schlicht überflüssig.

Er stieß die Tür zur Taverne auf. Sie knarrte. Aber was knarrte in England nicht? Feucht, kalt und voll von verrostetem Eisen und Trunkenbolden, war es nicht das, was sie sich gewünscht hatte? Aber sie war nun einmal hier, mit einer Mission, die noch geheimer war als die, Priester zu retten, deren illuminierte Texte vor zehn Jahren ihre Welt erhellt und sie letztlich davon überzeugt hatten, dass es so etwas wie Erlösung gab – auch wenn niemals für sie.

Ihr dunkeläugiger Proteus zeigte auf einen Tisch ganz hinten im Raum. »Dort drüben. Hinsetzen.«

Wieder dieser Befehlston. Sie wollte murren. Stattdessen sah sie sich um, schaute auf die wackeligen Bänke und die dicken lauten Engländer, die wie nasse Wäsche auf der Leine über einem Tresen hingen, hinter dem eine Phalanx von Huren residierte. Dennoch, gab Eva zu, war es hier gar nicht so anders als in Frankreich. Abgesehen vielleicht vom Fehlen von Wandbehängen. Ein paar davon wären gar nicht so verkehrt, um die Flecken und schartigen Mauerrisse zu verdecken und die schreckliche Zugluft abzuhalten, die durch sie hereindrang.

Aber in Wahrheit hingen Männer in jedem Winkel der Welt, den sie gesehen hatte, wie nasse Wäsche auf der Leine an Huren, und die Engländer konnten kaum dafür getadelt werden, dass sie Ale tranken, um sich an ihnen festzuklammern, anstatt, zum Beispiel, an einem feinen Burgunder.

Ihr *Begleiter* stapfte in seinen schweren Stiefeln über die sich wölbenden Dielen auf den hinteren Teil des Tresens zu, der sich längs des ganzen Raumes erstreckte. Dieser Mann war dreist und eine Gefahr, sie hatte das gewusst – genau genommen hatte er es ihr gesagt –, aber jetzt enthüllte sich der Beweis dafür umso deutlicher im Schein der Fackeln.

Sein stoppeliges kantiges Kinn zeugte entweder von einem stumpf gewordenen Rasiermesser oder von einer urwüchsigen Natur, aber sein Haar, lang und dunkel und ungekämmt und kaum gebändigt von einem Lederband, ließ nur Gesetzlosigkeit erkennen. Sein Umhang war unauffällig und wadenlang. Darunter trug er einen schwarzen gesteppten und ärmellosen Waffenrock, der, wie sie annahm, das Kettenhemd bedeckte, obwohl er auch einen Kittel mit längeren Ärmeln darüber trug, als sollte dieser das Eisen darunter verbergen. Sowohl der Waffenrock als auch der Kittel waren vorn geschlitzt, reichten bis zur Mitte der Oberschenkel und waren an den Seiten geschlitzt. Schmutzige kniehohe Stiefel vervollständigten die Kleidung. Es waren aber die dunklen und hautengen Beinlinge, die Evas Aufmerksamkeit länger als nötig fesselten. Sie zwang sich, ihren Blick davon loszureißen.

Er trug kein Wappen auf seinem dunklen Waffenrock, trug keine Farben, die ihn hätten identifizieren können. Doch jeder Mann hatte entweder einen Lord, oder er war selbst einer. Selbst ein gefürchteter, gnadenloser Söldner, ein Brabançon, erklärte sich jemandem zugehörig. Normalerweise dem englischen König. Und nach dem Augenausdruck dieses Mannes zu urteilen, war es sehr einfach, ihn als Mann des Königs einzuordnen.

Aber irgendwie konnte sie nicht glauben, dass etwas so ... Wunderschönes so schrecklich sein könnte. Und er war in der Tat wunderschön, auf eine harte Art; welch eine herrliche Männlichkeit, sehr groß und schlank, nur schwere Hitze und durchdringende Augen. Ein Tier im besten Mannesalter.

Er schaute über die Schulter und runzelte die Stirn, als er sah, dass sie sich nicht nach »dort drüben« begeben und sein »Hinsetzen« nicht befolgt hatte.

»Hinsetzen«, knurrte er. »Und dableiben.«

Sie kniff die Augen zusammen und fuhr ihn an, wenn auch sehr leise.

Er erstarrte.

Die anderen in der Schenke waren viel zu betrunken oder anderweitig beschäftigt, um davon Notiz zu nehmen, dass eine Frau einen Mann anbellte. Aber ihre Begleitung war weder betrunken noch abgelenkt. Falls der Ausdruck in seinem Gesicht irgendetwas anzeigte, dann, dass er verblüfft war. Und vielleicht ein wenig wütend. Oder auch mehr als ein wenig.

Eva setzte sich, mit dem Rücken zur Wand.

Die meisten der anderen Tische waren von Männern und ein paar Frauen besetzt, aber die Mehrheit der Gäste stand in kleinen Gruppen zusammen und trank und lachte. Mehrere Fackeln brannten in eisernen Ringen an den Wänden und warfen einige Schritte weit ein rötlich braungelbes Licht. Auf jedem Tisch standen ein paar dicke Kerzen, festgesteckt in erstarrtem Talg. Eine Gruppe Männer in halbhohen Stiefeln und kurzen Umhängen stand am anderen Ende des schmalen Raumes, halb vorgebeugt, und begleitete anfeuernd ein Würfelpaar aus Knochen, das klickernd über den Boden auf die Wand zurollte. Ein Schrei brandete auf; jemand hatte gewonnen.

Niemand versuchte, die Ausgelassenheit zu beenden. Eine Schenke, die über die Sperrstunde hinaus geöffnet hatte, interessierte nicht in diesen Tagen, in denen das Land am Rande einer Rebellion gegen seinen König stand.

Evas Begleiter kehrte an den Tisch zurück. Eine Frau mit zwei Krügen in den Händen folgte ihm. Ale, entschied Eva, als sie die bräunliche Brühe misstrauisch beäugte.

»Was immer das hier auch gekostet hat – Ihr habt zu viel dafür bezahlt«, bemerkte sie und schaute auf.

Der Mann starrte lange auf sie herunter, ganz so, als legte er sich eine Taktik zurecht. Vielleicht überlegte er, ob er ihr ein Messer zwischen die Rippen jagen sollte. Aber die Entscheidung war jetzt gefallen, zum Guten oder zum Schlechten. Man konnte nur hoffen, dass dieser Halunke nicht gerade jetzt das Verlangen verspürte zuzustechen.

Endlich setzte er sich. Unglücklicherweise tat er das, indem er sich direkt neben sie auf die kurze Bank fallen ließ, ebenfalls mit dem Rücken zur Wand. Seine Hüfte drückte hart gegen ihre. Dann griff er nach seinem Krug.

Das Gefühl seines Oberschenkels an ihrem schockierte Eva. Da sie nicht daran gewöhnt war, von einem solchen Gefühl schockiert zu werden, bewegte sie sich unbehaglich und beugte sich vor, um ihren Begleiter zu betrachten.

»Euch mag das nicht bewusst sein, Sir, aber in anderen Teilen der Welt sprechen Menschen nicht mit anderen Menschen, als hätten sie Fangzähne und Pfoten.«

Er hob den Blick zu ihr – wie blau seine Augen waren, selbst in diesem schummrigen Kerzenlicht –, dann setzte er seinen Krug ab und wischte sich mit dem behandschuhten Handrücken den Mund.

»Nein? Faszinierend. Ich hingegen habe in fast jeder Gegend dieser Welt festgestellt, dass Frauen nicht bellen.« Seine blauen Augen wanderten über sie, begannen an ihrem Ausschnitt und bewegten sich dann kühn tiefer. Sie errötete. »Northumbria«, sagte er schließlich und sah ihr wieder in die Augen.

»Verzeihung?«

»Euer Akzent. Northumbria, vielleicht Wales.« Seine Augen wanderten wieder über sie. Selbst im schummrigen Schein der Fackeln und Kerzen war seine männliche Begutachtung ihrer weiblichen Formen eindeutig. »Engländerin.«

»Keltin. Bretagne«, erwiderte sie rasch.

»Vielleicht«, murmelte er, und es war offensichtlich, dass er ihr nicht glaubte.

Ihre Wangen röteten sich. Sie waren so lästig, diese intelligenten, schlauen Schwertträger. Es bestürzte Eva zu erfahren, dass ihr Akzent wahrnehmbar war. Sie hatte hart daran gearbeitet, ihn abzulegen, *alles* hinter sich zu lassen, als sie vor zehn Jahren aus England geflohen war. Ihr Zuhause, ihre Familie, ihren Akzent: Alles war bei der Fahrt über den Kanal über Bord geworfen worden.

Aber bei diesem Mann hier – vielleicht würde wenig verborgen bleiben. Oder sicher.

Die großen Hände, panzerbehandschuht bis zum Handgelenk, die jetzt auf dem Tisch ruhten, sahen aus, als seien sie sehr gut im Zerstören. Aber dann wiederum gab es da diese Andeutung eines Grübchens neben seinem linken Mundwinkel, allerdings nur, wenn er richtig lächelte. Sicherlich war es dazu bestimmt, Frauen zu erregen.

Was ihn nur umso gefährlicher machte. Doch nein, die Dinge, die wirklich zählten, die Dinge, die Eva beachten musste, waren seine Narben. Eine zog sich über den Rand seiner Unterlippe bis hinauf über einen hohen Wangenknochen, wo sie unter seinen Haaren verschwand. Eine andere, schartigere, zog sich über sein stoppeliges Kinn.

Aber am allerwichtigsten waren seine Augen. Funkelnd, mitternachtsblau und, vor allem, tief blickend.

Vielleicht hatte sie einen Fehler gemacht, ihn um seine Hilfe zu bitten.

»Ganz nah dran, Sir, Eure Vermutungen über mich«, erwiderte sie und ließ ihre Stimme leicht und lässig klingen. Das war eines ihrer beständigen Talente: so zu tun, als sei nichts wichtig. »Seid Ihr im Schachspielen auch so gut, wie Ihr es im Rätselraten seid? Ich werde nie mit Euch spielen. Das Herz würde mir dabei flattern.«

Ein Mundwinkel hob sich, und jenes leichte Grübchen zeigte sich tatsächlich in seiner Wange, und Eva flatterte das Herz tatsächlich ein klein wenig. Aber dieses Flattern war sehr viel stärker, als sie es jemals zuvor erlebt hatte, fühlte sich wie ein Miniaturerdbeben in ihrem Bauch an, das schwere heftige Erschütterungen produzierte.

»Ich spiele tatsächlich Schach.«

Sie hob die Hand, die Handfläche ihm zugewandt, hielt sie in den kleinen Lichtkreis, den der Kerzenstummel auf ihrem Tisch warf. »*Non*. Ich könnte es nicht ertragen. Stattdessen vielleicht Mühle?«

Er sah überrascht aus. »Würfel?«

»Habe ich Euch beleidigt? Dann vielleicht Versteckspielen, wie die kleinen Kinder. Ich werde mich verstecken, und Ihr werdet mich niemals finden.«

Er lachte leise. »Ich würde Euch finden, Mädchen.«

Ein Zittern ging durch ihren Bauch, heiß und prickelig.

»Wales?«, sagte sie und war an der Reihe, sein Heimatland zu erraten, aber ihr Ziel war es, ihn abzulenken.

Sie war sich ziemlich sicher, dass er genau wusste, was sie tat, aber er antwortete ohne Zögern. »Niemals.«

»Edinburgh?«

»In der Nähe. Vor langer Zeit.«

»Ah, das dachte ich mir. Ich höre es Euch noch an.«

»Der Norden hat so seine Eigenart.« Er strich mit einem Finger seines Handschuhs müßig über den Rand seines Bierkruges.

Eine Gruppe Männer tauchte im Eingang auf, in Umhänge gehüllt, ihre Holzsohlen klackten hart auf der Türschwelle. Eva spürte eher, als dass sie es sah, wie sich die Aufmerksamkeit ihres neuen Gefährten auf die Ankömmlinge richtete, wie die eines Bogenschützen, der sein Ziel anvisierte. Dann ließ seine Aufmerksamkeit nach, aber sie hätte nicht erklären können, woran sie es erkannte, denn er hatte keinen Muskel bewegt. Es war irritierend, einen Mann neben sich zu haben, der gefährliche Entschlossenheit wie eine Kerze entzündete und sie dann ebenso unvermittelt wieder löschte.

In der Ecke am anderen Ende des Raumes wurde ein misstönend klingendes Lied angestimmt, in dem es obszön und anstößig zuging. Eva richtete sich auf und betrachtete den Bierkrug, dann hob sie ihn entschlossen hoch und trank einen Schluck. Sie schnitt eine Grimasse und setzte den Krug im gleichen Atemzug ab.

»Das Ale hier ist ziemlich schlecht«, sagte er.

»Das Ale ist überall schlecht«, erklärte sie und beugte sich vor. »Warum trinkt Ihr es?«

Er schürzte die Lippen, als hätte er nie zuvor über diese Frage nachgedacht.

»Ihr solltet den Wein aus dem Herzogtum Burgund kosten«, sagte sie ernst.

Eine dieser dunklen, geschwungenen Augenbrauen hob sich. »Sollte ich das?«

»Ganz gewiss.« Sie verschränkte die Hände ineinander und beugte sich so weit vor, dass ihre Rippen die breite Tischkante berührten, dabei machte sie sich ein Bild bewusst. »Ich könnte Euch von einem Tal erzählen, wo die Trauben wachsen – wir könnten durch die Weinberge klettern –, und die Luft, sie ist immer warm, und der Staub zwischen unseren Zehen fühlt sich kühl an, und von der Kuppe des Hügels schaut man auf das Land, das sich unter einem wellt, als lebe etwas unter der Ackerkrume. Wie ein

Riese, der sich unter seinen Laken reckt, seine Knochen richtet. Ah, und die Trauben. Sie sind ganz außerordentlich.«

Er beobachtete sie, seine Augen waren überschattet. Die Kerze zwischen ihnen auf dem Tisch flackerte. »Ja, außerordentlich«, wiederholte er. »Wie ist Euer Name, Mistress?«

»Die Höflichkeit erfordert, dass Ihr Euch zuerst vorstellt, Sir.«

»Ich bin nicht höflich.«

Sie winkte ab. »Bei mir werdet Ihr es sein. Ihr werdet es unvermeidbar finden.« Sie zog eine Braue hoch. »Euer Name, Sir.«

»Jamie.«

»Jamie. Jamie«, wisperte sie.

Es fühlte sich an, als läge es Jahre zurück, dass sie den Namen eines Mannes ausgesprochen hatte. Vielleicht war es auch so. Es hatte in all diesen Jahren niemanden gegeben außer ihr und Father Peter und ihrem Schützling Roger.

Und jetzt war da dieser gefährliche Mann, gefährlich nicht nur wegen der Klingen, die er verborgen am Körper trug – was ihn natürlich besonders gefährlich machte –, sondern wegen dem, was in ihrem Bauch passierte, wenn sein Mund sich wie jetzt zu diesem leichten, schiefen Lächeln verzog, als sie seinen Namen zweimal wiederholt hatte.

»Und Eurer, Mistress?«

Sie zögerte. »Eva.«

»Eva, Eva«, murmelte er, genau wie sie seinen Namen gemurmelt hatte, außer dass sie keinesfalls so viel latente Sinnlichkeit in zwei gemurmelte Worte gelegt hatte.

Zwei gleich gemurmelte Worte.

»Findet Ihr es nicht höchst seltsam, dass wir beide hier sitzen und über Nichtigkeiten reden?«, fragte sie. »Und das, obwohl wir gegeneinander kämpfen werden? Schließlich wollen wir beide dasselbe haben, und nur einer von uns wird es bekommen.«

Die Bank kippte nach vorn, als er sich vorbeugte. Seine Hand in dem Kettenhandschuh fiel auf den Tisch neben ihre blasse.

»Höchst seltsam, in der Tat«, erwiderte er. »In meinem Leben gibt es keine Nichtigkeiten.«

»Nun, es gibt das hier.« Sie klopfte auf die Tischfläche zwischen ihnen, den knappen Zoll zwischen ihren Händen, der brennenden Kerze und der kalten Luft.

»Ja, das gibt es«, stimmte er mit tiefer Stimme zu. Er schaute auf ihre Hände. »Was habt Ihr mit Euren Fingernägeln gemacht?«

»Sie sind bemalt.« Eva ballte die Finger zur Faust und entzog sie so seinem Blick. »Es ist nichts. Nur eine Gewohnheit, die die Zeit vertreibt.«

»Sie sehen wie Zeichnungen aus.«

»Sie sehen so aus, weil sie es sind.«

»Sie haben mich an Ranken erinnert. Lasst mich sehen.«

Sie nahm ihre zur Faust geballte Hand vom Tisch. »Ranken. Und Blüten.«

Er schaute auf. »Wie?«

»Mit sehr feinen Pinseln, nicht dicker als ein Grashalm.«

»Das ist ... bemerkenswert.«

Sie sah ihn aus schmalen Augen an. »Ich möchte Euch nicht schockieren, Sir, aber bei Eurem Interesse für kleine Ranken scheint Ihr mir nicht der Mann zu sein, der Priester jagt.«

Er hätte aus Marmor gemeißelt sein können, denn er verzog keine Miene oder zeigte sonst eine Reaktion. »Nein?«

Sie schüttelte den Kopf. »Lasst es mich deutlicher sagen: Wenn man Euch so ansieht, würde man kaum glauben, dass Ihr Priester jagt.« Etwas regte sich leicht in seinem Gesicht. Ein Lächeln.

Sie nickte nachdenklich. »Ich kann ihn Euch trotzdem nicht überlassen, das müsst Ihr wissen.«

Jetzt wieder die marmorgleiche Reaktion. Es gefiel ihr nicht, mit Marmor zu reden.

»Ihr denkt, ich scherze«, sagte sie scharf.

»Ich denke nichts dergleichen«, sagte er mit jener tiefen, kräftigen Stimme, die sie bereits kannte. »Ich halte Euch für resolut und verbissen, und wenn Ihr etwas tut, Eva, dann denke ich, Ihr tut es für die Ewigkeit.«

Sie hielt den Atem an, der aus ihr herausbrechen wollte, kaschierte ihre Entrüstung als leises Lachen. Die Art, wie sich ihr Name aus seinem Munde angehört hatte, war ganz und gar nicht schicklich. »Dem ist gewiss nicht so. Die Dinge, die ich tue, sind unbedeutend und interessieren niemanden. Ich bin nichts und niemandem verpflichtet.«

Er sah sie an. »Was ist mit dem Priester?«

Nun gut. Jetzt zöge sie es vor, mit Marmor zu reden, statt *verhört* zu werden. Sie verengte die Augen. »Wie seid Ihr überhaupt dazu gekommen, Priester zu jagen?«

»Ich hatte einen Hang dazu«, sagte er, und seine Stimme klang so tief, dass sie fast vibrierte. Eva hatte sich vorgestellt, Marmor würde eine höhere Tonlage haben. Doch seine war wie Erde und Felsen und die Dinge, die darunterlagen.

»Wisst Ihr, dass Ihr eine erbärmlich schlechte Lügnerin seid?«, fragte er, während er sich zurücklehnte und sie beobachtete.

Eva fuhr mit der Hand über den Tisch, als würde sie Krumen fortwischen. »Was Ihr nicht sagt. Wie könnte man so etwas nicht wissen? Ich lüge so, dass man es merkt, aber das scheint weniger gefährlich zu sein, als die Wahrheit preiszugeben, nicht wahr?«

Das Lächeln, das in seinem wunderschönen Gesicht gelegen hatte, verschwand. Er war wieder ernst, wie eine Wespe.

»Was wisst Ihr über den *curé*?«, verlangte sie zu wissen. Hatte dieser Mann die leiseste Ahnung, was für ein großartiger Mensch Father Peter war, welche Reichtümer diese Welt verlieren würde, sollte ihm je etwas Schlimmes widerfahren?

»Ich kenne seinen Gebrauch der Farben«, entgegnete Jamie

und schaute in die Kerzenflamme. »Grün und Rot und ein höllenschwarzes Schwarz. Er hat mich mit Tigern bekannt gemacht, mit denen die Seitenränder einer Buchseite bemalt waren. Ich war sechs. Ich hätte diese Kreatur tagelang anschauen können. Meine Mutter erzählte, ich hätte ihr gesagt, dass ich den Tiger habe brüllen hören.«

Sie lachte leise, obwohl es mehr wie ein kleines geräuschvolles Ausatmen klang. »Der Everoot-Psalter. Ihr kennt also seine Arbeit.«

»Aye. Seine Schriften, seine Buchmalerei.«

»Gefährliche Dinge, nicht wahr?«

»Aye.«

»Englands König denkt nicht allzu gut über diese Dinge.«

»John denkt nicht so gut über sie«, stimmte er zu.

»Aber Ihr schon.«

Sein Blick verließ sie nie, war Antwort genug. Die Tür zur Schenke wurde erneut aufgestoßen, und wieder drang kalte, feuchte Luft herein.

»Es ist mehr als traurig«, sagte sie nachdenklich, »dass er sicherlich zu Eurem grausamen König gebracht wird, um beseitigt zu werden.«

Jamie sprang auf. Eva tat es ihm gleich.

Seine Augen verengten sich. Ihre ebenso.

»Setzt Euch hin«, sagte er. »Habt Ihr einen Dolch?«

Sie klopfte auf ihre Röcke.

»Das dachte ich mir. Ich werde jetzt gehen und sehen, wie die Dinge stehen. Ihr wartet hier, bis ich zurückkomme. Sollte aber irgendetwas vorfallen und ich noch nicht wieder da sein, bevor der Idiot dort drüben von seinem Stuhl fällt«, er deutete auf einen Kaufmann mit Leinenmütze, der so mit Ale abgefüllt war, dass diese Prophezeiung nur ein paar Augenblicke brauchen würde, um wahr zu werden, »geht Ihr nach Fishamble zum Stadttor – meidet die üblen Gassen. Erwartet nicht, unsere Beute noch zu entdecken; die Männer werden das Tor bereits passiert haben.«

Er drückte ihr mehrere Münzen in die Hand. »Für die Torwächter«, erklärte er grimmig. »Nach Einbruch der Dunkelheit öffnen sie das Tor nicht aus Freundlichkeit.«

»Aber das ist viel zu viel ...«

»Solltet Ihr unsere Beute auf der Landstraße nicht entdecken, dann haben sie ohne Zweifel haltgemacht. Vermutlich im Goat, einem kleinen Gasthaus an der Straße nach Osten.«

»Aber ...«

»Nennt dem Wirt meinen Namen; man wird sich um Euch kümmern.«

»Aber ...«

»Hört auf zu reden«, befahl er und beugte sich über den Tisch, bis sein vernarbter, perfekter Mund ihrem viel zu nahe war. »Und wenn Ihr mich noch einmal anbellt, werde ich Euch fesseln und Euch auf eine Art heulen lassen, wie Ihr sie Euch noch nie habt träumen lassen, Mädchen aus der Bretagne.«

Sie standen sich gegenüber, leicht vorgebeugt, und starrten sich an, wütend und erregt – zumindest Eva; Jamies Gesicht verriet wenig, als die Tür der Taverne sich ein weiteres Mal knarrend öffnete und dann zuschlug. Eva schaute sofort weg; eine nützliche Angewohnheit, erwachsen aus zu vielen Jahren des Davonlaufens und des Sichversteckens. In diesem Fall, wie schon in so vielen anderen, rettete es ihr das Leben.

Die Männer, die Father Peter entführt hatten, betraten in diesem Moment die Schenke.

Unter anderen Umständen wäre dies ein Glücksfall gewesen. Jetzt aber, im Schein der Fackeln, war Eva deutlich sichtbar, und das war außergewöhnliches Pech, weil diese Männer sie zuvor bereits gesehen hatten. Als sie Father Peter an ihr vorbeischleppten, bewusstlos.

Wenn die Entführer sie jetzt sahen, würden sie sie wiedererkennen. Dann würden sie sie packen. Sie vielleicht sogar töten. Und Father Peter wäre verloren.

Und Gog ... ihr wurde die Kehle eng bei dem Gedanken an Roger in all seiner Unbesonnenheit. Roger, kaum fünfzehn, der ihr wie ein Bruder war und der im Wald draußen vor der Stadt auf sie wartete. Was würde Gog ohne sie anfangen?

Langsam hob sie den Blick zurück zu Jamie, in kleinen Graden, wie die Schattenlinie auf einer Sonnenuhr. Der Hall schwerer Schritte auf Dielen dröhnte mit jedem Pulsschlag in ihrem Kopf. Ein Zittern durchströmte sie wie ein Fluss mit wandernden Strudeln und Wirbeln. Angst und Wut vermischten sich, wie sie es so oft taten. Sie war bereit, wegzulaufen oder anzugreifen, würde nicht wissen, was von beidem sie tun würde, bis sie es tat.

Aber in diesem Moment, wie eine Hand, die ihr ein Geschenk reichte, kam ihr ein neuer Gedanke: *Küss ihn ...*

Und genau das tat sie.

4

Sie hatten sich leicht vorgebeugt und starrten sich an, wütend und erregt – zumindest Jamie; Eva sah einfach nur mörderisch entschlossen aus, als sie ihm die Hände auf die Schultern legte, sich noch weiter vorbeugte und ihn küsste.

Er bewegte sich nicht. Ihre Lippen glitten über seine, übten nicht mehr Druck aus als ein Atemhauch.

»Was tut Ihr da?«, sagte er, aber er sprach leise und zog sich auch nicht zurück.

Ihre Lippen bildeten eine gewisperte Antwort an seinem Mund, machten sie ihm intensiv und aufreizend als ein Objekt unverfälschter Lust bewusst.

»Sie sind hier«, hauchte sie. »Die Männer mit den bösen Augen.« Ihre zierlichen Hände packten seine Schultern fester. »Ich glaube nicht, dass es ihnen gefallen würde, mich hier wiederzusehen.« Sie streifte seinen Mund mit ihrem, hauchte kleine, winzige Küsse von einer Seite seiner Lippen zur anderen, als wäre sein Mund eine Spur, der sie folgte.

»Was meint Ihr mit ›wieder‹?«, wollte er wissen, aber er fragte es an ihren Lippen.

Ihre Blicke trafen sich, ihre Köpfe neigten sich leicht zurück, ihre Lippen waren nur einen Atemhauch voneinander entfernt.

»Ich glaube, dass sie mich gesehen haben. Zwar nur für einen Moment, aber das würde selbst in deren beschränkten Schädeln Fragen wecken. Sie werden sagen: ›Warum ist sie hier, wenn sie vorhin auch dort war?‹, und ich werde ihnen das nicht beantworten können.«

Jamie hob den Blick. Ein Mann mit breiter Brust, der hinter

dem Tresen stand, sprach mit einem der barbarischen Kerle und zeigte dann auf eine Tür in der Nähe von Jamies und Evas Tisch.

»Ihr könntet wohl nicht etwas Grausames tun, zum Beispiel ihnen die Augen ausstechen?«, fragte Eva und klang verzweifelt.

»Nein«, sagte er mit ruhiger, gefasster Stimme. »Das würde nur Aufmerksamkeit erregen.«

Eva schluckte. »Natürlich.«

Dann bewegte er sich, überraschte sie damit, was seltsam war, weil sie sich ja schon so nah waren. Er spreizte die Finger und schob sie tief in ihr Haar. Dann hob er ihr Gesicht, sodass sie ihn ansehen musste.

Leder. Nachtluft. Kalter Stahl. Männliche Kraft. Er war all dies. Dann beugte er den Kopf und küsste *sie*.

Es war eine sehr konkrete Sache, dieser Wechsel, wer jetzt wen küsste. Sie bestimmte den Ablauf nicht länger. Er hatte die Führung übernommen und führte sie seinen gefährlichen Weg entlang, und es waren heiße, federleichte Küsse und große, erfahrene Hände auf ihren Hüften und ... Feuer.

Sengend heißes Feuer brannte in ihrem Schoß, als sie ihm folgte, als wäre er der Hirte. Sie ließ es geschehen, dass er sie weit über die Bank zurückbeugte, ließ sich von ihm mit Lippen entzücken, die sich wie tanzende Lichter über ihre bewegten, die so zart waren, dass sie einatmen musste, um sicher zu sein, dass sie gegeben worden waren.

Er neigte den Kopf zur Seite, sein behandschuhter Daumen lag an ihrem Kinn, und seine Finger streichelten die Grübchen unter ihren Ohren. Er war streichelnder Atem und sinnliche Lippen, die über sie glitten wie Sonnenstrahlen über Wasser. Warum presste er nicht einfach seine Lippen auf ihre, wie sie es bei anderen gesehen hatte? Warum machte er es nicht so, wie sie es wollte, dass er es tat? Warum ... *so?*

Oh, *deshalb.*

Er leckte sie. Strich mit der Spitze seiner warmen Zunge über ihre keuchenden Lippen – wann hatte sie zu keuchen angefangen? – und schickte ein verwirrendes Gefühl von Hitze durch ihren Körper.

Und hier war sie nun, allein in einer Schenke, beraubt all ihrer Zurückhaltung. Sie wurde *wahnsinnig*. Sie glitt mit der Hand über die abgenutzte Oberfläche der Bank, rutschte sogar noch näher zu ihm, bis ihre Fingerspitzen seinen harten Oberschenkel berührten.

Sein Kuss schweifte nicht umher, seine Hingabe an ihre Lippen ließ nicht nach, er packte einfach ihre Hand und drückte sie auf seine Brust, spreizte mit dem Daumen ihre Finger. Sie war es, die begann, sie über seine Brust gleiten zu lassen, sie war es, der sich alles zu drehen begann, sie war es, die sich plötzlich und ohne eigentlichen Grund fühlte, als müsste sie weinen. Hatte das Gefühl, als würde sie in diesen Kuss hineinkriechen.

Seine Hand beschrieb einen kühnen Weg hinunter zu ihrer Taille und schob sich unter ihren Umhang, zerrte am zerschlissenen Stoff ihres Kleides, zog ihn fest über ihre Brüste. Es war diese erfahrene männliche Hand, die Eva noch einmal überdenken ließ, auf welch unbekümmerte Weise sie in diese Schenke geraten war und an diesen Mann, der so sonnenleichte Küsse gab.

Dann, ohne Vorwarnung, ließ er die Hände sinken. Das war alles. Er nahm einfach seine Hände fort und hörte auf, Eva zu berühren.

Sie fühlte sich, als wäre sie zurückgeschleudert worden.

Sie zerrte am Oberteil ihres Gewandes. Die Schnürung fühlte sich an, als würde sie sie einengen. Auch die Ärmel waren plötzlich viel zu eng – wer hatte sie gesäumt? Oh, ja. Das war sie gewesen. Der Stoff, alt und abgetragen, kratzte wie Zähne an ihren Handgelenken.

So viel zu Schenken und Küssen. Sie war mit beidem fertig.

Jamies steinharter Körper bewegte sich neben ihr. »Sie sind fort.«

»Das weiß ich«, schaffte sie, pikiert zu murmeln. Dabei hatte sie es gar nicht gewusst.

Die breiten Schultern, an die sie sich geklammert hatte auf so ... so ... *lüsterne* Weise, neigten sich vor, während er zum zweiten Mal aufstand.

»Ihr werdet hierbleiben«, sagte er grimmig. Seine Stimme klang wieder harsch, seine Augen blickten wieder hart, als hätten sie miteinander nichts geteilt, das so ... was auch immer gewesen war. »Ich werde nachschauen, wie die Lage ist.«

»Und wenn ich nicht ›hierbleiben‹ möchte wie ein Hund, den Ihr zurückgelassen habt?«, fragte sie kalt.

Er betrachtete sie mit der gleichen Kälte. »Wünscht Ihr, dass ich Euch anbinde? Wie einen Hund?«

Sie keuchte. »Das würdet Ihr nicht wagen.«

Er beugte sich vor und schickte seinen gefährlichen, erregenden Atem an ihr Ohr. »Reizt mich nicht zu beweisen, welche furchtbaren Dinge ich tun kann, Eva. Die Ritterlichkeit ist in meinem Herzen vor langer Zeit gestorben. Provoziert mich nicht.«

Er richtete sich auf und ging zur Tür. Er stieß sie auf, knarrendes Ding, das sie war, und überschaute die Straße wie ein Mann, der eine verlassene Straße überschaute. Er sah ganz und gar nicht wie ein Mann aus, der die Arbeit von Kirchenmännern schätzte.

Er blickte zurück. »Ich komme wieder.«

Aber er kam nicht wieder. Weil er es nicht konnte.

Als er zum Kai ging, schwand seine Wut nach und nach. Evas Kuss hatte ihn so wirkungsvoll gestoppt wie ein Schlag auf den Kopf: Er war einfach zu Boden gegangen.

Am schlimmsten von allem war, dass er es gewusst hatte.

Irgendwo in sich drinnen hatte er gewusst, dass er zu Boden gehen würde. Und ihr Kuss war ihm wichtiger gewesen als seine Beute.

Seine Wut fiel um einige Grade, bis tief hinunter in das Königreich der Eisberge. Grimmig richtete er seine Gedanken wieder auf das Naheliegende: Peter von London.

Hol den Priester zurück. Dann mach, dass du wegkommst von der Frau mit den grauen Augen und den Geschichten über sommerglühende Weinberge. Fort von den leichtsinnigen, sinnlichen Küssen, die ihn dazu gebracht hatten, eine Aufgabe zu vergessen. Zum ersten Mal in seinem Leben.

In Gedanken versunken beobachtete Eva die betrunkenen Engländer, die sich am Tresen lümmelten. Father Peter aus London herauszuschaffen hätte eigentlich eine einfache Angelegenheit sein sollen, eine Sache des Herzens und einiger günstiger Augenblicke. Stattdessen war sie dazu verdammt, hier zu sitzen und zu warten und mit einem gefährlichen Mann zu konspirieren. Einem abwesenden Mann. Sie setzte sich kerzengerade auf. Einem schon viel zu lange abwesenden.

Er würde nicht zurückkommen.

Ihr Atem ging plötzlich schneller, und sie versuchte, ruhig durchzuatmen. »Es ist nicht die Zeit für Panik«, murmelte sie, aber schon wollte ihr Bewusstsein davonwirbeln wie ein Kreisel, mitten hinein in all die schrecklichen Auswirkungen des Misserfolgs. In solchen Momenten konnte einem nur der Verstand weiterhelfen, nicht aber die Panik wirbelnder Kreisel. Sie öffnete den Mund und holte tief Luft. Es trocknete ihre Lippen. Denk nach. *Denk nach.*

Als sie diese Barbaren das letzte Mal gesehen hatte – als Jamie sich geweigert hatte, ihnen die Augen auszustechen –, hatten sie mit zwei Männern gesprochen, die das wettergegerbte Aussehen von Seeleuten gehabt hatten.

Der eine Wettergegerbte war fort, aber der andere stand noch dort am Tresen und führte in diesem Moment einen Krug zum Mund. Als Eva sein Benehmen und die Art, wie die anderen ihn behandelten, genauer betrachtete, schlussfolgerte sie, dass er ein Kapitän sein musste. Die Barbaren hatten bei ihm ihre Überfahrt gekauft.

Natürlich.

Wie könnten sie es auch riskieren, einen bewusstlosen Priester durch das Stadttor zu schleppen, vorbei an Torwächtern und Bewaffneten? Da war es doch weitaus klüger, zum Kai zu gehen – denn die einzigen Leute, die dort etwas beobachteten, waren Leute, die für die richtige Menge Münzen beide Augen zudrückten und nichts sahen.

Sie waren zum Hafen gegangen.

Jamie musste das gewusst haben.

Eva hielt sich sehr aufrecht, reckte das Kinn hoch, erhob sich und ging durch den Schankraum auf den Tresen zu. Sie griff unter ihrem Umhang nach ihrer Gürteltasche und nach ihrem Dolch, für den Fall, dass sie ihn brauchen würde.

Sie fühlte, dass ihre Augen brannten. Vor Wut. Das war es. Pure Wut, dass Jamie geglaubt hatte, sie austricksen zu können.

Aber da kannte er sie schlecht.

5

Wieder stand Jamie in einem Durchgang, dieses Mal zwischen der Schenke und dem Gipfel des Hügels, der zum Hafenviertel abfiel. Jamie ließ den Blick zwischen dem Eingang zur Schenke und dem Hafen hin und her schweifen. Scharfer, harter Regen fiel schräg vom Himmel, stach wie Pfeilspitzen in Krägen und weite Stiefel. Ein unangenehmer, kalter Wind wehte vom Fluss herauf durch die Straßen der Stadt.

Der Hafen wurde lebendig; die Ebbe setzte bald ein. Männer kletterten in kleine Boote. Taue flogen von Schiffen ans Ufer, Männer brüllten, Hunde bellten, Katzen schlichen umher. Es hätte Mittag an einem Sonnabend unten am Kai sein können.

Und den Hügel halb hinunter, mitten in dem Gedränge von Seeleuten und durchnässt vom Regen, waren die fünf Barbaren.

Ich benutze schon die Worte dieser heimatlosen Frau, dachte er flüchtig.

Zwei der Männer hatten den Priester zwischen sich genommen, sodass er aussah wie ein Betrunkener. Die anderen standen in einem schützenden Halbkreis herum, gekleidet in dicke Umhänge, die dunkel vom Regen waren.

Jamie zerrte sich die Kapuze über den Kopf und schaute ungeduldig zur Taverne hinüber, der Regen machte ihn blinzeln. Wo zum Teufel blieb der verfluchte Kapitän?

Na endlich, in diesem Augenblick verließ er die Schenke. Mit der grauäugigen Heimatlosen an seiner Seite. Jamie empfand einen seltsam ambivalenten Wunsch: vor Bewunderung zu grinsen oder Eva den schlanken Hals umzudrehen.

Der Kapitän streckte fast beschützend seine wetterraue Hand aus, während er Eva aus der Schenke führte und dann die Tür mit einem Fußtritt hinter ihnen zuschlug. Die Tür knarrte und schloss sich mit einem hohlen, feuchten Klang. Evas blasses Gesicht war zum Kapitän emporgewandt, als sie leise etwas sagte und ihm einen kleinen prallen Beutel gab, der, wie es zu vermuten stand, voller Münzen war. Münzen, die Jamie ihr gegeben hatte.

Er holte tief Luft, um sich nicht aufzuregen. Ungeduld hatte noch nie zu seinen Schwächen gezählt. Und daran würde sich jetzt auch nichts ändern. Er war an Umwege gewöhnt. Sein ganzes Leben hatte sich darum gedreht, Verläufe und Richtungen neu festzulegen. Eva war eine unerwartete Kurve auf seinem Weg, ein steiler Anstieg, mehr nicht. Er würde sie einfach zur Seite schieben.

»... als Eure Tochter.« Sie war dabei, dem Kapitän irgendeinen Plan oder eine Anweisung zuzumurmeln.

»Das wird Euch nicht weit bringen, *Kind*«, entgegnete der Seemann mit barscher Stimme. Die grauen buschigen Augenbrauen über den hart blickenden Augen hatte er zusammengezogen, während er die Straße vor ihnen absuchte. »Ihr werdet einen besseren Plan als den brauchen. Besonders wenn sich hier draußen ein skrupelloser Ritter herumtreibt, wie Ihr sagt ...«

Jamie trat aus der Gasse, direkt vor ihnen, das Schwert gezogen.

»Was für ein Zufall«, sagte er und sah Eva an. »Ich habe gerade an dich gedacht.«

Eva schnappte nach Luft und sah den Kapitän an, aber der war klug genug, Jamie nicht aus den Augen zu lassen. Oder genauer gesagt: Jamies Schwert.

»Ich weiß jetzt, ich hätte dich niemals allein lassen sollen mit all dem Geld«, sprach Jamie in einem tadelnd-zärtlichen Ton weiter. »Wofür hast du es ausgegeben?«

»Jamie.« Der Regen strömte über Evas schockiertes Gesicht, ließ ihre blassen Wangen schimmern.

Der grauhaarige Seemann sah zwischen den beiden hin und her.

»Meine Frau«, erklärte Jamie freundlich, dann zeigte er mit der Schwertspitze auf den Beutel. Der Kapitän streckte ihn Jamie auf der flachen Hand entgegen, präsentierte ihn wie einen Teller mit Essen, wobei er Eva zuflüsterte: »Von einem Ehemann habt Ihr aber nichts gesagt.«

»Weil er ein sehr schlechter Ehemann ist«, fauchte Eva. Ihre Kapuze, die sie zum Schutz gegen den Regen aufgesetzt hatte, umhüllte ein weißes Gesicht, ihre dunklen Brauen glichen einer strengen Linie über ihren wütenden Augen. »Und es ist nicht sein Geld. Sein Geld ist hier.« Sie legte die Hand auf ihren Körper, wo sich unter dem Umhang ihre Gürteltasche befand.

Der Kapitän warf einen kurzen Blick nach unten, ehe er den Blick wieder direkt auf die Spitze von Jamies Schwert richtete.

Jamie lächelte. »Ich gebe ihr nur selten Geld. Sie gibt es immer so unbedacht aus. Ballenweise Stoff, Gewürze, Schiffskapitäne.« Er wies mit einem Kopfnicken auf den inzwischen durchfeuchteten Geldbeutel, der immer noch auf der flachen Hand des Mannes lag. »Ich bin glücklich, ihn Euch geben zu dürfen, Sir, und wäre noch glücklicher, wenn Ihr mir dafür ein wenig behilflich seid. Es wird Euch nur ein wenig von Eurer Zeit kosten.«

Der Kapitän drückte den Geldbeutel an seine Brust.

Eva schien das als eine entmutigende Entwicklung zu betrachten. Sie machte einen kleinen ausweichenden Schritt zur Seite, aber Jamie packte blitzschnell zu und schloss die Hand um ihren Nacken, noch ehe sie den Fuß wieder auf den Boden gesetzt hatte. Er sah den Kapitän unverwandt an, fühlte aber unter seinem Daumen, dass Eva schluckte.

Der Kapitän starrte Eva an – oder besser, Jamies Hand um ihre Kehle – und räusperte sich. »Was braucht Ihr, Sir?«

»Jene Männer dort entführen einen Priester.«

»Das hat sie mir gesagt.«

»Hat sie das? Ich möchte die Burschen aufhalten.«
»Das will sie auch.«
Jamie lächelte. »Dann decken sich unsere Interessen ja.«
»Was soll ich dabei tun?«

Ein plötzlicher Schrei am Ende der Straße ließ sie alle herumfahren. Dort, oben auf dem Hügel, standen drei der Entführer, sie sahen durchnässt und wütend aus. »Herrgott, Käpt'n, die Flut läuft auf. Was zum Teufel hält Euch ...«

Sie verstummten beim Anblick ihres Kapitäns, Geldbeutel in der Hand, und Jamies, der ihm den Weg verstellte, das Schwert in der einen Hand, die andere um Evas Kehle geschlossen.

Einen Moment lang sperrten sie Mund und Nase auf.

Es war die Art von langem, erstarrten Moment, der es dem Schock erlaubte, sich zum Handeln zu wandeln. Jamie war sich ziemlich sicher, wie dieses Handeln aussehen würde. Vier gegen einen, wenn er den Kapitän zum Lager der Barbaren zählte. Wieder fühlte er Eva schlucken. Also stand es wohl eher fünf gegen einen.

»Jamie«, wisperte sie.

Sein Verstand überschlug die Möglichkeiten.

»Ich kann helfen«, hauchte sie.

Er lockerte seinen Griff und stieß sie zurück in die Gasse, dann folgte er ihr. Die Männer stürmten die Straße herunter. Der Kapitän folgte Eva und Jamie in den Durchgang und drückte sich ihnen gegenüber mit dem Rücken fest an die Mauer. Jamie hielt sein Schwert mit beiden Händen vor der Brust hoch, bereit, zum tödlichen Hieb auszuholen. Auch er drehte sich mit dem Rücken an die Mauer.

»Es waren drei«, wisperte Eva.

»Das habe ich gesehen.«

Sein Herz hämmerte, seine Hände öffneten und schlossen sich wieder um das Heft, es waren minimale Korrekturen, um seinen

Griff zu vervollkommnen. Jede Faser seines Körpers schrie nach Entspannung. Kampf. Verstümmeln. Aufschlitzen. Zerstören. Das war es, wofür er gemacht war.

Er hielt den Blick auf die Straße vor ihnen gerichtet. »Wie gut seid Ihr mit Eurer kleinen Klinge, Eva?«

»Ich kann zustechen, etwas besser als mittelmäßig«, sagte sie sofort. »Aber ich habe ein Versprechen gegeben, heute niemanden zu töten.«

Er nahm es schweigend zur Kenntnis. Das Geräusch laufender Schritte kam näher.

»Es ist ein äußerst ernstes Versprechen«, versicherte sie ihm.

»Eva, Ihr solltet entweder noch einen hilfreichen Plan parat haben oder aber davonlaufen. *Jetzt.*«

Die Schritte erreichten die Gasse. Eva duckte sich tief, als der erste Mann erschien, mit gezogenem Schwert. Jamie stieß sich von der Mauer ab, und Eva ... sprang auch hervor.

Zusammengekugelt krachte sie dem ersten Mann wie ein Findling gegen die Knie. Er taumelte rückwärts und prallte gegen den Soldaten, der dicht hinter ihm war. Beide stürzten, fielen der Länge nach aufs Straßenpflaster, traten wie wild mit den Füßen. Jamie stürzte sich in das Gewühl.

Es war ein stummer, rascher Kampf. Mit geschickten Hieben durchschnitt er den Brustpanzer des dritten Mannes, als der um die Ecke stürmte und über seine am Boden liegenden Kumpane stolperte. Jamie fuhr herum und trat ihm genau in dem Augenblick gegen den Kopf, als er sich wieder aufrappeln wollte. Dieses Mal knallte er auf wie ein Stein und blieb liegen.

Eva kämpfte wie eine Wahnsinnige, trat mit den Holzsohlen ihrer Schuhe zu, kratzte und riss die Männer an den Haaren, zog sie an den Ohren, bis sie einen am Nacken zu fassen bekam und ihm, einfach so, etwas Lebenswichtiges zusammendrückte. Er kippte bewusstlos zur Seite.

Mit ähnlicher Effizienz, wenn auch gewaltsamer, erledigte Jamie den dritten Mann und, bevor die Augen des Soldaten ganz in ihre Höhlen zurückgerollt waren, wurde die Ladung Eisen, Leder und stummes Fleisch über die schmutzigen, heubestreuten Kopfsteine in den Durchgang gezogen, außer Sichtweite.

Der Kapitän stand vornübergebeugt da, mit seinem spitzen gezogenen, aber nicht benutzten Dolch. Er schaute auf die verstreut am Boden liegenden Körper und Schwerter, auf Eva, die zwischen den bewusstlosen Männern lag. Jamie griff in das Durcheinander, nach ihrer Hand.

Der Kapitän sah ihn an. »Schon lange verheiratet?«

»Erst seit Kurzem«, entgegnete Jamie knapp, während er Eva aus ihrer Lage befreite. »Da wäre noch eine Menge mehr Geld für Euch drin, Kapitän, wenn Ihr die Abfahrt hinauszögert, bis ich an Bord bin.«

»Einverstanden«, sagte der Kapitän entschlossen. »Aber wenn die hier wieder aufwachen« – er zeigte auf die daliegenden Männer – »und nach Euch den Hügel heruntergerannt kommen, wird eine verzögerte Abfahrt Euch nichts nützen. Und mir auch nicht.«

»Sie werden kein Problem sein«, beruhigte Jamie ihn.

Der Kapitän ging davon, während Jamie die letzten zwei Spießgesellen neben den ersten zerrte. Eva half ihm, dann standen sie Seite an Seite und starrten auf die Männer hinunter.

»Ihr habt ihn sauber erledigt«, sagte Jamie zwischen zwei Atemzügen.

Sie nickte, atmete schwer und strich sich mit dem Handrücken eine dunkle Haarsträhne aus dem Gesicht. »Ich wirke auf viele Männer so. Sie sehen mich und sind all ihrer Sinne beraubt.«

Er ließ sich auf ein Knie nieder und begann, die Körper der Soldaten abzutasten. Er suchte nach irgendeinem Hinweis darauf, wer sie sein könnten, wer sonst noch auf der Jagd nach dem Priester war.

»Warum seid Ihr nicht davongelaufen?«, fragte er, während er Taschen und Beutel durchsuchte.

»Warum habt Ihr mich nicht erwürgt?«

Er schüttelte den Kopf. »Vermutlich habe ich tief im Innern vermutet, dass Ihr Euch zusammenkugeln könnt wie eine Katze, Euch gegen die Männer werft und sie niederschlagt, dass sie wie die Fliegen umfallen.«

Die Durchsuchung der Bewusstlosen hatte nichts ergeben, enthüllte nur, dass diese Männer nicht wussten, wie man kämpfte. »Kommt. Helft mir bei den Beinlingen.«

Sie hockte sich sofort hin und begann, die Schnürbänder, mit denen die Beinlinge an der Unterjacke befestigt waren, aufzumachen, und sagte: »Ich hätte das von Euch nicht erwartet, Jamie.«

Er zerrte an den Stiefeln eines Mannes. »Was?«, knurrte er.

»Das hier, das mit den Beinlingen. Ich hätte Euch für einen Mann gehalten, der schöne Frauen schwachmacht, nicht aber in dunklen Gassen bewusstlose Männer auszieht.«

Er hielt in seiner Arbeit inne und schaute zu ihr hinüber, die Hand auf seinen Oberschenkel gestützt. »Sollte das Bedürfnis entstehen, Eva, kann ich eine schöne Frau schwachmachen. Und ausziehen.«

Was als Nächstes geschah, war die kurze Unterbrechung wert, die seine Antwort erforderlich gemacht hatte: Leichte Röte flog über ihr Gesicht. Ihre helle Haut und ihre fein geschnittenen Gesichtszüge wirkten, als würde sich eine rosafarbene Blüte der Sonne zuwenden.

Und das, dachte Jamie entschieden, *ist einfach lächerlich*.

Der Regen wurde heftiger, fiel von Windstößen getrieben vom Himmel, tränkte die heubestreuten Straßen, nässte Gebäude und Menschen, die in schmalen Gassen kauerten und bewusstlose Männer auszogen.

»Und was wollt Ihr mit diesen schrecklichen Dingen anfangen?«, fragte Eva, die einen Stapel Beinlinge, Bänder und Stiefel so weit von ihrem Körper weghielt, wie es ihr möglich war.

Er stand auf. »Es gibt Waisen hier, wie in jeder Stadt.«

Und in der Tat, sogar jetzt, hinter ihnen, waren die raschen Bewegungen zu ahnen, die verkündeten, dass magere Körper im Abstand herumlungerten.

»Hier, Junge, nimm«, forderte Jamie einen leise auf. »Hier hast du was.« Er warf dem Jungen die teuren Stiefel zu. Sie rutschten mit einem dumpfen Geräusch über die festgetretene Erde und die Kopfsteine draußen.

Eva tat es ihm gleich. »*Attendez*, hübscher Junge«, flüsterte sie. Ein Kopf tauchte auf, verschwand dann wieder. »*Ici. Bonne chance.* In Frankreich würden allein schon die Stiefel genug bringen, um das ganze überbevölkerte Viertel für Wochen mit Essen zu versorgen.« Sie wandte sich um und steckte dabei einige Haarsträhnen zurück unter ihre Kapuze. Nass, verknotet und zersaust war ihr Haar wie schwarzes Gold, das in dem sich bauschenden dunklen Tunnel ihrer Kapuze verschwand.

Er wandte den Blick ab.

Sie gingen unverzüglich zurück auf die Straße den Hügel hinauf. Jamie schaute zum Kai hinunter. Der Kapitän antwortete mit einer zornigen Geste, ob vorgetäuscht oder ernst gemeint, wusste Jamie nicht. Es war auch nicht wichtig. Die beiden Barbaren, die bei dem Seemann standen, tauschten argwöhnische Blicke, dann trat einer vor und versetzte dem Kapitän einen heftigen Stoß.

Der schrie, ruderte mit den Armen, dann stürzte er rücklings in den gefährlichen, dunklen Fluss.

Der andere Barbar begann, an Bord zu klettern, wobei er den Priester hinter sich herzerrte. An Deck tauchte ein Kopf auf, dann noch einer, und zwei Deckshelfer kamen angerannt, brüllend und einen Fanghaken und einen Hammer schwingend.

Jamie warf Eva einen grimmigen Blick zu. »Dieses Mal, bei Eurem Leben, *bleibt hier.*«

Dann lief er mit großen Schritten die Straße den Hügel hinunter zum Kai.

Für Eva fühlte es sich an, als würde die Welt um sie herum sich langsamer bewegen. Jamie ging mit äußerster Entschlossenheit auf das Schiff zu, und die Männer an Deck wandten sich zu ihm um, einer nach dem anderen.

Er kam näher, blieb nicht stehen, es gab kein Zaudern bei der Ausführung seines Vorhabens. Einer der Deckshelfer trat vor, aber Jamie stürmte an ihm vorbei wie der Wind. Einer der Entführer löste ein kleines Beil von seinem Gürtel, aber Jamie zog noch im Gehen sein Schwert, umfasste das Heft mit beiden Händen und schlug die Klinge mit der flachen Seite gegen den Schädel des Mannes, worauf dieser, wie zuvor der Kapitän, in den dunklen Fluss stürzte.

Jamie wandte sich um, um sich vor Father Peter zu stellen. Nicht nur, um jedermann davon abzuhalten, sich ihn zu schnappen, sondern auch, um ihn zu beschützen, und hob sein Schwert hoch.

Laute Rufe und Schreie explodierten überall entlang des langen Kais, hallten von den Steinen und dem nassen Holz der Gebäude, die am Fluss lagen, wider. Wie aus dem Abwasserkanal kommend, begannen Männer herauszubrechen, einige lärmend, andere stumm, alle mit entschlossenen, wilden Gesichtern und alle bewaffnet.

Sie würden Jamie umbringen.

Eva begann, den Hügel hinunterzurennen. Dann fing sie an zu schreien.

Langsam, wie in einem Traum, wandten sich alle zu ihr um.

Dann, noch in jenem trägen, jenseitigen Zustand gefangen, wandten sich alle wieder Jamie zu.

Eva griff nach dem Beutel mit Jamies Münzen und begann, sie zu werfen. In hohen wilden Bögen flogen sie durch die Luft und fielen dann auf die nasse Straße.

6

Konzentriert auf einen tödlichen Kampf, hörte Jamie sie kommen. Tote hätten ihr Kommen hören können. Sie hatte selbst den Priester aus seiner Bewusstlosigkeit gerissen, der jetzt aus eigener Willenskraft hinter Jamie stand, benommen taumelte und den Kopf schüttelte, um ihn klar zu bekommen.

»Passt auf, dass Ihr nicht in den Fluss fallt, *curé*«, warnte Jamie ihn.

Die meisten der Schläger, die sich zusammengerottet hatten, machten beim Anblick der Münzen wie ein Vogelschwarm kehrt, und Chaos erhob sich mit wild um sich schlagenden Flügeln. Schreien und Brüllen, Knüppel und Fäuste, Münzen und kalter Stahl, Chaos auf Kopfsteinpflaster. Jamie hieb sich hindurch, seine Aufmerksamkeit war konzentriert und tödlich. Er erkannte den Moment, in dem jemand von hinten auf ihn zukam.

»Warum hast du so lange gebraucht?«, fauchte er, ohne sich umzudrehen.

»Ich bitte um Entschuldigung, Jamie.« Der Mann, mit dem er gesprochen hatte, schwang sein Schwert, ließ einen Angreifer vor Schmerz aufschreien und sich zurückziehen. »Ich brauchte einen Moment, um zu begreifen, dass du der Mann gewesen bist, den ich vor einer halben Stunde in eine Schenke habe gehen sehen. Wir hatten nicht darüber gesprochen, dass du dort einkehren und etwas trinken wolltest. Warum dieser Kampf? Ich dachte, heute Abend ginge es um einen Auftrag.«

»Das ist der Auftrag.«

»Hast du mir nicht geschworen, mit Schwertkämpfen auf der Straße sei es vorbei?«

Jamie fuhr herum, sein Schwert zischte durch die Luft. Ein

Angreifer, der Jamie einen Stoß in den Rücken hatte versetzen wollen, flog durch die Luft und prallte gegen ein paar Männer. Sie landeten in einer dritten Gruppe, und erneut brach ein kleiner Tumult zu seiner Linken aus.

»Heute Abend sind sehr viele böse Buben an dir interessiert«, bemerkte Jamies Freund, während sie sich mit ihrem Schwert eine Gasse bahnten, Rücken an Rücken. »Mehr als üblich. Gibt es einen Grund dafür?«

»Aye. Sie haben mich gefragt, wo du wohnst, und ich wollte es ihnen nicht sagen. Hast du den Priester gesehen?«, fragte Jamie und räumte jemanden mit einem Fußtritt aus dem Weg. Die Gebäude auf beiden Seiten engten das Kampfgeschehen ein und sorgten gleichzeitig dafür, dass es so bald nicht an Intensität verlieren würde.

Jamie ließ den Blick über den Tumult schweifen. »Wo zum Teufel ist er?«

Ah, dort. Bei Eva, am anderen Ende des Blocks. Ihr Umhang blähte sich im böigen Wind, ihr Haar wehte in langen, dunklen Strähnen um ihr Gesicht. Sie hob die Hand und hielt sich das Haar aus der Stirn, während sie über das Meer der Kämpfenden schaute. Dann fand ihr Blick Jamie.

Sie neigte leicht den Kopf, und ihre Augenbrauen hoben sich zu einer stummen Frage. *Seid Ihr unverletzt?*

Er nickte. Sie lächelte, was sich überraschend warm anfühlte, wenn man bedachte, wie weit entfernt sie voneinander standen. Dann winkte sie flüchtig und bildete mit den Lippen einen stummen Gruß. Es sah aus wie *bonne nuit*.

Gute Nacht.

Dann verschwand sie um die Ecke – zusammen mit dem gottverdammten Priester.

7

»Hast du Geld?«, fragte Father Peter, als sie durch die Straßen der Stadt liefen.

Eva hob den Arm, um den Priester noch etwas mehr zu stützen, während sie über das glitschige Kopfsteinpflaster eilten. »Ein wenig.«

»Genug, um durch das Tor zu kommen?«

»Das hoffe ich.«

»Zeig es nicht zu offen her.«

»Ihr solltet solche Dinge wie einen Torwächter überhaupt nicht kennen«, tadelte sie ihn. »Ihr, ein Mann Gottes.«

»Wäre ich ein anständiger Mann Gottes, Eva, würdest du nicht mehr am Leben sein.«

Sie warf ihm einen Blick zu. »Haben sie Euch am Kopf verletzt?«, fragte sie besorgt.

»Sie haben es versucht.«

Sie tätschelte seinen Arm und sagte schnell: »Ich sollte mir keine großen Sorgen machen; ich weiß, dass er schrecklich dick ist.«

»Nicht so wie deiner. Warum bist du in England? Ich will dich hier nicht haben.«

»Was das angeht, sind wir uns einig, *padre*. In diesem kalten, nassen Land zu sein ist nichts, das ich wie einen guten Wein genießen würde. Es ist eher wie Ale.«

»Du solltest kein Ale trinken, Eva«, tadelte er sie in dem vertraut liebevollen Ton, der ihr die Tränen in die Augen getrieben hätte, hätte sie dem Weinen nicht abgeschworen. Niemals wieder würde sie es Tränen gestatten, ihre Augen zu besudeln. Aber es war erstaunlich, wie man bei einem alten Freund in alte Gewohnheiten zurückfiel.

Father Peters braunes Gewand schwang ihm um die Füße, als sie auf das Stadttor zueilten. »Antworte mir, Eva: Warum bist du nach England gekommen?«

»Ich sollte denken, das wäre offensichtlich, zumal wir diese Straße hinunterschleichen wie Verbrecher. Ich bin Euretwegen hergekommen.«

»Ich habe eine Nachricht hinterlassen, die dir befohlen hat zu fliehen. Dir und Roger.«

Im Mondlicht, das von nassem Stein und Lehm reflektiert wurde, sah Father Peter blass aus. Eva schluckte ihre Sorge hinunter wie eine Tinktur und sagte leichthin: »Darin stand nicht, dass ich fliehen sollte.«

»Darin stand ›Geht nach Süden‹. Das hat immer bedeutet zu fliehen.«

»Ich weiß sehr gut, was das bedeutet hat.«

»Und doch bist du hier. Es war eine klare Botschaft, Eva, nur drei Zeilen.«

»Ich weiß genau, wie lang sie war. ›Sie haben mich gerufen, und dieses Mal muss ich gehen. Nimm Roger, und geht nach Süden in den Frühling. Zögere nicht.‹«

Er sah sie an, beeindruckt von der perfekten Wiedergabe. Vielleicht aber auch verärgert; das war in der Dunkelheit schwer zu erkennen.

»Und stattdessen bist du in den Norden gekommen«, stellte er knapp fest.

»Aber ohne Zögern, falls das in irgendeiner Weise von Bedeutung ist.« Sie zog ihn am Arm, sie wollte eine kurze Pause machen. »Ich habe Neuigkeiten, Father. Der französische König, Philipp Augustus, verhandelt mit den englischen Rebellen. Er plant einen kleinen Besuch, er und sein Heer. Die Rebellen haben so viel Interesse an dieser ›Charta‹ wie ich am Schafescheren. Euch einzuladen, damit Ihr helft, war nichts als eine List.«

»Und deshalb bist du hier? Um mir zu sagen, dass die Politik in diese Angelegenheit des Königtums verwickelt ist?«

»Um Euch zu sagen, dass Ihr unter falschem Vorwand gerufen worden seid.«

Er sah sie an. »Und die Brüder haben dich mit diesen Neuigkeiten auf den weiten Weg nach England geschickt?«

Sie zögerte. »Ich habe mich selbst geschickt.« Er schüttelte den Kopf, und sie hob die Hand. »*Curé*, diese guten Freunde von Euch und mir, sie sind Männer Gottes. All die Menschen, die in all diesen Jahren geholfen haben, uns zu verstecken, die Gefahren und Stürme auf sich nehmen würden, um Euch zu unterstützen – und es sind viele –, diese Menschen sind Priester und Mönche. In dieser Sache sind sie *hilflos*. Sie reden über Schafe und schreiben die Dinge nieder, die andere Menschen tun, aber das hier?« Sie machte eine Geste, die die dunklen Straßen der Stadt umschloss. »Hierin sind sie nicht so gut. Wohingegen ich sehr gut darin bin. Wenn auch nicht so gut wie Ihr«, setzte sie schmeichlerisch hinzu.

Er runzelte die Stirn noch heftiger. Sie nahm seinen Arm, und sie setzten ihren Weg fort, stiegen vorsichtig über einen Rinnstein voller Regenwasser und kleinen dunklen darin treibenden Dingen.

»*Mon père*, wenn es ein Fehler von mir war, nach England zu kommen, dann geschah es nur, um Euch zu folgen. Wir sind England unter großen Opfern seit vielen Jahren ferngeblieben, aber jetzt seid Ihr hergekommen, während ein Bürgerkrieg droht. Warum jetzt?«

Er schaute mit großer Entschlossenheit geradeaus. Vielleicht war es die Entschlossenheit, Eva nicht anzusehen. »Ich hatte etwas zu erledigen.«

»Das ist verrückt, denke ich. Euer Kopf hat mehr abgekommen, als gut für Euch ist.«

»Trotzdem habe ich Angelegenheiten, die nichts mit dir zu tun haben, Eva.« Seine braune Robe schwang, als sie um eine weitere Ecke bogen.

»Hat es etwas mit diesen Männern zu tun, die Euch gestohlen haben wie ein Huhn?«, fragte sie drängend. »Da Ihr bewusstlos gewesen seid, könnt Ihr Euch vielleicht nicht an diesen Vorfall erinnern. Mir hingegen ist er sehr genau in Erinnerung geblieben, weil ich vor Entsetzen außer mir war, als ich mit ansehen musste, wie sie Euch die Straße hinuntergezerrt haben.«

Er sah sie ruhig an. »Eva, du musst fort aus England.«

Sie nickte. »Das ist genau der Grund, warum ich hier bin. Euch aus England wegzubringen, Euch und all Eure hübschen Bilder, die bösen Menschen so viel Angst machen.«

»Nein, Eva. *Du* musst fort. Sie tuscheln wieder.«

»Menschen tuscheln über viele Dinge«, sagte sie leichthin, aber innerlich fror sie. Die Menschen tuscheln nicht über viele Dinge. Die Menschen tuschelten nur über eines: Geheimnisse.

»Sie haben sich erinnert.«

Furcht lief ihr wie ein kaltes Wasser den Rücken hinunter. »Wer?«

»Alle, Eva. Jeder von ihnen.«

Sie lief ihr die Beine hinunter, diese kalte Furcht. »Roger.«

Father Peter sah sie an, und sie begriff, dass ihr unerschütterlicher Beschützer seit all diesen Jahren sie nicht länger beschützen konnte.

»Nein, Eva. Ich denke, sie haben sich an dich erinnert.«

8

Sie musste viel bezahlen, um durch das Stadttor gelassen zu werden. Das Kopfsteinpflaster davor war übersät von Hinterlassenschaften der Menschen und der Tiere, die das Tor im Laufe des Tages passiert hatten – Lauch lag verstreut herum, ein verlorener Handschuh, eine Unmenge von Ziegenkot. Das zweiflügelige, von Zinnen bekrönte Tor ragte vor Eva und Father Peter empor, zwölf Fuß hoch, aus schwerer Eiche und mit Eisen beschlagen.

In einen der großen Torflügel war eine kleine Türöffnung eingeschnitten, so schmal und etwa kniehoch über dem Erdboden, dass man einzeln hindurchsteigen musste. Dies war nicht nur unbequem, sondern hielt auch jeden, der eine Rüstung und ein Schwert oder eine andere tödliche Waffe trug, davon ab, in die Stadt einzudringen. Und nach der Sperrstunde war dieser schmale Durchlass der einzige Weg hinein und hinaus.

Heute Abend schienen die Torwächter sehr fröhlich gestimmt zu sein, als sie sich die Münzen in die Taschen steckten, die Eva ihnen in die schmutzigen behandschuhten Hände gedrückt hatte. Sie half Father Peter, durch die Öffnung zu steigen, dann hielt sie sich rechts und links fest, um ihm zu folgen.

»Es wird noch ein Mann kommen«, verkündete sie den Torwächtern, bevor sie ganz hindurchstieg. »Dunkles Haar, dunkelblaue Augen, eigentlich ganz und gar ziemlich düster. Er wird es sehr eilig haben. Er muss aufgehalten werden, er und auch sein Begleiter. Der Aufruhr vorhin hat den beiden gegolten. Die Stadtwache ist ihnen dicht auf den Fersen.«

Die Torwächter schauten den Hügel hinauf. Der Weg war leer bis auf die Silhouette einer Katze, die auf der Kuppe entlangschlich, eine schmale, dunkle Kreatur mit einem dünnen, nach Katzenart erhobenen Schwanz.

»Oh, er wird schon noch kommen«, sagte Eva in warnendem Ton. »Und er hat sehr viel Geld bei sich. Ist wie ein Packesel damit beladen. Pennys. *Aus Gold*.«

Die Torwächter grinsten, und sie empfand ein wenig Mitleid mit Jamie, der mit Sicherheit angehalten werden würde – wenn auch nur vorübergehend –, damit die Wächter diesem Hinweis auf den Grund gehen konnten, vermutlich mithilfe der behelmten Bogenschützen auf dem Wehrgang über ihnen.

Doch Eva konnte sich jetzt keine Gedanken über Jamie machen. Sie musste überlegen, wie sie ihre kleine Schar geliebter Menschen aus England herausbekam, ehe sie entdeckt wurden.

Silbriges Mondlicht schien durch das Frühlingslaub und umgab Father Peter und sein braunes Gewand mit einer hell schimmernden Aura. Es war durchaus hübsch anzusehen, zugleich aber lästig, wenn man in großer Gefahr war und durch einen dunklen Wald lief.

»Eva«, erklang eine Stimme leise von irgendwoher zwischen den Bäumen.

Father Peter fuhr herum. Roger, Evas fünfzehnjähriger Schützling und treuer Kamerad der vergangenen zehn Jahre, trat aus dem Dunkel, selbst schlank und hochgewachsen wie ein junger Baum.

Father Peter wandte sich wieder an Eva – mit dem strengsten Blick, den sie je von ihm bekommen hatte, und es hatte im Laufe der Jahre derer viele gegeben. Deshalb war dieser durchaus keine kleine Rüge.

»Du hast Roger mitgebracht«, sagte er tonlos.

»Ich habe versucht, ihn zurückzulassen, aber er wollte nichts davon wissen.«

Father Peters Blick verfinsterte sich noch mehr, wenn das möglich war. »Das Gefühl kenne ich.«

»Pah, all Eure Doppel- und Dreifachdeutigkeiten, *curé*, sind an jemanden wie mich verschwendet. Ich bin so stumpf wie eine rostige Axt. Ihr müsst mir deutlich sagen, was Ihr meint, oder Ihr werdet als frustrierter alter Mann sterben.«

Trotz der Dunkelheit der Nacht und der Zeiten lachte Father Peter. Eva gelang das immer wieder: ihn zum Lachen zu bringen. Aber gerade jetzt wieder wurde aus dem Lachen ein Keuchen, und das Atmen wurde auch für Eva ein wenig mühsamer, fast als litte sie selbst unter dem Husten. Das geschah immer, wenn ihr das Herz von einer großen Sorge schwer wurde.

»Wir sind eine gefahrbildende Gruppe, Eva«, sagte er, als der Hustenanfall vorüber war.

»Sie sind so scharfsinnig, Eure Beobachtungen. Das nächste Mal, das verspreche ich, werde ich Euch zurücklassen.«

Er sah traurig aus, und das war erschreckend, denn Father Peter war vorwärtsschauend und ausdauernd wie ein wehrhafter Schild oder die Sonne. »Eva, alles, was du hättest tun müssen, war, mir zu erlauben, *dich* zurückzulassen.«

Sie sahen einander durch ein Schweigen an, das so viele Schichten hatte, dass es nicht mit Worten gefüllt werden konnte. Dann nahm sie seinen Arm und führte Father Peter über die nassen, brechenden Zweige dorthin, wo Roger mit den Pferden wartete.

Eine Strähne seines blonden Haars fiel Roger in die Stirn, als er vortrat, um Father Peter zu begrüßen. Er lächelte, während er seine Hand nahm. Sie umarmten einander rasch, aber herzlich.

»Ich dachte, du würdest nie mehr zurückkommen, Eva«, murmelte der Junge, während er Father Peter auf eines der Pferde half.

»Und warst zugleich höchst angetan von der Aussicht, dann vielleicht noch mehr Abenteuer zu erleben«, tadelte sie, wobei sie ihre Stimme unbekümmert klingen ließ wie immer, wenn sie mit Gog sprach, unbekümmert und unbeschwert, sogar, als sie vor Jahren im Dunkeln durch einen Wald gestolpert waren.

Gog schwang sich hinter Father Peter in den Sattel. Eva nahm sich eine Sekunde, Rogers Knie zu tätscheln. »Aber glücklicherweise bin ich zurückgekommen und kann dich von allem gefährlichen Leichtsinn und Unheil fernhalten.«

Er schaute zu ihr hinunter. »Eva, wenn ich bei dir bin, gerade dann ist mit Gefahr und Unheil zu rechnen.«

Nun gut.

Sie stieg auf das andere Pferd. »Die Stute ist absolut perfekt«, murmelte sie. Sie fand nicht viel Gelegenheit zum Reiten; Pferde waren Luxus, und dazu neigte ihr Leben ganz und gar nicht. Einmal hatte Roger für sie von einem Marktstand ein Stück duftende Seife gestohlen, und jetzt saß sie auf diesem wunderschönen, starken Tier, das sicherlich mehr Geld gekostet hatte, als sie Roger gegeben hatte.

Sie sah ihn scharf an. »Hast du dieses Pferd gestohlen?«

»Was ist passiert?«, wich Gog einer Antwort mit seiner Frage aus. Er sah den Priester dabei an, aber Eva war überzeugt, dass die Frage an sie gerichtet war.

Sie schob sich tiefer in den Sattel, und sie fielen in einen raschen Trab. »Es gab eine kleine Verzögerung.«

»Eine Verzögerung, wie durch einen Kampf?«

»Warum fragst du das?«

»Eva...«

Sie seufzte erbittert. »Ein kleiner.«

»Ein kleiner was?«

»Kampf.«

Roger schüttelte den Kopf. »Komm.« Er lenkte sein Pferd vom Hauptweg auf einen schummrigen Pfad. Sie folgte ihm und fühlte sich endlich ein wenig sicherer. Jamies wütender Blick würde ihren Rücken hier nicht augenblicklich in Flammen setzen können, sollte er es irgendwie durch das Stadttor geschafft haben.

»Ich wusste es«, stieß Gog hervor.

»Es lag außerhalb meiner Möglichkeit, es zu verhindern. Sie haben Father Peter eine schreckliche Tinktur eingeflößt. Und waren dabei, ihn auf ein Schiff zu schleppen.«

Roger sah sie scharf an. »Und was hast du gemacht?«

»Natürlich habe ich sie aufgehalten.«

»Wie?«, beharrte Gog, der wusste, wie Eva war. Fühlte eine Mutter diesen glitschigen Abhang, das Terrain zwischen den Wahrheiten, von denen man dachte, sie könnte sie verkraften, und den Lügen, die man erzählte? Nicht dass Eva eine Mutter war, natürlich nicht. Jedenfalls nicht im eigentlichen Sinne des Wortes.

»Wie hast du sie aufgehalten?«, drängte Gog.

»Eva und der Ritter haben sie aufgehalten«, mischte sich Father Peter helfend ein.

Sie warf ihm einen warnenden Blick zu und sorgte dafür, dass er ihn durch die Dunkelheit sehen konnte, die die Welt einhüllte. Eine Tatsache, die sie verzweifelt zu ignorieren versuchte, denn die Dunkelheit machte ihr Angst.

Gog nickte, aber sein Kinn war angespannt. »Ein Ritter. Welche Art Ritter?«

»Die Art, die sehr gefährlich und ganz und gar nicht ritterlich ist«, entgegnete sie scharf.

»Und er hat geholfen, Father Peter zu retten?«

Ihr warnender Blick richtete sich jetzt auf Gog. »Zerbrich dir nicht den Kopf über diesen Ritter. Er ist nicht anständig. Er ist das Gegenteil davon. Unanständig, gefährlich, ungebührlich. Er war ein nützliches Werkzeug am Rande des Weges, das ist alles, wie eine Sichel oder ein Hammer.«

Gog warf ihr einen Blick zu. Er hatte die Arme um den alten

Priester geschlungen, um ihn zu stützen. »Das sind sehr gefährliche Werkzeuge, Eva.«

»Wie scharfsinnig von dir, Roger. Alles, was wir jetzt noch tun müssen«, sprach sie in fröhlichem Ton weiter, »ist, noch ein kleines Stück weiterzureiten, und dann noch ein kleines Stück und noch eines, und wir werden bald bei dem Gasthaus am Fluss sein. Und am Morgen auf dem Boot nach Frankreich.«

Father Peter sah zu ihr herüber. »Damit wird es nicht zu Ende sein, Eva.«

»Es wird nie zu Ende sein«, erwiderte sie rasch und wandte den Blick ab. Doch eines gab es, was dem allem ein Ende setzen konnte. Unglücklicherweise war es unmöglich, das zu tun.

Wie könnte man je nah genug herankommen?

Jamie stand vor dem Stadttor und beherrschte seine Wut. Noch hatten die Wachen keine Hand an ihn oder Ry gelegt, aber nur deshalb nicht, weil sie vorsichtig waren. Was durchaus klug war, selbst wenn Jamies unkontrollierte Wut gegen fünf bewaffnete Torwächter und die zusätzlichen Standarmbrustschützen auf dem Wehrgang, die ihre Pfeile auf seine Augen gerichtet hatten, nichts hätte ausrichten können.

»Nun, Sir«, sagte der Torwächter und streckte die Hand vor sich aus, als wollte er sich Jamie vom Leib halten, »falls es so ist, wie Ihr sagt, dann wird die Sache nicht lange Zeit in Anspruch nehmen. Wir werden einfach Eure Taschen umdrehen und sehen, was Ihr darin habt. Pennys, hat das dunkelhaarige Mädchen gesagt.« Ry fluchte leise. Jamie schwieg eisern. »Und wenn nicht alles davon Euer ist, nun, dann kann vielleicht etwas davon mir gehören.«

Der Wächter gestattete sich ein kleines heiseres Lachen, das verstummte, als Jamie seinen Blick von den Armbrustschützen auf dem Wehrgang abwandte.

Der Torwächter räusperte sich und hob abwehrend die Hand. »Wir werden auf die Stadtwache warten, und ihr beide werdet die Nacht in einer Zelle verbringen. Ihr werdet die Einzigen dort sein – die anderen wurden letzte Woche gehängt oder aber freigelassen, um sich den Rebellen anzuschließen. Morgen früh könnt Ihr Euch dann wieder auf Euren Weg machen, richtig? Seid nicht so streng, Mann«, fügte er hinzu und begann, ein wenig bittender zu klingen, obwohl Jamie sich nicht bewegt hatte. Aber die Armbrustschützen standen noch immer dort oben, deshalb war ein bittender Torwächter keine Schwachstelle, die Jamie nutzen konnte.

Er richtete seinen Blick wieder auf die Mauer und schwieg. Er fühlte sich, als könnte seine Wut ein Loch durch den Stein brennen.

Neben ihm murmelte Ry irgendetwas, aber Jamie konnte es nicht hören, das Hämmern der Wut in seinem Kopf war zu laut.

Dafür würde Eva bezahlen. Sie war so gut wie tot.

9

Lange nachdem das Gefecht aufgehört hatte, näherte sich ein Mann dem Durchgang neben dem Red Cock und starrte auf die nackten Männer, die im grauen Licht des heraufdämmernden Morgens langsam wieder zu sich kamen.

Sie schüttelten den Kopf, berappelten sich so weit, um zu erkennen, dass sie weder Kleider noch Stiefel noch Waffen hatten. Es war schwer zu sagen, was am beschämendsten war. Dann sahen sie ihn.

Alle drei nahmen sofort Haltung an. »Sir!«

»Ihr habt mir den Priester nicht gebracht.« Er musterte ihre nackten Körper. »Wer hat das getan?«

Sie sahen unbehaglich drein. »Jamie Lost.«

Er lächelte kaum merklich. »Natürlich.« Eine kleine Gruppe Gaffer begann, sich zu sammeln. Er ignorierte es. »Ich habe die anderen mit dem Bischof nach Westen geschickt. Es gefällt mir nicht, den Bischof zu benutzen, da er sehr teuer ist. Zieht euch an und kommt mit.«

»Aber, Sir ...«, protestierte einer. Er zeigte auf den Boden. Weit und breit keine Kleider.

»Ich sagte, bekleidet euch und folgt mir. Es ist mir egal, wie ihr das macht. Nehmt seine«, schlug der Mann vor und zeigte auf einen zahnlückigen Gaffer, der diesen Vorschlag gar nicht schätzte. »Mir ist es egal, wie ihr es anstellt, aber wenn ihr nicht fähig seid, euch in dieser Lage selbst zu helfen, habe ich keine Verwendung für euch.«

Er machte auf dem Absatz kehrt und ging davon.

»Wer zum Teufel glaubt er, ist er überhaupt?«, murrte der Zahnlückige, sobald das Objekt seines Widerwillens außer Hörweite war.

Einer der Männer grummelte: »Der Jäger.«

Der Gaffer spuckte verächtlich durch seine Zahnlücke, eine Prahlerei, um die Männlichkeit zu stärken, die in Gefahr geraten könnte. »Tatsächlich? Nun, innerhalb dieser Stadtmauern gibt es aber kein Wild.«

Der nackte Soldat sah ihn verächtlich an. »Du Idiot. Er jagt kein Wild. Er jagt Erben. Und jetzt gib mir deine Kleider.«

»Nicht hier?«

Eva starrte auf den knurrigen, dickleibigen Wirt namens Roland. Ausgestattet mit einem Dreifachkinn und zwei zornigen Augen starrte er zurück.

Das Licht der späten Vormittagssonne fiel durch die schmierigen, salzbespritzten Fenster der Gaststube hinter ihm, was für eine grelle, scheckige Beleuchtung in dem gleichermaßen schmuddeligen Vorraum sorgte.

»Aber er sollte gestern Abend hier eintreffen«, sagte sie, nicht so sehr als Erklärung gedacht, sondern als Versuch, ihre gegenwärtige düstere Realität zu begreifen. Der Mann, der sie mit seinem Boot zurück nach Frankreich bringen sollte, war nicht gekommen.

»Aye, nun, ist er aber nicht«, entgegnete der Wirt unwirsch. »Zumindest hat er sich nicht bei mir gemeldet. Kein Fischer namens William und auch keine entstellten Töchter eines Fischers. Und«, fügte er in seinem barschen Ton hinzu, »Ihr seid gut beraten, genug Geld zu haben, um die Entschädigung für das Zimmer zu bezahlen, das Ihr nutzt, wo es doch eigentlich für sechs gedacht ist.«

Eva stieg die Treppe wieder hinauf. Gog ging im Zimmer hin und her, Father Peter beobachtete ihn und murmelte etwas vor sich hin. Ein kleines Tintenfass stand auf dem Tisch – Father Peter ging niemals ohne die Gerätschaften seines Berufes irgendwohin –, aber Roger war heute an den Briefen des Priesters nicht interessiert.

Er schaute herüber, als sich die Tür knarrend öffnete. Als Eva den Kopf schüttelte, wandte er sich abrupt ab.

Seine Schritte klangen hohl auf den Dielen, als er zum Fenster ging. Sie widerstand dem Drang, ihm das blonde Haar aus der Stirn zu streichen, als er die Läden weit aufstieß, um auf den gewundenen Pfad zu schauen, der zur Landstraße führte. Hübsche Frühlingsblumen wuchsen an ihr, schimmerten golden und rosa in der Sonne des Spätnachmittags.

Es war eine unglückliche Fügung, dass diese schönen Blumen einen Weg säumten, der genau zu dem Gasthaus führte, das Jamie ihr in der vergangenen Nacht genannt hatte, als er gelogen und sie geküsst und alle möglichen unziemlichen Dinge getan hatte.

Aber wie groß war die Wahrscheinlichkeit, dass er hierherkommen würde? Natürlich würde er ihr schnell wie der Wind nachjagen, aber sie hätte viele, viele Wege gehen können. Er würde niemals annehmen, dass sie so dumm sein könnte, genau zu dem Ort zu gehen, den er vorgeschlagen hatte.

Oder würde er doch?

Egal. Sie hatte keine andere Wahl. William, der Fischer, sollte sie hier treffen, sollte sie mit seinem kleinen Boot zu einem größeren Schiff bringen, mit dem sie nach Saint-Malo segeln würden. Dann würden sie in die Wildnis Südfrankreichs fliehen, wo niemand jemals nach ihnen suchen würde.

»Der Fischer wird nicht kommen«, murrte Gog. Seine Finger umklammerten das Simsbrett, krampften sich darum. Er würde es nicht lange in dieser kleinen Kammer aushalten, eingepfercht wie ein Huhn.

»Vielleicht ist das so«, sagte sie ruhig. »Gog, geh in den Weiler, und frage den Fischer, warum er nicht gekommen ist.«

Als hätte sie einen kleinen Pfeil abgeschossen, schnellte Gog ans andere Ende des Zimmers und schnappte sich seine Sachen: Schwertgürtel, ein altes, halb verrostetes kleines Beil, ein Paar dicke Handschuhe. Sie ging zu ihm und legte ihm leicht die Hand auf den Arm.

Er hielt dabei inne, sich den Schwertgurt umzulegen, und neigte den Kopf, um sie anzusehen. Die blonde Haarsträhne fiel ihm in die Stirn. Dieses Mal gab Eva ihrem Impuls nach und schob sie ihm zurück hinter das Ohr.

»Ob der Fischer sein Wort hält oder nicht, wir müssen England sofort verlassen. Wenn du ihn nicht findest, arrangiere mit jemand anderem die Überfahrt. Nutze die Pferde als Tauschobjekte.«

Ihre Blicke trafen sich. Es war nicht nötig, es laut auszusprechen; jeder von ihnen konnte verschiedene Gründe nennen, warum der Fischer nicht länger bereit sein mochte, Flüchtlinge über den Kanal zu bringen.

Oder nicht mehr in der Lage dazu war.

»Sei vorsichtig.«

Er legte Eva die Hand auf die Schulter, als wollte *er sie* beruhigen, der dumme Junge, und verließ das Zimmer. Father Peter hielt dabei inne, seine Schreibutensilien in einem weichen Lederbeutel zu verstauen, und betrachtete Eva schweigend.

»Denkt Ihr, Ihr könnt Eure sturen Knochen noch ein letztes Mal bewegen, *mon père?*«

»Ich bin müde, Mädchen, nicht entkräftet«, entgegnete er unwillig. Sie verbarg ihr Lächeln. »Und ich werde in kein Boot steigen. Aber ich werde dafür sorgen, dass du und Roger es tut.«

»Wir werden sehen, wer in irgendein Boot einsteigt«, entgegnete sie sanft.

Im Zimmer wurde es still. Die Stille nagte an Eva. Sie befand sich mittendrin, war schockiert und dachte, *Jahre meines Lebens sind in ständiger Bewegung vorbeigegangen. Ich weiß nicht, was Ruhe ist.*

Es gab nichts zu tun, als in der nagenden Stille zu stehen und über diese beunruhigende Tatsache nachzudenken. Dann klopfte es an der Tür.

Eva erstarrte. Father Peter hob abrupt den Kopf.

Da war es wieder, ein leises Klopfen. »Ich komme wegen des Priesters«, kam ein Flüstern durch das Schlüsselloch. »Ich bin ein Freund.«

Sie wandte sich zu Father Peter um. Er schüttelte langsam den Kopf.

Alle Härchen in ihrem Nacken richteten sich auf, wie der Stachel einer Biene und zitternd. Sie beugte sich zur Tür, so nah, dass ihre Lippen fast das Holz berührten. »Ihr habt Euch im Zimmer geirrt.«

Die leise Stimme erklang erneut, noch ruhiger dieses Mal, noch einschmeichelnder. »Ich bitte Euch, lasst mich eintreten. Ich bin hier, um zu helfen.«

»Nein«, lehnte sie flüsternd ab. Eine seltsame heimliche Verbindung bestand plötzlich zwischen ihr und dem Fremden vor der Tür. »Ich weiß nicht, wer ...«

Plötzlich bebte die Tür in ihrem Rahmen. Das alte, morsche Holz krachte, dann splitterte der Rahmen, und die Tür schwang auf. Eva sprang zur Seite, griff nach dem Dolch in ihrem Kleid, aber der Anblick des Kirchenmannes auf der Schwelle ließ sie innehalten. Er sah an ihr vorbei zu Father Peter.

»Peter von London«, sagte der Bischof mit einer Stimme, die tief befriedigt klang. Er betrat das Zimmer und verkeilte die Tür hinter sich. »Es ist lange her.«

»Zehn Jahre.«

»Es tut gut, Euch zu sehen«, sagte der Bischof, und seine Stimme nahm einen öligen, schmeichelnden Ton an.

Father Peter griff nach seinen Stiefeln. »Ist es das?«

»Father Peter hat Fieber«, erklärte Eva, die sich aufrichtete und vor das Bett stellte, die Arme ausgestreckt. »Er ist sehr krank.«

Der Bischof sah sie an. »Mir kommt er gesund genug vor. Gleichwohl.« Der Bischof schwieg und lächelte. Eva konnte das Lächeln nur als böse bezeichnen. Sicherlich war es nicht so gemeint, wie es aussah. »Wir wollen nur die Unterlagen, die er bei sich hat. Dokumente, Bilder. Er kann in Eurer Obhut bleiben.«

»*Qu'est-ce que c'est*, Dokument?« Sie gab vor, mit der englischen Aussprache des Wortes Probleme zu haben.

Er lächelte wieder, dieses Mal herablassend. Ah, er mochte es, wenn eine Frau dumm war. Doch damit war er hier nicht am richtigen Ort. »Sie sind bedeutungslos«, versicherte er mit begütigender Stimme. »Unbedeutend. Einige kleine Dinge, die der gute Father gesehen und unglücklicherweise skizziert hat.«

Mit einer unsichtbaren Feder machte sie Schreibbewegungen in der Luft, in ihrem Gesicht spiegelte sich freundliche Verwirrung. »*Écrire? Il y a une ...*« Sie starrte vor sich hin, dann lächelte sie. »Feuer. Alle die geliebten Pergamente des armen *curé*, kleine Blätter in den Flammen.«

Die Güte im Lächeln des Bischofs verschwand. Er packte Eva am Arm.

»Lass das Mädchen los, Aumary«, sagte Father Peter und erhob sich vom Bett, die Augen auf das feiste Gesicht des Bischofs gerichtet. »Sie ist nur eine einfache Dienstmagd.«

Der Bischof ließ ihren Arm los.

Father Peter setzte sich wieder auf das Bett, die Stiefel in der Hand. »Geh, Mädchen«, sagte er, ohne sie anzusehen – wie man eben mit einer Dienstmagd sprach.

An der Wand entlang schlich sich Eva zur Tür, kaschierte ihre langsamen Bewegungen als Angst.

»England ist kein gesunder Ort für dich, Peter«, sagte der Bischof.

Father Peter zog sich den einen Stiefel an. »Das habe ich gehört.«

»Du solltest abreisen. Ich sage dir das als alter Freund. Viel zu viele Leute sind an dir interessiert. Im König hast du keinen Freund, ganz gewiss nicht. Er ist nicht erfreut über diese Charta, diesen ›großen Freibrief‹, über den immer wieder geredet wird. Was du und Langton getan habt, war dumm – den Baronen diese Ideen einzupflanzen.«

»Wohingegen der Kampf eine gute Idee ist«, sagte Father Peter lakonisch.

»Du bist nicht wegen der Charta oder für Verhandlungen nach England geholt worden, Peter. Das weißt du doch.«

»Ich weiß sehr gut, warum ich gerufen wurde. Und sehr gut, wofür ich gekommen bin.«

»Es wird alles vereinfachen, Peter. Gib mir einfach die Dokumente, und ich werde sagen, dass du schon fort warst, als ich ankam. Du kannst wieder verschwinden, so, wie du in diesen letzten zehn Jahren verschwunden warst. Segle nach Frankreich. Gib mir die Sachen und geh. Geh nach Mont-Saint-Michel beten; lehre in Paris; es gibt immer einen Platz für einen Mann deines Formats.«

Father Peter hielt beim Binden seines Stiefels inne und schaute auf. »Ich bin aus persönlicher Überzeugung hier, Aumary. Falls ich mich entscheide, mich auch mit meinem alten Freund Erzbischof Langton zu treffen, während ich in England bin, glaube mir, dient das nicht der Unterstützung der Rebellen. Und ebenso wenig«, fügte er hinzu, während er sich wieder zu seinem Stiefel hinunterbeugte, »der des Königs.«

Des Bischofs Fassade der Fürsorglichkeit begann zu bröckeln. Er strich mit den Händen über sein langes Gewand, als wischte er sich Schweiß von den Händen. Sein Gesicht war rot angelaufen.

»Gib mir die Dokumente, Peter.«

Ah, da war der dunkle Klang der Drohung eines Mannes, der etwas haben wollte, was er nicht haben sollte. Eva drückte sich noch ein wenig langsamer an der Wand entlang, machte sich unsichtbar, um nicht aufzufallen.

»König John zielt seit Jahren mit Armbrustpfeilen auf deinen Kopf«, sagte der Bischof, dessen Stimme steif und kalt klang. »Er weiß, dass du in England bist. Wenn er dich findet, wenn ihm diese Zeichnungen in die Hände fallen, wird es für das Königreich zum Schaden sein.«

Father Peter beugte sich vor und stützte die Unterarme auf die von seinem Gewand verhüllten Oberschenkel, er schaute müde und wissend. In diesem Moment wusste Eva, dass es *richtig* gewesen war, Father Peter zu folgen, sosehr er sie dafür auch gerügt hatte, als wie gefährlich sich das auch erweisen mochte. Man bezahlte seine Schulden. Father Peter hatte ihr das Leben gerettet. Jetzt würde sie seines retten.

»Geht es dir darum, Aumary? Um das Wohlergehen des Königreiches?«

»Ja«, entgegnete der knapp.

Father Peter betrachtete ihn eine Weile. »Wie viel?«

Der Bischof zuckte zusammen.

»Wie viel hat es gekostet, dich zu kaufen? Mehr als ein Streitross oder weniger? Dienst du den Rebellen oder jemand anderem?«

Father Peter hob die Hand. »Es ist nicht wichtig. Deine Dienste sind nichts wert. Ich würde dir keine Blume aus dem Garten anvertrauen. Und ich werde dir gewiss nicht das überlassen, was bei diesen Verhandlungen das stärkste Druckmittel sein dürfte. Wer weiß, wem du es als Nächstem verkaufst?«

Zu seiner Ehre färbte sich das rot glänzende Gesicht des Bischofs noch dunkler. »Dann sei es so, Peter von London«, fauchte er. »Die Folgen deiner Weigerung wirst du dir selbst zuzuschreiben haben.«

Er streckte die Hand nach der Tür aus, um sie zu öffnen, aber Eva, die inzwischen auch dort angelangt war, stellte sich plötzlich hinter ihn. Sie hatte ihren Dolch gezückt und hielt ihm die Klinge an die Kehle.

Der Bischof erstarrte.

»Still jetzt«, murmelte sie. »Das habt Ihr Euch selbst zuzuschreiben.«

»Sssst!«, zischte er und starrte Father Peter an. »Ruf diese Hexe zurück.«

»Lass ihn los«, sagte Father Peter mit seiner ruhigen, niemals gehetzten Stimme. »Du wirst heute niemanden töten.«

Sie zögerte nur eine Sekunde lang, dann senkte sie die Waffe. Der Bischof griff hinter sich, packte Eva und schleuderte sie, mit dem Kopf voran, durch das Zimmer. Sie prallte gegen die Wand, stürzte zu Boden und entschied, dort liegen zu bleiben, als zwei Soldaten in das Zimmer gestürmt kamen. Es war besser, er glaubte, Erfolg damit gehabt zu haben, sie bewusstlos zu schlagen. Besser so, als ihm die Gelegenheit zu geben, wirklich erfolgreich zu sein, wenn sie sich jetzt wieder aufrappelte.

»Der Priester«, bellte der Bischof.

Die Soldaten gingen zu dem Bett hinüber. Eva lag auf dem Boden und beobachtete sie unter ihren Haaren hervor, die ihr wie ein dichter Vorhang über die Augen fielen. Er half zu verbergen, was ihre Augen taten.

Die Männer zerrten Father Peter hoch. Sie mussten ihn betäubt oder bewusstlos geschlagen haben, denn er hing schlaff zwischen ihnen, als sie ihn zur Tür schleiften. Einer der Männer blieb an der Türschwelle stehen. »Und sie?«

Eva starrte auf den schartigen Holzboden unter ihrer Nase und hörte auf zu atmen. *Ich bin tot. Lass dich nicht aufhalten.*

Es gab einen schrecklichen Moment der Stille.

»Lasst sie liegen«, knurrte der Bischof. »Sie ist nur eine Magd.«

Sie eilten hinaus. Erst verklangen ihre Schritte auf der Hintertreppe, dann verklangen ihre Stimmen. Unten wurde knarrend eine Tür geöffnet, dann wieder zugeschlagen, und Eva war endlich allein, schrecklich allein.

Sie rappelte sich auf und stolperte zur Tür, die Hand ausgestreckt. Sie lauschte. Nichts als die üblichen Geräusche von Menschen, die sich im Haus bewegten und redeten. Sie schlich auf Zehenspitzen die Treppe hinunter, die Hand an der Mauer, um Halt zu haben. Am Fuß der Treppe angekommen, sah sie sich vorsichtig um.

Zu ihrer Linken lag die Gaststube, in der es recht laut zuging. Sie schlüpfte hinein, drückte sich mit dem Rücken fest an die Wand und versuchte, wie eine Dienstmagd auszusehen. Der Raum war voller Menschen, Reisende auf dem Weg zu Orten, zu denen sie vielleicht nicht gehen sollten, geheime Missionen. Es war genau die Art von Menschen, die in dieses unscheinbare Gasthaus und seiner kleinen Bucht mit ihren sehr tiefen Wassern kam und wieder ging.

Keiner ihrer Angreifer war zu sehen.

Eva wandte sich in dem Moment zur Tür, in dem Roger die Gaststube betrat. Er eilte zu ihr und starrte sie an. Sie bemerkte es, weil *sie* in *sein* Gesicht starrte. Seine Lippe war aufgeplatzt, seine Wange rot angeschwollen.

»Was ist passiert?«, verlangte sie im selben Augenblick zu wissen, in dem er die Worte »Jesus, Eva, was ist passiert?« ausstieß.

Sie berührte kurz ihr Gesicht und spürte die Verletzung. »Father Peter. Roger, sie haben den *curé*.«

Er nickte. »Ich weiß. Ich habe sie gesehen.«

Sie zeigte auf sein Gesicht. »Du hast mehr getan als sie nur gesehen.«

Er zeigte auf ihr Gesicht. »Genau wie du. Ich habe versucht, sie aufzuhalten.«

Zum ersten Mal überhaupt während dieser Unternehmung hatte Eva Angst. »Das war dumm«, schimpfte sie ihn aus, obwohl sie sich eigentlich nichts mehr wünschte, als für eine Sekunde die Augen zu schließen. Roger war fünfzehn Jahre alt. Er hatte sein ganzes Leben noch vor sich. Wenn es im Verborgenen verbracht werden musste, nun, es gab Schlimmeres als das, zum Beispiel, gar nicht zu leben. Man hatte ein Leben, aber man hatte nicht die Wahl der Umstände, unter denen es verbracht wurde. Eva gefiel es nicht, dass Roger sein Leben so leichtsinnig in Gefahr gebracht hatte; das Leben, über das sie in den vergangenen zehn Jahren gewacht hatte.

Er packte sie am Handgelenk und stoppte ihre Bewegung, als sie
die Hand ausstreckte. »Hast du einen von ihnen erkannt, Eva?«

»Erkannt? Natürlich nicht.«

»Ich aber.«

»Wen könntest du denn wiedererkennen, Gog?« Sie sagte es rasch, weil die Frage eine kalte Nervosität in ihrer Brust weckte, aus Furcht vor der Antwort. »Du kennst doch keine Menschenseele in England.«

»Eine kenne ich.«

Lähmende Angst packte sie. »Oh nein. Das ist nicht möglich.«

»Oh doch«, sagte Roger, und seine Stimme war in ihrer düsteren Gereiftheit fast nicht wiederzuerkennen. »Ich habe sie seinen Namen nennen hören.«

»Nein«, wisperte Eva.

»Aye. Sie bringen Father Peter zu Guillaume Mouldin.«

»Sind sie das?«, fragte Guillaume Mouldin seinen Sergeant. Sie standen oben auf der Kuppe eines Hügels, und blickten auf die Straße an seinem Fuß.

Es war eine vertraute Situation, dieses Beobachten, wie seine Männer ihm jemanden brachten, der nicht hatte kommen wollen.

Niemand war in seinem Beruf besser, als Mouldin es in seinem gewesen war: dem Warten der kostbarsten Schätze des Königreiches seiner Erben. Es war eine höchst befriedigende, höchst geschätzte, höchst einträgliche Arbeit gewesen.

Bis die mächtigsten von ihnen flohen. Das hatte für Guillaume Mouldin das Ende bedeutet.

Zehn Jahre der Jagd hatten keinen Hinweis auf die verschwundenen Erben gebracht. Obwohl alle Taktiken angewandt worden waren, die normalerweise funktionierten, um Informanten zum Reden zu bringen, hatte er das dunkelhaarige Mädchen und den Jungen, den sie mitgenommen hatte, nie gefunden. Selbst dieser verdammte Priester hatte sich als schwer fassbar erwiesen.

König John war nicht erfreut gewesen, und Mouldin war in Ungnade gefallen. War geächtet worden. In einem Anfall von Wut hatte der König seine Besitzungen und sein Vermögen konfisziert und Jäger auf die Spur des Jägers gesetzt, und nachdem Mouldin geflohen war, hatte der König seine Wut an Mouldins Frau und Kind ausgelassen. Er hatte sie verhungern lassen, weil er Mouldins nicht habhaft werden konnte.

Nun, inzwischen hatte sich die Lage geändert, und der König würde bezahlen.

Oder die Rebellen.

Wer immer das meiste Geld hatte, irgendjemand würde bezahlen und Peter von London bekommen. Den Priester samt seinen bemerkenswerten Zeichnungen. Den Mann, der ein wankendes Königreich in die Knie zwingen könnte.

Mouldin war geradezu glücklich darüber, dabei helfen zu können.

Sein Hengst tänzelte und scharrte mit dem Huf, ruhelos und voll guten Hafers und voller Energie, genau wie Mouldin es für den langen Ritt geplant hatte, der vor ihm lag. Er sah seinen Sergeant an. »Überbringt die Botschaft. Meldet Lord Robert FitzWalter, dass seine Entlohnung nach meinem Dafürhalten viel zu gering war und dass ich die Dinge jetzt selbst in die Hand genommen habe. Wenn er ein besseres Angebot machen möchte, kann er mich in Gracious Hill treffen. Lasst ihn wissen, dass er gegen den König bieten wird.« Er lächelte leicht. »Und erwähnt auch, dass Jamie ebenfalls auf der Jagd nach dem Priester ist. Ich habe weder Lust noch Mittel, um ihn aufzuhalten, aber FitzWalter könnte vielleicht beides haben.«

Mouldin gab seinem Pferd die Sporen und galoppierte den Hügel hinunter.

Eva legte Gog die zitternde Hand auf die Schulter. »Hast du gesehen, wohin sie geritten sind?«

»Aye.« Erregung schwang in Rogers Antwort mit. Seine Augen leuchteten, und er drückte Evas Hand.

»Das ist gut.« Sie nahm seinen Arm. »Sie sind nach Süden geritten? Nach Osten – nein? Also nach Norden?«

Gog nickte.

»Das ist gut«, sagte Eva, auch wenn sie keine Freude darüber empfand. »Ich kenne mich dort aus. Sattle du die Pferde, ich werde unser Gepäck holen. Und dann werden wir uns wie rachedurstige kleine Vögel auf den Weg machen.«

Sie verließen die Gaststube, Gog, um in den Stall zu gehen, Eva, um die Treppe hinaufzugehen. Kalte Luft strömte herein, als die Eingangstür aufgestoßen wurde.

»Ich sage weiterhin, dass sie verrückt sein muss, würde sie hierherkommen«, murmelte Ry, als er die Tür des Gasthauses hinter ihnen schloss.

Jamie schaute sich im Vorraum um. Ein Ausgang hinten, eine Treppe genau vor ihm, die Gaststube zu seiner Rechten. »Verzweifelt«, murmelte er und wandte sich zur Gaststube. »Die Frau ist verzweifelt. Und sie versucht, eine rasche, heimliche Überfahrt nach Frankreich zu bekommen. Dieses Gasthaus und seine kleine Bucht sind sehr passend für beides.«

Er beugte sich vor, um sich die Schenke gründlicher anzusehen.

»Jamie!«, rief jemand hinter ihm. Roland, der Wirt, kam aus dem Hinterzimmer und strahlte vor Freude. »Das ist ja Jahre her!«

Jamie wandte sich um.

Eva erstarrte, als die Eingangstür aufgestoßen wurde und – wollte Gott ihr denn nie mehr gnädig sein? – Jamie hereinkam.

Hatte ihr Verstand auch nur noch geringste Zweifel an der Identität des waffenstarrenden Ritters im Vorraum gehabt – die es natürlich nicht gegeben hatte –, so hatte der laute, freudige Ausruf des sonst so übellaunigen Gastwirts diese vertrieben wie der Wind die Spreu.

Es war Jamie, und bei Tageslicht sah er noch machtvoller, noch entschlossener und sehr viel gefährlicher aus als je zuvor.

Gogs Gesicht wurde blass. Vielleicht als eine Reaktion darauf, dass sie blass geworden war. Sie hatte gespürt, wie ihr alles Blut aus dem Gesicht gewichen war.

»Ist er das?«, flüsterte er. »Der Ritter? Der Hammer am Wegesrand?«

»Ja.« Sie wandte sich mit dem Rücken zum Rundbogendurchgang. »Geh jetzt, Roger. So schnell du kannst.«

Er machte einen Schritt zum Bogen. »Und falls er dich erkennt?«

»*Ich* kümmere mich um *dich*, Roger. Nicht du dich um mich. Geh die Pferde satteln. Ich werde mich zum Hinterausgang hinausstehlen und zu dir kommen.« Sie lächelte ihm aufmunternd zu und drückte ihm den Rest ihres Geldes in die Hand. »Für den Fall der Fälle. Du wirst ein Schiff mieten und ...«

»Das werde ich nicht.«

»... wirst auf mich warten – in dieser kleinen Stadt an der Garonne, wo es die Artischocken gab.«

Gog wandte sich ab, widerstrebend zwar, aber gehorsam. Um sein Leben rennen zu müssen hatte diese Wirkung. Sie verließen sich jetzt schon seit vielen Jahren aufeinander, und die acht Jahre Altersvorsprung hatten Eva mit genügend Durchsetzungsvermögen ausgestattet, ihre Anweisungen Gesetz sein zu lassen.

Plötzlich wandte sich Roger noch einmal um. Er hielt den Kopf gesenkt, als er hervorstieß: »Falls etwas passiert, werde ich dir folgen.«

»Nein ...«, flüsterte sie, aber er ging schon davon, ging im Vorraum mit großen Schritten kühn an Jamie und seinem Begleiter und all ihren stählernen Klingen in großer Ruhe vorbei, ja, schaute nicht einmal zu ihnen hin. Eva empfand einen Anflug von Stolz. Gog würde ein brillanter Mann sein, würde er nur alt genug werden.

Sie ließ ihm einen kleinen Vorsprung, um die Ställe zu erreichen. Das war nicht nur sinnvoll, es gab ihr auch einen Moment Zeit, um Mut zu schöpfen. Denn er schwand in dem Moment, in dem Gog außer Sichtweite war. Sie war immer mutig, wenn es galt, Roger zu beschützen. Ohne ihn war sie eine Mauer, die nichts und niemandem standhielt.

Aber Mägde standen nicht herum und starrten die Wände an, um sich Mut, sei er auch noch so fragil, zu machen. Sie räumten ab, brachten Essen, riefen dem Koch etwas zu, eilten geschäftig hin und her und zogen nicht mehr Aufmerksamkeit auf sich als eine Fliege. Eva würde so unauffällig sein wie ebendiese Fliege.

Den Rücken zum Bogen gewandt, griff sie nach der Suppenschale auf dem nächsten Tisch. Die drei Esser schauten verwirrt auf, vermutlich weil Eva eine Schale weggenommen hatte, die noch halb gefüllt war.

»Schimmel«, erklärte sie und wies mit einem Kopfnicken auf das Brot, das noch in den Eintopf eingetunkt war. »Es ist schrecklich mit dem Regen. Ich werde Euch sofort ein anderes Brot bringen.« Sie griff nach der nächsten Suppenschale. Der Mann hielt seine Schüssel mit beiden Händen fest und sah Eva mit gerunzelter Stirn an.

Die Menschen sahen Fliegen nicht mit gerunzelter Stirn an. Sie erregte zu viel Aufmerksamkeit.

Eva ging weiter, von Tisch zu Tisch, nahm halb leer gegessene Schalen von dem einen, stellte halb leer getrunkene Becher auf einen anderen, und bahnte sich ihren Weg zurück zum vom Rauch grauen Rundbogen und der Treppe, die sich dahinter befand.

Jamie und sein Begleiter standen mit ihrem gepanzerten Rücken zur Gaststube und unterhielten sich mit dem Wirt, als Eva durch den Bogen trat.

Sie hielt den Atem an, die Arme waren beladen mit schmutzigen Schalen und Bechern. Sie wandte sich langsam zur Treppe um, ging ruhig weiter und setzte dann den Fuß auf die erste Treppenstufe. Sie knarrte fürchterlich, also trat Eva rasch auf die zweite, holte dann tief Luft, atmete den Geruch von Knoblauch und Fisch ein, der von den Holzschalen aufstieg. Sie stellte den Fuß auf die dritte Stufe, dann auf die vierte und tat voller Hoffnung einen vorsichtigen Atemzug. Das Schlimmste lag hinter ihr. Fünf Stufen noch. Von hinten würde sie einfach nur aussehen wie eine Magd, die ihren Pflichten nachging.

Sie betrat die sechste Stufe, ging jetzt schneller und ...

Fühlte, wie sich Jamies gefährliche Aufmerksamkeit der Treppe zuwandte.

Es war ein leises Ausatmen zu hören, es klang wie ein verhaltenes Lachen. Dann, ganz ruhig, erklang ein einziges donnerlautes Wort: »Eva.«

Sie ließ die Schalen fallen und begann hinaufzustürzen. Das Geschirr krachte auf den Boden, verteilte scharfe Scherben aus Keramik und Brocken von Essen über Wand und Geländer, während Eva die Treppe hinaufschoss. Hinter ihr, wie ein kleiner Steinschlag, purzelten Holzschalen und Krüge die Treppe hinunter.

Sie raffte die Röcke, nahm zwei Stufen auf einmal, ihr Herz hämmerte, denn sie hörte Jamie hinter sich die Treppe heraufstürmen – und er nahm immer *drei* Stufen auf einmal.

10

Jamie erreichte die letzte Stufe in dem Moment, in dem Eva in ihrem Zimmer verschwand. Sie warf die Tür hinter sich zu, die allerdings absolut kein Hindernis für ihn war.

Er trat sie auf. Eva kletterte über eine umgestürzte Bank, erreichte das Bett, sprang hinein. Zu welchem Zweck, wusste er nicht, da vor ihr nur eine Wand war.

Jamie packte Eva von hinten an ihren Röcken, und sie fiel, schlug hart mit Knien und Händen auf dem Boden auf. Er griff sie sich an den Hüften und riss sie rücklings an sich.

Sie wehrte sich, tastete nach einem Halt. Abgesehen von ihrer beider heftigem Atmen war es eine stumme Schlacht. Jamie ließ sich hinter ihr auf ein Knie nieder und beugte sich vor.

»Hört auf damit«, sagte er in ihr Ohr.

Statt zu gehorchen, trat sie ihn. Der harte Absatz ihres Stiefels traf sein gebeugtes Knie und trat es unter ihm weg. Er kippte nach vorn, auf sie, aber sie krabbelte schon vorwärts und fasste nach dem Rahmen des Bettes, um sich daran hochzuziehen. Doch Jamie packte sie an ihrem Zopf und riss sie hoch auf die Füße, dann drängte er sie rückwärts Richtung Wand und stieß sie dagegen, sein Unterarm presste sich quer über ihre Brust, seine behandschuhte Hand hielt noch immer ihren Zopf gepackt.

»Seid Ihr jetzt fertig?«, fragte er.

»Nein!«, spie sie aus und riss den Kopf zur Seite, den Mund geöffnet, um Jamie in die Hand zu beißen.

Er legte die andere Hand um ihr Kinn und zwang ihre Wange an die Wand, dabei presste er seinen Körper wie ein Bollwerk gegen ihren. Es war ein fester Druck von harten Muskeln, von den Hüften bis zur Brust.

»Hört auf«, knurrte er, »oder ich fange an, etwas zu zerbrechen. In Eurem Körper.«

Eva erstarrte. Sie standen beide reglos da, atmeten heftig. Ihre Oberkörper stießen jedes Mal aneinander, wenn sie einatmeten.

»Wo ist er?«, fragte er.

»Wer?«

Jamie schaute über die Schulter zu Ry. »Ich werde einen Strick brauchen.«

Ry nickte langsam und ging.

»Jamie«, sagte sie, und ihre Stimme schwankte zwischen einem Keuchen und einem Wispern. »Das könnt Ihr doch nicht tun.«

Er schaute auf sie hinunter. Im Sonnenlicht wirkte sie noch elfenhafter als in der vergangenen Nacht, alles war ein Kontrast von Hell und Dunkel: das blasse Gesicht mit seinen zarten Konturen, die klugen grauen Augen und darüber die schmalen, tintenschwarzen Augenbrauen, und all dieses üppige Haar, jetzt geflochten und festgehalten von seiner gepanzerten Hand. »Was kann ich nicht tun?«

»Das hier. Oder was immer Ihr vorhabt zu tun.«

»Sollte es irgendwelche Fragen darüber geben, was ich tun oder nicht tun kann, Eva, dann lasst sie mich jetzt aus dem Weg räumen.« Er zog leicht an ihrem Zopf. »Wo ist der Priester?«

»Ich ... ich weiß es nicht.«

Er lächelte. »Sicherlich habt Ihr besser gelogen als jetzt, als Ihr gestern Abend mit den Torwächtern gesprochen habt.«

Sie hielt still, ihre Brust stieß gegen seine, als sie einatmete; sie machte rasche, flache Atemzüge. »Ah. Die Torwächter. Es freut mich zu hören, dass es gewirkt hat.«

»Es hat nicht gewirkt.«

»Ihr seid aufgehalten worden.«

»Und jetzt bin ich hier und drücke Euch an eine Wand, Eva. Es hat also nicht gewirkt. Wo ist er?«

»Fort.«

Ihr warmer Atem streifte ihn, streifte den einen Tag alten Bart auf seinem Kinn. Ihre Brüste, gebunden unter ihrem Gewand, drückten sich hoch zu weichen Hügeln, und er konnte ihr Herz an seiner Brust schlagen spüren. Das Nachlassen seiner Aufmerksamkeit machte Jamie kurz, aber überaus deutlich ihre Weiblichkeit bewusst.

Er spreizte die Finger seiner freien Hand und ließ sie an ihrem Bein hinunterwandern. Selbst durch ihre Röcke und seinen Handschuh spürte er ihre Muskeln; sie gehörten zu einem Körper, der harte Arbeit gewöhnt war. Er beugte das Knie und tastete sie bis zu den Fußknöcheln ab, ihren Zopf in der anderen Hand, sodass sie den Kopf nach hinten neigen musste.

Er fand, was er erwartet hatte: einen Dolch, der im Schaft ihres Stiefels steckte. Sie hielt absolut still, spannte aber das Kinn an, als seine Hand unter ihren Röcken innen an ihrem Oberschenkel hinaufwanderte, er dann seine Finger spreizte, um sie um den Griff eines kleinen Dolches zu schließen, den sie in einer Scheide um ihr nacktes Bein gebunden trug.

Als wäre sie ein Metallspan spürte Jamie den fast magnetischen Drang, seine Hand weiter hinaufwandern zu lassen. Doch stattdessen nahm er ihr die Klinge ab und warf sie hinter sich zu der anderen.

»Ihr gleicht einem Stachelschwein, Eva.« Sie starrten sich an. »Gibt es noch andere Waffen?«

Sie sah über seine Schulter und schwieg.

»Ich werde Euch ans Bett binden und Euch ausziehen, wenn es sein muss.«

Ihr Blick glitt zu ihm zurück. Sie glaubte ihm. Kluge Frau. »Meine Taille.«

Er fand die Waffe, einen Dolch mit schlanker Klinge, der in einer Lederscheide an einem Gürtel steckte, verborgen in den

Falten ihres Gewandes. Mit einer Drehung seines Handgelenks zog er ihn aus der Scheide, warf auch ihn hinter sich und richtete sich dann kerzengerade auf, wodurch auch Eva wieder eine gerade Haltung annehmen konnte.

»Father Peter«, sagte er knapp.

»Ich sage Euch, dass er fort ist.«

Er betrachtete sie genauer und sah, dass ihr Gesicht zerkratzt war und ihr Kinn eine Stelle aufwies, die ein blauer Fleck werden könnte. Diese Verletzungen hatte sie gestern Nacht nicht gehabt. Seine Finger spannten sich, als er ihr Gesicht zur Seite drehte und es prüfend ansah. »Es wird heilen. Was ist geschehen?«

»Männer. Sie haben Father Peter mitgenommen.« Sie lächelte bitter, als er sie endlich losließ. »Es treiben sich heute viele gewalttätige Männer hier herum. Ihr solltet vorsichtig sein.«

Er reagierte mit einem gleichermaßen freudlosen Grinsen. »Tatsächlich? Hübsche Frauen sollten nicht ihr Spiel mit ihnen treiben.«

»Ah, aber wie Ihr seht, macht es mir so viel Spaß, dass ich nicht aufhören kann.«

»Ihr werdet jetzt damit aufhören.«

Er zog sie von der Wand weg und setzte sie mit Schwung auf die schmale Bank am Fußende des Bettes. Eva rutschte ein paar Zoll über das glatte Holz, und ihr Zopf schwang über eine ihrer schmalen Schultern.

»Wer hat Father Peter geholt?«

Sie zögerte. »Das kann ich nicht mit Gewissheit sagen.«

»Dann sagt es ungewiss.«

Sie schluckte. »Zwei sehr gut bewaffnete Männer und ein Kirchenmann.«

Er nahm ihr Gesicht zwischen seine Hände und ließ sich vor ihr auf ein Knie nieder, sodass ihre Gesichter auf einer Höhe waren und er jede flüchtige Regung beobachten konnte, die verräterisch über ihr schönes Gesicht huschte.

»Eva, lasst mich Ehrlichkeit beweisen, weil Ihr so sehr darum kämpft, sie zu erfahren. Wie klingt das für Euch: Ich komme von König John.«

Sie starrte ihn an, während sie begriff, dass dies nicht nur irgendeine Behauptung war, sondern eine Enthüllung. Ihr Gesicht, das ohnehin schon blass war, wurde kreidebleich.

Dann, ganz langsam, kam Farbe in ihre Wangen, sodass sie aussah wie ein Gemälde, das gerade entstand: weiße Haut, graue Augen, kohlschwarzes Haar und das flammende Rot von Zorn und Furcht auf ihren Wangen als einzige Farbe.

»*Mon Dieu*«, wisperte sie. »Ihr kommt vom Teufel selbst. Ich hätte es wissen müssen.«

»Ihr mögt mich Luzifer nennen, wenn Ihr es wünscht. Königreiche verharren im Gleichgewicht wegen dem, was ich tue, und jetzt seid Ihr dran. Wenn ich keinen Erfolg mit meiner Suche nach Father Peter habe, wird das vielen Menschen Kummer bringen. Solltet Ihr der Grund sein, warum es mir nicht gelingt, wird es *Euch* leidtun.«

Von ihren Lippen kam ein langes, tiefes Ausatmen. Er spürte es über seine Handgelenke wispern.

»Jetzt sagt mir: Wer hat Euch auf die Suche nach dem Priester geschickt?«

Er spürte sie zittern, aber ihre grauen Augen begegneten seinen. »Er ist ein alter Freund. Ich schulde ihm sehr viel, und ich wollte ihn nur fortholen von all diesem Ärger. Der Erzbischof hat um seine Hilfe bei den Verhandlungen gebeten, und dummerweise ist Father Peter hergekommen. So ist er. Statt mich zu bedrängen, würdet Ihr besser daran tun zu fragen, was Euer schrecklicher König von ihm will.«

»Ich bin mir recht sicher zu wissen, warum der König ihn will.

Das Mysterium ist also gelöst. Aber Ihr, Frau, seid nach wie vor ein Rätsel. Es sei denn, man geht davon aus, dass Ihr den Priester aus genau denselben Gründen sucht.«

Sie schwieg.

»Was sagt Ihr dazu, Eva?«

Ihre grauen Augen verengten sich zwar zu schmalen Schlitzen, dennoch gelang es ihr, eine Menge Feindschaft darin aufblitzen zu lassen. »Ich sage, Ihr solltet gut auf Euren Rücken achtgeben, Ritter Jamie, denn eines Tages könnte ich Euch ein Messer hineinjagen.«

Er schnalzte mit der Zunge. »Alles, was ich tun muss, um das zu verhindern, wird sein, Euch zu fesseln, Eva. Und Euch gefesselt zu lassen – vielleicht für Jahre, vielleicht im Tower des Königs.«

Sie lächelte ein kleines bitteres Lächeln. Er erkannte es wieder; er hatte es selbst viele Male gelächelt. »Nun denn, Jamie, vermutlich tut es mir leid, Euch je begegnet zu sein. Aber schließlich tut uns allen irgendetwas leid.«

Er bewegte seine Daumen, es war ein rasches Streicheln über ihre Wangenknochen. Hätte jemand es beobachtet, er hätte es eine Zärtlichkeit nennen können. Er hätte sich geirrt. »Ich denke, vor allem Euch wird es am meisten leidtun, Eva.«

Ry kehrte in das Zimmer zurück und brachte ein aufgewickeltes Seil mit. Jamie stand auf. »Roland, der Wirt, hat von einer Gruppe Reiter berichtet, die kurz vor unserem Eintreffen von hier aufgebrochen sind«, sagte Ry. »Sie hatten es eilig. Und sie hatten einen Priester dabei.«

Jamie sah ihn an. Dann das Seil, dann Eva. Dann wieder den Strick.

»Jetzt habt Ihr die Qual der Wahl«, bemerkte sie.

Er schaute langsam auf.

»Ihr solltet mich hierlassen«, schlug sie vor. »Wie sagt man doch gleich? Ich bin entbehrlich, oder? Also entbehrt mich.«

»Ich denke, Ihr missversteht das Wort«, sagte er trocken.

»Aber Ihr solltet es tun. Ich würde nichts als eine Last sein. Ich esse sehr viel, und ich ermüde schnell, und Ihr habt keine Ahnung, wie laut ich jammern kann. Fragt Gog. Wirklich, Jamie . . .«

Er packte sie am Ellbogen und zog sie hoch auf die Füße. »Lasst uns gehen.«

11

Eva fühlte sich wie ein Gepäckstück, als Jamie sie hinter sich herzog und sie die Treppe hinunterstolperte. Dies jedoch war die Art von Gedanken, die nicht unbedingt tröstlich war.

Aber das Einzige, woran sie noch denken konnte, war, wie muskulös sein Arm war, den er hinter sich ausgestreckt hatte. Oder dass seine große gepanzerte Hand ihre Handgelenke wie ein eisernes Band umschloss. Es könnte ihr vielleicht gelingen, sich zu befreien – vorausgesetzt, ein Komet würde vom Himmel herab auf Jamie niederstürzen.

Sie erreichten den Fuß der Treppe und wandten sich zur Hintertür. Ry legte die Hand auf das Türblatt und sah zu Jamie, der mit dem Rücken zur Wand stehen geblieben war und Eva mit dem Arm ebenfalls an die Wand drückte. Jamie nickte kurz.

Ry öffnete die Tür einen Spaltbreit und spähte hinaus, dann stieß er sie mit einem Fußtritt weit auf und sprang mit gezogenem Schwert hinaus auf den Hof. Er schaute nach rechts und nach links, dann winkte er, ohne sich umzudrehen. »Weiter.«

Jamie trieb Eva durch die Tür, als sei sie ein Schaf und er ein stummer Hütehund.

»Erwartet Ihr einen Überfall?«, fragte sie, ein wenig außer Atem.

»Immer.«

Dieser Gedanke war in der Tat noch beunruhigender als alle anderen beunruhigenden Gedanken zuvor. Sie würde sicherlich davonlaufen können. Es gelang ihr immer davonzulaufen. Davonzulaufen war ihre Fahne, ihre Schlachtstandarte, ihr Wappen. Niemand war besser im Fliehen als sie.

Sie schaute hinunter auf Jamies Hand, die noch immer ihre Handgelenke umschloss.

Er hingegen könnte gut darin sein, jemanden gefangen zu halten.

»Hat Roland dir eine Beschreibung gegeben, Ry?«, fragte Jamie leise, als sie den Hof überquerten, auf dem eine übermäßig große Hühnerschar lärmte. Eva sah keine Spur von Roger, und die beiden Ritter schienen ihn auch nicht entdeckt zu haben. Sie fühlte einen kleinen Anflug von Stolz.

Jamies Begleiter, braunhaarig, braunäugig, so groß wie Jamie, schlanker als Jamie, aber fast ebenso gefährlich aussehend wie Jamie, schüttelte den Kopf, während sie sich der Stalltür näherten. »Nein«, erwiderte er leise. »Er sagt, er hat nur noch die Staubwolke gesehen.«

Jamie ließ Eva los, nachdem sie den Stall betreten und in der staubigen Wärme stehen geblieben waren. Eva wich vor Jamie zurück, widerstand aber dem Drang, sich die Handgelenke zu reiben. Sie spürte, sie würde es nicht tun, um einen Schmerz fortzureiben, denn Jamie hatte ihr nicht wehgetan. Aber sie würde die Stelle berühren, die er berührt hatte.

Das Licht der Morgensonne drang durch die Ritzen der Holzbretter, fiel auf das Heu und die Pferde, sodass sie golden und braun und kastanienrot schimmerten. Die Tiere bewegten sich in ihren Boxen, drehten sich um, um sie mit feuchten Augen anzuschauen, die Ohren gespitzt.

Jamie und sein Kamerad führten ihre Pferde hinaus, die noch gesattelt waren. Offensichtlich hatten die beiden mit einem nur kurzen Aufenthalt gerechnet. Vielleicht sollte sie sich deswegen gekränkt fühlen.

Evas Pferd stand ein Stück den Gang hinunter. Die braune Stute hielt den Kopf gesenkt und hatte die Augen schläfrig geschlossen, ein einzelner Halm von goldfarbenem Heu hing aus ihrem samtigen Maul heraus.

Jamie klopfte seinem Pferd den Hals, dann warf er ihm die Zügel über und griff nach dem Steigbügel. »Aufsteigen.«

Eva blinzelte ihn an. »Ich, ich ...«

»Steigt jetzt auf.« Dann schaute er den Gang hinunter in die Richtung, in die ihr verstohlener Blick gegangen war. Beide sahen zu der schläfrigen Stute. »Eures?«

Eva öffnete den Mund, dann schloss sie ihn wieder und fühlte sich plötzlich unfähig, über die Notwendigkeit einer Lüge zu entscheiden.

Zuzugeben, dass sie ein Pferd hatte, würde nichts von ihren Absichten preisgeben. Jamie würde es ohnehin vermuten, denn ohne eines wäre sie niemals in der kurzen Zeit bis hierhergekommen. Sie könnte auf jedes Pferd im Stall zeigen und behaupten, es gehöre ihr, und Jamie würde trotzdem nicht mehr wissen, als er in diesem Moment wusste.

Doch trotz all dieser vernünftigen Überlegungen fühlte sich Eva wie ein Kerzendocht, der von der brennenden Gewissheit verzehrt wurde, dass ihr Leben sich unwiderruflich verändern würde, je mehr Jamie von ihr wusste.

Aber Eva lebte für die Widerruflichkeit. Entscheidungen waren nichts als Fußspuren im Sand; alles konnte davongespült werden. War es erforderlich, widerrief Eva Meinungen, Pläne, selbst ganze Lebensgeschichten.

Aber Jamie ... Jamie war mehr der Rand eines Kliffs als der alles überdeckende Sand. Es würde kein Zurück geben.

Diese schmale Narbe, die von seinem Mundwinkel hinauf bis über den Wangenknochen verlief, beeinträchtigte seine wunderschöne Männlichkeit nicht im Mindesten. Hände, Klingen, Verstand: Alles, was Jamie hatte, war eine Waffe, und selbst ein Blinder würde sehen, dass er jemand war, dem man aus dem Weg gehen sollte. Gerade jetzt beobachtete er sie, unverwandt war sein Blick während des sich ausdehnenden Schweigens auf sie gerichtet.

Niemals war sie unfähig gewesen zu lügen. Niemals hatte sie

innegehalten, hatte sie erst zu handeln begonnen. Sie hatte immer gelogen. Sie war immer davongelaufen.

Tu es, drängte ihre innere Stimme sie.

»Ja«, hörte Eva sich sagen. »Sie gehört mir.«

Gut.

Jamie hob das Kinn. »Ry, die braune Stute, führst du sie nach draußen?«

Ry ging zur Box, und während er so gehorsam war, die Stute ins Freie zu führen, fesselte Jamie Eva.

Einen Kopf größer als Eva und nur einen Zoll von ihr entfernt, den dunklen Kopf gebeugt, um ihr die Fesseln anzulegen, erlebte sie einen seltsamen, beunruhigenden Moment, als sie auf seine großen Hände schaute, die an den Stricken zogen. Und dieses verwirrende Gefühl breitete sich in ihr aus, erfüllte sie ganz und gar.

»Diese Stricke sind wohl kaum nötig«, verkündete sie.

»Haltet mich für vorsichtig.«

»Da fallen mir ganz andere Worte ein, nicht so sehr *vorsichtig*.«

Er hob den Kopf. Er hatte sehr lange Wimpern. Das war nicht richtig. »Und welche?«

Sie seufzte. »Ihr wollt jetzt Komplimente hören? Über Eure Wimpern, ohne Zweifel.«

Er starrte sie an; dann, kaum merklich, vertiefte sich das kleine Grübchen neben seinem Mund. Er beugte sich wieder über die Fesseln. »Stricke machen es schwerer zu fliehen.«

»Aber wer sagt, dass ich fliehen möchte?«

»Davonlaufen und Fußtritte haben diesen Gedanken bei mir wach werden lassen.«

Sie stieß einen abschätzigen Laut aus. Sie hatte wahrlich nicht den Wunsch zu fliehen, jetzt nicht mehr. Ein wenig weiteres Nachdenken – während sie die Treppe heruntergezerrt worden war –

hatte ihr die Wahrheit ihrer misslichen Lage deutlich gemacht: Sie hatte keine Chance, Father Peter zurückholen zu können.

Jamie aber schon.

Wenn man sich in Gefangenschaft befand, dann war es unleugbar besser, von jemandem gefangen gehalten zu werden, der die Macht und die Neigung hatte, jeden gemeinsamen Feind auf seinem Weg niederzumähen. Danach, zu gegebener Zeit, konnte man sich einfach davonmachen. Mit dem Priester.

Sie seufzte noch einmal. »Aber Ihr seid so einschüchternd mit Euren Waffen und Eurer grimmigen Miene ...«

Seine Hände hielten inne. »Grimmig?«

»... was könnte ich da anderes tun, als mich zu fügen?«

Er lachte leise und fuhr fort, sie zu fesseln. »Einmal ist es Euch gelungen, mich das glauben zu machen, Eva. Und ich habe daraufhin die Nacht gefesselt in einem Kerker unter der Stadtmauer verbracht.«

»Dort muss es ziemlich kalt und feucht gewesen sein.«

Er machte einen Knoten in den Strick und zog ihn fest zu. »Ziemlich. Ich habe mich warm gehalten, indem ich mir das hier vorgestellt habe.«

Sie schnaubte und starrte geduldig an die Wand des Stalles, denn seinen gesenkten Kopf zu betrachten, sein dunkles Haar, das ihm bis auf das stoppelige Kinn fiel, half nicht, das gerechte Gefühl von Zorn und Abscheu aufrechtzuerhalten.

»Diese Stricke, Jamie, es tut mir leid, das zu sagen, aber sie lassen den Gedanken aufkommen, dass Ihr ... Angst habt.«

Er prüfte ein letztes Mal die Festigkeit des Knotens und zog Eva an ihren Fesseln so dicht zu sich, dass ihre Körper sich berührten.

»Euch sollten viele Dinge leidtun, die Ihr in der kurzen Zeit, die wir uns kennen, gesagt habt, Eva, weil nichts davon wahr ist. Ihr seid es, die Angst haben sollte, denn wenn Ihr nicht bald redet, werde ich euch dazu bringen.« Er beugte sich zu ihrem Ohr. »Es würde nicht lange dauern.«

Angst hatte nichts mit dem Frösteln zu tun, das seine Worte wie in Wellen durch Evas Körper schickte. Was bedeutete ... es war nicht Angst.

Oh ja, Jamie war eine Gefahr der allergrößten Art. Der Rand des Kliffs, die Flut, die auflief.

Er legte die Hände auf ihre Hüften und katapultierte Eva praktisch in den Sattel. Sie blieb ruhig, indem sie sich daran erinnerte, dass sie nur zwei Dinge tun musste: Sie musste dafür sorgen, dass Roger unentdeckt blieb. Und sie musste sich ahnungslos geben. Sie musste so tun, als spielte sie in dieser Sache keine Rolle, als wäre sie so bedeutungslos wie eines dieser kleinen Zweigreste, die man in ungekämmter Wolle fand. Also gänzlich unbedeutend.

Unbedeutend. Unwichtig. Eva war entschlossen, sehr vieles zu sein, was sie niemals sein würde.

12

»Jemand folgt uns.«

In der Gruppe, die während des Frühlingsnachmittags ritt, herrschte angespanntes Schweigen. Jamie hielt die meiste Zeit den Blick auf den Boden gerichtet, um nach Spuren zu suchen. Er hatte ein rasches Tempo angeschlagen, aber ihre Beute war trotzdem schneller als sie.

Und eigentlich war das auch keine Überraschung, denn es hatte viele mögliche Abzweigungen gegeben, öde Dorfstraßen ebenso wie bevölkerte Landstraßen, die Jamie zwangen, langsamer zu reiten und sich beständig zu vergewissern, dass sie nicht an irgendeinem Hinweis vorbeiritten, der Aufschluss gab, dass die Verfolgten ihre Route geändert hatten.

Hinzu kam, dass er die Aufgabe hatte herauszufinden, wer *ihnen* folgte.

Evas Hände waren gefesselt, und ihr Pferd war mit Stricken sowohl an Jamies als auch an Rys Sattel gebunden worden, sodass die Chance einer Flucht oder auch nur eines Versuches nahezu gleich null war. Zudem ritten Jamie und Ry, wenn möglich, immer rechts und links von ihr.

Die kurzen Pausen, die sie alle paar Meilen einlegten, um den Pferden Ruhe zu gönnen, wurden schweigend verbracht. Eva nutzte diese Zeit, um ihre Blicke unverwandt auf Jamie zu richten. Wann immer er darauf reagierte und sie ansah, schnaubte sie verächtlich oder zuckte gleichmütig mit den Schultern und wandte sich ab. Aber Jamies Blick verweilte dann stets noch einen Moment auf ihr, denn im hellen Sonnenschein war sie – auch wenn sie es nicht beabsichtigte – ein Bild verwirrender Sinnlichkeit.

Und sie hatte einen starken Willen. Den er ihr leider würde brechen müssen.

Jamie gab das Zeichen, die Pferde im Schritt gehen zu lassen, und schob seinen Helm weiter in die Stirn. Ein leichter Wind kräuselte das feuchte Haar, das ihm im Nacken klebte, denn die Sonne schien warm auf die Männer in ihren Rüstungen hinunter.

Er winkte Ry, zu ihm zu kommen und neben ihm zu reiten. Die Stricke zu Evas Pferd spannten sich hinter ihnen wie die zu der schwankenden, leichten, aber gefährlichen Fracht auf einem Lastkahn.

»Ich dachte auch, ich hätte einen Verfolger bemerkt«, sagte Ry leise, nachdem Jamie ihm seine Beobachtung mitgeteilt hatte. »Was willst du unternehmen?«

»Ich weiß es nicht. Warum würdest du uns folgen?«

Ry schwieg. »Du meinst, gesetzt den Fall, ich wäre auf der Suche nach Peter von London?«

»Wenn du *irgendetwas* suchen würdest, aus welchem Grund würdest du uns folgen? Wärest du ein Straßenräuber und hättest dir dummerweise uns als Ziel ausgesucht, dann würdest du uns einfach überfallen. Wir sind an Stellen vorbeigekommen, die sich für ein Dutzend Überfälle geeignet hätten. Aber nichts dergleichen. Andererseits jedoch – solltest du Peter von London suchen, würdest du uns überhaupt nicht folgen.«

Ry sah ihn an. »Und wenn man hinter Eva her ist?«

Jamie stützte die Hand auf den Oberschenkel. »Genau mein Gedanke.«

Ry nickte. »Welche Rolle spielt sie in diesem Stück, was meinst du?«

»Die gleiche Rolle, die auch Father Peter spielt.«

»Das ist ein weites Feld, Jamie. Der Name Peter von Londons steht für wichtige kirchliche Angelegenheiten, für unschöne Machtkämpfe mit dem König und für eine Menge Illuminationen.«

Jamie nickte. Peter von London war ein allen bekanntes, geachtetes Objekt königlichen Unmuts gewesen. Intelligent, selbstbewusst, begabt und viel zu subtil im Denken, um sich König John zu beugen, und das schon von den frühen Jahren an, als die Versprechen noch wohlgeklungen hatten und deren Wahrmachung nicht mit Schmutz behaftet gewesen war. Der König verabscheute Peter von London fast ebenso sehr, wie er Erzbischof Langton verabscheute. Jamies Vater hatte beide bewundert. Peter war vor zehn Jahren geflohen und lebte seitdem im selbst auferlegten Exil – einige nannten es auch *Versteck*.

Aber jetzt, völlig unerwartet, hatte der Erzbischof seinen alten Freund gerufen, damit dieser ihn bei den Verhandlungen zwischen den Rebellen und dem König unterstützte. Warum?

Und, wichtiger noch, warum hatten die Rebellen, die ebenso viel Interesse wie der König daran hatten, eine unbewaffnete Konfliktlösung zu finden – nämlich gar keines, um es einmal klar auszusprechen –, vorgeschlagen, Peter von London nach England zu holen?

Aber sie hatten diesen Vorschlag gemacht, vor Wochen schon, kurz bevor sie dem König die Treue aufgesagt hatten. Dieser Akt hatte den Wert ihres Vorschlags in beträchtlichem Maße gemindert, aber der König hatte – Überraschung, Überraschung – diesem Vorschlag zugestimmt und ihn unterstützt.

Aber das war auch die einzige Sache, in der der König und die Rebellen in den vergangenen drei Jahren einer Meinung gewesen waren. Ja, auf jeden Fall, bringt Peter von London hierher. Ja, ja, ja.

Es war eine annehmbare, gemeinschaftliche, vernünftige Lösung, und daher stank das Ganze nach Doppelzüngigkeit und falschem Spiel.

Jamie rieb sich den Nacken. »Da steckt mehr dahinter, Ry. Mehr als Verträge und Illuminationen. Und auf eine noch unerklärliche Weise ist Eva darin verwickelt.«

Keiner der beiden hatte auch nur ein wenig den Kopf in ihre Richtung gewandt. Ihre Stimmen waren so leise, dass Jamie sich bemühen musste, Ry zu verstehen, der dicht neben ihm ritt. Nichtsdestotrotz fühlte er, dass Evas Aufmerksamkeit wieder auf ihn gerichtet war und sich wie ein Feuerschein über seine Rüstung legte.

»Und deshalb folgt man uns – wer auch immer es ist.«

Ry nickte. »Was wollen wir unternehmen?«

Jamie schaute ihn an. »Wir werden diesen Jemand zur Strecke bringen.«

Ry nickte wieder.

Sie brauchten nichts als einfache Worte, um über ausgeklügelte Pläne zu reden. Sie hatten schon zu viel zusammen durchgestanden, sich zu oft aufeinander verlassen, kannten zu genau das Denken und die Antworten des anderen, als dass es jetzt mehr erforderte als knappe Worte. Manchmal brauchten sie nicht einmal die, was durchaus sehr störend für jemanden sein konnte, der sich mit ihnen in einem Zimmer – oder auf dem Schlachtfeld – befand.

»Jetzt?«, fragte Ry.

Jamie schüttelte den Kopf. »Lass uns abwarten, was Eva tut. Überlass mir die Führung, und wenn wir ihn haben« – er schaute zu Eva –, »lass mich mit ihr allein.«

Ry hatte zustimmend genickt, aber bei diesen letzen Worten sah er Jamie eindringlich an. »Tu es nicht. Sie ist wehrlos.«

Jamie schnaubte abfällig. »Bevor du ihre Zerbrechlichkeit zu sehr bejammerst, erinnere dich daran, dass sie mir vorhin fast das Knie ausgerenkt hat und dass sie mit Dolchen geradezu gespickt war. Wir haben keine Schutzbefohlene in unserer Obhut, Ry. Wir haben einen Feind in Gewahrsam.«

Letzteres war schließlich einfacher, als jemanden seiner Fürsorge anvertraut zu wissen. Und was Jamie betraf – nun, er konnte nicht einmal mit einem Knappen umgehen. Zwar hatte er nur zwei in Diensten gehabt, aber beide Versuche dieses zwischenmenschlichen Miteinanders hatten als Fehlschlag geendet. Er hatte sie rasch an andere Lords weitergereicht, an weniger selbstzerstörerische Männer, die fähiger als er gewesen waren, den beiden eine Zukunft und eine Gegenwart zu geben. Ein Knappe, zum Teufel, aber er konnte ja noch nicht einmal mit einem Hund zurechtkommen. Nicht mehr. Nicht nach London ...

»Was wir haben, ist eine Frau, die weniger als mein Sattel wiegt.« Rys Stimme brachte Jamie zurück von den Straßen Londons und dem, was vor all diesen Jahren dort geschehen war.

Jamie presste den Oberschenkel gegen Dickons Flanke, und das Pferd wendete sofort. Er reagierte auf Rys Worte mit einem harten Blick.

»Was wir haben, ist eine Frau, die ihrem Begleiter wichtig genug ist, dass er ihr folgt, obwohl ihre Beute ihnen weit voraus ist. Ich muss herausfinden, was hier vorgeht, Ry, und ich muss das auf meine Weise tun. Wie ich es immer getan habe. Ich kann jetzt nicht plötzlich damit aufhören. Schließlich stehen Königreiche auf dem Spiel.«

Ein Bote taumelte in die Große Halle des mächtigen Baynard Castle in London.

Robert FitzWalter, Lord von Dunmow und Baynard Castle, Anführer des Rebellenheeres, schaute ärgerlich über die Schulter, bevor er weiter aus der schmalen Fensteröffnung sah. Seit einer halben Stunde stand er schon dort, starrte hinaus und grübelte.

Um ihn herum setzten seine betrunkenen Gefolgsleute ihr Gelage fort, feierten ihren triumphalen Sieg über die große Stadt. FitzWalter hatte jeden Grund, sich zu ihnen zu gesellen, denn sie hatten soeben den Coup so erfolgreich beendet, wie niemand es hatte vorhersehen können; sein Rebellenheer hatte soeben London eingenommen.

London gehörte ihm.

Sie hatten die Stadt eingenommen, ohne dass ein einziger Pfeil hatte abgeschossen werden müssen. Natürlich war es bedauerlich, dieses Fehlen eines Kampfes, aber die Stadtbewohner hatten den Rebellen die Tore geöffnet – da hätte man sie wohl kaum niedermetzeln können.

Aber jetzt brannte sie, wenn auch nur in Teilen, als die Männer das jüdische Ghetto plünderten. Soldaten mussten bezahlt werden. Plündern war leicht. Und am leichtesten ging das bei den Juden, was den zusätzlichen Nutzen hatte, dass man die Steine, aus denen ihre Häuser errichtet waren, für die Verstärkung der Stadtmauer verwenden konnte. Was nicht heißen sollte, dass man nicht auch Verwendung für geplünderte Klosterschätze hatte. FitzWalter war unvoreingenommen, wenn es um solche Dinge ging. Zumal dieser Kampf noch nicht zu Ende war.

Kleine und große Heere waren bereits unterwegs, strömten wie stählerne Flüsse auf die Stadt zu. Die Erben großer Besitzungen ritten unter FitzWalters Fahne, während ihre Väter ihre Burgen und Frieden mit dem König hielten. Das Land fiel auseinander wie Stoff, der fadenscheinig geworden war. Jeder war bestrebt, das Beste für sich herauszuholen. Niemand wusste, wie weit dies gehen oder wo es enden würde.

FitzWalter schaute auf das Pergament in seiner schwieligen Hand. Auf der rauen Fläche waren Zeile um Zeile mit schwarzer Tinte die Freiheitsrechte niedergeschrieben, die die Rebellen vom König verlangten.

Dieses Mal würde König John unterzeichnen.

Ihm würde keine andere Wahl bleiben. London, das Kronjuwel in der Reihe seiner mächtigen Städte, war soeben gefallen, allein durch ein Anklopfen an seine Tore.

Alles, was auf der Urkunde noch fehlte, waren Johns Unterschrift und das königliche Siegel. Dann würde sie in alle vier Ecken des Königreiches geschickt werden, würde auf Dorfplätzen und städtischen Märkten und den Burgen seiner größten Magnaten verkündet werden: der große Freibrief an die Barone, die »Magna Charta libertatum«, unterzeichnet und durch das Siegel des Königs bestätigt.

FitzWalter schaute mit gerunzelter Stirn auf die Freiheitsurkunde, während der Bote die Treppe hinunterlief.

»Sie haben den Priester!«, rief er, als er am Tisch auf der Estrade anlangte. Alle starrten ihn an, als er niederkniete und nach Atem rang, die Hand auf seine Brust gedrückt.

Über Robert FitzWalters bärtige Wangen glitt langsam ein Grinsen. Er wandte sich dem Earl von Essex zu, seinen stellvertretenden Kommandeur. »Mouldin hat mir meinen Priester gebracht.«

Ein Summen aufgeregter Stimmen brach um ihn herum aus, Beifall, Erwartung. Die gekeuchten Worte des Boten hoben sich klar von dem Stimmengewirr ab.

»Nein, Mylord. Mouldin hat den Priester nicht gebracht. Er hat stattdessen eine Botschaft geschickt.«

FitzWalters Grinsen erstarrte. Er stand auf, als bereitete er sich auf den Schlag vor, der jetzt folgen würde. »Was für eine Botschaft?«

»Eine ... Lösegeldforderung.«

Schweigen senkte sich über die Halle. Das Wiehern und Schnauben der Pferde und das Lärmen der Menschen draußen vor der Burg fluteten durch die Fensteröffnungen herein, aber drinnen starrte jeder FitzWalter an.

»Wie viel?«, fragte der mit tiefer, vibrierender Stimme. »Wie viel verlangt er?«

Der Bote schluckte. »Das hängt davon ab, Mylord.«

FitzWalter krallte die Finger um die Kante des Tisches, fast so, als würde er sie um den Hals des Mannes schließen. Er kniff die Augen zu schmalen Schlitzen zusammen, während er sich vorbeugte. Seine Stimme klang tief und drohend. »*Wovon?*«

Dem Boten war anzusehen, wie unwohl ihm in seiner Haut war. »Davon, wie viel die anderen bieten.«

FitzWalter stieß ein raues Lachen aus und versetzte seinem Stuhl einen Tritt. Er quietschte wie ein Tier über den Boden, bevor er mit einem Poltern von der Estrade stürzte. »Dieser verdammte gerissene Hund.«

Er trat hinter den Tisch. Die Umstehenden zogen sich zurück, für den Fall, dass der als Nächstes umgeworfen werden würde. »Ich werde nicht bezahlen. Eher sehe ich seinen fetten Arsch mit hundert Pfeilen gespickt, als dass ich ihm auch nur noch einen Penny gebe. Ich habe ihm einen Auftrag erteilt. Ich habe ihn bezahlt ...«

Abrupt wandte er sich an den Boten. »Gegen wen biete ich?«

»Gegen den König.«

Wut wallte in FitzWalter auf, wie dicke, zähflüssige Klumpen kroch sie seinen Rücken hinauf in seine Kehle. »Aber natürlich. Lass dich mit Schlangen ein, und du bekommst ihr Gift zu kosten.«

Er wandte sich ab und starrte aus der Fensteröffnung. Er musste jetzt sehr vorsichtig und überlegt vorgehen. Diese ganze Bewegung und die Besetzung Londons hatte gekrönt werden sollen von der erfolgreichen Suche nach Peter von London und hatte der letzte in einer Reihe von fallenden königlichen Dominosteinen sein sollen.

FitzWalter hatte die Sache in Gang gesetzt, indem er vorgeschlagen hatte, den Priester nach England einzuladen, damit er bei den Verhandlungen hilft. In England angekommen, hatte Mouldin ihn sich greifen und zu FitzWalter bringen sollen. Und schließlich die Belohnung: die verschwundenen Erben Englands.

Everoot, d'Endshire.

Everoot war der bei Weitem größere Lehnsbesitz, das größere Risiko, aber beide waren mächtige Schwachstellen in Johns feudaler Rüstung. Es gab zu viele mächtige Familien, deren Lords *abwesend* waren. Und in diesen Zeiten der Fehden und der bürgerlichen Unruhe nahmen die Gerüchte wieder Gestalt an. Niemand sprach darüber, aber alle tuschelten darüber, wie wenn ein Duft von einer Brise an die Nasen der Großen und Mächtigen getragen worden wäre: Findet die verschwundenen Erben.

Die Gerüchte drehten sich um das, was vor all diesen Jahren mit den beiden großen Lords geschehen war, aber die meisten stimmten darin überein, dass der Zorn des Königs sie ereilt hatte.

Jetzt liefen die Erben irgendwo da draußen in der Welt frei herum. Oder waren sie vielleicht auch tot?

Vielleicht. Vielleicht nicht.

Father Peter würde es wissen.

FitzWalter wusste, dass er der Antwort auf diese Fragen näher war als jemals zuvor. Es durfte jetzt keine Fehlschläge geben. Zuerst musste er des Priesters habhaft werden.

Dann der Krone.

Er tauchte seine Hände in die Wasserschale in seiner Nähe und warf sich eine Hand voll kaltes Nass ins Gesicht. Tropfen glitzerten in seinem Bart, als er sich aufrichtete.

»Dann sei es so. Aber ich werde keinen Unterhändler schicken, ich werde nach Gracious Hill reiten und das Gift selbst extrahieren. Dann werde ich Peter von London auf das Feld bei Runnymede führen und die Beine unter Johns Thron wegtreten. In meiner Abwesenheit wird Essex London halten. Sagt niemandem, dass ich fort bin.«

Er ging zur Tür. Die Männer seiner Leibwache sprangen auf. Der Bote hob eine Hand.

»Mylord, mir wurde aufgetragen, Euch darüber zu unterrichten, dass Jamie gesehen worden ist. Auf der Jagd nach dem Priester.«

FitzWalter blieb kurz stehen und wandte sich halb um. »Jamie Lost?«

»Aye, Mylord.«

Er starrte einen Moment vor sich hin, dann warf er den Kopf in den Nacken und stieß ein lautes, heiseres Lachen aus. »Natürlich. Jamie war schon immer meine ganz persönliche Plage. Schickt nach Chance«, befahl er, während er zur Tür ging. »Sollte Jamie auftauchen, kann Chance ... sich erkundigen, ob er es sich noch einmal überlegt hat, wem er verpflichtet ist.«

Er verließ die Halle.

Das Rennen war eröffnet. Wer immer auch die Erben zuerst in seine Hände bekam, er würde eine Schleuse öffnen. Die Kunde würde wie eine Flutwelle durch England rollen und die noch zaudernden Edelleute mit sich reißen. Sie würde über ihre ihnen verpflichteten Ritter ebenso hinwegschwappen wie über die fetten Kaufleute und die Dämme ihrer reichen Handelsstädte.

Und ohne die entscheidende Unterstützung durch diese mittelmäßigen Barone und ihre Ritter und Kaufleute würde die Rebellion zusammenbrechen.

Andererseits auch ein Königtum.

13

Eva fühlte sich wie in eine von Father Peters Miniaturen versetzt. Die Bäume trugen sich blähende grüne Hauben und standen voller Stolz in ihren dunkelbraunen Gewändern da, während sie und ihre beiden Bewacher die Hügel Englands hinauf- und hinunterritten.

Weniger imposant, dafür aber umso lieblicher säumten kleine gelbe Blumen den Wegesrand. In den üppig blühenden Büschen und Sträuchern der Hecken flatterten Unmengen von ausgelassen zwitschernden Vögeln herum. Wann immer sich die Landschaft öffnete, zogen sich Felder roten Mohns die Hügel hinunter wie eine feurige, abwärtsdrängende Herde wilder Ponys.

England war ein sehr schönes Land. Eva hatte es vergessen.

Andererseits hatte sie vergessen *wollen*. Sie hatte mit solcher Kraft an ihren Erinnerungen herumgerieben, dass man nach zehn Jahren kaum erwarten konnte, dass kleine gelbe Blumen eine solche Prozedur überlebt hatten.

Aber sie hatten es.

Eva hatte sie einmal in einem Bild festgehalten. Gog waren sie aufgefallen. Und irgendwie erinnerte er sich sogar an die kleinen gelben Blumen, obwohl er erst fünf Jahre alt gewesen war, als sie geflohen waren.

Es war kein behaglicher Gedanke, dass England und seine lieblichen Blumen ihnen beiden im Gedächtnis geblieben waren.

Viele andere Erinnerungen strömten jetzt ebenso zurück, einschließlich der an diese Straße und ihren schlechten Zustand. Eva erinnerte sich gut an sie; einige wenige Meilen mehr dürften sie dorthin bringen, wo sie und Roger einige verzweifelte Monate lang gelebt hatten, vor all diesen Jahren.

Ein paar verstreut liegende Weiler waren hin und wieder zu sehen, weitab der Straße, die zerfurcht, verlassen und leer war. Allein schon wegen der Furchen würde niemand vermuten, dass ein Trupp Soldaten mit einer priesterlichen Geisel diesen Weg wählen würde.

Aber sie hatten es getan. Sobald der steinige Untergrund den kleinsten Hinweis auf diese Tatsache hergegeben hatte, war Jamie diesem gefolgt. Er war ein unübertrefflicher Spurenleser.

Unglücklicherweise war Gog weniger gut.

Die zehn Jahre Herumschleichens in Wäldern und an Stadträndern konnten sich in keiner Weise mit den jagdlichen Fähigkeiten dieser beiden erfahrenen Ritter messen. Sie waren nur zu zweit, dennoch fühlte Eva sich wie von Burgmauern umgeben. Eine Annäherung könnte nur von den ungeschützten Seiten erfolgen, dachte Eva bedrückt, aber falls Gog so dumm war – und er war absolut nicht dumm –, das zu versuchen, würde er keinen Yard weit kommen. Er würde niedergeschlagen werden, noch bevor er aus seiner Deckung gekommen wäre.

Sie versuchte, etwas von ihm zu hören, während er ihnen durch den Wald folgte, aber wenn er es richtig anstellte, würde sie ihn gar nicht bemerken können.

Jamie allerdings schon.

»Können mir die Handfesseln nicht abgenommen werden?«, fragte Eva, als sie wieder einmal etwas langsamer ritten.

Jamie, der die Nachhut bildete, ritt an ihre Seite. Sein glänzendes kastanienbraunes Pferd schnaubte, aber Jamie ritt noch dichter an ihres heran.

»Meine Arme tun weh.« Eva bewegte sie, um es zu demonstrieren. »Meine Schultern.«

Sein Blick schweifte von ihr zum Wald hinter ihr. Er reckte den Hals und öffnete leicht den Mund, den Körper unbewegt wie eine Statue, während er die Bäume und die Schatten darunter beobachtete. Sie erkannte, was er tat: Er schmeckte die Luft. Sehen, hören, riechen, jeden Sinn nutzend, um seine unmittelbare Umgebung zu prüfen, jedes Anzeichen einer möglichen Falle wahrzunehmen, eines Angriffs, einer sich andeutenden Flucht. Er war wie ein wildes Tier.

Er war herrlich.

Und das machte Eva wütend. Sie mochte die Herrlichkeit nicht. Sie war zu oft in Dingen wie Burgen und Kathedralen zu finden, in Dingen aus hartem Stein, gegen den man sich werfen musste, um zu versuchen herauszukommen. Oder hinein.

Dass solche Herrlichkeit auch in der Gestalt eines gefühllosen Mannes daherkommen konnte; ihr fehlten die Worte.

Sein zinnblauer Blick kehrte zu ihr zurück. »Nein.« Er wandte sich ab.

Eva öffnete den Mund, um zu protestieren, dann schloss sie ihn wieder, als er ihrem Pferd mit einem Schnalzen befahl, ihm zu folgen. Ihr Pferd war an seines gebunden, also war es gar nicht nötig, dieses Schnalzen und Auffordern. Am Ende würden sie alle doch das tun, was er wollte.

Sie schaute auf seinen breiten Rücken. Ja, in der Tat, dies war ein Rücken, der von Selbstbewusstsein zeugte. Jede noch so leichte Bewegung seiner Schultern bewies das. Solche mächtigen Männer wie er schufen die harten Wahrheiten der unbarmherzigen, kalten Welt, und sie war das von ganzem Herzen leid.

»Ihr müsst sehr stolz auf Euch sein«, verkündete sie.

Einen Moment lang zeigte er keine Reaktion, dann schaute er sie über die Schulter an, die Augenbrauen fragend hochgezogen.

»Auf Eurem sehr großen Pferd zu reiten, mit Eurer schweren Rüstung und Eurem ach so beeindruckenden Schwert.«

Er sah sie einen Augenblick lang an, dann hob er den Kopf, als würde er einen angenehmen Duft wahrnehmen. Lächelte er? Er senkte den Kopf. Ja, er lächelte, ein klein wenig.

»Sagt mir, Eva, habe ich Euch eingeschüchtert mit meinem ... Schwert?«

Erschreckend war er, diese Feuerkugel, die ihr Inneres bei seiner anzüglichen Bemerkung verbrannte, ihr vom Bauch bis hinauf zu den Wangen und wieder zurück schoss. Und dahinter, ausgebrochen wie der Schweif eines Kometen, kam die sengende Erinnerung: Sie hatte letzte Nacht von ihm geträumt. Öfter als nur einmal.

Heiße, beunruhigende Träume waren es gewesen, von Händen, die sich langsam bewegten, von einem muskulösen Oberschenkel, der sich zwischen ihre Beine schob, von seinen Händen auf ihren Schultern, die sie an ihn zogen ...

Heiß, heißer, am heißesten; und sein Blick, der gerade jetzt auf ihr lag, dieses kleine wissende Lächeln.

Sie schnaubte. »Ihr seid ein sehr schlechter Mensch.«

Etwas Hartes blitzte in seinen Augen auf. »Ja, das bin ich, Eva.« Er ließ sein Pferd langsamer gehen, brachte seine schimmernde Rüstung und seinen heißen Körper genau neben sie, und sein Oberschenkel berührte ihren.

Dann flüsterte er: »Wer ist Gog?«

Ihr Körper wurde starr vor Kälte. Nur für einen Moment. Für den Moment, in dem die Luft entscheidet: *Ja, jetzt werde ich es schneien lassen. Schluss mit diesem strömenden Regen; lasst es uns mit Schnee versuchen.* Und die Temperatur fällt, und die dünnen Zweigspitzen werden dick, setzen Eis an, und jeder beeilt sich, nach Hause zu kommen. Jene, die kein Zuhause haben, tun sich mit den eisdicken Zweigen zusammen und starren finster auf ihre eisigen Zehen.

Sie sah ihn kalt an. Es war nicht schwer, das zu tun; Kälte entstand sowohl aus Abscheu als auch aus Angst. Zum Glück für sie. »Ihr seid nicht nur ein schlechter Mensch, sondern auch ein verwirrender. Was soll diese Frage? Was ist das für ein seltsames Wort?«

»Gog«, sagte er, leiser jetzt.

»Ich weiß nicht, wovon Ihr sprecht.«

»Ich spreche von dem, was Ihr im Gasthaus gesagt habt. ›Ihr habt keine Ahnung, wie sehr ich jammern kann. Fragt Gog‹«, zitierte er sie und beobachtete sie dabei. Und jetzt begann der Schnee, in ihr Herz zu fallen.

»Bei meiner Schande, Jamie, aber das habe ich nicht gesagt. Ich sagte: ›Lieber Gott.‹ Aber ich werde aufhören, solch verzeihliche Sünden zu begehen, da sie Euch offensichtlich veranlassen, Euch etwas einzubilden.«

Er lächelte. Sein Lächeln war leicht und klein und zielte genau auf sie. Er hätte sie ebenso gut mit einem Stock piken können.

»Aha.«

Seine tiefe Stimme vibrierte in ihr, und sie wünschte sich gerade jetzt so sehr, ihm sowohl einen Schlag auf den Kopf zu versetzen, als auch die Augen zu schließen, sodass sie nichts fühlen würde als dieses Vibrieren in ihrem Körper.

Manche Menschen reagierten bei bestimmten Dingen wie Wurzeln auf Wassern. Sie suchten vielleicht nicht danach oder wollten es auch gar nicht, aber es kam über sie wie Regen. Manche Männer suchten den Kampf; anderen wurde er aufgedrängt. Manche gingen leichtsinnig mit Geld um; andere mussten ein Leben lang jeden Penny umdrehen. Manche Männer tranken bis zur Bewusstlosigkeit, andere konnten die Hände nicht vom Würfelspielen lassen.

Und Eva – Eva zog die Gefahr an. Sie war wie ein kleiner Bach, der auf den großen Strom namens Ärger zufloss. Und dieses Mal hatte sie sich ihren Weg direkt in Jamies Flusstal gebahnt.

14

Sie hielten an einer kleinen Kreuzung, an der viele Wege zusammenliefen. Jamie und Ry berieten sich ein weiteres Mal.

»Die Straße teilt sich hier«, sagte Jamie. Er fuhr sich ungeduldig mit der Hand durchs schweißnasse Haar. »In Richtung Osten, nach ungefähr einer Meile, liegt eine Stadt. Nach Westen zu liegt Bristol.«

»Sie könnten dorthin geritten sein«, sagte Ry mit seiner ruhigen, angenehmen Stimme. Es war schade, dass sie Ruggart Ry unter diesen Umständen kennengelernt hatte, mit den Stricken und der Entführung, denn sie war überzeugt, dass sie Freunde hätten sein können.

»Aye«, stimmte der Dunkeläugige zu, mit dem sie *niemals* Freundschaft schließen könnte. »Es ist ein großer Hafen, mit vielen Schiffen.«

»Es ist leicht, dort unbemerkt mit einem Schiff anzulegen und wieder davonzusegeln.«

»Mit einem Priester an Bord.«

»Genau. Aber du hast doch gesagt, dass die Spuren nach Norden führen«, murmelte Ry. Er saß ebenso aufrecht wie Jamie im Sattel, und seine dunkelbraunen Augen sahen weniger gefährlich aus als Jamies, aber Eva hatte ihn im Hafenviertel kämpfen sehen und war Zeuge seiner ruhigen Kompetenz gewesen, als er die Hintertür des Gasthauses aufgetreten hatte. Sollte die Notwendigkeit zum Töten gegeben sein, war er sicherlich so todbringend wie Jamie.

Und die Notwendigkeit zum Töten würde gegeben sein.

»Aye«, sagte Jamie. »Sie führen nach Norden. Wo es keine Schiffe gibt, keine Küste und keine Grenzen auf zweihundert Meilen.« Er sah seinen Freund an, den Unterarm vorn auf die Sattellehne gelegt, während er über die Lage nachdachte, als sei er ein König. »Sag, Ry, wie wahrscheinlich ist es, dass sie zu einer fernab gelegenen Straße reiten, die auf hundert Meilen oder länger nirgendwohin führt außer immer nur nach Norden?«

Eva verkniff sich eine kurze Bemerkung, die da wohl gelautet hätte: *Höchst unwahrscheinlich, unwahrscheinlicher als die Wahrscheinlichkeit, dass wir entdeckt werden, wenn wir hier noch länger wie die Enten herumhocken.*

»Nicht sehr wahrscheinlich«, sagte Ry und schüttelte den Kopf. »Ich habe keine Vermutung, warum sie zuerst nach Norden reiten sollten.«

Weil Mouldin dort früher seinen Schlupfwinkel hatte. Eva bewegte sich ungeduldig. Sicherlich kannte Mouldin dort noch einige Leute, verfügte noch über Kontakte und Verbindungen, die es ihm möglich machten, die Verhandlungen zu leiten, die er ohne Zweifel führen wollte. Mit Father Peter als Preis.

Wie viel würde Jamie diese Information wohl wert sein?

Aber diese Überlegung brachte ihr nichts. Weil sie nichts hatte, womit sie verhandeln konnte. Wenn sie Mouldin erwähnte, würde Jamie sie bestenfalls freilassen, und sie würde Father Peter niemals zurückholen können. Schlimmer noch wäre, Jamie könnte etwas Unangenehmes tun, vielleicht so etwas wie sie an einen Baum binden.

Schlimm war ihre Lage schon jetzt, aber dann würde sie noch viel, viel schlimmer werden.

Mouldin stand für Erben. Deshalb durfte sie seinen Namen keinesfalls ins Spiel bringen.

»Du empfiehlst also den Hafen?«, sagte Jamie zu Ry.

Eva beugte sich vor, mischte sich in das Gespräch ein. »Das wäre höchst unklug.«

Die beiden Männer drehten sich in ihren knarrenden Sätteln zu ihr um und starrten sie an. Jamies Miene war glatt und unergründlich. Abwesend und abwägend.

»Der Hafen, das ist eine höchst unkluge Wahl«, wiederholte Eva. »Unsere Beute ist nicht nach Westen geritten. Oder nach Osten in eine kleine Stadt.«

»Und woher wisst Ihr das?« Hinter Jamies Schultern färbte sich der Himmel rot. Die kleinen Fältchen in Jamies Gesicht zeigten Argwohn, was ihn nur noch schöner machte – was höchst quälend war.

»Ich weiß es nicht«, erwiderte sie gereizt. »Aber ich benutze meinen Verstand. Es wäre doch Wahnsinn, oder etwa nicht? Mit einem Priester als Geisel in eine geschäftige Hafenstadt zu reiten und ihn dort zur Schau zu stellen wie neues Schuhleder.«

Jamies Blick, jetzt klar und undurchdringlich, ruhte unverwandt auf ihr. »Ich finde Eure Überlegung sehr fesselnd, Eva. Was ich allerdings nicht verstehe, ist Eure Gewissheit. Das macht mich neugierig.«

»Neugierig gefallt Ihr mir noch weniger«, entgegnete sie heftig. Aber er war nicht nur *neugierig*, nur dann, wenn *Neugier* und *Jäger* zusammengingen wie Knoblauch und Butter. Er war wie ein Raubtier, das im hohen Gras geduckt seine Beute belauerte.

Er wendete sein Pferd, sodass er Eva direkt in die Augen sah.

»Ich denke nicht, dass sie in die Stadt geritten sind«, erklärte sie mit großer Würde. »Und Ihr denkt das auch nicht. Das weiß ich. Ich sehe es Euch an. Als Euer Gefährte Ruggart Ry das vorgeschlagen hat, haben Eure Augen sich um so viel verengt.« Sie hob die Hand und legte Daumen und Zeigefinger so nah zusammen, dass sie sich fast berührten. »Und Ihr habt gedacht: ›Diese Idee ist nicht so gut.‹ Erzählt mir nicht etwas anderes. Eure ach so großartigen Fähigkeiten des Spurenlesens haben uns seit Meilen auf diesem höchst unbequemen Weg festgehalten. Die Erde, die zur Seite getreten worden ist, die Tiefe der Hufabdrücke, die Art, wie die Wolken den Himmel bedecken – ich bin sicher, all diese Dinge enthüllen Euch wichtige Dinge. Und ich bin, wenn auch mit großem Bedauern, gezwungen, dem zuzustimmen. Aber Ihr irrt Euch. Sie sind nicht in diese Stadt geritten.«

Jamie hatte während ihres Monologs die Arme vor der Brust verschränkt und hielt den Kopf schief. »Das habe ich auch nicht gesagt, Eva. Aber ich gebe zu, Eure Abneigung gegen die Stadt bewirkt, dass ich mich immer stärker für diesen Gedanken erwärme.«

»Ah, seht Ihr? Wir verstehen einander nicht besonders gut. Ihr solltet mich gehen lassen; wir vertragen uns nicht so, wie brave Kinder es sollten.«

»Und was, wenn meine ach so guten Fähigkeiten des Spurenlesens mir sagen: ›Was soll's, auf nach Westen‹?«, fragte er. »Was dann?«

Langsam zog sie eine Augenbraue hoch. »Dann wären diese ach so guten Fähigkeiten ganz und gar nicht so gut.«

Ry drängte sein Pferd vorwärts. Sie bildeten jetzt ein kleines spitzes Dreieck in der Mitte der zerfurchten Straße. Er unterbrach das frostige Schweigen, das die untergehende Sonne und Jamies harter Blick geschaffen hatten.

»Jamie, so wenig nachvollziehbar es auch ist, dass sie den Weg nach Westen genommen haben, deine Spurenleserei hat uns noch nie fehlgeleitet. Ich denke, wir sollten weiter nach Norden reiten.«

Ah, sieh an, die Möglichkeiten von Freundschaften-die-hätten-sein-Können wurden klarer. Ry war viel vernünftiger und vertrauenswürdiger als Jamie. Er stimmte *ihr* zu.

Aber das kleine Aufflackern von Hoffnung in ihrem Bauch wurde erstickt, noch bevor es ihr Herz erreichte, als er fortfuhr: »Aber die Pferde können nicht mehr weiter. Wir müssen heute Nacht hier rasten.«

Jamie nickte zustimmend. »Wenn wir die Straße verlassen, können wir dort unser Lager aufschlagen«, sagte er und zeigte auf den dunklen Wald.

Evas Blick folgte der Bewegung seines muskulösen Armes, und ihr Herz zersprang gänzlich.

Von allen Hügeln Englands – warum musste Jamie ausgerechnet auf ihren zeigen?

15

Der Wald begann ungefähr zehn Schritte neben der Hauptstraße, er war dicht und voller Farn und Dornensträuchern.

»Von dem Hügel dort drüben wird man eine gute Sicht ein paar Meilen weit über die Straße haben«, sagte Jamie.

Ry saß bereits ab. »Lasst uns gehen, bevor es ganz dunkel wird.«

Eva machte eine abrupte, leichte Bewegung und strich sich nervös über den Rock. Jamie folgte der Geste mit seinem Blick. Sie spähte zu den Bäumen, strich sich noch einmal den Rock glatt und platzte dann heraus: »Wir können hier nicht rasten.«

Ah. Er lächelte fast. Noch mehr von Evas Geheimnissen. Mit ihr zu reden war, als versuchte man, in einer Mine den Verlauf einer Silberader zu lokalisieren.

»Ihr seid seltsam«, sagte er gedehnt. »Ihr wollt weder nach Osten noch nach Westen und auf keinen Fall in den Wald.«

Ihr Blick glitt über ihn. »Ja, ich bin eben von dieser Art. Schwer zufriedenzustellen und mit nichts glücklich. Ich bin die Frau, die immer neue Schuhe haben will, die schöne Spitze. Ich verlange viel Beachtung. Ich werde Euch noch gründlich auf die Nerven gehen.«

Ry schnaubte. Jamie sah sie unverwandt an. Sie hatte Angst, wirkte aber auch seltsam verstört. Alle seine Sinne waren in Alarmbereitschaft.

»Die Pferde können nicht weiter, Eva«, erklärte Jamie und beobachtete sie genau.

»Aber ...«

»Keine Pferde, kein Father Peter. Und im Dunkeln kann ich keine Spuren lesen.«

Sie starrte ihn an, offensichtlich gefangen zwischen Vernunft und dem fast verzweifelten Wollen weiterzureiten. Ry spürte es auch. Er tat einen Schritt auf sie zu und murmelte: »Wisst Ihr etwas, das uns helfen würde, Mistress?«

Ihre Stirn furchte sich. »Ich weiß nur, dass wir in diesem Wald nicht rasten können.«

»Warum nicht?«

»Er ist nicht sicher.«

Jamie und Ry sahen sich kurz an.

»Was ich sagen will, ist, dass dies genau die Art Wald ist, die wir in Frankreich haben, die voll ist von überraschenden Ecken mit Treibsand und Dickicht. Das ist gefährlich. Und gibt es hier nicht Wölfe?«, schloss sie mit einem Anflug von Triumph.

»Nein.«

Gerade in diesem Moment ertönte ein langes, tiefes Heulen.

Sie lächelte und spreizte eine Hand. »Wir werden die Wölfe sehen.«

Jamie lächelte matt.

»Ihr seht also in aller Deutlichkeit, dass wir hier nicht rasten können.«

»Und ich sehe in aller Deutlichkeit, dass Ihr eine Menge über diesen Wald wisst.«

Er sah sie im blasser werdenden Licht prüfend an, dann griff er langsam nach dem Strick, der ihre Pferde verband. Er schlang ihn zweimal um die Lehne seines Sattels und zog ihr Pferd näher, bis es Flanke an Flanke ging und sein Knie gegen Evas Knie stieß. Dann neigte er den Kopf in Rys Richtung, ohne Eva aus den Augen lassen.

»Geh und schau dich auf dem Hügel um, Ry. Auf dem Hügel, auf dem Eva uns nicht haben will.«

Sie fühlte das Prickeln der Panik wie kleine Elfenstiefel, die gegen ihren Brustkorb traten, und versuchte, ruhig zu atmen.

Es war nur eine kleine Hütte, dachte sie. Und in einem feuchten Wald waren zehn Jahre eine sehr lange Zeit. Vielleicht war sie verfallen und zerstört. Vielleicht war sie weggefault. Vielleicht waren alle Zeichen der Existenz der Kate – und ihrer – verrottet.

Oder vielleicht auch nicht.

Sie hatte sie selbst gebaut, diese einsam gelegene kleine Hütte. Hatte sie bemalt, um Himmels willen, damit sie für einen fünfjährigen Jungen, der Zeuge so entsetzlicher Schrecken gewesen war, etwas weniger furchterregend sein würde. Sie hatte den Boden mit Binsen ausgelegt, hatte die Wände mit Zeichnungen geschmückt, ähnlich denen, die die Räume in der Burg, an die er gewöhnt war, dekoriert hatten. Mit dünnen roten Linien hatte sie das Mauerwerk nachgeahmt, mit Blumen darauf. Sie hatte sogar die Eingangstür bemalt, mit Rankenwerk.

Genau wie das auf ihren Fingernägeln. Würde sich Jamie an solch ein Detail erinnern?

Jamie würde sich erinnern, wie viele Male sie ausgeatmet hatte, sollte es seinem Ziel dienlich sein.

Sie saßen Seite an Seite und lauschten auf Ruggart Ry, der sich seinen Weg durch das Unterholz bahnte. Eva gab vor, ihm mit dem Blick zu folgen. Er brach durch das unter den hohen Bäumen wachsende Gehölz, hielt direkt auf die alte, verlassene Hütte zu, die vor zehn Jahren Roger und ihr als Versteck gedient hatte.

Nach einem Moment rief Ry: »Hier ist etwas, Jamie! Genau jenseits der Kuppe. Es ist eine kleine Hütte.«

Das Herz wurde ihr schwer, als würden kleine Gewichte aus Eisen daran hängen und es in eine Grube ziehen.

Jamie wandte sich ihr zu, sein undurchdringlicher Blick traf sie wie der Pfeil eines Bogenschützen. »Faszinierend.« Er hörte sich nicht fasziniert an. Er hörte sich argwöhnisch an.

Eva nickte, ganz und gar nicht argwöhnisch. Sie füllte es mit aller Gleichgültigkeit und Unschuld, die man in ein Nicken hineinlegen konnte. Sie bot ihm ein Lächeln an, das aus den gleichen Ingredienzien bestand. Man hätte einen Turm aus Süßigkeiten mit diesem Nicken und Lächeln bauen können.

Und dann tat er etwas Schreckliches. Er lächelte. »Ich werde Euch einen Gefallen tun, Eva.«

Ihr Kinn fiel langsam hinunter, während ihr Herz sehr viel schneller tief in die Gruben ihres sich plötzlich herumdrehenden Magens rutschte, der ein höchst unsensibles Frösteln hinaufschickte, wie aufsteigende Luft. Sie wurde erstürmt von dem Zyklon, der in ihr tobte.

»W-was meint Ihr?«

Ihre gestammelte, schockierte Erwiderung erstarb in Schweigen, als Jamie das Bein über das Hinterteil seines Pferdes schwang und zu Eva ging. Alles, was in ihrem Innern hochgestiegen war, begann sich nach unten, nach ganz tief unten zu bewegen.

Ray stand neben ihnen und sah ... irgendwie traurig aus? Enttäuscht?

Besorgt?

Jamie umfasste ihre Taille und zog Eva ohne Umstände vom Pferd. Sie kam auf, schwankte einen Moment, bis ihre Beine sich wieder daran gewöhnt hatten, auf festem Boden zu stehen. »Was für einen Gefallen?«

Jamie schenkte ihr ein weiteres seiner beunruhigenden Lächeln. »Wir werden Euren Jungen holen gehen.«

16

Sie kam hart auf dem Boden auf. Jamie schloss die Hände um ihre Arme und zog sie an sich. Er war nicht grob, aber auch nicht sanft. Das Königreich taumelte am Rande eines Bürgerkrieges, und sie wusste vielleicht etwas, was eine Tür öffnen oder zuschlagen könnte. Zum Ruin eines Königreiches.

Als sie leicht gegen Jamie prallte, ließ er sie los. Für jetzt. Sie wich zurück, und trat zwischen die zarten Farnwedel, die die Landstraße säumten. Jamie folgte ihr langsam. Es war nicht nötig, dass sie stolperte und sich den Kopf anschlug. Noch nicht.

»Eva«, sagte er ruhig, »ich bin ein geduldiger Mann. Ich habe viele Jahre auf viele Dinge gewartet, und ich werde noch auf viele weitere warten. Ich habe Königen gedient und Grafen und Königinwitwen, und ich habe dabei nie auch nur eine Minute verschwendet. Aber bei Euch verliere ich langsam meine Geduld.«

Das Abendrot beleuchtete noch die Spitzen der Bäume, aber sie ging rückwärts in die Dunkelheit, in der Moos und Spinnweben schwer von dicken, uralten Ästen hingen und in der wilde Tiere lebten, die noch nie einen Menschen gesehen hatten.

»In dieser Hinsicht sind wir uns ähnlich, Ihr und ich«, sagte Eva, und es klang fast wie ein Keuchen. Sie machte einen weiteren Schritt zurück und stieß gegen einen Baum. Sie blieb stehen, den Rücken an den Stamm gepresst. Jamie war mit einem Schritt bei ihr und blieb stehen.

Alle Bänder in ihrem Haar hatten sich gelöst, ihr Zopf fiel jetzt in dunklen zerzausten Strähnen um ihr Gesicht. »Es strapaziert meine Geduld, dass Ihr mich beständig gegen irgendwelche Dinge stoßt«, beklagte sie sich atemlos.

Sie hat recht, erkannte er. Dreimal war es bisher geschehen: in einer Gasse, gegen eine Wand in einer Schlafkammer und jetzt gegen einen Baum.

Im Allgemeinen waren die Konsequenzen schlimmer, strapazierte man Jamies Geduld, und man bekam auch nicht die Gelegenheit, das dreimal zu tun. Dass Eva es durfte, war bedenkenswert.

Aber nicht jetzt. Er würde heute Nacht darüber nachdenken, wenn er wieder einmal schlaflos am Feuer saß. Tausende von Nächten waren bereits so vergangen, und Tausende mehr lagen noch vor ihm, ausgefüllt mit dem Sitzen am Feuer und einem ruhelosen Halbschlaf. Zeit für viele Gedanken.

Jetzt war nicht die Zeit für Gedanken.

Jetzt war die Zeit, diese Frau durcheinanderzubringen.

Genau über ihrem Kopf stemmte er die Hand gegen den Baum. »Wenn Ihr damit aufhört, mich anzulügen, Eva, werde ich damit aufhören, Euch in die Ecke zu drängen.« Er legte die andere Hand auf ihre Schulter, seine Fingerspitzen berührten ihren Hals, und ganz im Geiste des Durcheinanderbringens strich er mit dem Daumen über ihre Kehle. Sie schluckte.

»Father Peter hat sich mit den Großen und Mächtigen eingelassen, Eva. Aber welche Rolle spielt dabei eine Heimatlose wie Ihr?«

»Ah, ich verstehe«, entgegnete sie, und ihre Stimme zitterte vor Wut. »Ihr denkt, Ihr stellt gute Fragen, Jamie. Ihr seid ja so klug. Man ist hinter mir her, natürlich. Father Peter ist nur ein Köder.«

Er ignorierte das. »Sagt mir, was Ihr über kleine Hütten in englischen Wäldern wisst. Woher kommt Ihr, Eva? Woher in England?«

Das Zögern war so beredt wie das schnelle Schlagen ihres Herzens gegen ihre Rippen, und gegen seine, so dicht stand sie vor ihm.

»Was wisst Ihr über diesen Wald? Seid Ihr in der Nähe aufgewachsen?«

»Nein, aber ich bin hier gewesen«, sagte sie atemlos, »vor vielen Jahren.«

»Dann seid Ihr von hier.«

Sie schüttelte rasch den Kopf. »Nein. Aber auf meinem Weg nach Frankreich bin ich durch diesen Wald gekommen, vor vielen Jahren.«

»Vor wie vielen?«

»Zu vielen.«

»Ihr habt eine gute Erinnerung daran.«

Sie schluckte. Er spürte es unter seinem Handschuh. »Diese gute Erinnerung ist notwendig. Zu überleben hängt oft von so etwas ab, wie nicht zu vergessen. Ich denke, das kennt Ihr auch.«

Was sollte das bedeuten? Aber es war wahr, so wahr wie nur irgendetwas. Er hatte von dem Gedanken an Rache gelebt, genährt von einem Quell heißer, kochender, unvergessener Erinnerungen. Fast zwanzig Jahre lang. Aber das konnte sie nicht wissen.

Aber irgendetwas wusste sie. Hinter dieser blassen Stirn und diesen dunklen Augen lauerte eine große, gefährliche Klugheit. Scharfsichtig und einfühlsam.

»Unglücklicherweise, Eva, sagt Ihr mir nicht, was ich wissen will. Warum versucht Ihr nicht, mir zu erklären, warum uns jemand folgt?«

Sie stieß einen Atemzug aus, einen langen Atemzug. »Ihr werdet ihn niemals finden.«

»Nein?«

Sie schüttelte den Kopf. »Niemals.«

»Ich denke, er wird kommen, Eva. Wenn Ihr in Gefahr seid.« Sie keuchte, als er seine Hand an ihrem Nacken in ihr Haar schob. »Ruft ihn.«

Sie öffnete den Mund, aber kein Ton kam heraus.

»Ruft ihn, Eva.«

Durch die widerhallende Stille starrten sie einander an.

Im Gebüsch hinter ihm raschelte es leise.

Seine Muskeln spannten sich an, aber bevor er reagieren konnte, fuhr eine Klinge aus den Büschen. Sie durchschnitt die Luft, drückte sich an seinen Hals und verharrte dort. Er erstarrte. Er hörte einen Schrei in Evas Kehle ersticken.

Aus dem Augenwinkel sah Jamie einen jungen Mann von vielleicht fünfzehn oder sechzehn neben sich stehen. Sein Gesicht war bleich vor Grimm, sein Arm in einer geraden Linie ausgestreckt. Der Junge zitterte leicht, als er die stählerne Klinge an Jamies Hals hielt. Den anderen Arm hielt er als Gegengewicht leicht erhoben hinter sich. Er sah aus, als balancierte er auf einem gefällten Baumstamm. Die Klinge zitterte, zitterte an Jamies Hals.

Niemand bewegte sich.

Dann wisperte ein anderes Geräusch durch die Luft, Stahl durchschnitt die Luft. Rys Schwert sauste herunter und verharrte einen Zoll entfernt vor der Kehle des Jungen. Und Ry zitterte nicht im Mindesten.

Alles verharrte in Schweigen. Selbst die Vögel waren verstummt. Im Wald herrschte eine Stille, in der nur das Hämmern von Herzschlägen widerhallte.

Dann war das leise, hastige Atmen Evas zu hören. Sie holte tief Luft, bevor sie Jamie in die harten, wütenden Augen sah und sagte:

»Ich schlage ein Bündnis vor.«

17

Jamie lachte.

Ein kurzes bellendes Lachen. Die Bewegung, die es erforderte, brachte die Klinge seinem Hals ein wenig näher.

Eva sah über seine Schulter. »Lass deinen Dolch sinken, Roger«, sagte sie ruhig.

Eine lange, schwere Pause entstand, dann tat Roger, was sie verlangt hatte.

In dem Moment, in dem die Klinge sich in sicherer Entfernung von Jamies Hals befand, schlug Ry sie dem Jungen aus der Hand und riss ihn fast gleichzeitig zu sich herum. Jamie drehte sich um und zog Eva mit sich.

»Das war eine kluge Entscheidung.«

»Ja, ich bin sehr klug.«

Er wandte sich Ry zu, der dem Jungen die Arme auf den Rücken gedreht und ihn in eine nach vorn gebeugte Haltung gezwungen hatte. Trotzdem schaffte Roger es, den Kopf weit zu heben, um Jamie feindselig anzufunkeln.

»Gibt es irgendetwas, was du mir sagen willst, Roger?«, fragte Jamie barsch.

Der harte Blick wurde noch ein wenig härter. Keine Antwort. Eva seufzte.

»Denn vor einem Moment wolltest du mir noch eine ganze Menge sagen. Hast du Interesse daran, irgendwas davon jetzt kundzutun?«

Roger wehrte sich heftig, was aber alles nicht half, Rys festen Griff zu lockern. Roger starrte Jamie aus einem Auge an; das andere war hinter einer Flut von schmutzigem blonden Haar verborgen. »Wenn Ihr Eva anrührt, werde ich Euch töten, Sir.«

»Sei still, Roger«, murmelte Eva. »Ich bin hier am Verhandeln.«

Er wandte den Blick nicht von Jamie ab, und auch Jamie hörte nicht auf, ihn anzustarren, als er knapp fragte: »Wie alt ist er?«

»Fünfzehn«, sagte sie.

»Wenn er sechzehn werden will, ratet ihm, nicht solche Herausforderungen von sich zu geben, wenn er ohne Waffen und gefesselt ist.«

»Ich bin sicher, das sagt er sich jetzt auch gerade.«

Jamie sah zu Ry. »Wirst du mit ihm fertig?«

Ry nickte knapp.

»Dies ist deine letzte Gelegenheit, Roger«, sagte Jamie kalt. »Hast du mir etwas zu sagen? Bevor ich es aus Eva heraushole?«

Roger versuchte erneut, sich zu befreien, dann sagte er mit kalter Stimme: »Mouldin. Guillaume Mouldin hat Father Peter entführt. Lasst Eva in Ruhe.«

Schweigen. Absolutes Schweigen zerriss die Geräusche des Waldes, das Gezwitscher der Vögel im Sonnenuntergang und das sanfte Murmeln des Baches.

Jamie starrte ihn an. Seine zinnblauen Augen gaben nichts preis.

Dann kam sein harsches Echo: »*Mouldin?*«

Und in diesem einen wiederholten Wort hörte Eva etwas, was ein Gefühl auslöste, von dem sie gedacht hatte, dass selbst eine Hexe es nicht mehr würde herbeizaubern können: Hoffnung.

Denn was sie in Jamies Stimme gehört hatte, war Abscheu gewesen, vielleicht von einem Ausmaß so groß wie ihrem, Abscheu für das Ungeheuer Mouldin. Diese seltsame, schreckliche Verbundenheit entzündete ein wärmendes Glühen in ihr. Es wärmte nicht ihr kaltes, dunkles Innerstes, natürlich nicht, aber dort, an dessen Rändern, glomm ein kleines blasses Licht.

Sie wunderte sich insgeheim darüber, während Jamie und Ry

sich Blicke zuwarfen, voller Grimmigkeit und Unfreundlichkeit. Aber alles, was Eva empfand, war eine merkwürdige drängende Hoffnung. Ein Blatt auf einem Fluss, das auf ein unbekanntes Ufer zutrieb.

Dann schickte Jamie alle ihre Hoffnungen auf den Weg zur Hölle, kein unbekanntes Ufer für sie.

»Bring ihn zu den Pferden«, befahl Jamie grimmig, während er auf Eva zuging. »Warum ist Mouldin in diese Sache verwickelt? Er handelt mit Erben. Mit reichen Erben.«

»Mouldin handelt mit Menschen«, entgegnete sie atemlos. »Er war Sklavenhändler, bevor Euer König ihn in seine Dienste nahm.«

»Und warum hat er mit der Sache mit dem Priester zu tun?«

»Mouldin ist ein Opportunist, oder nicht? Sagt mir, Jamie, wie viel, denkt Ihr, würde Peter von London wert sein?«

»Das weiß ich nicht«, sagte er langsam, während er sie musterte, von ihrem Rocksaum bis hoch zu ihren lügenden Augen. »Warum sagt Ihr es mir nicht: Wie viel ist er wert?«

»Ich weiß es auch nicht, Ritter Jamie. Wie viel ist ein Königreich dem König wert? Den Rebellen? Mouldin? Oder Euch?«

Er ging zu ihr und blieb dicht vor ihr stehen. »Und da sind wir wieder, zurückgekommen auf den Kern dieser Sache. Father Peter und die vielen Menschen, die an ihm interessiert sind.«

»All die schlechten Menschen«, konterte sie.

»Wie ich zum Beispiel.«

»Ganz besonders wie Ihr. Ihr alle seid Menschen, die an seiner Fähigkeit und seinem Geschick, diese Verhandlungen zwischen König und Aufständischen zu führen, nicht interessiert sind.«

»Außer Euch natürlich, die in hohem Maße den Frieden wünscht.«

Sie sah aus, als wollte sie ihn beißen, könnte sie nur mehr als nur ihre Augenlider bewegen. »Was ich in hohem Maße wünsche, ist, dass ihr alle eure Schwerter dazu benutzt, euch gegenseitig ins Meer zu treiben. Mich kümmert der Frieden in England nicht. Und die Menschen kümmern mich auch nicht. Keiner von euch, ihr Irren mit Schwertern.«

»Ich stimme Euch zu. Die Wahrscheinlichkeit, dass in England Frieden herrscht, hält sich mit der die Waage, dass der Cross Fell ausbricht.«

Sie zog sich leicht zurück und betrachtete ihn in argwöhnischem Schweigen. Lange Ranken schlangen sich hinter ihrem Kopf um die raue Borke des Baumstammes herum, und die winzigen weißen Blüten der Pflanze umrahmten Evas dunkles zerzaustes Haar. Es war überraschend, wie hoheitsvoll und anmutig sie aussah, als sie so an den Baum gelehnt dastand.

»Was meint Ihr, was sie stattdessen wollen?«, fragte Jamie. »Wenn nicht verhandeln, warum haben die Rebellen Father Peter dann überhaupt kommen lassen?«

»Ich habe keine Ahnung.«

Er strich mit dem Handrücken über ihre Wange. »Das ist jetzt aber eine recht armselige Lüge.«

Ihr Gesicht verlor nichts von seiner Blässe, aber ihre Augen schossen geradezu Flammen auf ihn. »Zu einer Zeit, bevor England mit dem päpstlichen Interdikt belegt und der König exkommuniziert wurde, war Father Peter bei vielen Verfahren der königlichen Rechtsdurchsetzung anwesend. Bei Verträgen, gerichtlichen Befehlen und Gerichtsinquisitionen; wenn das Königsgericht auf Reisen war, wenn Zeugen gebraucht wurden. Und, zum Unglück für Euren König, wenn er keine Zeugen gebrauchen konnte.«

»Zum Unglück für Euch, Eva, erzählt Ihr mir Dinge, die ich bereits weiß. Warum versucht Ihr es nicht damit, mir zu sagen, wer Euch geschickt hat?«

Sie schloss die Augen, hoffentlich, um sich seiner Aufforderung zu fügen, dann schlug sie sie wieder auf. Für einen kurzen Moment sah er, wie das Grün der Bäume sich in den grauen Tiefen spiegelte.

»Niemand hat mich geschickt. Wie ich bereits gesagt habe, ist Father Peter ein Freund. Ich habe eine Zeit lang in einem adligen Haushalt als Kindermädchen gedient. Der Vater war ... tot.« Sie stolperte leicht über das Wort. »Mouldin kam wegen der Erben. Meine Dienste wurden nicht länger gebraucht. Vielleicht war ich auch nicht so gut darin. Auf jeden Fall ging ich fort. Mit Roger.«

»Und Eure eigenen Eltern?«

Diese Frage baute für einige Herzschläge einen massiven Damm gegen den Informationsfluss auf. Jamie zählte sie. »Wir haben keine Eltern. Wir verloren sie, als wir noch sehr jung waren.«

Er zeigte keine Reaktion, dessen war er sich sicher. Ein Jahrzehnt im Dienst des Königs, und man war darin geübt, nicht mehr zu enthüllen, als ein Spiegel es täte: den eigenen Anblick. Aber bei sich dachte er: *Sie war eine Waise. Genau wie ich.*

Die Sonne ging unter. Die erste Dämmerlicht würde bald am Horizont erscheinen, denn die Frühlingsnebel begannen, aus der feuchten Erde aufzusteigen.

»Nun denn«, sagte er langsam. »Ihr seid also hier wegen einer Herzensschuld. Und diese Sache mit Father Peter hat mit Dokumenten und Verträgen zu tun. Mit mehr nicht.«

Betrübt erwiderte sie seinen Blick. »Ich weiß nicht um alle Dinge, die in Father Peter vorgehen. Aber ich weiß, dass er ein Freund ist. Er hat mir das Leben gerettet, und wenn es in meiner Macht steht, werde ich seines retten.«

Was absurd war. Diese spatzendürre Elfe wollte rachedurstigen Königen, sich einander befehdenden Baronen und Jamie in die Parade fahren, der so viele Geheimnisse hütete, der so viele Intrigen angezettelt hatte und der so viele Arten zu töten kannte, dass er niemals durch die Himmelspforte passen würde, und *sie* wollte Father Peter retten? Allen anderen trotzen?

Und doch ... hatte sie genau das getan. Sie hatte ihn überlistet. Ja, sie war mit Stricken gefesselt und rang nach Atem, aber da war irgendetwas an ihr. Etwas Entschlossenes. Unbeirrbares.

Etwas Resolutes, berichtete er sich ironisch, während er ihren Blick erwiderte. Sie hatte Angst, aber sie zauderte nicht. Sie besaß Stärke. Wie Wind oder Wasser oder Luft. Wie ein Sturm über dem Meer oder die sengende Sonne über den Wüsten Palästinas.

Unbeugsam.

Vielleicht war das Staunen darüber, diese machtvollen Elemente in dieser kleinen, von einem glühenden Feuer erfüllten Person zu finden, der Grund, dass er sie nicht weiter mit Fragen bedrängte. Warum er mit dem Gedanken spielte, sich vorzubeugen und mit den Lippen ihren gebeugten Hals zu berühren.

Vielleicht war es aber auch das laute Krachen eines Astes unter dem Stiefel von jemandem. Jamie fuhr herum. Ry stand dort.

»Wo zum Teufel ist Roger?«, fragte Jamie scharf.

»Angebunden an einen Baum, verdammt noch mal.«

Jamie ließ von ihr ab. Der Griff seines Schwertes schlug gegen seinen Ellbogen, als er sich umdrehte. Er trug verschiedene Klingen an seinem Körper, und er trug ein Kettenhemd, das ihn selbst gegen den tödlichsten Pfeil schützte.

Eva trug ein blaues Kleid.

Einige der kleinen weißen Blüten hatten sich in ihrem Haar verfangen. Sie glitten inmitten des Vorhangs aus dunklen Locken, die ihr bis auf die Hüften fielen, und sahen aus wie kleine leuchtende Kerzen auf einem dunklen Fluss.

Wie würde es sich anfühlen, wenn er mit den Fingern hindurchfuhr?

Jamie spürte ein kleines, seltsames Stechen in seiner Brust. Er schüttelte es ab und wandte sich Ry zu, der mit verschränkten Armen dastand und ihn abwartend ansah.

Zarte Nebelschwaden begannen, sich im Flusstal zu formen und aufzusteigen. Zwanzig Jahre Freundschaft bedeuteten, dass Ry zwanzig Jahre lang einem Chaos ausgesetzt gewesen war, ausgelöst von einer Überfülle wilder, harter Entscheidungen Jamies.

Kämpfe der erbitterten Art auf den Straßen Londons mit acht Jahren, danach das Humpeln zu Rys Haus im jüdischen Viertel, wo die Mutter seines Retters ihn mit scheltender Liebe und stechenden Tinkturen, von denen kaum je eine geholfen hatte, wieder zusammenflickte. Intrigen der frühreifen Sorte im Alter von zwölf, die Barone und Pferde und Botschaften einschlossen und die schiefgingen; Anwerbung mit dreizehn, wenngleich eine schreckliche, mit der er sich, um einen Plan umzusetzen, an König John gebunden hatte, allerdings ohne dabei jemals das eigentliche Ziel zu vergessen.

Und Ry hatte sich jedes Mal nach Jamie in das Schlachtgewühl geworfen, aus einem ebenso unbekannten wie sehr geschätzten Grund. Jamie schuldete Ry sein Leben mehr als ein Dutzend Mal, und das vom ersten Tag ihrer Begegnung an, als Ry ihn in seinem schwächsten Zustand, an seinem tiefsten Punkt gesehen hatte, blutend und die Straße entlangtaumelnd, halb tot, sich wünschend, er wäre es. Ry hatte ihn überredet, ihm in sein Haus zu folgen, hatte ihm gut zugeredet wie einem wilden Tier, das er gewesen war. Jamie hatte sich geschworen, es ihm eines Tages zu danken, tausendfach.

Jetzt wartete Ry darauf, dass er herübersah. Die Arme noch immer vor der Brust verschränkt, begegnete er gelassen Jamies Blick. Er zog eine Augenbraue hoch.

»Bist du fertig?«

Jamie machte auf dem Absatz kehrt und ging zurück zu den Pferden. »Da du aussiehst, als hättest du nichts Sinnvolles zu tun, warum löst du nicht die Sattelgurte der Pferde? Und dann lass uns gehen und nach Evas kleiner Hütte sehen. Vielleicht finden wir heraus, welches Unheil im Gange ist.«

»Ich habe nichts mit irgendeinem Unheil zu tun«, sagte Eva gekränkt.

»Aber mit irgendetwas habt Ihr zu tun«, murrte Jamie und griff hinter sich, um sie am Arm zu nehmen und mit sich zu ziehen. Und an Ry gewandt, fügte er hinzu: »Sei am besten auf alles gefasst.«

18

Eva ging ihnen durch das dichte, unberührte Unterholz voran, das den Pfad den Hügel hinauf überwucherte. Zwielicht tropfte durch das dichte Gitterwerk der Äste wie Wasser durch ein Sieb. Es war dämmrig, aber noch nicht dunkel.

Sie erinnerte sich daran. Erinnerte sich an den grauen Glanz, der silbrig schimmerte, wenn der Mond hell geschienen hatte, an die grünen Blätter, die im Spiel von Mondlicht und Schatten schwarz ausgesehen hatten.

Erinnerte Roger sich auch daran? Sie konnte keinen Blick nach hinten riskieren.

Wer wusste, was er Jamie enthüllen würde?

Moos hing von den Ästen, die blassgrünen Polster glänzten zart im Dämmerlicht. Riesige Bäume waren rechts und links des Pfades umgestürzt, ihre verrottenden Körper waren von Pilzen und Baumsprösslingen überzogen, die sich von dem Moder ernährten. Das Geräusch der Schritte und des Atems schien von der Mauer aus Grün abzuprallen, von all den stummen wachsenden Dingen zurückgewiesen zu werden.

Sie erreichten die Kuppe des Hügels. Jenseits, mitten auf einer großen Lichtung stand eine kleine verfallene Hütte.

Eva empfand einen Anflug von Erleichterung. Die Südwand der Hütte war ganz zusammengefallen, und was vom Dach übrig gewesen war, war darauf gestürzt. Die anderen drei Wände standen noch, waren aber krumm und morsch, waren bedeckt mit Moos und Pilzen. Die Hütte war verfallen, nichts ließ sich mehr erkennen.

Abgesehen von der Tür.

Eva wurde bang ums Herz.

Unter dem tief hängenden Giebeldach war eine kleine Tür eingelassen, die offen stand. Es war eine einst massive Tür gewesen, und auch jetzt noch, ein Jahrzehnt später, war zu erkennen, dass sie bemalt gewesen war. In einem feurigen, leichtsinnigen Rot, auf das mit Schwarz Zeichnungen aufgebracht worden waren.

Sie fühlte, dass ihre Bewacher sich ansahen.

»Was zum Teufel ist das?«, stieß Ry hervor. »Es sieht aus wie Hexenkunst.«

Jamie zuckte mit den Schultern. »Es sieht aus wie das, was Eva mit ihren Fingern gemacht hat.«

Ruggart Ry wandte sich verständnislos um. »Mit ihren was?«

Eva grub ihre bemalten Fingernägel in ihre Handflächen, aber Jamie wies lediglich mit dem Kopf in ihre Richtung. »Sieh sie dir an, wenn sie dich lässt.« Er wandte sich um, und sie starrte ihm in die Augen. »Was hat es mit diesem Ort auf sich, Eva?«

»Er ist alt«, sagte sie mit leiser Stimme und schaute sich um. »Mehr als das kann ich nicht sagen.«

»Ihr könnt nicht oder wollt Ihr nicht?«

»Ihr denkt, ich lüge?«

»Ich weiß, dass Ihr lügt. Ich weiß nur nicht, worüber.«

»Ich erzähle keine Lügen über diese Hütte. Sie ist ein so sicherer Ort, die Nacht zu verbringen, wie jeder andere, an dem ich je gewesen bin.«

Er sah sie nachdenklich an. Seine Beine standen schulterbreit auseinander, sodass seine Schenkel ein V bildeten. Die mächtigen Arme waren vor der Brust verschränkt, und trotz des leichten Lächelns, das um seine Mundwinkel spielte – er wusste, dass sie log, über fast alles –, zeugte nichts an ihm von Ungezwungenheit.

Eine Narbe zog sich durch seine rechte Augenbraue, und Eva war sich sicher, dass der Bart mehr solcher Narben verdeckte. Sein Gesicht war hart und kantig, seine Nase leicht höckerig, als wäre sie vor langer Zeit gebrochen gewesen. Seine Hände waren Waffen für sich. Ihr war die Kehle noch immer eng vom Griff seiner in Kettenhandschuhen steckenden Hände. Gott allein wusste, was ihn vorhin davon abgehalten hatte, das Leben aus ihr herauszupressen. Seine Augen würden den Grund nicht preisgeben – sie waren wunderschön, und in ihnen war absolut nichts zu lesen. Ozeantief, indigoblau im schwindenden Licht, erfüllt von Gefahr und verborgenen Gedanken. Er war ein Mann, der ein hartes Leben geführt hatte und das jeden fühlen ließ.

»Das ist gut«, sagte er schließlich auf diese ruhige, brummige Art, die er hatte. Jamie hatte viele »Arten« an sich. Und sie alle waren gefährlich. »Ihr lügt nicht, was diese Hütte angeht.«

Diese Feststellung ließ eine ganze Bandbreite von Dingen offen, über die sie lügen könnte, aber keiner von beiden sprach das aus.

Er wies sie an, sich zu setzen, während Roger losgeschickt wurde, Zweige und Äste zu sammeln. Jamie hob rasch eine kleine, tiefe Grube aus und forderte Eva dann auf: »Ihr könnt das Feuer machen, das geht auch mit gefesselten Händen.« Er warf ihr Stahl und Feuerstein aus seiner Satteltasche zu und ging davon.

Eva starrte finster auf den kleinen grauen Stein. Dies war nicht wahr. Sie konnte *kein* Feuer entfachen, nicht einmal, wenn es um ihr Leben ging, und in einigen Winternächten war es genau darum gegangen. Oh, diese Schmach – ein Fünfjähriger machte Feuer für eine Dreizehnjährige.

Sie starrte erbittert in die dunkle Grube, das Kinn fest angespannt, und tat das Einzige, zu dem sie im Moment fähig war: Sie legte kleine Stücke Anzündholz – kleine Zweige – und trockene Blätter in die kalte Feuergrube.

Die Männer kehrten zurück. Jamie schaute hinunter auf die dunkle Feuergrube und den kleinen Haufen von Blättern und Anzündholz, dann sah er Eva an. Sie schnaubte und wandte den Blick ab. Er griff nach Stahl und Feuerstein, und bald fing sich eine zarte Flamme in einem der trockenen Blätter. Jamie beugte sich vor und blies darauf. Das helle bernsteinfarbene Licht betonte die harten Flächen seines Gesichts. Die Flammen leckten höher und fingen sich knisternd in den Zweigen.

Eva unterdrückte einen Seufzer der Erleichterung. Wie sehr sie die Dunkelheit hasste. Roger drückte sich fest an ihre Seite.

Jamie sah sie beide von jenseits des Feuers an, dann zog er ein Messer aus der Scheide an seiner Seite und begann, eine verschrumpelte Zwiebel in dicke Scheiben zu schneiden und sie auf einen Stock zu spießen. Sie schluckte.

»Eva?« Roger wagte ein Flüstern.

»Ja?«

»Ich hätte mich nicht schnappen lassen dürfen. Es tut mir leid.«

Sie tätschelte ihm geistesabwesend das Knie. »Es ist nicht deine Schuld, Gog.«

»Doch, das ist es.« Jamies tiefe Stimme trieb wie heiße Seide durch die Flammen.

Das erregte ihre volle Aufmerksamkeit. »Verzeihung?«, fragte sie kalt.

Er legte die Zwiebeln neben die Flammen und zuckte lässig mit den Schultern. »Während unseres ganzen Rittes habe ich ihn durchs Unterholz brechen hören wie einen Bären.«

Sie zog eine Augenbraue hoch. »Und doch schien es, als wäret Ihr am Ende höchst überrascht gewesen.«

Roger starrte sie an. Jamie schaute auf, sagte aber nichts, sah sie nur einen Moment lang an, dann wandte er sich Roger zu. »Du musst besonnener sein, wenn du jemandem folgst.«

»Ja, Sir!« Roger nickte eifrig. Er schien ... erfreut zu sein über Jamies Ermahnung.

»Gog«, sagte sie erschöpft. »Bitte drück dein Knie nicht so an meine ...« Sie schaute auf Jamie, der das nächste Wort aus ihrem Mund mit offensichtlichem Interesse zu erwarten schien. »... Hüfte.«

Es war ein schweigendes Mal. Das Feuer knisterte und spie kleine rote Zweige in die dunkle Luft. Ein kühler Wind trug sie höher, bis sie verbrannten und zu grauer Asche wurden, die ins Nichts geweht wurde.

Innerhalb kürzester Zeit war Ry auf Wacht und Gog eingeschlafen. Auf der Seite liegend, Mund offen, eine Hand unter der Wange, sah er aus wie ein Kind und schnarchte wie ein Mann. Oder ein Bär. Noch war er weder Mann noch Junge.

Aber er war verloren. Es sei denn, sie konnte ihn retten.

Die eingestürzte Hütte ragte am Rande ihres Blickfeldes auf. Sie sah aus wie ein Pferd mit durchgedrücktem Rücken. Vögel hatten ihre Nester in das gebaut, was vom Dach übrig geblieben war. Sicherlich fanden Nagetiere die mit Moos bedeckten Wände recht behaglich. Sie jedenfalls hatte die vier Wände einmal so empfunden. Jetzt war die Hütte unbewohnbar. All diese Arbeit, all diese Sorgen, das Davonlaufen und Verstecken, und jetzt herrschten darin nur noch herumhuschende Tiere.

Und so vergeht das Vergangene, dachte Eva und versuchte, reuevoll zu sein. Reue wohnte für gewöhnlich nicht in den Rippen, sondern direkt vor dem Herzen. Vielleicht war das, was sie fühlte, etwas anderes.

Auf jeden Fall grämte sie sich nicht wegen der Vergangenheit, also war es gut so. Die Vergangenheit war ein Mühlstein aus Erinnerungen. Sie war sie leid.

Aber einer Sache leid zu sein hatte noch niemals bedeutet, dass sie zu Ende war.

Gegenüber überragte Jamies Silhouette, dunkel und groß, das Feuer. Er saß reglos da, den Kopf gebeugt, und starrte in die Flammen. Er hatte nie gepoltert. Und doch war er der gefährlichste, fähigste Mann, dem sie je begegnet war.

Und fähig war er. In allen Dingen. Fähiger, kluger Verstand; fähige, vernarbte Hände; fähiges, gebrochenes Herz – selbst für jemanden, dem sein Herz egal war, so wie ihr, war das ersichtlich. Er war schrecklich verletzt worden. Gleich erkannte Gleich.

Die Welt war voller Möglichkeiten. Alternativen und Chancen.

»Haben wir die Sache mit unserem Bündnis geklärt?«, fragte Eva. Ihre Stimme klang ein wenig zu laut in der kühlen Nachtluft.

19

Jamie lachte kurz auf.

Sie *sollte* sich jetzt in der Tat jede Art von Unterstützung suchen, die sie kriegen konnte. Denn irgendwie war diese halbe Portion von Frau in diesen königlichen Sumpf geraten, in einen Morast, der König John, seinen Chief Lieutenant (das war Jamie), die sich auflehnenden Barone, einen geächteten Gefolgsmann, der einst mit freigekauften Erben gehandelt hatte, und einen Bürgerkrieg, der kurz vor dem Ausbruch stand, umfasste.

Konnte es, wie Eva es gesagt hatte, um unterzeichnete Verträge und eine unerwünschte Zeugenschaft bei einer unerwünschten Sache gehen? Oder ging es um etwas anderes? Um mehr?

Für den Moment würde er sie gefesselt lassen. Sie reden lassen. Sie lügen lassen und ihr dann geradewegs zur Wahrheit folgen.

»Ich weiß es nicht«, sagte er schließlich.

Aufgebracht tat sie einen leisen Seufzer. »Das ist alles, was Ihr nach so langem Überlegen zu sagen habt? Ich dachte, Ihr würdet über mein Schicksal entscheiden oder vielleicht darüber, was man essen könnte, oder etwas gleichermaßen Bedeutsames.«

»Ich werde mich um kompliziertere Antworten bemühen«, entgegnete er trocken.

Sie winkte ab. »Das würde auch nicht passen.«

Ein Lächeln spielte um seine Lippen. »Eva, Ihr seid wie die Weihnachtszeit: Ich weiß nie, was ich bekommen werde.« Er griff nach einem Stock und hielt dessen Ende in die Flammen. »Warum solltet Ihr eine Allianz mit mir wollen?«

»Wir haben dasselbe Ziel, wir sind gezwungen, denselben Weg zu gehen. Ganz sicher werden wir am Ende wie Hund und Katze gegeneinander kämpfen, aber das hat noch Zeit. Was sagt Ihr dazu?«

Er schaute auf. »Wer wird der Hund sein?«

»Natürlich Ihr. Groß und knurrig.«

Er grinste. »Bin ich nicht schlecht und absolut unmöglich?«

»Das ist leider wahr. Aber es ist gut, mit solchen Männern verbündet zu sein.«

»Das ist leider auch wahr.«

Sie richtete sich leicht auf und reckte ihre schmalen Schultern gegen die unsichtbaren Hitzewellen, die vom Holz in der Feuergrube aufstiegen. »Ich denke, Ihr könnt mir helfen.«

Er lachte. »Sicherlich kann ich das. In welcher Hinsicht dachtet Ihr?«

»Daran, mich nicht an einen Baum zu binden und mich am Morgen tot zurückzulassen.«

Er hielt den Kopf schräg und schaute hinauf zu den Ästen, die über ihnen in die Dunkelheit ragten. »Der Gedanke hat einen gewissen Reiz, oder nicht?«, sagte er nachdenklich.

»Normalerweise würde ich mit diesem Bösen in Eurem Herzen übereinstimmen. Es würde viel Sinn machen, mich und Gog zurückzulassen.«

Bis jetzt hatte sie recht. Aber schließlich hätte es noch mehr Sinn gemacht, sie im Gasthaus zurückzulassen. Er hatte sie mitgenommen, weil ... nun, er hatte keine Ahnung, warum. Weil sie ihn angelogen hatte, vermutete er. Menschen, die logen, verbargen Dinge, und solange man nicht wusste, worüber sie logen, war alles eine potenzielle Falltür.

»Aber ich würde es sehr hilfreich finden, nicht an einen Baum gebunden zu sein und tot zurückgelassen zu werden«, schloss sie. »In dieser Hinsicht könntet Ihr mir eine große Hilfe sein.«

»Aye, das wäre hilfreich. Für Euch. Was lässt Euch denken, dass ich Frauen an Bäume fessele?«

Sie legte den Finger an ihr Kinn und gab vor, darüber nachzudenken. »Vielleicht Eure generelle Bereitschaft, schlimme Dinge zu tun? Dass Ihr einem grausamen Herrn dient? Ich würde denken, Menschen an Bäume zu binden ist eine Unannehmlichkeit, ein Kieselstein in Eurem Bett, nicht ein wirkliches Hindernis.«

»Ich binde Frauen nicht an Bäume.«

»Nicht einmal die, die Euch anlügen?«

»Nein. Ich ziehe es vor, sie zurückzulassen bei« – er machte eine Pause, als denke er nach – »großen, zornigen Schotten.«

Sie sah ihn aufmerksam an. »Aber das wäre keine Drangsal. Ich mag die Schotten sehr.«

Er zog eine Augenbraue hoch. »Auch einäugige?«

Sie zog als Antwort darauf beide Augenbrauen hoch, und er war sicher, dass sie dabei besser aussah als er. »In der Tat. Ich ziehe sie einigen Engländern vor, die noch beide Augen haben.«

Schweigen breitete sich aus.

»Nun dann, es scheint, wir haben festgestellt, wie ich Euch helfen kann, Eva. Aber ich bin noch unsicher, wie Ihr mir helfen könnt.«

»Auf mancherlei Weise. Ich kann des Nachts Geschichten erzählen oder Wasser für Eure schwer arbeitenden Pferde holen.«

»Ich finde im Moment keines von beidem besonders wichtig, Eva.«

»Ich kann Euch Dinge erzählen.«

»Ja, aber Ihr lügt.«

»Das werde ich nicht.«

Er ließ den Blick über ihren Körper wandern, über ihr blaues Gewand, zu den Spitzen ihrer derben Stiefel und wieder hinauf. »Ich würde es herausfinden.«

Röte breitete sich auf ihren Wangen aus wie eine blassrosa Flut. Das war etwas, was zu beachten blieb: Die Frau, die von Klingen gestarrt hatte, reagierte verlegen bei einer zweideutigen Anspielung. »Wie Ihr seht, seid Ihr selbst Euer eigener formidabler Schutz gegen meine schrecklichen, jämmerlichen Lügen.«

Er stieß mit der Spitze des Stockes ins Feuer. »Und was würdet Ihr mir zu erzählen haben, Eva? Es gibt eine Menge, was ich bereits weiß.«

»Ihr wisst eine Menge im Dienste eines lügenden, heimtückischen Königs.« Ihre Worte klangen scharf, kamen schneller. »Nehmt Euch in Acht davor, welche Lügen Euch aufgetischt worden sein könnten, Jamie, von anderen, die sehr viel besser im Lügen sind als ich.«

Nur wenn sie über König John sprachen, verlor sie ihre Gelassenheit. Noch etwas, was es zu notieren galt. Es gab so vieles über sie zu notieren, dass man ein Leben mit Eva als Gegenstand des Ergründens verbringen könnte, so wie mit der Trigonometrie oder der Rhetorik.

»Was lässt Euch annehmen, ich bekäme all meine Informationen von meinem lügenden, heimtückischen König?«, fragte er, und sie wandte den Blick ab. »Und was das angeht – worin unterscheidet Ihr Euch?«, fügte er kalt hinzu. »In den Lügen oder in der Heimtücke?«

Ihr grauer Blick richtete sich wieder auf ihn. »Was das angeht, habe ich niemals irgendetwas anderes versprochen als nur das, was ich liefere. Und da ich weder Treue noch Ehrlichkeit geschworen habe, ist das auch nicht von mir zu erwarten.«

»Ich verstehe. Ihr verteilt es wie ... Obst.«

»Aber natürlich. Apfelsinen, denke ich. Sie sind sehr unüblich, wie die Wahrheit.«

»Ihr meint, Ihr habt nicht viel Übung darin, sie zu essen.«

Sie neigte den Kopf zur Seite und betrachtete Jamie stumm. Einige ihrer ebenholzfarbenen Locken nahmen im Feuerschein einen rötlichen Glanz an. Sie musste etwas Rot in all dem Schwarz haben. »Ja. Vielleicht ist es das, warum ich nicht so gut darin bin.«

Er nickte zustimmend. »Seltsamerweise seid Ihr also ziemlich schlecht im Lügen, und doch lügt Ihr regelmäßig.«

Sie machte eine wegwerfende Handbewegung und schob die Einsicht beiseite. »Das ist so, weil ich zwischen zwei Welten hin- und hergerissen bin. Ich werde von Euch lernen, Jamie. Wie lügt man?«

»Das wäre eine lange Ausbildung.« Er drehte die Spitze des Stockes einmal mehr im Feuer herum und beobachtete, wie das Holz dunkler zu werden begann, bevor es in kleinen Flammen aufloderte.

»Von Anfang an, Jamie, sind wir bei dieser Geschichte Gegenspieler gewesen. Und ich hatte keinen Grund, ehrlich zu sein.«

»Und jetzt werdet Ihr es sein?«

Sie beugte sich vor, wandte den Körper dem Feuer zu. Er stellte sich die Wellen von Hitze vor, die gegen ihre Brust stießen. »Wenn Ihr mir einen Grund gebt, Ritter Jamie, werde ich das, in der Tat.«

Er warf den Stock ins Feuer und lehnte sich zurück. »Beweist es.«

Sie lehnte sich gleichfalls zurück, Unentschlossenheit und Argwohn flogen über ihr Gesicht. »Wie?«

»Erzählt mir etwas Wahres, Eva. Etwas durch und durch Wahres.«

Wie zu erwarten gewesen war, sah sie ihn verständnislos an. Dann lächelte sie auf eine Weise, die er mutwillig genannt hätte, oder auch schelmisch, wenn er ein Lächeln mit solchen Begriffen belegt hätte, und – nun, dies wurde langsam zur Gewohnheit – sein Herz stockte leicht. Alles schob sich zusammen zu seiner männlichen Wahrnehmung ihres kleinen verführerischen Lächelns.

»Hütet Euch vor der Hecke«, wisperte sie verschwörerisch. »Sie ist voller Dornen. Sie stechen.«

Er grinste. »Ist das Eure Wahrheit, Eva? Die, durch die Ihr Euch beweisen wollt?«

Sie nickte selbstgefällig und versuchte, die Arme vor der Brust zu verschränken, aber da ihre Hände zusammengebunden waren, war es unmöglich. »Die absolute Wahrheit«, sagte sie stolz.

»Ich werde Eure Warnung beherzigen«, entgegnete er trocken.

»So wie ich.«

Er schnaubte ungläubig. »Ihr? Auf Warnungen hören?«

»Beißen. Ich beiße.«

»Ah. Gut zu wissen.«

»Außerdem schnarche ich, beklage mich in ozeanischem Ausmaß und finde mich von Ausschlag übersät wieder, wenn ich bestimmte Pflanzen berühre.«

Er lächelte leicht. »Ihr seid ein wahres Meer voller Probleme.«

»Leider ist das so.«

»Verfügt Ihr auch über irgendwelche Talente?«, fragte er. Warum, wusste er nicht. Um sie am Reden zu halten? Dieses besondere Ziel verfolgte er bei Frauen nur selten.

Sie spreizte die Hände, als präsentierte sie eine Festtafel. »Aber ja. Ich kann ein fröhliches Lied singen.«

»Ist das so?«, sagte er gedehnt, besonders und unerklärlicherweise erfreut, auch wenn er nicht wusste, ob über diese Neuigkeiten oder ihre Enthüllungen.

Sie nickte. »Wenn ich mich dazu inspiriert fühle.«

»Und welche Art Dinge inspiriert Euch?«

»Frei zu sein von Stricken und Knoten hat ganz gewiss eine inspirierende Wirkung.«

»Ihr werdet für mich singen, wenn ich Euch von Euren Fesseln befreie?«, fragte er, halb ungläubig. Er hatte nicht die Absicht, die Stricke aufzubinden, daher war es eher Neugier. Auf ihre Antwort. Nicht auf ihren Gesang.

Sie bewegte sich leicht. Sie zog ihr Knie an, wobei der Saum ihres Rockes hochrutschte und für einen kurzen Moment ein schlankes, weißes Bein zu sehen war. Dann streckte sie die Beine aus und schlug sie übereinander, und ihr Rock fiel zurück an seinen Platz. Sie schaute auf, und ihr Mundwinkel war wieder zu diesem kleinen, irgendwie umwerfenden Lächeln verzogen. »Ich werde für Euch singen, Jamie, wenn Ihr mich erlöst.«

Es war Wahnsinn, wie sein Körper reagierte, innerlich zu brennen schien. Jamie warf ihr einen kühlen Blick zu. »Auf dieses Vergnügen werde ich verzichten müssen.«

Sie sank in sich zusammen. »Oh, es wäre auch kein Vergnügen gewesen, Jamie. Ich singe schrecklich.«

Er musste wider Willen grinsen. »Ihr sagtet doch, Singen sei eines Eurer Talente.«

»Ich sagte, ich könne ein *fröhliches* Lied singen. Nicht, dass ich gut singe.«

»Ich würde gern wissen, was Ihr noch gut könnt, Eva.«

Sie zog eine ihrer schwarzen Augenbrauen hoch. Er mochte es, wenn sie das tat, wenn Licht und Schatten so wie jetzt am Feuer auf ihrem Gesicht spielten. »Oh ja, ich bin sicher, das es so ist. Männer sind immer neugierig auf das, was Frauen *so gut können*.«

Es war lächerlich, dass ihre mit heiserer Stimme gemachte Bemerkung, die zudem die übertriebenen Begierden der Männer tadelte, das übertriebene fleischliche Verlangen in ihm weckte.

Sie seufzte resigniert. »Ich nähe Kleider, wasche Wäsche, ziehe Knoblauch und steche Messer in jemanden; diese Dinge kann ich gut.«

Er nickte nachdenklich. »Ihr habt nicht erwähnt, dass Ihr Schiffskapitäne mit Eurem Charme einwickelt und mit Eurem Körper Kegel spielt.« *Und meinen Körper in Flammen setzt, wenn Ihr mich nur anseht.*

Sie lachte, und es war wieder dieses kleine leise Lachen wie in der Gasse, als er ihr zum ersten Mal begegnet war. »Ach, Jamie, Ihr habt alle meine Geheimnisse entdeckt. Aber kommt, warum sprechen wir so viel über mich?«

»Wir sind dabei herauszufinden, ob Ihr ehrlich sein könnt.« Aber so war es nicht, natürlich nicht. Nicht für ihn. Nicht mehr.

»Pah.« Sie hob die Arme, um sich mit den zusammengebundenen Händen den Kopf zu kratzen. Es schob ihr dunkles Haar nach vorn, über ihre Schulter. »Mein Inneres ist so fesselnd wie Straßenstaub. Wir werden von Euch reden, Ritter, während wir an diesem Feuer sitzen und herausfinden, ob Ihr es wert seid, dass man Euch die Wahrheit sagt.«

»Werden wir das?« Er lehnte sich gegen den Baumstamm hinter sich. »Nun, ich habe ein ziemlich gutes Gedächtnis.«

Sie nickte aufmunternd.

»Und ich erinnere mich sehr genau, dass Ihr nicht gebissen habt, als ich Euch geküsst habe.«

Ihre Hände erstarrten. Ihre Fingernägel, bemalt mit jenem sinnlich wirkenden Rankenwerk, verharrten wie Spangen in der Fülle ihres Haars, während sie ihm in die Augen starrte.

»Nun, Eva, hört gut zu. Bei all Eurem Geplappere habt Ihr mir bis jetzt nichts von Wert geliefert.«

Sie ließ die Arme sinken und richtete sich auf. »Ich habe Euch Mouldin geliefert.«

Er lächelte. »Nein. Das hat Roger getan. Und ich hätte das schon sehr bald ohnehin aus ihm herausbekommen. Und zwar in dem Moment, in dem ich auf ihn gestoßen wäre.«

Sie schien verblüfft zu sein. »Aber sicherlich hilft es doch zu wissen, welchen bösen Menschen Ihr jagt?«

»Ich bin wohl kaum davon ausgegangen, es mit einem freundlichen zu tun zu haben.«

Sie machte eine ungeduldige Handbewegung. »Ihr seid auch kaum davon ausgegangen, mir zu begegnen, und doch bin ich hier.«

»Aye, Ihr seid hier«, pflichtete er ihr bei. Er sprach diese Worte sehr langsam aus, was zur Folge hatte, dass ihre Wangen sich erneut röteten.

Sie sahen einander für einen langen Moment an, dann ließ er seinen Blick an ihrem Körper hinuntergleiten, über das lange Haar, das über ihre Schultern floss, über ihre Brust bis zu ihren Beinen und denselben Weg zurück.

»Auf jeden Fall will ich etwas bedeutend Besseres als Namen, Eva.«

Irgendetwas geschah mit ihr in diesem Moment. Es war wie ein leichtes Zittern, das ihre Haarspitzen erschütterte und sie einen langen Atemzug ausstoßen ließ. Jamie konnte nicht widerstehen, auf ihre Lippen zu schauen, während sie ihre folgenden, leise gesprochenen Worte bildeten.

»Ich weiß, wo Father Peters Dokumente sind.«

Sein Blick kehrte langsam zu ihren Augen zurück. »Ihr wisst was?«

»Diese Dokumente und Zeichnungen, die jeder Mann mit einem Schwert in England haben will. Ich weiß, wo sie sind. Ich kann sie für Euch holen.«

Im Schein der Flammen waren ihre Augen wie dunkle, schattige Seen. »Das wäre in der Tat ein guter Handel, Eva«, sagte er langsam. »Warum würdet Ihr das tun?«

»Weil mich die Politik Englands nicht kümmert.«

Er lächelte leicht. »Das reicht nicht.«

»Es ist alles, was ich habe. Ihr habt Euer Schwert, ich habe diese kleine Wahrheit.«

Schweigen.

»Was ist nun, Ritter Jamie, haben wir eine Abmachung?«

Er lächelte sie in der plötzlichen Helligkeit an, die aufstrahlte, als der ganze Stock in seiner Hand in Flammen aufging. »Es sieht so aus. Ich werde davon absehen, Euch an einen Baum zu fesseln, und Ihr sagt mir die Wahrheit.«

20

Er zog die Knie an und schlang die Arme um die Beine, seine Hände waren leicht ineinander verschränkt. »Erzählt mir eine Geschichte, Eva. Über Roger und Euch und Father Peter.«

Sie starrte einige Herzschläge lang in das Feuer, und als sie endlich etwas sagte, überraschte sie ihn völlig. »Einmal habe ich des Nachts einen Wolf gesehen.«

Jamie griff nach einem neuen Ast.

»Der Mond schien, und ich stieg einen Hügel hinauf. Die Nacht war ohne jede Farbe, da waren nur der Wind und der weiße Mond und braunes Gras. Dann sah ich ihn. Er war grau. Der Wind spielte in seinem Fell, und es kräuselte sich wie die Oberfläche eines Sees. Ich wusste, ich sollte Angst haben, aber ich hatte keine.« Sie schaute Jamie an. »Ich war aber auch nicht leichtsinnig. Ich habe Gog auf meine Schultern gesetzt.«

»Wie bitte?«

Sie lächelte, es wirkte geisterhaft. »Er war erst sechs.«

»Und Ihr wart wie alt?«

Sie zuckte mit den Schultern, als wäre das ohne Bedeutung. »Dieser Wolf, er war so ...« Sie schüttelte ungeduldig den Kopf. »Sein Fell war so dicht und so fest, offensichtlich hatte er viele kleine fette Schafe gefressen. Er musste unter den Dorfbewohnern viele Feinde gehabt haben. Aber da war irgendetwas Seltsames an ihm. Seine Augen waren« – sie sah Jamie an – »blau. Blass. Wie kleine Münzen. Und er war riesig groß. Er sah mich. Ich schätze, er hat überlegt, ob er mir die Kehle durchbeißen soll.« Wieder sah sie ihn an. »Ihr müsst diesen Gedanken kennen.«

Er lächelte leicht. »Er geht vorbei.«

Sie presste die Ellbogen an ihre Knie und starrte in die niedrig brennenden Flammen. »Er hob seine Schnauze in die Luft und stieß ein lautes Heulen aus. Und irgendwo, in der Ferne, nahm ein anderer es auf. Dort draußen war noch ein Wolf, heulte mit ihm.«

Sie zitterte. »Dann sah er wieder mich an, als wollte er sagen: ›Oh ja, ich sehe dich, kleines Mädchen, und ich werde statt deiner ein Schaf fressen, dieses Mal.‹ Dann drehte er sich um und lief langsam den Hügel hinunter, und ich wusste mit Sicherheit, dass er bis zu seinem Tod gejagt werden würde. Sie sind jetzt alle tot hier in England, die Wölfe?«

»Nahezu.«

Ein leichter Wind strich über das kleine Feuer. Das Holz glomm in Wellen aus heißem Orange und Rot auf.

»Gog und ich, wir müssen uns nicht über Hügel hinweg durch ein Heulen verständigen.«

Er nickte. Eva streckte die Hand aus und zeigte auf ihre flache Hand. »Gog.« Sie drehte ihre Hand herum und berührte deren Rücken. »Eva.«

Jamie sah ihre schmalen, zerbrechlich wirkenden Handgelenke, die halb vom Dunkelblau des Ärmels ihres Kleides verdeckt wurden. Ihre Fingernägel waren mit diesen sich windenden, sinnlich wirkenden Linien bemalt.

Sie ballte die Hand zur Faust.

Er schaute auf. »Ihr beschützt Roger. Das ist der Grund, warum Ihr England verlassen habt.« Sie nickte. »Ihr wisst, dass es Euch nicht möglich sein wird, ihn weiter auf diese Art zu beschützen« – er wies mit einem Kopfnicken auf ihre Faust, deren Knöchel weiß hervortraten –, »jedenfalls nicht mehr lange.«

Das Feuer spuckte und sprühte winzige orangefarbene Funken in die kalte Luft.

»Das weiß ich sehr gut, Ritter Jamie. Das ist der Grund, warum wir England verlassen müssen. König John ist ein sehr ehrgeiziger Fischer, und er hat ein sehr großes Netz, nicht wahr? Er fängt jeden damit – all die Menschen, vor denen er sich aus nichtigen Gründen fürchtet.«

»Oder aus sehr bedeutenden Gründen.«

Sie nickte. »Das ist wahr. Er ist nicht besonders anspruchsvoll.«

»Nein, das ist er nicht.« Eine immense, abgrundfüllende Untertreibung.

»Und er ist leicht zu erzürnen.«

»Haben Eure Eltern ihn erzürnt?«

Mit einem stillen, unergründlichen Lächeln starrte sie über seine Schulter hinweg ins Dunkel. »Meine Mutter tat das.«

Meine Mutter, nicht *unsere* Mutter, notierte er im Stillen.

Das Feuer war zu einem heißen, orangefarbenen Bett aus glühendem Holz heruntergebrannt. Leichte Windstöße drückten dagegen und fachten die Glut wieder an, das helle rotorange Glühen wellte sich wie ein brennendes Meer von einer Seite der Feuergrube zur anderen. Wie das Fell ihres Wolfes.

»Und?«, fragte er, leiser jetzt, aber noch immer in Erfüllung seiner Mission, weil das der einzige Weg war, wie man bei Elfen nach der Wahrheit fischte.

»Und deshalb verließen wir England«, sagte sie schließlich. »Roger und ich.«

Sie sahen sich an. »Wirklich?«, fragte er leise. Er fing an, sich schlecht zu fühlen angesichts all dieses Erdrückenden ihrer jämmerlichen Lügen.

Aber schließlich hatte sie gesagt, dass es sie nicht interessierte, ob es offensichtlich war, dass sie log. Was zählte, war, dass niemand jemals die Wahrheit erfuhr.

»Es *waren* Gog und ich«, beharrte sie.

Es klang nach der Wahrheit. Wahrscheinlich *war* es die Wahrheit. Es war nur einfach nicht die ganze Wahrheit. »Und?«, drängte er. Sie waren Kinder gewesen. Wer hatte sie begleitet?

Sie hielt seinem Blick schweigend stand, das Kinn gereckt und entschlossen. Und dadurch gab sie mehr preis, als alle Worte es bisher getan hatten. Denn Jamie konnte sie hören, wie einen rauschenden Bach, die Worte, die herausdrängten, um sich in die Grube zu ergießen, die sein *Und?* gegraben hatte. Sie antwortete ihm, auch wenn sie stumm blieb, und ihr Schweigen erzählte von schrecklichen Dingen und Unumkehrbarkeit.

Auch er bewahrte ein solches Schweigen. Aber sein Kinn spannte sich nicht an. Seine Augen weiteten sich nicht, er zeigte kein Herz. Er gab nichts preis. Er war wie eine Grube.

Eva war gleichermaßen gebrochen wie er – Gleich und Gleich erkannte sich –, aber sie war nicht so abgebrüht wie er.

»Hierbei gibt es kein *Und?*«, sagte sie schließlich. »Fast ein Jahr lang waren wir, nur Gog und ich, allein in diesem Wald. Und was für eine kalte Angelegenheit das war, könnt Ihr allein schon daran erkennen, weil ich nicht einmal ein Feuer in Gang setzen kann.« Sie senkte die Augen.

»Aber ich verstehe nicht ...«

Abrupt wandte sich Eva um und griff – ungelenk, da ihre Hände gefesselt waren – in ihre kleine Tasche und zog etwas heraus. »*Regardez*, Ritter Jamie. Diese hier sind wunderschön, nicht wahr? Sie sind vom *curé* für mich.«

Jamie verließ seine Seite des Feuers, und sie reichte ihm einen kleinen Buchblock, dessen hölzerner vorderer Deckel mit einer Unmenge gelber Blumen bemalt war. Jamie beugte sich vor, um die dicken, rauen Pergamentblätter genauer zu betrachten. Wunderschön, in der Tat. Womöglich noch herrlicher als die illuminierten Handschriften, für die Father Peter berühmt war. Leuchtend farbige Federzeichnungen zierten die Ränder der Seiten. Diese brauchten Zeit und Aufmerksamkeit. Sie konnten nicht einfach so hingestrichelt werden. Dies waren keine beiläufigen Skizzen. Es schien, dass sich Peter von London mit diesen Miniaturen und Texten mehr Mühe gegeben hatte, als er es bei einigen seiner größten Werke getan hatte, für Abteikirchen von Westminster bis zum Münster von York.

Für Eva.

Jamies Blick glitt kurz über die Seiten. Im Gasthaus hatte er nur nach Waffen gesucht; Schreiben und Bücher waren zweitrangig gewesen, auch hatten sie nicht die Zeit gehabt, sie sich anzusehen.

Er überflog das fein geschriebene Latein eines der größten Denker und Künstler ihrer Zeit, sah aber nichts von Bedeutung außer vereinzelten Erwähnungen der Freiheitsurkunde der Barone, die in England im Entstehen war, und Peters Gedanken zu einigen der Klauseln und ihrer Bedeutung. Die, die erwähnt wurden, hätten allerdings allesamt König John beunruhigt. Jamie unterdrückte ein Lächeln. Peter von London konnte es nicht lassen zu dozieren. Oder initiieren.

Abgesehen davon gab es nichts Bemerkenswertes in dem Band. Die restlichen Pergamentblätter waren mit belanglosen Dingen gefüllt, mit der Art von Worten, die ein Onkel an eine geliebte Nichte richten würde, Bemerkungen über den Wechsel der Jahreszeiten, Fragen nach Rogers Wohlergehen, ein leichter Tadel dafür, nichts von dem Geld ausgegeben zu haben, das er geschickt hatte, damit sie sich neue Schuhe kaufte.

Und in ihrer prosaischen Bedeutungslosigkeit erzählten sie eine Menge Geschichten.

»Wir sind jetzt nicht mehr immer zusammen, deshalb schreibt Father Peter mir«, sagte sie. Haarlocken ringelten sich ihre Schultern hinunter, als sie sich vorbeugte, um mit ihm zusammen die Blätter anzuschauen. Jamie fragte sich, wie es sich wohl anfühlen mochte, würde ihr Haar seine nackte Brust berühren.

»Ich lese seine Worte und freue mich über die kleinen Bilder am Rand. Ich versuche, seinem großen Talent nachzueifern.« Sie deutete auf die Hütte. »Ich habe keines.«

Er war anderer Meinung. Die Tür sah aus, als habe jemand mit Tinte einen Zauber gewirkt. Glatt, dunkel, genau, aufknospend zu breiten geschwungenen Linien, aufgelöst in ein zartes Linienspiel von großer Exaktheit, hatte Eva einen wunderschönen Feenzauber gewirkt.

»Father Peter bedeutet Euch sehr viel«, sagte Jamie, als er ihr den Band reichte.

»Er war mein Ziehvater.« Vielleicht lag es an der Hitze des glühenden Holzes, aber Evas Stimme hatte einen Klang wie aus einer anderen Welt. »Mein Lebensretter. Mein Grund zu leben, gleich nach Gog. Er ist das einzig Gute in meiner Welt, und sollte es nötig sein, werde ich mein Leben geben, um seines zu retten. Oder das Rogers.«

Sie griff nach dem Band, und er legte seine Hand auf ihre. Er hörte, wie sie hastig einatmete, ein kleiner Atemzug. »Aber warum, Eva? Warum ist das erforderlich? Warum tut Ihr das?«

Sie zog ihre Hand weg, mit dem Buch. »Das ist nun mal das, was ich tue«, sagte sie mit einem ihrer üblichen kleinen Schulterzucken. »Wenn Roger nicht wäre, würde ich mich um Waisen oder Pferde kümmern. Es ist nichts von Bedeutung.«

Ihr Blick glitt fort, und wie bei allen Dingen, die Eva betrafen, wusste Jamie, dass sie nicht die Wahrheit sagen würde, auch wenn er die Lüge hier nicht zu erkennen vermochte. Bei Eva gab es keine geraden Linien; sie war ein Ozean voller Strömungen, und während man wohl wusste, dass man nicht nach Süden segelte, hatte man keine Ahnung, wohin einen die Reise bringen würde.

Aber schließlich brauchte er sie nicht mehr als Kompass. Denn er wusste genau, wohin dies hier führte.

Jamie setzte sich wieder auf seinen Platz am Feuer. Seine Gedanken schweiften in der Zeit zurück, verdrängten die grellen, lebendigen Schrecken seiner Kindheit, um sich der Dinge zu erinnern, die vor zehn Jahren in England geschehen waren und als »Massaker von Everoot« bekannt waren. Von Burg zu Burg getragen auf der Zunge der Barden, von der einen nach Urin stinkenden Gasse in die nächste auf der Zunge des gemeinen Volkes, waren die Gerüchte umgegangen, dass der König einen seiner Großmagnaten in einem Anfall überschäumender Wut getötet hatte.

Zum zweiten Mal.

Zehn Jahre zuvor hatte Englands langsame innere Auflösung begonnen, als Johns großer Plan, die Normandie zurückzufordern, zu Zwist und doppeltem Spiel zerfallen war. Sogar William Marshall, Earl von Pembroke, wurde des Verrats angeklagt. Die Invasion wurde abgebrochen. Jamie war in jenem Frühling zusammen mit Hubert de Burgh in Chinon stationiert gewesen und hatte mit eigenen Augen den französischen König Poitou und Anjou erobern sehen.

Dann war einige Monate darauf der Erzbischof von Canterbury gestorben, und der offene Streit zwischen Kirche und Krone, der einige Jahre später mit der Exkommunikation des Königs endete, war offen ausgebrochen.

Dies waren ernsthafte Schläge für Johns Macht und Ansehen gewesen. Als Reaktion darauf war er davongeritten, hatte Unterwerfungen eingefordert und die Treue von seinen Lords, hatte Kinder von seinen Baronen als Geiseln genommen, hatte mächtige Männer beleidigt, obwohl er deren Loyalität gebraucht hätte.

Der eine Lehnsbesitz, der weder Geiseln hatte stellen noch sich hatte unterwerfen müssen, war die große Grafschaft Everoot gewesen. Natürlich nicht, denn es gab keinen Earl – er war zehn Jahre zuvor gestorben, nach der Rückkehr vom Kreuzzug. Sein Tod hatte dem König den Besitz praktisch in die Hand gedrückt.

Aber König Richard hatte das Earldom nicht eingezogen oder neu besetzt, sondern darauf gehofft, dass der Erbe gefunden werden würde, und hatte weiter Burgen in Frankreich gebaut; es hatte viele Dinge gegeben, die das Interesse von Richard Löwenherz gefesselt hatten.

Um das Interesse seines Bruders John zu fesseln, hatte es nicht so viele Dinge gegeben. Kaum dass er sich die Krone aufs Haupt gesetzt hatte, hatte John einen Gefolgsmann mit Everoot belehnt, der den Besitz verwalten und sich der eigenständig denkenden verwitweten Countess annehmen sollte. Johns Wahl fiel auf einen der wenigen königstreuen Barone des Nordens, seinen bewährten Lieutenant Lord d'Endshire.

Und dann, nach der fehlgeschlagenen Invasion, hatte König John, erschöpft von dem aufreibenden Werk, seine Barone zu quälen, auf Everoot Einkehr gehalten. Weil er eine Ruhepause brauchte. Er hatte sich einen herzlichen Empfang ausgemalt. Er hatte erwartet, auf einen widerstandslosen Lehnsbesitz und einen gehorsamen Vasallen zu treffen. Doch nichts davon hatte er bekommen.

Stattdessen sah oder hörte oder entdeckte König John etwas, was ihn aus dem Gleichgewicht und in eine allumfassende Wut versetzte. Und irgendwie – niemand wusste es genau, weil all jene, die in jener Nacht dort gewesen waren, entweder tot oder aus anderen Gründen stumm waren – endete es damit, dass Lord d'Endshire tot und sein fünfjähriger Sohn verschwunden war.

Gerüchte kursierten, dass ein Kindermädchen den Erben genommen und mit ihm geflohen war. Dass Mouldin auf ihre Spur gesetzt worden war, wie ein Wolf, der einen Hasen jagte. Manche sagten, er hätte die Kinder gefangen. Andere behaupteten, nein, sie wären auf Nimmerwiedersehen verschwunden.

Jamie starrte durch die orangeblauen Flammen und wusste jetzt, dass die Gerüchte wahr gewesen waren, denn dieses »Kindermädchen« saß ihm gegenüber. Ein Mädchen, dem gelungen war, was nicht einmal mächtige Barone, die in die Wildnis Irlands geflohen waren, geschafft hätten: dem Zorn des Königs zu entkommen. Mit einem Kind im Schlepptau.

Roger, der d'Endshire-Erbe, der auf unsicheren Beinen durch diese Wälder stolperte. An Evas Hand.

»Wie alt wart Ihr?«, fragte er leise.

Sie wandte das Gesicht ab. »Dreizehn.« Es klang wie ein Sichergeben. Es klang wie Scham.

Gleiche erkannten gleiche.

Jamie stand auf, ging um das Feuer und kniete sich neben sie. Schweigend zog er seinen Dolch und durchschnitt ihre Fesseln. Die Stricke fielen auf den Boden, aber Eva hielt ihre Hände vorgestreckt, die Handgelenke aneinandergepresst.

»Ihr habt mich gar nicht gefragt, ob das nicht auch nur ein Winkelzug von mir ist«, sagte sie mit zitternder Stimme.

»Ich kümmere mich nicht um Winkelzüge.« Kinder sollten fröhlich durch den Wald streifen. Oder durch die Straßen Londons.

Sie breitete die Arme aus, und es schien, wenn auch nur für einen Moment, als wollte sie ihn umarmen. Dann winkelte sie die Ellbogen an, hob die Hände, dehnte die Schultern und beugte den Kopf in den Nacken. Abrupt ließ sie die Arme dann sinken.

»Ich mache keine Winkelzüge, Jamie.«

Herrgott, wollte sie ihn etwa beruhigen? »Das ist höchst unwahrscheinlich«, entgegnete er knapp und kehrte auf seine Seite des Feuers zurück.

Er war aufgewühlt, ruhelos ... erhaben. Albtraumhafte Geschichten zu hören, die so sehr seiner eigenen ähnelten, brachte normalerweise die dunklen Stimmungen zurück, ungemindert durch irgendetwas Erhabenes oder Ehrfurchtgebietendes.

Dass es dieses Mal anders war, lag vielleicht daran, dass es inmitten dieses immer größer werdenden Misthaufens königlicher

Scheiße eine einzige verlässliche Wahrheit gab, auf die er jetzt setzen konnte: Roger war der d'Endshire-Erbe. Und Eva beschützte ihn.

Nur ganz kurz nahm Jamie eine warnende innere Stimme wahr, als ihm der nächste Gedanke durch den Sinn ging: *Und jetzt beschütze ich sie.*

21

»Mouldin? Eine Botschaft von Mouldin? WAS?«

Das letzte, leise gesprochene Wort strafte die Wut Lügen, die Engelard Cigogné auf dem Gesicht des Königs aufflackern sah. Und er hatte in seiner Amtszeit als einer der getreuesten Captains des Königs schon manch einen Ausdruck in dem königlichen Gesicht gesehen.

Sie standen im Arbeitskabinett des Königs in Windsor Castle. Im Zimmer herrschte kontrolliertes Durcheinander, und es herrschte ein ständiges Kommen und Gehen. Beamte von Rüstungsamt und Rechnungskammer berichteten über Einnahmen, dem Haushalt angehörende Ritter erhielten Instruktionen oder überbrachten die Bestätigung eingetriebener Zahlungen oder geleisteter Abgaben. Männer der Sheriffs lieferten Untersuchungsberichte. Dazwischen Hunde und Diener und Huren. Es war eine Kakofonie der Menschheit innerhalb der Mauern Windsors, während der Krieg jeden Tag ein Stückchen näher rückte.

Draußen auf den Korridoren stand auch jetzt wieder eine Reihe von Reumütigen, die das Knie vor dem königlichen Gnadentisch beugen wollten.

Aber am häufigsten und immer und überall stieß man auf die Sendboten. Sie galoppierten die Straßen des Landes entlang, wie das durch den Körper strömende Blut, brachten lebenswichtige Nachrichten, während das Königreich am Rande des Bürgerkriegs schwankte.

Der Beweis für die jüngste Botschaft lag noch auf dem Tisch: eine Pergamentrolle und daneben ein Teller mit Aalen, selbst jetzt noch unberührt, Stunden nachdem die fürchterliche Botschaft überbracht worden war.

London war an die Rebellen gefallen.

Und jetzt stand ein weiterer Bote vor dem König, die Hand auf die Brust gelegt, während er versuchte, zu Atem zu kommen und Dinge zu sagen, von denen Cigogné wusste, dass sie dazu bestimmt waren, schlecht auszugehen, eben solche wie diese: »Ich bin so schnell gekommen, wie ich konnte«, und: »Ich bringe eine Botschaft von Mouldin.«

König John schwieg.

Über den langen geschnitzten Tisch gebeugt, ließ er die Worte des Boten von den Steinmauern widerhallen, dann richtete er sich auf. Sein schwarzes Haar hing glatt hinunter bis kurz unterhalb der Ohren, die Spitzen bogen sich über seinen Schultern leicht nach oben, sein Blick war auf den unglückseligen Boten geheftet.

»Das ist nicht möglich.«

Der Bote sah bedrückt aus.

»Mouldin ist ein Geächteter. Ich habe ihn vor Jahren zerstört, ihn vernichtet. Er würde mir keine Botschaft schicken. Und er würde *niemals* nach England zurückkehren.«

Der Bote erblasste sichtlich. »Aber das ist er, Sire. Zumindest wird das in der Botschaft behauptet. Guillaume Mouldin.«

Mouldin. Der Name konnte einem noch immer einen Schauder den Rücken hinunterjagen. Man hatte ihm in der Vergangenheit viele Namen gegeben: Jäger; Wart der Erben; Mouldin der Schreckliche – diesen letzten Namen benutzten die Mütter im Norden, er stammte aus einer Geschichte, die sie ihren Kindern erzählten, um sie zu erschrecken und zum Bravsein anzuhalten. *Er wird dich holen und mit dir davonreiten,* so warnten die Eltern. Aber Mouldin war niemals mit ihnen davongeritten. Geschichten wurden immer verdreht.

Der Bote presste noch immer die Hand an seine Brust und wurde zunehmend blasser, während John ihn anstarrte. »Sagt mir die Botschaft«, fauchte der König schließlich.

Der Bote richtete sich auf und richtete den Blick auf einen Punkt links des Gesichts des Königs. »Mouldin hat Peter von London in seinem Gewahrsam. In seinem... Besitz. So lautet die Botschaft.«

Der König starrte einen langen reglosen Moment vor sich hin, dann holte er so tief Luft, dass seine Nasenflügel sich zusammenzogen. Vor der Tür des Arbeitskabinetts waren Stimmen zu hören und fernes Lachen, aber im Zimmer war es absolut still. Jeder spürte diese plötzliche Stille, die so oft einem königlichen Unwetter vorausging. Alle Anwesenden hatten sich wie ein Mann umgedreht und waren in Schweigen gefallen, bereit zur Flucht.

»Nein.«

Der Bote schluckte mühsam bei diesem einen Wort. »Aye, Sire.«

Engelard Cigogné richtete seine Aufmerksamkeit direkt auf den König. Wenn man John Lackland, Johann Ohneland, diente, dann lernte man, dessen wechselhafte Launen mit Ergebenheit hinzunehmen. Es war ein wenig so, als wäre man ein militärischer Taktiker, und das mit irgendwie den gleichen Resultaten.

»Nein«, sagte der König wieder. Er sprach so langsam, als würde er ein schwieriges Konzept erläutern. Er stieß den Teller mit den Aalen zur Seite und legte die Hände auf den Tisch. »Das kann nicht sein. Diese Botschaft ist eine Finte.«

Der Bote griff in die Ledertasche an seiner Seite und zog ein Pergament hervor. Er entfaltete es. »Ich denke nicht, Mylord...«

Der König schaute auf die unverwechselbare Federzeichnung, und sein Kinn spannte sich an. Ebenso wie seine Hand, die das Blatt umschloss. »Herrgott«, stieß er hervor.

»Mouldin schickt die Nachricht, er würde sich für Euch freuen, Peter von London zurückzuhaben.«

Am Kinn des Königs zuckte ein Muskel, ein leichtes Anspannen.

»Für eine Gegenleistung.«

Das ließ John fast an die Decke springen. »*Eine Gegenleistung?*«, brüllte er. Wie ein Mann traten die schweigenden Anwesenden im Kabinett einen Schritt zurück. »Mouldin glaubt, mit *Uns* handeln zu können?« Er schlug mit der Hand auf den Tisch. »Dieser gottverdammte seeräuberische Sklavenhändler, er wird dafür büßen, und zwar mit seinem geächteten Kopf. Ich lasse ihn in Stücke hacken und sein Fleisch in alle vier Ecken des Königreiches schicken ...«

»Oder er wird ihn an die Rebellen verkaufen.«

König John erstarrte. »Wiederholt das.«

Der Bote sah verzweifelt aus. Alles, was er tun konnte, war, seine Mission zu Ende zu bringen und zu hoffen, dass sein Kopf am nächsten Morgen noch auf seinen Schultern sitzen würde. Er sammelte sich tapfer, richtete sich kerzengerade auf.

»Guillaume Mouldin sendet die Nachricht, dass er den Priester an den Meistbietenden verkaufen wird. Im Norden, in der Marktstadt Gracious Hill. In fünf Tagen.«

Ein helles Rot breitete sich unter dem gestutzten Bart des Königs aus und überzog seine Wangen und seine Stirn. Das kaum sichtbare Zittern seines seidenen Überrocks zeigte an, dass er vor Wut bebte. Er schaute auf den Tisch, dann streckte er die Hand aus, griff nach dem Löffel, der auf dem Teller mit den Aalen lag, und hob ihn in quälender Langsamkeit hoch. Cigogné machte einen tiefen, stummen Atemzug.

Der König sah den Boten an. »Geht.« Es wurde als ein Befehl für alle ausgelegt, und die Leute begannen, aus dem Zimmer zu strömen wie fließendes Wasser.

Als alle fort waren, wandte sich der König an Cigogné.

»Hatte ich nicht Maßnahmen getroffen, diese Sache zu regeln?«, fragte er. Noch immer wirkte er gespenstisch ruhig. »Um genau das zu vermeiden, was jetzt geschehen ist? Um dafür zu sorgen, dass Peter von London niemals am Verhandlungstisch Platz nehmen wird? Und darüber hinaus dafür zu sorgen, dass irgendjemand ihn in die Finger bekommt, ihn und seine unverantwortlichen, dummen, verräterischen...« Der König unterbrach sich. »Habe ich nicht all diese Maßnahmen ergriffen, um genau das zu verhindern?«, fragte er dann leise.

»Das habt Ihr, Sire.«

»Ich habe Jamie auf die Spur des Priesters gesetzt.«

»Aye, Sire.«

»Mit anderen Worten, ich *hatte die Sache geregelt*.«

»Aye, Sire.«

»Dennoch haben die Rebellen London eingenommen, und Guillaume Mouldin ist zurück im Spiel. Und darüber hinaus hat er ausgerechnet den einen Mann der gesamten Christenwelt gefangen genommen, der mich stürzen kann, von meinem gottverdammten *Thron!*«

Dieses letzte Wort klang wie ein Bellen. Cigogné hielt sich damit zurück zu antworten. Er sah davon ab, darauf hinzuweisen, dass Mouldin die Mehrzahl seiner berüchtigten Großtaten im Dienste Johns verübt hatte, im Namen des Königs. Und dass folglich der größte Teil seiner Reichtümer aus dem Handel mit Menschen stammte, und zwar nicht aus dem mit Sklaven, sondern mit Erben.

Erben, von denen König John gewollt hatte, dass sie beobachtet, gefangen und manchmal an den Meistbietenden verkauft wurden. Gelegentlich auch vernichtet. Mouldin hatte sie alle für John gefangen gehalten, Erben und Mündel, kleine Söhne und Töchter, sowohl von Feinden als auch von Freunden. Der Wart der Erben. Der Jäger. Nicht von Wild, sondern von Erben. Denn manchmal... nun, manchmal liefen sie davon.

Einmal waren sie ihm entkommen.

Daher der königliche Zorn.

Der König hieb so hart mit der Faust auf den Tisch, dass der bebte, dann begann er, nach Bechern und Schüsseln zu greifen, und schleuderte sie durch das Kabinett. Sie prallten gegen die Wand am anderen Ende, ein Becher nach der anderen Schüssel, Explosionen von Töpferwaren.

Cig neigte sich blitzschnell nach hinten, als ein Teller an ihm vorbeigeflogen kam und eine schmierige Spur von Knoblauchsoße auf die Binsen zog. Ein Hund unter dem Tisch erhob sich, um die Köstlichkeit zu kosten, zog sich aber sofort wieder unter den Tisch zurück, als John seinen Stuhl mit einem Tritt wegstieß. Der Falke auf der Sitzstange hinter dem Stuhl umklammerte unruhig das Metall, hob eine Klaue und setzte sie weder ab. Sein mit einer Haube verhüllter Kopf wippte nervös.

John stützte die Hände auf den Tisch und umklammerte die Platte so heftig, dass seine Fingerknöchel weiß hervortraten.

»Bringt mir Jamie«, sagte er zwischen zusammengebissenen Zähnen.

Cigogné räusperte sich. »Jamie ist noch nicht zurückgekehrt, Sire.«

Das hatte eine plötzliche Stille zur Folge. »Nicht zurückgekehrt? Wie kann das sein?«

Cig vermutete, dass die Frage rhetorisch gemeint war, und erwiderte nichts.

»Kein Jamie«, murmelte der König. »Kein Priester. Und jetzt ist Mouldin zurück im Spiel.« Ein Moment unbehaglicher Stille dehnte sich aus. Der König schaute auf. »Ich habe eine Aufgabe für Euch, Cigogné.«

Cig beugte den Kopf. »Majestät.«

»Geht nach Gracious Hill und bringt mir Peter von London. Nehmt genug Geld mit, um ein Lösegeld zu bieten, falls es nötig ist, aber vor allem bringt mir den Priester her, ehe die Rebellen es tun. Und Mouldin – tötet ihn.«

»Aye, Sire.«

»Und was den Priester angeht ... Sorgt dafür, dass er keine Probleme macht.«

Ein Schauder des Unbehagens ließ Cigogné frösteln. »Er ist ein Priester, Mylord.«

Der Blick des Königs wurde hart. »Er ist ein Unruhestifter. Seht zu, dass er keine Probleme mehr macht.« Der König sah Cigogné direkt an. »Und bringt mir Jamie.«

»Sire, auf welche Weise wollt Ihr ...«

»Auf die Weise, auf die Ihr dafür sorgen werdet, dass Jamie keinen Ärger mehr macht, sollte er auch nur den leisesten Hauch von Untreue erkennen lassen.«

Jetzt spürte Cig Angst. Kälte in seiner Brust, etwas, was er nicht gespürt hatte, seit er auf sein erstes Schlachtfeld hinuntergeschaut hatte. »Sire.«

Dieses eine Wort klang so abschätzig, war so klar eine Absage, so offensichtlich eine Missbilligung, dass der König innehielt und ihn anstarrte.

»Hier geht es nicht mehr nur darum, ein Risiko zu vermeiden, Cigogné. Wir sind in Gefahr. Etwas, was die Zerstörung meines Königreiches zum Ziel hat, ist im Gange.«

Cig schwieg.

»Jamie kann in einem Regensturm einen Regentropfen aufspüren. Und doch hat er meinen Priester aus den Augen verloren?« Der König klang ungläubig. »Das ist wohl kaum vorstellbar. Irgendetwas geht hier vor. Und Ihr werdet herausfinden, was es ist. Mein Königreich wankt deswegen. Ich kann mich doch auf Euch verlassen? Oder muss ich jemand anders finden? Einen Getreueren? Einen ohne Lehnsgut?«

Die Drohung war deutlich. Cig richtete den Blick auf die Wand über der linken Schulter des Königs und nickte knapp. »Ich bin Euer Lehnsmann, Mylord.«

»Binnen einer Woche sind entweder beide bei mir oder sie sind tot. Bringt sie nach Everoot; ich werde dort sein.«

Cig verließ das Kabinett, als ein weiterer großer schwerer Gegenstand hinter ihm auf dem Boden aufschlug. Er schaute sich nicht um.

König John wartete, bis die Tür geschlossen war, dann richtete er den Blick in die dunkelste Ecke des Kabinetts und auf die dunkle Gestalt dort.

»Folgt ihm. Sorgt dafür, dass es erledigt wird.«

»Hast du die Botschaften überbracht? Und auch die Zeichnungen?«

Peter von London sah den geächteten Captain des Königs an, der auf der anderen Seite des Feuers stand und seinen vor Kurzem zurückgekehrten Untergebenen befragte, und schüttelte den Kopf.

Mouldin schien diese leichte Bewegung selbst durch die dunklen Schatten der Bäume, die ihren Lagerplatz umstanden, zu sehen. Er wandte sich leicht um.

»Habt Ihr etwas beizutragen, Father?«, fragte er, und seine heisere Stimme war voll der falschen Besorgtheit, die seine Arroganz ihr verlieh. Einst hatte man Mouldin gut aussehend genannt. Peter erinnerte sich jener Tage, an denen Mouldins kantiges, misstrauisch dreinblickendes Gesicht sich durch ein Lächeln erhellt hatte, wenn der König ihm noch eine weitere Geisel zum Bewachen anvertraut hatte.

»Eine Zeichnung wird wohl kaum irgendjemanden von irgendetwas überzeugen«, sagte Peter milde. »Am wenigsten davon, dass Ihr mich in Eurer Gewalt habt. Ihr könntet versuchen, sie dem

Großvater eines Kaufmannes zu verkaufen, wenn sie sie erkennen.«

Mouldin nickte seinem Sergeant zu, der sich daraufhin zu den anderen Männern gesellte, die beisammensaßen oder schliefen, während andere auf Wacht waren. »Ihr seid zu bescheiden, Father«, sagte Mouldin und trat näher. »Eure Zeichnungen sind ganz hervorragend. Niemand hat so viel Talent wie Ihr. Und obwohl Ihr zehn Jahre fort gewesen seid, erinnert man sich dessen gut.«

»Schmeichelei wird Euch nichts nützen. Ich habe noch immer vor, Eure Exkommunikation zu empfehlen.«

Mouldin verschränkte die Arme vor der Brust und lächelte leicht. »Ich schmeichle nicht, Father. Es ist die Wahrheit.«

Peter lehnte sich zurück gegen den Baumstumpf, an dem er saß; es war lange her, dass er im Freien geschlafen hatte, auf hartem Boden. Es war kühl ohne Feuer, und der Frühlingswind wehte durch die Baumkronen. Dort, wo das Mondlicht durch das Geäst schien, war es zwar heller, doch das Licht spendete keine Wärme, sondern nur ein silbern glänzendes Leuchten.

»Was für ein Vergnügen wird dies also werden«, sagte er. »Zwei versierte Männer, die sich in einem dunklen Wald Geschichten erzählen. Ah, aber schließlich habt Ihr nur die eine Fähigkeit.«

Mouldin lachte wieder. »Wir können nicht alle mit so vielen Talenten gesegnet sein wie Ihr, Father.«

»Ihr könntet es versuchen.«

Peter belustigte Mouldin fortwährend, denn der Geächtete lächelte schon wieder. »Leider bin ich nur in einer Sache gut.«

»Darin, Sklaven zu versteigern.«

Mouldins Blick wurde hart, auch wenn er weiterhin lächelte. »Oder Priester. Ihr solltet vorsichtig sein mit dem, was Ihr sagt, Father, und zu wem.«

Peter streckte die Hand aus. »Wir sehen, wohin solche Vorsicht mich gebracht hat. In einen kalten Wald mit einem geächteten Sklavenhändler.«

»Es war nicht Vorsicht, die Euch geschadet hat, Father. Sondern dass Ihr sie aufgegeben habt.« Mouldin setzte sich Peter gegenüber auf einen Baumstumpf und stützte die Unterarme auf die Knie. »Warum in Gottes Namen seid Ihr überhaupt nach England zurückgekommen? Sie jagen Euch seit Jahren durch Frankreich. Sogar ich habe einen oder zwei Aufträge angenommen, Euch aufzuspüren. Ich habe Euch nicht gefunden. Und ich hätte Euch auch nie gefunden. Bis Ihr zurückgekommen seid.«

»Ich wurde eingeladen.«

Mouldin schüttelte den Kopf. »Ihr seid getäuscht worden. Die Rebellen schlugen vor, Euch nach England einzuladen, damit ihr bei den Verhandlungen helft. Und dann heuerten sie mich an, Euch zu entführen.«

Peter sah ihn gleichmütig an. »Ihr werdet ein sehr unerfreuliches Leben nach dem Tode haben, Guillaume Mouldin.«

Mouldin lachte ein bellendes Lachen.

»Ihr seid ziemlich einfallsreich«, stellte Peter fest; dann hustete er heftig. »Habt Ihr darüber nachgedacht, Mummenschanz zu treiben? Oder vielleicht Purzelbaum zu schlagen? Ihr könntet mit dem Versteigern menschlicher Seelen für immer aufhören.«

»Niemand zahlt für Seelen, Father. Behaltet die Eure.« Mouldin griff in sein Bündel, zog ein Umhangtuch heraus und reichte es, überraschenderweise, Father Peter.

»Ihr werdet dennoch in der Hölle schmoren«, sagte Peter, aber er griff nach dem Gereichten. Es war ein Wolfspelz. Wärme. Mouldin sah zu, wie Peter ihn sich um die Schultern legte und sich dann wieder an den Baumstamm lehnte.

»Ihr seid kein Dummkopf, Father. Ihr könnt nicht geglaubt haben, dass deren Absichten ehrenhaft waren. Warum seid Ihr hergekommen?«

»Langton ist ein Freund. Die Freiheitsurkunde wird England besser dienen als viele Könige es getan haben.«

»Warum seid Ihr gekommen?«, fragte Mouldin noch einmal, dieses Mal langsamer, beharrender. Er hatte eine Nase wie eine Ratte.

Peter schüttelte den Kopf. »Jeder ist viel zu sehr an meinen Absichten interessiert. Ich denke, ich werde sie daher für mich behalten.«

Er hustete wieder, und dieses Mal dauerte es eine Weile. Es wurde schlimmer. Er wusste nicht, wie viel Zeit ihm noch blieb – das war der Grund, warum er nach England zurückgekehrt war. Dass Erzbischof Stephen Langton ihn eingeladen hatte, war ... ein Zeichen gewesen. Es war Zeit. Er hatte noch eine Sache zu erledigen, eine unerledigte Sache, die an seinem Herzen nagte. Wenn er bei den Verhandlungen von Nutzen sein konnte, wäre das ohne Zweifel gut, aber seine Seele hatte persönliche Wiedergutmachungen zu leisten. Er war nachlässig gewesen. Hatte die Dinge schleifen lassen. Es war Zeit.

Mouldin beobachtete ihn mit jener unbekümmerten Arroganz, die dem Jäger schon immer eigen gewesen war. Im Grunde genommen war dieser Mann für einen Geächteten viel zu selbstbewusst.

»Natürlich bezweifle ich, dass Ihr bei Euren Unternehmungen Erfolg haben werdet«, sagte Peter unverblümt.

»Unternehmungen?« Mouldin klang amüsiert.

Peter nickte selbstgefällig. Es schadete nie, Menschen anzustacheln. Oftmals half es. Er hatte viele seiner jüngeren Tage damit verbracht, genau das zu tun. Könige und Grafen und unbedeutende Prinzen; er hatte sich einige zu Feinden gemacht. Vielleicht vermisste er das. Vielleicht war es ein klein wenig auch das gewesen, was ihn nach England zurückgezogen hatte. Der Wunsch, ein letztes Mal den Topf umzurühren.

Er lächelte innerlich, dann seufzte er. Das Leben eines Kirchenmannes war nie das Richtige für ihn gewesen. Er war ein Widerspruchsgeist. Er war zu dickköpfig.

Natürlich schien sich Mouldin nicht daran zu stören. Es war kein schmeichelhafter Gedanke, dass er sich die Bewunderung eines Sklavenhändlers verdient hatte. Es bewirkte, dass man schlecht darüber dachte, wie einer durchs Leben gegangen war.

Mouldin sah ihn in einer Mischung aus Belustigung und kalter Einschätzung an. »Was denkt Ihr, wie mein Misserfolg aussehen wird, Father?«

»Vielleicht werdet Ihr von einem Pfeil durch Eure Brust aufgespießt werden. Vielleicht wird jemand, von dem Ihr es nicht wollt, unseren Aufenthaltsort erfahren, bevor es zweckmäßig für Euch wäre. Vielleicht werde ich Euch anhusten, und meine kleinen schlechten Samen werden sich bei Euch einnisten.«

Mouldin beugte sich kaum merklich nach hinten. Peter lächelte matt. Was er hatte, gehörte nicht zu der Art von Krankheit, die man auf diese Weise bekam oder mit guter Luft oder durch Schröpfen heilen konnte. Es war alles in ihm und fraß ihn auf, er spürte es, tief in seiner Brust. Es war alles sein.

Seine Worte hatten wohl eine Saite angezupft, denn Mouldin wandte sich an seinen Soldaten. »Bist du auf irgendwelche Probleme gestoßen? Hat dich jemand aufgehalten oder ist dir gefolgt? Hat dir Fragen gestellt, um was es sich handelt?«

Der Mann hatte auf einem Streifen getrockneten Fleisches gekaut. Er nahm es aus dem Mund und richtete sich auf. »Nein, Sir. In London und Windsor haben wir die Botschaft an ein paar Gassenjungen weitergegeben, und die haben gute Arbeit geleistet. Uns hat niemand gesehen.«

Mouldin nickte, aber der Soldat war noch nicht fertig. »Der Einzige, der überhaupt von uns Notiz genommen hat, war ein Junge im Stall des Gasthauses.«

Peter zog sich die raue, zerfressene Brust zusammen, nur für einen Herzschlag. Schmerz schoss in einem raschen, stechenden Blitz in seinen Arm und ließ dann wieder nach.

Mouldins Kopf fuhr herum. »Ein Junge? Im Stall?«

»Aye, nun, eigentlich fast schon ein Mann. Es war nichts von Bedeutung. Er hat versucht, uns aufzuhalten, wir haben ihn niedergeschlagen.«

»Wie alt?«

Der Soldat schaute zwischen Mouldin und Peter hin und her, als er die plötzliche tödliche Ruhe in der Stimme seines Kommandeurs wahrnahm. »Fünfzehn, vielleicht sechzehn.«

Peter atmete gleichmäßig und wahrte das matte, ironische Lächeln in seinem Gesicht, als bedeute ihm diese Neuigkeit gar nichts.

Mouldin wandte sich langsam zu ihm um. »Was wisst Ihr darüber, Father?«

»Von einem Stalljungen in England?« Peter hustete, bevor er weitersprach. »Stalljungen, Mouldin? Ist es das, worüber wir uns jetzt unterhalten? Eure Untaten haben jetzt schließlich doch Euren Verstand verrotten lassen. Ihn wegfaulen lassen.«

Mouldin starrte ihn an. »Großer Gott, die Geschichten sind wahr geworden! ›Wohin der Priester geht, dahin gehen auch die Erben.‹« Er wandte sich abrupt zu dem Soldaten um. »Ich werde dich dorthin zurückschicken. Dich und die anderen, die den Jungen gesehen haben. Wohin sollen sie reiten, Father? Zum Gasthof? In einen Hafen?«

»In die Hölle.«

Alle Spuren von Mouldins Amüsiertheit waren verschwunden. Sein Gesicht war hart. »Jener Tag wird schnell genug kommen.«

»Engel weinen.«

»Er ist in diesem Gasthaus?«

»Welches Gasthaus?«

Mouldin wandte sich an seine Männer. »Wir suchen einen fünfzehnjährigen Jungen.« Er warf einen wissenden Blick auf Peter. »Und ein Mädchen? Eine Frau, inzwischen. Ist sie auch hier?«

Peter verschränkte die Arme vor der Brust. »Was denkt Ihr?«

»Ich denke, dass ich es nicht riskieren kann zu verlieren, was ich bereits habe. Ich werde allein mit Euch weiterreiten. Die anderen reiten zurück.«

Es machte keinen Sinn, weiterhin etwas vorzuspielen. Father Peter sah Mouldin an und sagte kalt: »Ihr werdet sie nie finden.«

Mouldin lächelte. »Wir müssen *sie* auch gar nicht finden, Priester. Wir brauchen nur ihn. Sie wird folgen, oder etwa nicht? Das hat sie immer getan.«

»Ihr solltet Euch das nicht wünschen.«

Mouldin hielt inne. »Was soll das heißen?«

Peter zuckte mit den Schultern, ein Bild der verkörperten Unbekümmertheit. Er war ein Meister darin, gleichmütig mit den Schultern zu zucken; er hatte eine fähige Lehrmeisterin gehabt. Eva verteilte sie wie Tinkturen, fünf oder sechs für jeden Teilstrich, der an einer Kerze wegbrannte. Er hatte sie deswegen getadelt, und sie hatte begonnen, stattdessen ihre Augenbrauen hochzuziehen. Selbst jetzt, im Dunkel und in Gefahr, musste er lächeln, als er an Eva dachte. Meine Güte, wie sehr er sie vermisste. »Vielleicht ist er nicht allein.«

Mouldins Blick wurde scharf. »Ihr meint das Mädchen. Das Mädchen wird bei ihm sein.«

»Ich meine nicht ›das Mädchen‹.«

Sie starrten sich in gemeinsamer schweigender Feindseligkeit an; dann schnippte Mouldin mit den Fingern. Seine Männer traten vor. *Alle in einer Reihe, wie die Gänse*, dachte Peter.

Mouldin stand auf, um seine Befehle zu erteilen. »Nach Süden, dann westlich zum Gasthaus. Haltet Eure Augen offen. Findet die beiden, und bringt sie zu mir nach Gracious Hill.«

Sie stapften davon und ließen Mouldin und einen Soldaten zurück. Peter schüttelte den Kopf. »Ich bin es müde, gute Männer sterben zu sehen.« Dann strahlte sein Gesicht auf. »Aber schließlich sind Eure Männer nicht gut.«

Mouldin legte sich eine dünne Wolldecke um und zog sie hoch bis an sein Kinn. »Nein, das sind sie nicht.« Er wandte sich zum Feuer und legte sich nieder.

Peter hustete. Er wusste, dass er sterben würde; seit Jahren kam der Tod jetzt auf ihn zu, erst der leichte Husten, dann das bisschen Blut, dann der beständige Husten, gegen den Eva zwanzig Tinkturen und Tees zubereitet hatte. Aber über die Tees war er schon lange hinaus, genau wie über den Schrecken. Jetzt war der Gedanke ans Sterben ... seltsam unwirklich. Ein weißer Ritter auf einem Pferd, der auf ihn zugeritten kam. Es war nicht erschreckend. Was erschreckend war, war der Gedanke, dass Eva und Roger zurückbleiben würden, unbeschützt und unvorbereitet.

»Ihr müsst den Wunsch haben, vor wahrer Empörung in Flammen aufzugehen, Father, umgeben von all diesen verlorenen Seelen.«

»Ich war schon von mehr verlorenen Seelen umgeben als von diesen hier, Jäger. Ihr beeindruckt mich nicht.«

Mouldin schloss die Augen. »Wann war das, Priester?«

»An Johns Hof.«

Mouldin lachte ein kurzes, raues Lachen. »Dann solltet Ihr darauf hoffen, dass die Rebellen das bessere Angebot machen.«

»Ich hoffe, dass Euer Auge von einem Pfeil durchbohrt wird und dass Ihr vom Pferd in einen Fluss stürzt.«

Mouldin öffnete die Augen, dann schloss er sie wieder. »Euer Wunsch könnte sich eines Tages erfüllen.«

Peter starrte hinauf zu den englischen Sternen, die gar nicht so anders aussahen als die Frankreichs. »Das war kein Wunsch. Es war ein Gebet.«

Mouldin drehte sich herum und zog die Decke um seine Brust. »Gott hört nicht auf solche wie uns, Father. Das habe ich vor langer Zeit gelernt. Den Beweis dafür findet Ihr überall um Euch herum. Schlaft jetzt; wir werden in den kommenden Tagen viel reiten. Wenn wir in Gracious Hill sind, kenne ich dort eine Frau.«

»Natürlich kennt Ihr eine.«

»Eine Hebamme. Sie wird sich um Euren Husten kümmern.«

Peter starrte in den dunklen Himmel und lauschte auf die Reiter, die davongaloppierten. Wie weit würden Eva und Roger inzwischen gekommen sein? Seine Brust fühlte sich so eng an, als wäre ein Seil darum geschlungen worden, und sie dehnte sich unter diesem fast unerträglichen Druck. Und wenn diese Männer sie fänden? Welche Chance hätten sie dann überhaupt noch?

Er konnte nur hoffen, dass seine verhüllten Drohungen Biss genug gehabt und bei Eva Wirkung gezeigt hatten. Eva, der Gott einen schrecklichen Streich gespielt hatte, indem er ihr ein einzigartiges Geschenk gemacht hatte: die Gabe, Licht in jedes Dunkel zu bringen, und der sie dann in diese Finsternis getaucht hatte. Er hoffte von Herzen, dass sie einen Beschützer gefunden hatte, einen, der nicht nur umsichtig mit außergewöhnlichen Frauen und mutigen jungen Männern umzugehen verstand, sondern der auch gnadenlos und – ja, er musste es aussprechen – tödlich für ihre gemeinsamen Feinde war.

22

Eingehüllt in Jamies Umhang saß Eva schweigend neben der Feuergrube. Jamie saß auf der anderen Seite an einen umgestürzten Baum gelehnt, die Beine lang von sich gestreckt. Er hielt die Hände ineinander verschränkt auf dem Schoß, und seine Augen waren geschlossen, aber Eva wusste, dass er bei der leisesten Bewegung wieder aufwachen würde.

Er trug den ärmellosen schwarzen Waffenrock, der sein Kettenhemd bedeckte. Die flachen grauen Glieder aus Eisen sahen auf seinen muskulösen Armen wie die Haut eines Geschöpfes aus dem Sumpf aus. Mit seinen steinharten Muskeln wirkte er selbst in entspannter Ruhe wie ein herrliches Tier.

Zu ihrem Unglück allerdings wollte sie ihre Hand zwischen seine Schenkel gleiten lassen, wie ein kleines Stück Pergament, das zwischen ein Türblatt und die Laibung gesteckt wurde, und seine Hitze fühlen. Aber es ist da, dachte sie düster.

Wie lange konnte man wollen und es nicht einmal wissen? Eva fühlte dieses Wollen seit einer langen Zeit, und jetzt hatten all ihre geheimen Sehnsüchte Form angenommen, und das in Gestalt eines Mannes, der sie und jeden, den sie liebte, zerstören konnte, und das auch sehr wahrscheinlich tun würde.

Aber es ist da, dachte sie wieder. *Er ist da.*

Jamie – verborgenes, verbotenes Verlangen.

Sie veränderte ihren Blickwinkel um ein winziges bisschen. Was würde er tun, wenn sie genau jetzt zu ihm ginge und sich neben ihn knien würde? Ein Messer ziehen und es ihr an die Kehle halten? Sie herumwirbeln wie einen Fisch? Die Antworten von ihr fordern, die zurückzuhalten er ihr bis jetzt erlaubt hatte?

Sie war nicht so dumm zu glauben, dass sie ihn mit ihren ablenkenden Worten genarrt hätte. Sie hatte auch sich selbst nicht genarrt. Sie war keine Unschuld. Sie wusste, auf welche Weise Männer Frauen wollten, und sie hatte gesehen, dass Frauen Männer wollten. Gerade jetzt war Eva eine Frau, die einen Mann wollte, und es gab nichts als den verlockenden Gedanken an ihre Hand zwischen seinen Schenkeln. Und die Frage, was sie tun wollte, war sie erst einmal dort.

Es war ein kleines sokratisches Ding, diese Frage. Wie die Lektionen bei Father Peter, die mit einem Happen Wissen begonnen hatten, dessen man sicher war, und die schließlich dahin geführt hatten, dass man bis hinaus an den Rand der Erkenntnis gebracht wurde, dass man nichts wusste, nicht einmal über das vertrauteste Ding.

Wer ist in der Lage, in der Zeit einer Krankheit seinen Feinden den größten Schaden zuzufügen und seinen Freunden das Beste angedeihen zu lassen, Eva?

Ein Arzt.

Und wer ist auf dem Meer in einem Sturm in der Lage, sein Bestes gut zu tun und am meisten Schaden anrichten zu können?

Ein Lotse.

Aber in Zeiten des Wohlergehens, gibt es dann keine Notwendigkeit für den Arzt?

Natürlich gibt es diese Notwendigkeit.

Und wie verhält es sich auf ruhiger See mit dem Lotsen?

Er ist notwendig.

Es ist notwendig, Eva.

Sie wollte sich vor Jamie hinknien und die Bänder seiner Beinlinge lösen, diese vertrackte Schnürung. Sie wollte ihre Lippen auf seinen harten, flachen Bauch pressen und ihre Hände über seine Brust gleiten lassen. Und vielleicht würde er seine Hände auf ihre

Schultern legen und sich herunterbeugen, um sie zu küssen? Ihre Taille mit seinen Händen umschließen und sie hochziehen, sie auf seinen Schoß setzen, ihre Lippen mit seinen teilen und sie küssen, wie er es in der Schenke getan hatte? Ein wogendes Auf und Ab durchströmte sie.

Sie fühlte sich herrlich sinnlich. Sein Nacken. Sie wollte seinen Nacken streicheln. Sie wollte ihren Mund öffnen und an seiner warmen salzigen Haut lecken. Seine Bartstoppeln würden ihre Zunge kitzeln, und sie sehnte sich danach mit einem unmittelbaren plötzlichen verzweifelten Verlangen.

Sie würde ihn ermuntern, seine Hand über ihre Hüfte gleiten zu lassen, wie er es schon einmal getan hatte, auf diese oh-so-sanfte, oh-so-erfahrene Weise, und dabei würde er seine heiße Zunge in ihren Mund stoßen. Sie könnte ihren eigenen Atem hören, der durch ihre geöffneten Lippen strömte, laut in der ruhigen Nachtluft. Sie würde sich für ihn öffnen und seinen Kuss erwidern, sie würde ...

Sie schaute auf und begegnete seinem Blick.

Er hatte sie beobachtet. Er *wusste* es.

Sie zuckte zurück, als habe sie ein stark aufbrausender Wind getroffen. Sie wandte sich ab und spitzte den Mund, um einen heißen, zittrigen, stillen Atemzug zu entlassen.

»Komm zu mir.« Seine tiefe, vibrierende Stimme ließ sie zittern.

Es war ein Befehl in Wort und Ton, einfach in allem, doch die Anziehungskraft, die über die Lichtung ging, wie ein Tiger schreiten mochte, sagte noch etwas: *Bitte*.

Wie blind spreizte Eva die Hände und presste sie auf die Erde. Sie beugte sich über ihre Knie und verbarg ihr Gesicht.

»Komm her, Eva.« Sein raues Flüstern stieg auf und strich wie ein Windhauch über sie hin.

Starr wie ein Nagel lag sie auf der Seite, schaute auf die Bäume und wagte kaum zu atmen. Würde er noch einmal bitten?

Oh, warum bat er sie nicht noch einmal? Und wieder und wieder und wieder.

Sie lag mit dem Rücken zum Feuer und fühlte die ganze Nacht hindurch seinen brennenden Blick auf sich ruhen. Er machte sie heißer, als die Flammen es taten.

23

Eva war in ihrem Leben schon auf mancherlei Weise aufgewacht: durchnässt, frierend, hungrig, voller Angst. Aber noch nie in den zehn Jahren ihrer Flucht war sie so aufgewacht wie an diesem Morgen: wütend und erregt.

Sie hatte von Jamie geträumt. Wieder. Die ganze Nacht.

Die Welt war dämmrig und sehr still, obwohl ein schwacher Lichtschein den nahen Sonnenaufgang ankündigte. Sie befreite sich aus der wollenen Wärme von Jamies Umhang und setzte sich auf. Der Lagerplatz war verlassen.

Gog war fort.

Ein stechender Schmerz schoss ihr durch den Leib. Nur mühsam rappelte sie sich auf. Ein hoher dunkler Schatten trennte sich von einem Baum auf der anderen Seite der Lichtung. Ry, auf Wacht. Die Arme vor der Brust verschränkt, den Umhang fest um sich gewickelt, um die Kälte der dunstigen Morgendämmerung abzuwehren. Er sah aus wie eine dunkle Säule aus Rauch, erstarrt im Nebel.

Sie ging zu ihm und wisperte: »Wo ist Roger?«

Er schaute auf sie herunter. »Jamie hat ihn mitgenommen.«

Weitere Stiche, dieses Mal mitten in ihr Herz. »Und wo ist Jamie?«, fragte sie leise.

»Er sieht sich auf der Straße um, die vor uns liegt. Sie werden bald zurückkommen.«

Sie atmete tief ein, der Schmerz ließ nach, obwohl – warum sollten seine Worte, die leicht eine Lüge sein konnten, sie beruhigen? Sie griff nach ihrer kleinen Schultertasche. Ein silberner Penny rollte aus deren Tiefe hervor und fiel auf den Boden. Eva hob ihn auf und betrachtete ihn nachdenklich. Es schien hundert Jahre her zu sein, dass sie Roger in höchster Not losgeschickt hatte, um einen Fischer zu finden, der sie mit seinem Boot nach Frankreich bringen würde. War das wirklich erst gestern gewesen?

Ry beobachtete sie. »Ihr denkt daran davonzulaufen?«, fragte er ruhig.

Sie hielt den Penny hoch. »Das hängt davon ab. Wie weit würde dieser englische Penny mich bringen?«

Sie konnte das leichte Lächeln in seinem Gesicht sehen, als er näher trat. »Diese Münze ist falsch, Mistress. Dafür würdet Ihr nicht einmal einen Karren bis zum nächsten Acker bekommen.

Eva betrachtete erst den Penny, dann Ry. »Woran erkennt Ihr das? Und von so weit weg?«

Er schaute über ihre Schulter in den Wald, war wieder auf Wacht. »Mein Vater war Geldverleiher.«

»Ist es merkwürdig für einen Juden, ein Ritter zu sein? So wie Ihr?«

»Ich bin keines von beidem, Mistress. Ich bin weder Ritter noch Jude. Meine Familie ist jüdisch. Ich habe alles hinter mir gelassen, außer Jamie. Und er ist der Nächste.«

Sie lächelte so leicht, wie er gelächelt hatte. Sie neckten einander auf eine nicht greifbare Weise, sie und Ry. »Aha. Ihr seid also das Einfachste aller Dinge, wie ein Kleiderschrank oder ein Bettgestell: ein einfacher Soldat.«

Er zeigte ein weiteres dieser kleinen Lächeln, die ihn so viel weniger gefährlich wirken ließen als Jamie. »So öde und langweilig wie all das.«

Weniger gefährlich, bis er sein Schwert ziehen und es mit der gleichen unbarmherzigen, emotionslosen Entschlossenheit benutzen würde, über die auch Jamie verfügte.

Sein Blick schweifte über ihre Schulter, er war wieder auf Wacht. Sie wandte sich um und spähte wie er in den kalten, grünen Wald.

»Brauchen wir Wasser?«

»Wie bitte?«

Sie zeigte hügelabwärts auf den glitzernden Bach. »Für die Pferde. Ich kann es holen.«

»Die Pferde sind in der Lage, dort hinunterzugehen, Mistress.«

»Ah, aber ich bin auch in der Lage hinunterzugehen. Und ich kann mich dort auch ein wenig waschen.«

Er schaute zum Bach hinunter und über den Hügelhang, dann nickte er. »Aye, geht nur, Mistress Eva. Aber falls Ihr davonlauft, werden wir Euch finden«, warnte er leise. »Und Jamie wird nicht erfreut sein.«

»Ich habe nicht die Absicht davonzulaufen. Jamie und ich haben einen Pakt geschlossen.«

Er lächelte leicht. »Ist das so?«

»Ja, wirklich. Ich hole Wasser für die Pferde, und er bindet mich dafür nicht an einen Baum.«

Er lachte leise, und eine Wolke warmer Atemluft schwebte vor seinem Mund.

»Wenn ich auch nicht den Wunsch habe, Euren Jamie misszustimmen, Sir, ich fürchte, das liegt vor uns. Es geht um den *curé*, Ihr versteht? Was mich angeht, so würde ich Euren Jamie all seine gebieterischen, bedrohlichen Dinge tun lassen und ihm dabei nicht im Wege sein, auf welche Art auch immer, denn ich würde in einem kleinen Haus an einem Fluss in Frankreich leben, würde keine Seele stören. Und ganz bestimmt würde ich nicht in England sein.«

Trotz der gelben Blumen und der quälend schönen dunstigen Sonnenaufgänge.

»Habt Ihr eine Frau, Sir Ry, oder bleibt Ihr nur bei Jamie, um hier die Menschen zu fangen, die er zerstört, wenn sie fallen?«

Sein Lächeln erlosch. »Ich hatte eine Frau. Und ich fange Menschen nicht. Ich lasse sie fallen.«

»Dann werde ich euch beide fürchten.«

Sie lief den Hügel durch das taunasse Farnkraut hinunter, entkleidete sich bis auf ihr Leinenhemd und watete bis zu den Waden in den Bach. Sie wusch sich rasch das Gesicht, ihre Achselhöhlen und alles Verräterische, was Jamie unter ihren Röcken zum Leben erweckt hatte. Fingernägel, Haare, Haut und die Unterkleider; alles mochte trist und einfach sein, aber Eva sorgte dafür, dass sie peinlich sauber und in gutem Zustand waren. Es war etwas, was ihrer Kontrolle belassen worden war, und deshalb war es ihr wichtig.

Sie hatte sich ins Wasser gekauert, als sie sich eines dunklen Schattens am Rande ihres Blickfeldes bewusst wurde. Sie schaute auf.

Jamie.

Überrascht richtete sie sich langsam auf. Doch sofort wurde ihr bewusst, dass sie halb nackt war, und in jeder Bewegung, die sie begann, hielt sie wieder inne, denn alles, was sie tun würde, genügte nicht, ihr Problem zu lösen. Sie watete bis nah ans Ufer und versuchte, nach dem trockenen Kleid zu greifen, das dort, vielleicht fünf Yards entfernt von Jamie, lag. Ein vergebliches Unterfangen. Also hoffte sie darauf, dass ihr nasses Hemd sie ausreichend bedeckte, und strich sich das Haar aus dem Gesicht.

Jamie trug nur Stiefel und Beinlinge und einen lässig geschnürten Kittel. Er war damit beschäftigt, sich einen seiner ledernen, an der Handoberseite eisenbewehrten Handschuhe am Gelenk zuzuschnüren, ein müßiges, wenn auch nützliches Tun, während er, wie sie vermutete, nach ihr gesucht hatte. Er hielt kurz inne, und sein Blick brannte ihren Körper herunter, als zeichnete er eine Linie mit einem erhitzten, rot glühenden Eisenstift.

»Ich hatte Ry gefragt«, erklärte sie rasch. »Er sagte, ich dürfe hierhergehen.«

Er schien nicht zuzuhören. Dieser brennende Pfad des Verlangens, der sich in ihren Körper einbrannte wie ein Brandmal, fühlte sich wie eine Schändung an.

»Warum habt Ihr Roger mitgenommen?«, fragte sie mit scharfer Stimme, um dieses Gefühl des Verbrennens zu verdrängen.

Er sah sie an. »Um ihm beizubringen, wie man Spuren liest – damit er nicht getötet wird. Wir reiten los. Sofort. Kommt.«

Er drehte sich um und stieg den Hang hinauf, stapfte entschlossen durch die gefiederten Blätter der nassen Farnpflanzen. Er war schon wieder am Befehlen. Eva ging rasch zum grasbewachsenen Ufer und zog sich das trockene Kleid über, ergriff ihre Tasche und eilte den Hügel hinauf. Sie befand sich noch auf halber Höhe, konnte aber von hier aus die Scheitel ihrer Köpfe sehen, die leisen Stimmen der Männer, die die Pferde sattelten, hören.

Zu ihrer Rechten, aus dem Augenwinkel, nahm Eva plötzlich eine Bewegung wahr. Drei dunkle Gestalten bewegten sich geduckt durch den Morgennebel. Links von ihr schlichen noch drei Männer den Hügel hinauf. Alle verhalten, alle mucksmäuschenstill.

Alle mit gezogenem Schwert.

24

Eva begann zu rennen.

Die trockenen Kiefernnadeln und die dunkle braune Erde spritzten unter ihren Stiefeln, brachten sie zu Fall, sie rutschte den felsigen Hang hinunter, schlug sich die Knie an. Sie griff haltsuchend nach einer Baumwurzel, zog sich daran hoch, taumelte den Hügel hinauf, schwitzend und keuchend.

Sollte sie rufen? Oder nicht rufen?

Sie durfte die Verfolger nicht warnen. Aber wenn Roger sie bis jetzt noch nicht entdeckt hatte ...

»Jamie!«, rief sie, den Hang hinauflaufend, nicht bewusst, dass sie statt nach Roger nach Jamie rief: »Vorsicht, Vorsicht! Sie kommen!«

Sie warf sich in dem Moment über die Kuppe des Hügels, als Jamie und Ry ihre Schwerter zogen. Jamies Blick war auf den Wald gerichtet, als Eva den Hang hinauflief.

»Roger«, sagte er ruhig, »wenn du dem Wunsch widerstehen kannst, mich niederzustechen – wir könnten deinen Schwertarm jetzt gut gebrauchen.«

»Ja, Sir«, sagte Roger leise. »Zählt auf mich. Ich schätze Räuber und Banditen nicht besonders.«

»Ich auch nicht«, warf Eva ein.

»Bei Euch vertraue ich weniger darauf, dass Ihr widerstehen könnt, mich niederzustechen«, entgegnete Jamie scharf, zog aber bereits einen Dolch aus dem Gürtel, in dem ein ganzes Waffenarsenal steckte. Er reichte ihn Eva mit dem Griff voran.

»Erstecht mich nicht«, befahl er. Dann drehte er sich um und flüsterte: »Verteilt euch.« Roger streckte sich, den Dolch zu fangen, den Ry ihm zuwarf, und sie schwärmten in den Wald aus.

Eva wandte sich nach rechts. »Hier entlang, Gog«, flüsterte sie. Sie und Gog würden sich nicht trennen. Sie waren wie Klinge und Scheide.

Sie presste den Rücken an einen dicken Baumstamm und spähte auf die kleine, jetzt sonnenhelle Lichtung. Evas Mund fühlte sich absolut trocken an.

Es war wie immer vor einer Begegnung mit einem Feind. Aber nicht bei einer wie der, bei der die Eichentüren eines Klosters niedergewalzt worden waren, in das Father Peter sie gebracht hatte. Bei der bewaffnete Reiter durch das Kloster galoppiert waren, um Eva und Gog aufzuspüren. Nein, es waren die stillen Begegnungen, die ihr den Mund trocken werden ließen. Aber wenn man von Königen und Grafen gejagt wurde, war das natürlich nur verständlich.

Hier und da verrieten sich bewegende Äste, wo die Männer durch den Wald schlichen. Waren es mehr als die sechs, die Eva bereits gesehen hatte? Waren es Banditen? Freibeuter?

Erben-Jäger?

Eva streckte die Hand aus und tastete nach Gog, der niemals mehr als einen oder zwei Schritte entfernt war. Klinge und Scheide.

Ihre Hand griff ins Leere. Sie streckte sie ein wenig weiter aus. Noch mehr Leere. Gog war fort.

Furcht überfiel sie. Sie wandte sich langsam um und zwang ihre Augen, den Morgendunst zu durchbohren.

Langsam tauchte die Silhouette des hochgewachsenen Ruggart Ry auf, der einige Yards entfernt wie ein Steinpfeiler inmitten der Bäume stand. Sie ließ den Blick weiter schweifen und erkannte Jamie, der das Schwert bereithielt und sich an einen Baumstamm drückte, die dunkle Wange an die Borke gepresst. Seine schimmernden Augen schauten sie an. Eva zog leicht die Schultern hoch und hob die Hand, die Innenfläche nach oben gerichtet, zu einer stummen Frage. *Gog?*, bildete sie mit den Lippen. Jamie kniff die Augen zusammen und schüttelte dann kurz den Kopf.

Sie erblickte eine gebeugte Gestalt, die einige Dutzend Schritte entfernt durch das Unterholz kroch ... Gog.

Eine Welle der Erleichterung durchströmte sie, die jedoch im nächsten Moment von Angst erstickt wurde. Ein Schatten, geduckt wie Gog, folgte ihm.

Eva machte sich bereit, stumm, die Knie gebeugt, die Arme leicht vorgestreckt. Schweiß bildete sich auf ihren Armen. Die Schattengestalt kam Gog immer näher. Eva tat den ersten Schritt.

Etwas klammerte sich um ihren Hals und riss sie rücklings von den Füßen. Ihre Klinge fiel zu Boden. Eva schlug mit voller Wucht auf dem Waldboden auf, dann zerrte eine Hand in einem Kettenhandschuh sie hoch und mit dem Rücken an einen Körper in einer Rüstung, eine Klinge an ihrer Kehle.

»Schrei und du stirbst!«, zischte der Besitzer des Körpers, der Rüstung und der Klinge.

Ein weiterer Bandit tauchte auf und griff nach ihren Beinen, um Eva hochzuheben. Sie verharrte einen Herzschlag lang, dann wandte sie abrupt den Kopf zur Seite und stieß sich im selben Moment vom Boden ab. Sie fiel wie ein Stein aus dem Griff des Mannes.

Bevor auch nur einer ihrer Angreifer fluchen konnte, holte sie mit Jamies Dolch aus und stieß ihn mit einem Rückwärtsschwung in den Oberschenkel des Mannes, der hinter ihr stand. Er heulte vor Schmerz auf und taumelte zurück, aber der andere hatte Eva bereits an ihrem Hängezopf gepackt und zerrte sie auf die Füße. Der Schmerz brannte wie Feuer durch ihre Schädeldecke. Er schüttelte sie heftig und setzte sein Messer an ihre Kehle.

»Drachen«, schnarrte er. »Ich werde dir deinen Hals brechen ...«

Plötzlich gab es einen heftigen Ruck, dann wurde Eva unvermittelt losgelassen. Ihr Angreifer flog rückwärts, wie ein Halm Weizen im Wind. Eva fuhr herum und sah Jamie, der auf den Mann hinunterschaute, den er gerade von ihr weggerissen hatte und der sich jetzt am Boden wand. Der andere Bandit hatte sich wieder auf die Füße begeben, der Dolch in seinem Oberschenkel, und er kam wie ein außer Kontrolle geratener Karren auf sie zugerast. Sie ging in die Hocke und bereitete sich auf den Aufprall vor, dann sprang sie hoch und stieß ihre Schulter in seine gepanzerte Brust. Es war, wie gegen einen Felsen zu rennen. Evas Zähne klapperten, als der Mann sie niederschlug. Er schlang seine Arme um ihren Brustkorb und begann, sie in den Wald zu zerren, obwohl sie um sich schlug und um sich trat.

»Lass sie los!«, befahl eine tiefe Stimme.

Alles wurde still, dann hörte der Druck um ihren Körper auf. Der Angreifer stieß sie brutal zur Seite weg. Eva fiel auf die Knie, ihre Nase berührte fast den Griff des Dolches in seinem Oberschenkel. Sie riss die Klinge heraus und fuhr herum, sich ihrem Angreifer und dem zu stellen, was immer ihn angegriffen hatte.

Jamie hielt den Mann fest, den Dolch an dessen Hals. Ihr aufgewühlter Blick begegnete Jamies ruhigem.

»Holt Euren Jungen zurück.«

Sie fuhr wieder herum, geduckt, um sich blickend. Waren da noch andere? Hatten sie Gog bekommen? War er ...

Dort war er, er hing mit einer Hand am Ast eines Baumes und sah aus wie irgendein Waldding auf einer von Father Peters merkwürdigen und wunderschönen Federzeichnungen. Ein dritter Angreifer kletterte Gog nach, tastete sich Stück um Stück auf dem Ast voran. Gog lockerte seinen Griff und ließ sich zu Boden fallen, wo ein vierter Mann bereits wartete.

Eva rannte zu ihm. Ry kam von der Seite gerannt, über Zweige und Blätterteppiche sausend, Eva immer um einige Schritte voraus. Dann tauchte Jamie wie aus dem Nichts auf. Ohne Aufhebens, aber mit schweigendem, tödlichen Können bewegten sich Ry und Jamie durch die Schar der Männer, als wären sie Butterklumpen, bis sie verstreut auf dem Waldboden lagen, eins mit Erde und moderndem Laub.

Eva starrte erschrocken auf dieses Bild, dann schaute sie zu Gog. Er erwiderte ihren Blick und ... grinste. Er atmete schwer, seine Hand blutete, und eine Schnittwunde zog sich quer über sein Gesicht, aber in seinen Augen blitzte Erregung. Eva räusperte sich einige Male.

»Roger.« Es war ein Krächzen. Ein schrecklich krächzendes Ding, ihre Stimme. Sie räusperte sich erneut. »Gog, bist du ...«

Sie verstummte, als sie bestürzt feststellen musste, dass ein Räuspern nichts nutzte. Etwas Dickes saß in der Kehle, und sie konnte nicht sprechen.

Sie schaute Gog an, den Mund geöffnet, aber es kamen keine Worte heraus. Gog starrte sie an. Sie hörte, dass Jamie Ruggart Ry etwas zumurmelte, der ihr etwas hinhielt. Sie schaute verwirrt darauf. Es war ein Trinkschlauch.

»Wasser«, murmelte Jamie. »Von flussaufwärts.«

Sie trank. Das kalte Wasser strömte ihre heiße, trockene Kehle hinunter, lief ihr über das Kinn, und sie trank weiter. Endlich ließ sie den Trinkschlauch sinken und gab ihn mit einem Kopfnicken zurück.

»Meinen Dank.« Sie drehte sich Gog zu, der sie noch immer erschrocken anstarrte. »Geht es dir wirklich gut?«, fragte sie so ruhig, als hätte es diesen Moment der Sprachlosigkeit nicht gegeben.

Die Sorge in seinem Gesicht wurde von Erregung fortgewaschen. »Hervorragend, Eva. Hervorragend!« Seine Augen glänzten, und er tätschelte ihren Arm. Eva wurde plötzlich bewusst, dass Gog größer war als sie. Sehr viel größer. Wieso hatte sie das nicht schon früher bemerkt? Wie hatte sie dieses Heranwachsen nicht sehen können, das vor ihren Augen stattgefunden hatte? Sie war auf eine diffuse, beunruhigende Weise erschrocken.

Jamie und Ry sahen zwischen Eva und Roger hin und her, dann begannen sie, die Toten tiefer in den Wald hineinzubringen. Als ließen sie Eva und Gog allein, um dies zu klären, wie heimatlose Mädchen und deren Schützlinge es vermutlich taten. Unglücklicherweise hatte sie absolut keine Ahnung, wie man solche Dinge klärte.

Jäger, Mörder, rachedurstige Könige – Eva hatte es in ihrem Leben mit vielen Hindernissen zu tun gehabt. Aber niemals mit einem Streit mit Roger.

Genau genommen war es nicht richtig, dass ein Kampf jemandes inneres Feuer so entzünden konnte. Alles, was sie sich wünschte, war ein kleines Haus an einem Fluss und dass für einen Teil des Jahres die Sonne schien.

Sie wartete, bis Jamie und Ry außer Sichtweite waren, dann fragte sie leise: »Warum hast du dich von mir getrennt?«

»Es tut mir leid, Eva.« Er hörte sich jedoch keineswegs bedauernd an, als er vor ihr stand und auf den Zehen wippte. Seine blonde Stirnlocke fiel ihm weit in die Stirn und bedeckte ein Auge. »Ich dachte, wir würden uns trennen und von hinten herankommen...«

»Du kannst mich nicht einfach so zurücklassen!«, fauchte sie und überraschte sich selbst damit.

Gogs beschwingtes Wippen hörte auf. Er sah sie schweigend an. Diese Art von emotionalem Ausbruch war nicht Evas. Erst Sprachlosigkeit und jetzt dies, dieses Aufwallen von Gefühlen, die ihr fast den Hals zuschnürten.

»Ich hätte niemals zugelassen, dass sie dich kriegen, Eva«, schwor er mit gedämpfter Stimme. »Ich wollte um die Männer herumgehen...«

»Du denkst, ich möchte dich in der Nähe haben, damit ich in

Sicherheit bin?« Ihr Lachen klang ungläubig und ein wenig gekränkt.

»Eva«, sagte er, und seine Stimme klang irgendwie fester. »Es waren sechs. Sechs. Die sechs Männer aus dem Stall. Die, die Father Peter mitgenommen haben. Das bedeutet, sie wurden zurückgeschickt, Eva. Er weiß, dass wir hier sind. Und ich werde mich nicht hinter deinen Röcken verstecken und zulassen, dass *irgendjemand* uns fängt, Eva. Keinen von uns. Bei meinem Leben.«

Sie starrten sich an, tausend ungesagte Dinge brodelten unter ihrem Schweigen. Jamie und Ry tauchten zwischen den Bäumen auf und betraten die Lichtung. Roger richtete sich auf und hob die Stimme laut genug, dass die beiden ihn hören konnten. »Ich wollte im Kreis um sie herumgehen, Eva. Und mich von hinten heranschleichen. Ich wollte dich beschützen.«

»*Du* beschützt nicht *mich*«, entgegnete sie in einem heftigen, endgültigen Ton.

»Aber genau das hat er getan«, ließ Jamie sich vernehmen. »Wäre er bei Euch geblieben, wäre er gefangen genommen worden. Ihr beide. Zwei von ihnen hätten euch gepackt, die anderen vier hätten sich gegen mich und Ry gewandt. Roger hat gut daran getan, sich von hinten anzuschleichen. Dadurch hat er sie gezwungen, sich zu teilen.«

Sie sah ihn kalt an. Jamie stand da, sein Schwert halb zurückgeschoben in dessen Scheide, und sah sie eindringlich an. »Ich denke, damit hat er ein gutes Stück Kriegskunst gezeigt«, schloss er.

»Denkt Ihr das?«, sagte sie in einem gedehnten, tiefen Ton. Es war als Warnung gedacht, aber er kümmerte sich nicht darum.

»Aye. Roger hatte eine Wahl zu treffen. Und das hat er getan.« Jamies Augen hielten ihre fest. »Es hat uns nur einige wenige Augenblicke verschafft, aber das war alles, was wir brauchten.«

Blicklos starrte sie ihn an, denn sie sah nicht Jamie vor sich, sondern die Vergangenheit. Alle diese Männer, die sie gejagt hatten, alle diese Dinge, die fast geschehen wären. Nein, all die Dinge die geschehen *waren*. Die mörderische Wut, das Blut, die Schreie, das Davonrennen. Und die unschuldigen Mönche, die versucht hatten, ihnen zu helfen, wann immer die Jäger auf ihren riesigen schwarzen Pferden gekommen waren und Eva und Gog gezwungen hatten, wieder in die Wälder zu fliehen.

Was wusste Jamie davon? Von den Jahren, die sie damit verbracht hatte, Gog zu beschützen, von den Jahren des Davonrennens? Vor Männern wie Jamie. Fruchtlose Wut wallte in ihr auf.

Wenn Gog starb, sie wusste nicht, was sie tun würde. Auch sterben, vermutete sie. Wenn er jedoch gefangen genommen werden würde, oh, der Gedanke, dass König John ihm ebenso Entsetzliches antun könnte, wie er es seinem Vater angetan hatte ... Sie wusste genau, was sie dann tun würde: Sie würde sich durch die ganze Welt schlagen bis hinauf zu König John, der diesen Wahnsinn in Gang gesetzt hatte.

Würde sie gefangen genommen werden ... was immer Gog erwartete, für sie würde es doppelt, dreimal, nein unzählige Male schwerer werden.

Am besten gar nicht daran denken.

»Das ist alles, was wir brauchten, nicht wahr?«, sagte sie langsam und mit kaum beherrschter Stimme. »Ein paar Augenblicke, und alles ist wieder gut? Was wisst Ihr denn schon davon?«

Jamie beobachtete Eva genau. Sie hatte die Fäuste so fest geballt, dass ihre Fingernägel sich schmerzhaft in ihre Handflächen graben mussten. Ihr Kinn zuckte nur ein- oder zweimal, dann verharrte sie reglos. Ihr Blick bohrte sich in seinen, riss sich dann mit einer fast körperlichen Kraft los.

Was immer Jamie ihr bis jetzt auch getan haben mochte – und man konnte sagen, dass es viel war –, sie war jetzt zehnmal wütender als je zuvor, und das nicht wegen etwas, was er getan, sondern wegen etwas, was er gesagt hatte.

Was hatte er gesagt?

Jamie sah von ihr, die starr, reglos dastand, zu Gog, der aufgeregt, jungenhaft auf den Zehen wippte. Am Rand von Jamies Bewusstsein nagte etwas. Etwas Beunruhigendes.

Eva und Gog beseitigten die letzten Zeichen einer Auseinandersetzung, während Jamie weiter nachdachte. Dabei konzentrierte sich seine Aufmerksamkeit auf eine einzige unumstößliche Tatsache: Diese Männer waren keine zufälligen Angreifer oder irgendwelche Räuber gewesen. Nein, diese Männer waren auf der Jagd gewesen.

Und sie waren direkt auf Eva und ihren Gog losgegangen.

Was bedeutete, dass Mouldin wusste, dass Roger wieder in England war, und dass er seine Männer zurückgeschickt hatte, während er mit dem Priester weitergeritten war. Und das wiederum ließ die Schlussfolgerung zu, dass der Kleriker für ihn wertvoller als Roger war. Da Father Peters Wert in seinem Wissen lag, musste er also etwas wissen, was kostbarer und bedeutender war als der vermisste Erbe von d'Endshire.

25

Sie ritten schnell während des Rests des Tages, so schnell, wie die Pferde es zu leisten vermochten. Sie hielten sich am Waldrand und zogen sich zurück, wann immer sie Hufschlag oder Stimmen näher kommen hörten. Nach Jamies Einschätzung konnte ihre Beute nicht weit vor ihnen sein. Sie hielten mit ihr Schritt. Offensichtlich war Mouldin nicht mehr schneller als sie.

Sonst hätte er haltgemacht, um auf die Männer zu warten, die nie zurückkommen würden.

Oder vielleicht die Zeit für ein Treffen abgewartet. Oder für eine Konfrontation.

Aber das schien unwahrscheinlich. Abgesehen von den wilden Tieren war dies ein leeres Land, und die einzig sichtbaren Spuren führten direkt nach Norden, also folgte Jamie ihnen, wenn auch immer auf der Hut.

Während der Tag voranschritt, erlaubte Jamie es Eva und Gog einige Schritte vorauszureiten, während er und Ry ihnen folgten.

Als Jamie schon seit einer ganzen Weile schwieg, schaute Ry schließlich zu ihm hinüber. »Du vermutest, dass sie mehr weiß, als sie sagt.«

»Ich *weiß*, dass sie mehr weiß, als sie sagt.«

»Warum bedrängst du sie dann nicht ein wenig? Du hast eine lange und beredte Geschichte, wenn es gilt, Leute zum Reden zu bringen und dazu, Dinge zu tun, die sie nicht sagen oder tun wollen.«

»Ich habe sie gedrängt.« Wenn auch nicht so sehr, wie er es hätte tun können.

Evas gerader, schmaler Rücken bog sich anmutig, als sie Roger etwas zu ihrer Rechten zeigte. Ihr ausgeblichenes, eng am Oberkörper anliegendes Kleid war kornblumenblau, sodass sie selbst ein wenig aussah wie eine Blume, was wieder einmal, dachte Jamie bei sich, ein lächerlicher Gedanke war. Sie hatte am Morgen versucht, ihr Haar in einem Hängezopf zu bändigen, aber der Wind hatte sich als sehr eigenwillig erwiesen. Jetzt, am Mittag, hatte sie die Bänder gelöst und das Haar zu einem kompliziert aussehenden Kunstwerk aufgetürmt, das von einigen entrindeten Zweigstücken an Ort und Stelle gehalten wurde. Jetzt war es nur noch einzelnen Locken erlaubt, sich daraus zu lösen. Die feinen Strähnen fielen über ihren sonnenheißen Nacken.

Jamie gefiel dieser Anblick sehr.

»Und was ist dein Plan?«, brach Ry in seine Tagträumerei ein. »Wirst du den ›bösen Mann‹ spielen?«

»Das werde ich.«

»Wie?«

Jamie fasste die Zügel fester, als ein Hase aus dem Farn aufsprang und Dickon erschreckte. Das Pferd bäumte sich leicht auf, und Jamie legte die Hand auf den Hals des Hengstes, um ihn zu beruhigen. »Falls Mouldin diese Richtung beibehält, werden wir sehr nah an Gracious Hill herankommen.«

Er spürte, dass Ry ihn von der Seite ansah. »Ich denke nicht, dass sie deine Drohung geglaubt hat, du würdest sie einem einäugigen Schotten überlassen.«

»Angus schuldet mir was.«

Ry sah skeptisch aus. »Was wirst du ihm sagen?«

Angus, Kamerad vergangener Jahre, war der treueste, der unbarmherzigste und der zornigste von Jamies früheren Gefährten gewesen. Und er schuldete Jamie eine Blutschuld. Und er wog zudem fast so viel wie fünfzehn Stones, zweihundert Pfund. Er würde ein hervorragender, weil Furcht einflößender Wachhund sein.

»Ich werde ihm sagen, was er zu tun hat«, erklärte Jamie.

Er würde Eva dort gut bewacht zurücklassen. Und er würde sie nie wiedersehen.

Zwei Tage ritten sie nun schon in der warmen Frühlingssonne. Roger verbrachte viel Zeit damit, sich mit Ry und Jamie zu unterhalten. Sie diskutierten über Schneiden und Schwertgriffe und das richtige Holz für Bogen und über andere Dinge, die ihm helfen würden, jemanden zu töten. Oder die ihn davor bewahren würden, getötet zu werden, wie Eva zugeben musste.

Gog schien recht angetan davon zu sein, sich in Begleitung zwei so fähiger Ritter zu befinden, mit deren glänzenden Schwertern und klirrenden Kettenhemden. Es war ihr nicht gelungen, ihm diese Vorliebe abzugewöhnen. Obwohl er umgeben von Mönchen, die gesungen und gebetet hatten, und Tieren des Waldes, die gefressen und sich gepaart hatten, aufgewachsen war, war Roger ein Junge, der jetzt schnell zum Mann wurde. Er zeigte ein glühendes Interesse für solche Dinge wie Schwerter und die Männer, die sie führten. Dem vorzubeugen hatte sich traurigerweise als jenseits ihrer Erziehungsversuche erwiesen.

Am Morgen brannte die Sonne durch den Frühnebel und verlieh der Landschaft eine frische, bernsteingelbe Farbe. Das Licht war überall; der ganze Wald schimmerte golden. Grüne Äste und dunkelbraune Stämme glänzten von Tau. Die Luft war frisch und sauber und kühl. Kleine Vögel sangen ihre Morgenlieder. Es war ein herrlicher Frühling.

Am Abend würde sie wieder nah am Feuer sitzen. Die Männer würden ihre Schwerter putzen und sich leise unterhalten und Roger in ihre Gespräche einschließen, während im Hintergrund die Pferde grasten und schliefen und das Feuer hell in einer der kleinen Gruben brannte, die Jamie grub.

Es war tröstlich, diese beiden Freunde zu erleben, die sich ohne

Worte verstanden und so nahtlos zusammenarbeiteten. Bei ihr und Roger war es ebenso, außer dass sie mehr miteinander redeten, wie Eva zugeben musste. Aber diese Stille, auch das war schön. Sie machte keine Angst, nicht die, die Eva oft des Nachts empfand.

Gelegentlich brachen sie in leises Lachen aus. Es war ein guter Laut. Ein gutes Bild – Roger, der bei den Männern saß, die ihn anlächelten.

Dennoch gab es ein Problem. Das Problem lag in dem, was kommen würde. Das Problem lag in Jamie. Das Problem lag in Eva und ihren nächtlichen Träumen.

Er würde mit ausgestreckten Beinen und überkreuzten Füßen am Feuer sitzen, das Schwert auf die Knie gelegt, und würde es mit der Hingabe eines Meisters für seine Werkzeuge polieren. Er würde Ry zuhören, oder Roger, würde vielleicht lächeln oder eine Bemerkung machen; dann würde sein Blick zu ihr schweifen und auf ihr ruhen.

Dann würde sie etwas Heißes und Zitterndes in sich spüren, wie einen brennenden Eiszapfen. Von Jamie angesehen zu werden war gefährlich. Er war ein Mann in seinen besten Jahren, sein Körper war fest und muskulös, seine Männlichkeit schien zu vibrieren. Beherrscht, raubtierhaft, entschlossen. Sie zu bekommen.

Unglücklicherweise war kein Platz für Leidenschaft und für Gefühle. Und zweifellos war auch kein Platz für einen gefährlichen Ritter mit schönen Augen und einem zerrissenen Herzen, das in ihr den Wunsch weckte, die Hand auszustrecken und es wieder zusammenzufügen.

Jamie wusste, dass sie ihn nachts beobachtete. Er lag auf dem Rücken, starrte in den dunklen Himmel zwischen den Ästen und wartete auf den richtigen Moment. Um ihre wahre Absicht herauszufinden. Vielleicht auch, um sich auf sie zu legen und diese kleinen, unbeständigen Atemzüge, die er jede Nacht über das Feuer hörte, in ein atemloses Seufzen zu verwandeln. In ein langes, heiseres Stöhnen, das sich zu seinem Namen formte.

Er starrte hinauf zu den klaren Sternen und ließ das Feuer ausgehen, aber den Schlaf fand er nur selten.

»Sie alle?«, schnauzte Mouldin. »Alle sechs? Meine besten Männer, und keiner von ihnen ist zurückgekommen?«

Mouldin und sein Sergeant befanden sich am Ufer eines schnell fließenden Flusses, der von den kürzlichen Unwettern stark angeschwollen war. Mouldin starrte zurück zu der Holzbrücke, über die sie soeben geritten waren. Die Sonne brannte heiß und ließ das Wasser so hell funkeln, dass das Licht in die Augen stach.

Father Peter lehnte den Kopf in den Nacken und genoss die Kühle, die vom Fluss heraufkam, die Rast vom Reiten. Er ritt gern wie jeder, aber seine gewohnte Art des Reisens war die auf dem Rücken eines Esels. Seit vielen Jahren schon war er nicht mehr so viel geritten, nicht seit er Könige und Grafen verstimmt hatte und von einem feudalen Hornissennest zum nächsten gereist war. Was der Beweis dafür war, dass er zurück im Geschäft war.

Mouldin wandte sich an ihn. »Was wisst Ihr, alter Mann?«

»Insgesamt sehr viel mehr als Ihr. Vom Verschwinden Eurer dummköpfigen Soldaten weiß ich allerdings nichts.«

Mouldin starrte über den Fluss zu dem Hügel auf der anderen Seite. »Ein Fünfzehnjähriger kann nicht *sechs* meiner Männer niedermachen«, knurrte er. »Niemand könnte das.«

»Jamie könnte es«, warf sein Sergeant ein.

Das Einzige, was zu sehen war, war helles grünes Frühlingsgras und eine unbefestigte Straße, die sich in einer ausgefransten Zickzacklinie den Hang hinauf erstreckte, wie der Schwanz eines räudigen jungen Hundes. Die Luft roch nach frischem Gras und sonnenheißen Kiefernnadeln. Der Wind ritt auf dem Rücken des Schweigens heran und brachte das Schilfrohr entlang des Flussufers zum Rascheln. Ansonsten war es still.

Mouldin nahm den Zügel an, wendete sein Pferd. »Wir reiten weiter. Schnell jetzt.« Er gab seinem Pferd die Sporen und galoppierte den Hügel hinauf. »Verbrenn die Brücke hinter uns.«

26

Am Nachmittag des vierten Tages hielten sie am Rand des Tales und starrten auf den Fluss unter ihnen.

»Wir werden die Fähre benutzen müssen«, stellte Ry unnötigerweise fest.

Es war unnötig, weil sie alle deutlich die Überreste einer kleinen Holzbrücke sehen konnten, die über das Flüsschen geführt hatte, das jetzt so offensichtlich ein Fluss sein wollte. Eva ritt näher heran. Sie standen nebeneinander und starrten hinunter auf die reißende Strömung.

»Der letzte Sturm muss zu viel für sie gewesen sein und sie fortgerissen haben.«

Eva empfand Mitgefühl mit der kleinen Brücke.

»Sie sieht verbrannt aus«, sagte Jamie. Schweigend betrachteten sie die verkohlten Reste der Brückenpfosten, die wie dunkle, gebrochene Finger aus der Erde ragten.

»Sie wissen, dass wir ihnen folgen.«

Jamie fuhr sich mit den Händen durch das Haar und zerrte ungeduldig am Lederband, mit dem es zurückgebunden war. Es umrahmte sein Gesicht und machte, das Jamie nur noch attraktiver aussah, und das trotz des drei Tage alten Bartes, der jeden anderen bestenfalls wie einen Landstreicher hätte aussehen lassen.

Eva runzelte die Stirn.

»Es gibt keinen anderen Weg«, sagte er, und eine Spur von Ungeduld ließ seine Worte hart klingen. »Es bleibt nur die Fähre.« Sie wendeten die Pferde, um dem Flusslauf nach Süden zu folgen.

»Uns und jeder anderen Seele in dieser Gegend.«

Fast sofort stießen sie auf Leute. Bis jetzt waren sie nur gelegentlich einem Dörfler oder Marktbesucher oder einem Pilger begegnet, zu Pferde oder zu Fuß, oder kleinen Gruppen von Menschen. Aber jetzt, als sie den Weg den Hügel hinaufritten, der wiederum zu dem hinunterführte, was jetzt die einzige Möglichkeit der Flussüberquerung im Umkreis von zwanzig Meilen war, nahm die Zahl der Menschen zu.

Der Fluss war jetzt breiter als an der Stelle, an der die niedergebrannte Brücke ihn überspannt hatte. Die Strömung war deshalb geringer und für einen Fährbetrieb gut geeignet. Die Nachmittagssonne ließ das Wasser leuchten.

Ein kleines Dorf war hier entstanden. Es waren überwiegend Werkstätten und Läden, die das anboten, was Menschen auf Reisen brauchten. Es gab einen Schmied für die Reparatur von Wagenrädern und Waffen, einen Schnallenmacher, einen Kerzenmacher sowie einen Laden mit Leder, jemand verkaufte heiße Pasteten, und natürlich war auch eine Schenke vorhanden.

Nein, zwei, korrigierte sich Eva ärgerlich. Eine Schenke hätte den Männern Englands wohl auch nicht gereicht.

Und der Matsch. Er war überall. Ein Morast von Hufabdrücken und Wagenspuren und Schuhabdrücken. Matsch und Spuren und...

»Vielleicht werden wir ihre Spur nie wiederfinden«, sagte Jamie. Sein Kinn war angespannt, und er rieb es sich mit dem Handballen. »Diese vielen Spuren, dann ein Fünfmeilenritt nach Norden zur niedergebrannten Brücke, um ihren Weg wieder aufzunehmen.«

Ein Moment des Schweigens folgte, in dem sie alle über die Konsequenzen dieser Feststellung nachdachten.

Sie folgten jetzt einer leichten Wegbiegung und konnten schließlich jenseits der Bäume auf der anderen Seite eine große Traube sich bewegender Menschen ausmachen.

Die flache, rechteckige Fähre legte gerade am diesseitigen Ufer an. Der Fährmann hatte seine Stake in den Grund gestoßen, um zu verhindern, dass die Fähre zu hart am morastigen Ufer anlandete. Die Männer auf der Fähre spreizten die Beine und fingen die schwankenden Bewegungen ab. Sie alle trugen Rüstung und führten ein Pferd am Zügel.

»Jamie«, sagte Ry leise.

Die menschliche und die behufte Fracht war jetzt dabei, die Fähre zu verlassen, und schickte sich an, den schmalen, gefurchten Pfad den Hügel zu ihnen hinaufzureiten.

»Das ist ein Heer«, sagte Ry.

»Das sehe ich.«

Wieder ein kurzes Schweigen. »Das sind Rebellen. Sie tragen FitzWalters Zeichen.«

»Auch das sehe ich.«

»Ich dachte, sie wären damit beschäftigt, Northampton zu belagern«, brummte Ry.

»Ich hörte, dass sie stattdessen nach Bedford Castle gezogen sind und es eingenommen haben.«

»Aber warum reiten sie nach Süden?«

Jamie stieß einen Atemzug aus. »Der einzige Grund, einen fischreichen Bach zu verlassen, ist, einen noch größeren Fisch fangen zu wollen.«

Ry sah ihn an. »London ist ein gutes Stück größer.«

»Du denkst, sie haben London eingenommen?«

Falls die Rebellen London eingenommen hatten, würde sich die Lage rapide verschlechtern. Aber es war unwahrscheinlich, dass sie diese Stadt jemals mit Gewalt einnehmen können. Genau genommen waren sie nicht einmal in der Lage gewesen, das relativ wehrlose Northampton Castle einzunehmen. London könnte, selbst mit seinen bröckeligen Mauern, Widerstand bis zum Jüngsten Tag leisten.

Wenn die Stadt das wollte.

Aber London war wankelmütig, und der Kastellan des einst mächtigen dazugehörigen Baynard Castles war ein Gefolgsmann des Anführers des Rebellenheeres: Lord Robert FitzWalter. Sollte London sich also entschieden haben, den Rebellen seine Tore zu öffnen, nun, dann wäre das eine ganz und gar andere Sache. Ein gelungener Streich ohne Blutvergießen.

Es war nicht undenkbar, dass FitzWalter versuchen könnte, die Stadt anzugreifen. Es war aber auch nicht sicher. Es war ein kühnes Unterfangen, ein großes Risiko.

Und warum jetzt?

In den vergangenen fünf Monaten hatte FitzWalters Heer getäuscht, geplündert, mit den Muskeln gespielt und den König gereizt, aber all das war kaum entscheidend gewesen. Nach Wochen der Belagerung kleiner Burgen und dem Scheitern bei dem Versuch, Zutritt zu gewinnen – es sei denn, die Tore waren von innen geöffnet worden –, warum zogen die Rebellen *jetzt* einem so kostbaren Ziel entgegen? Warum wollten sie den König *jetzt* herausfordern, warum jetzt ihre Stärke beweisen?

Die Zügel fühlten sich schwer in Jamies Händen an. Ry schaute ihn an, und sie sagten wie aus einem Munde: »Father Peter.«

»Hurensohn«, brummte Ry.

Und dann taten sie, was jeder tat, der einem Heer auf dem Vormarsch begegnete: Sie gingen ihm aus dem Weg.

»Kopf runter«, brummte Ry, aber Jamie hatte den Kopf bereits gesenkt und weggedreht.

Er und Ry saßen ab, als der Trupp Soldaten von der Fähre polterte und durch die schmale Straße mit den Werkstätten und Läden zu beiden Seiten zog, auf Jamie und die anderen zuritt.

Eva saß starr wie ein Holzbrett im Sattel. Seit zehn Jahren hatte der Anblick auch nur eines einzigen behelmten Reiters Gefahr bedeutet. Jetzt mit einem ganzen Heer konfrontiert zu sein ließ sie frieren wie die Kälte im Januar.

Gog, der an Rys anderer Seite ritt, drückte den Rücken durch. Der Junge vibrierte nahezu vor Anspannung. Ry neigte den Kopf und winkte Roger mit dieser Bewegung zu sich. Jamie hob Eva aus dem Sattel, packte sie dann sofort am Handgelenk.

Ry trat neben Jamie und legte den Arm um ihn, stützte ihn, als sei er verletzt. Und das nicht, um besondere Aufmerksamkeit zu erregen, sondern als eine ausreichende Erklärung dafür, warum ein Mann den Kopf so tief gesenkt hielt, warum sein Gesicht mit dem drei Tage alten Bart hinter seinem langen, dunklen Haar verschwand.

Jamie und Ry hatten diese Haltung blitzschnell eingenommen, zu schnell für Eva, um ganz zu gewahren, was passierte, bevor es passierte. Dann humpelten sie den holprigen, gefurchten Pfad hinunter, während der Strom von Soldaten sich den Hang hinaufwälzte. Ry hielt seinen Arm um Jamie gelegt und schaute grimmig geradeaus, während Jamie einen Arm angewinkelt vor seinen Magen hielt. Die andere Hand lag weiterhin fest um Evas Handgelenk.

»Diese Männer«, fragte sie leise, »sie würden es nicht gern wissen wollen, wer Ihr seid, nicht wahr?«

Ruggart Ry hob seinen Blick über Jamies gesenkten Kopf und starrte sie an. Gog, der neben Ry ging, richtete seinen Blick ebenfalls auf sie, sein Gesicht wirkte verschlossen und angespannt.

Jamies Worte kamen leise und klar, wie Kieselsteine, die vom Flusswasser bewegt wurden.

»Im Gegenteil, Eva, sie würden es nur allzu gern wissen. Ry, wir müssen klären, was auf der Fähre los ist und wie wir über den Fluss kommen. Roger, wir könnten deine Hilfe bei den Pferden gebrauchen. Und«, fügte Jamie hinzu, der den Blickwechsel zwischen Eva und Roger bemerkte, »solltest du daran denken, irgendetwas Unüberlegtes zu tun, dann denk zuerst daran: Worüber immer du dir Sorgen machst, was ich deiner Lady antun könnte, es wäre nur ein blasser Abklatsch dessen, was *die* mit ihr tun würden.« Jamie neigte seinen Kopf Richtung Soldaten.

Gog nickte angespannt und mied Evas Blick.

Ry sagte leise: »Ich werde mit Roger vorangehen. Finde einen Weg, dich irgendwo zu verbergen, in einem Durchgang oder einem Hauseingang. Ich komme bald zurück.«

»Aye. Ich werde euch langsam folgen. Mit Eva.«

Ry und Roger gingen voran, den langen Hang zum Flussufer hinunter. Die Pferde führten sie am Zügel hinter sich her. Man konnte sie noch eine Weile sehen, dann wurden sie zu dunklen Flecken und waren schon bald gar nicht mehr zwischen all den anderen Menschen zu erkennen, die sich am Fähranleger drängten.

Jamie zog Eva am Handgelenk. Sie stolperte in ihn, und er schlang den Arm um ihre Schultern, sodass es aussah, als würde sie ihn stützen. Aber in Wahrheit kontrollierte er sie. Er hätte ebenso gut einen Strick um ihre Hüften geschlungen und ihr einen Knebel in den Mund gesteckt haben können. Wie eine Flutwelle, unwiderstehlich und unerbittlich, schob er sie beide an den Rand des Pfades, wo sie langsam weitergingen, während noch mehr Soldaten den Hügel unter großem Gelärme heraufkamen.

Vor Jamie und Eva, weit unten am Fuß des Hügels, waren Roger und Ry nicht mehr von all den anderen zu unterscheiden, die den Fähranleger bevölkerten und versuchten, eine Überfahrt zu bekommen. Offensichtlich durften Zivilisten nicht übersetzen. Ein Sergeant versuchte, die Menschenmenge zurückzuhalten, die von Süden nach Norden wollte. Auf den Hügeln auf dem gegenüberliegenden Ufer wartete das restliche Heer.

Genau genommen waren die Männer dabei, sich wie einst die römischen Soldaten Boote zu bauen. Bald würden sie dieses Flussufer überrennen und jeden auf ihrem Weg.

27

Jamie führte Eva den Pfad hinunter, immer am Rand entlang, und täuschte ein Hinken vor. Er sorgte dafür, dass sie wie Bettler aussahen, tat alles, um unverdächtig zu scheinen, denn Eva hatte keine Ahnung, wie nahe sie der Wahrheit gewesen war.

Jamie war weit und breit bekannt als König Johns Lieblingslieutenant. Ihn gefangen zu nehmen würde ein bedeutender Schlag in dem langsamen Tanz von Vorherrschaft und Untergang sein, in dem der König und die Rebellen nun schon seit Monaten verharrten. Aber es war noch mehr als das. Denn Jamie war mehr als das.

Ein Zusammentreffen mit den Rebellen würde sich als höchst schmerzlich erweisen, möglicherweise sogar als fatal. Robert FitzWalter, Befehlshaber der »Army of God«, wie die sich auflehnenden Barone sich selbst nannten, Lord of Dunmow und Baynard Castle, war ein mächtiger Mann von unbeherrschtem Temperament und mit einem langen Gedächtnis, und er konnte Jamie nicht ausstehen.

Und das, weil er es nicht ausstehen konnte, verraten zu werden.

Die Liste der Menschen, die Jamie gegen sich aufgebracht hatte, war so lang und gewunden wie eine Ranke. Die große Ironie dabei war, dass Jamie niemals einen Eid gebrochen, niemals jemandes Vertrauen verletzt hatte, niemals auch nur so viel getan hatte, wie jemanden unverblümt anzulügen – abgesehen vom König. Und doch hatte er eine lange Liste von Leuten zusammenbekommen, die ihn abgrundtief hassten.

Robert FitzWalter stand ganz oben auf dieser Liste.

Würden er oder seine Männer Jamie in die Hände bekommen,

würde nichts seinen Zorn eindämmen. Die Soldaten würden sich Jamie leicht greifen können, wenn er ihnen wie jetzt zahlenmäßig tausendfach unterlegen war. Dann würden sie ihn in Stücke reißen, Glied für Glied. Buchstäblich.

Das Gute war, dass sehr viele mit Reisestaub bedeckte, ungekämmte Männer in diesen Zeiten auf den Straßen unterwegs waren. Solange ihn niemand erkannte, würde Jamie einer unter diesen vielen sein. Namenlos, bedeutungslos.

Und dann sah er sie – Chance.

Chance, FitzWalters Gespielin und Botin, die zur selben Zeit wie Jamie in seinen Diensten gewesen war. Sie würde ihn erkennen, noch bevor sie ihn sah. Und unter ihrem Kleid befand sich ein dickes Lederwams, und in ihren blassroten Röcken fanden sich jede Menge Klingen.

Wut stieg in ihm auf, heiß und rasch. Er zügelte sich sofort, aber darauf folgte eine plötzliche Mattheit. Es war etwas Normales, so wütend zu sein. Sich so zu zügeln. Die starken Gefühle zu bezähmen, die in ihm tobten, sodass er sich fühlte, als würde er an etwas sägen, das sich tief in ihm festgebissen hatte.

Den Kopf gesenkt, den Blick nach oben gerichtet, die Hand auf ihrer Hüfte, drängte Jamie Eva zu dem Haus an der Straße mit dem zurückgesetzten Eingang. Sie stolperte. Schwarzes Haar fiel ihr ins Gesicht, als sie zu ihm schaute.

»Jagen diese schlechten Männer Euch?«

Gewissermaßen, dachte er. *In diesem Fall sind es schlechte Frauen.*

»Soll ich Euch retten?«

Klug wie sie war, hatte Eva gespürt, dass es hier um mehr ging als die übliche Besorgnis, in den Weg eines vorrückenden Heeres geraten zu sein.

»Ich bin nicht mehr zu retten«, murmelte Jamie und lauschte auf irgendwelche Anzeichen, erkannt worden zu sein.

»Und schließlich seid *Ihr* ja auch ein sehr schlechter Mensch.«
»Höchstwahrscheinlich ist das so.«
»Eine Schande.«
»Es gibt nichts, was Ihr tun könntet.«
»Ich könnte schreien.«

Seine ganze Aufmerksamkeit galt jetzt wieder Eva. Ihre Stimme hatte einen nachdenklichen Klang angenommen, deshalb wusste er nicht, ob Eva nur laut gedacht oder mit ihm gesprochen hatte.

»Um Hilfe rufen.« Ihre grauen Augen streiften ihn. »Euren Namen rufen.«

Seine Augen funkelten sie an. »Oh ja, Eva, das könntet Ihr tun, aber das wäre ein sehr schlimmer Fehler.«

28

Er drängte seine Hüfte hart gegen sie, schob Eva zu dem schmalen, etwas zurückgesetzten Eingang des Hauses, und als sie den nächsten stolpernden Schritt machte, trat er hinter sie und zog sie mit dem Rücken an seine Brust. Dann bog er mit ihr in die Türnische.

Sein Arm war um Evas Schultern gelegt, sodass sie sich wie ein Schild fühlte. Sie waren so gut wie unsichtbar, eingehüllt in ihre Kapuzenumhänge. Unter den Dachtraufen mussten sie aussehen wie gewöhnliche Bettler.

Einen Arm um ihren Leib geschlungen, hatte seine Hand ihre Hüfte gepackt. Der andere Arm lag noch um ihre Schultern, doch Jamie ließ ihn tiefer gleiten, bis unter ihre Brüste. Er neigte den Kopf zur Seite und hielt seine Lippen an ihr Ohr.

»Seht Ihr, was ich unter einem Fehler verstehe?«

Sein Atem streifte ihr Ohr, und das dunkle Vibrieren seiner Stimme war ihr so nah, dass es sie zittern machte. Leider nicht vor Angst. »Wenn Ihr denkt, die Soldaten sind hinter mir her, wie viel würden sie dann wohl für Roger zahlen, was meint Ihr, Eva?«

Ein Frösteln schnitt durch ihren Bauch wie kalter Stahl. »Was?«

»Wie habt Ihr es gemacht?« Er schob sie weiter hinein in die Tiefe der Türnische.

Sie hatte weiche Knie. »Was gemacht?«

»Wie habt Ihr Roger aus England herausgebracht, vor all den Jahren?«

Er hätte ihr ebenso gut einen Schlag in den Magen versetzen können. Sie konnte nicht mehr atmen. Ihre Knie drohten nachzugeben, sie nicht mehr zu halten. Instinktiv griff sie nach etwas, um sich abzustützen, aber natürlich war da nichts, nur die Arme des

Mannes, der sie in Geiselhaft hatte. Sie schloss die Finger um den Unterarm, den er über ihren Bauch gelegt hatte, wie einen Riegel aus Stahl.

»Woher wisst Ihr es?«, wisperte sie.

»Wie könnte ich es nicht wissen?« Er bewegte die Hand, und sein Daumen strich über ihre Brust.

Eva atmete langsam aus. Es war falsch, das zu bemerken, sich seines schlanken, kräftigen Körpers bewusst zu sein, seiner Hüften, die sich an ihr Gesäß und an ihr Kreuz pressten.

»Ich werde es tun«, schwor sie mit zittriger Stimme. »Ich werde schreien.«

»Das werdet Ihr nicht.«

Sie drückte ihn zurück, hoffte, ihn aus dem Gleichgewicht zu bringen. Alles, was geschah, war, dass sie seine Härte für einen Moment noch stärker spürte. »Lasst mich los, Jamie, und ich werde still sein.«

Er lachte leise. Er beugte sich über sie. Die Hand unter ihrer Brust glitt höher, es war eine verwirrende Berührung, gänzlich ohne verführende Absicht, aber es weckte etwas Wildes und Eindringliches, dann schloss er die Finger um ihren Hals.

»Macht den Mund auf, Eva, und Ihr werdet sterben.«

»Durch deren Hand oder durch Eure?«

»Wünscht Ihr, es herauszufinden?«, raunte er, seine Lippen streichelten ihren Hals.

Sie stemmte sich mit den Hüften wieder gegen ihn, sträubte sich. Jamie spannte seinen Arm an und hielt sie fest. »Eva, wenn Ihr Verstand in Eurem Schädel habt, werdet Ihr das nicht noch einmal tun«, warnte er mit tiefer, stahlharter Stimme.

Sie tat es wieder, ging ihn mit den Hüften an, während sie auf den Arm um ihren Bauch schlug, aber Jamie umklammerte sie nur noch fester und hob sie hoch, riss sie an sich und an das, was, wie sie jetzt erkannte, eine Erektion war.

Sie erstarrte, ein Arm lag wie ein Stahlband um ihren Bauch, eine Hand noch um ihren Hals. Für lange Sekunden standen sie reglos da, Evas Zehen berührten kaum den Boden. Dann, sehr langsam, ließ er sie wieder auf den Boden hinunter.

Sie stieß einen langen, heißen Atemzug aus.

Sie bewegte sich nicht – konnte es nicht –, sodass ihre Körper sich weiter berührten, und Eva erkannte den Moment, in dem er aufhörte, seine Hand als Drohung zu benutzen und sie stattdessen einsetzte, um zu verführen. Er ließ sie ihren Hals hinuntergleiten bis zum Halsbündchen ihres Kleides, sein Daumen streichelte sie, so langsam, als wollte er ihre Entschlossenheit auf die Probe stellen. Er bewegte sich weiter hinunter, ohne innezuhalten, vorbei an ihrer Schulter zu ihrer Brust, dort glitt seine Hand über die zarte Rundung, seine Fingerspitze strich sanft über deren Knospe.

Eva stieß einen zittrigen Atemzug aus.

Dies war der Stoff, aus dem ihre Träume waren, dass Jamie sie berührte. Er hatte sie zahlreiche Male aus dem Sattel gehoben, hatte sie an Wände und Baumstämme gedrückt, aber niemals hatten seine Hände sie auf diese sinnliche, *hingebungsvolle* Weise ihren Körper berührt. Und jetzt war ihr, als würde sie glühen. Als würde sie in Flammen gesetzt werden.

Dann, weil alles in Gefahr war und weil alle Entscheidungen, die sie bisher getroffen und von denen sie gedacht hatte, es seien sichere Entscheidungen, bis jetzt nur zu immer noch größerer Gefahr geführt hatten, und weil die Gefahr, die von Jamie ausging, die sicherste Sache war, die ihr je widerfahren war, und weil sie brannte, und weil ihre Träume wahr wurden, ließ sie den Kopf um das kleine Stück zurücksinken, das es brauchte, und legte den Kopf an seine Schulter.

Sein Herz schlug hart gegen ihren Rücken, dann drückte er seinen Mund an ihr Ohr. »Eva.«

War es eine Warnung? Ein Frage? Eine Bitte?

»Aye«, wisperte sie als Erwiderung. Das Ja sollte alle drei Fragen beantworten.

»Ich will dich mehr als die Luft zum Atmen«, sagte er rau.

Heiße Schauer liefen wie Regen über ihren Bauch und ihre Beine. »Ich weiß«, wisperte sie. Sie presste unwillkürlich die Oberschenkel zusammen, verstärkte das sinnlich süße Prickeln, bewegte sich leicht, drängte ihre Hüften gegen seine Erektion.

Sein Herz schlug fest gegen ihren Rücken; dann hörte sie seine Stimme an ihrem Ohr, tief und rau: »Tu das noch einmal.« Seine heiße Zunge folgte seinen Worten und streichelte ihr Ohr. »Noch einmal, Eva.«

Sie tat es noch einmal; ihr Kopf ruhte an seiner Schulter, als sie den Rücken bog und sich an sein hartes Begehren presste.

So also fühlen sich Jamies Hände auf dem Körper einer Frau an, dachte sie und empfand eine plötzliche, unerklärlich sengende Eifersucht auf all die anderen Frauen, die solche Berührungen erfahren hatten.

»Weißt du, wie sehr ich dich will?« Er legte die Hände um ihre Hüften und hielt sie fest, dann schob er sein Knie zwischen ihre Beine und drängte sie auseinander.

»Ja«, sagte sie atemlos. Seine heisere Stimme, seine Hände auf ihrem Körper, nicht zu wissen, was er als Nächstes tun würde, es war das Erregendste, was Eva je erfahren hatte. Ihr Körper pulsierte, ihr drehte sich alles.

Er griff um sie herum, nahm ihre Hand und führte sie auf ihren Rücken, schob sie langsam zwischen ihre Körper. Er legte ihre Hand auf seine steinharte Erektion. »Fühlst du das?«

Ein weiterer gebrochener Seufzer entfloh ihr. Dies war es, was sie gewollt hatte. Dies. Ihre Finger schlossen sich fest um ihn, und er legte die Hand über ihre. Zusammen streichelten sie ihn, ein langes, hartes Streicheln. Eva drehte sich alles; sie keuchte, ihr war schwindlig, sie war nass.

Er beugte sich über sie und strich mit der Zunge ihren Hals entlang. »Und du, Eva?«, murmelte er. »Wie groß ist dein Verlangen?«

»Genauso groß«, wisperte sie. »Ich brenne.«

Er legte beide Hände auf ihren Bauch. »Zeig es mir.« Seine Hand glitt hinauf zu ihren Brüsten, die andere glitt über ihren Bauch, und Eva bog sich gegen ihn mit einem einzigen heißen keuchenden Atemzug.

Ry steckte den Kopf um die Ecke und spähte ins Dunkel.

Eva zuckte so schnell zurück, dass sie mit der Nase gegen die raue Laibung stieß. Jamies Hände fielen hinunter wie Steine.

Ry sah ihn finster an. »Heute gibt es keine Fähre mehr.« Roger stand genau hinter ihm, er sah genauso groß aus wie Ry, genauso besorgt. Die Soldaten waren verschwunden, aber mit der nächsten Fähre würden mehr kommen.

Jamie schüttelte den Kopf. »Davon will ich nichts hören. Das gesamte Rebellenheer ist dabei, hier sein Lager aufzuschlagen.«

»Aye, der Soldat unten am Anleger handelt auf FitzWalters persönlichen Befehl. Er ist zur Fähre abkommandiert worden.«

»Gib ihm etwas Geld.«

»Er will kein Geld. Er zieht seinen Kopf vor. Wir brauchen etwas Überzeugenderes als Münzen. Und er sieht nicht so aus, als sei er leicht zu überzeugen.«

»Wie weit ist es bis zur Brücke im Süden?«

»Genauso weit wie vorher, Jamie. Zehn, zwölf Meilen. Und ein zweites Mal werden wir nicht durch diese Soldaten hindurchkommen. Wir schlafen heute Nacht hier, irgendwo in einem Stall, und morgen früh, wenn das Heer abgezogen ist, reiten wir weiter.«

»Und geraten durch diese Warterei auf Tage zu Mouldin in Rückstand. Nein, das will ich nicht«, sagte Jamie leise und fügte hinzu: »Chance ist hier.«

Ry starrte ihn an. »Was?«

»Ich habe sie gesehen. Normalerweise reist sie nicht mit dem Mob. Sie muss wegen Mouldin gekommen sein.« Jamie ging zum Eingang der Türnische und spähte auf die Straße. »Wenn wir die Nacht abwarten, wird sie vor uns bei ihm sein.«

Ry stützte sich mit der Hand an der Innenwand der Türnische ab, während er Jamie prüfend ansah. »Und damit das nicht geschieht, wirst du ...«

»Sie aufhalten.«

»Natürlich. Warum habe ich nicht selbst daran gedacht?«

»Ry, wenn man sie zu Mouldin geschickt hat, dann weiß sie, wohin er unterwegs ist. Diese Information könnte uns Tage unserer Reise ersparen. Wenn ich recht habe, müssen wir nicht zurück zur niedergebrannten Brücke, um seine Spur wieder aufzunehmen.«

Ry nickte. »Und falls du dich irrst?«

»Hast du einen anderen Plan?«

»Wie üblich sehen meine Pläne nicht mehr vor, als dich ein paar Stunden länger am Leben zu halten.«

»Wofür?« Jamie spähte wieder um die Ecke der Türnische.

Eva sah die Resignation, vielleicht vermischt mit Zorn, auf Rys Gesicht auftauchen, als Jamie sich zu seinem Gefährten umdrehte. »Warte hier. Behalt sie im Auge.« Er wies mit dem Kopf in Evas Richtung.

»Hier?« Ry deutete nach hinten auf die im Dunkeln liegende Tür des Hauses. Seine Stimme klang angespannt.

Jamie hob den Kopf. Die Kapuze tauchte sein Gesicht in Dunkelheit, seine Augen glitzerten darin. Ry erwiderte den Blick. Dann, ohne Warnung, machte Ry einen Schritt zurück, hob den Fuß und trat die Tür zur Werkstatt auf.

Jamie lächelte leicht, und alle drängten ins Haus.

Der dämmrige, tiefer gelegene Raum war leer, aber sie konnten über sich den Klang von Schritten hören, die die Treppe herunterkamen. Jamie hatte schon nach seinem Schwert gegriffen, als ein rundes, schweißnasses Gesicht von der Treppe herunterspähte und sie verwundert anstarrte.

Jamie zog das Schwert aus der Scheide und richtete es auf den Mann. »Nach oben mit Euch. Schließt die Tür hinter Euch ab«, befahl er mit drohender Stimme.

Der Befehl musste nicht wiederholt werden. Der Hausherr wich zurück, plumpste hart auf die Stufen hinter sich, stand wieder auf und schlug die Tür zu. Das Geräusch des Herumfummelns an einem eisernen Riegel war zu hören, dann eilige Schritte zurück die Treppe nach oben.

Ry griff bereits nach der gewinkelten Querstange, die den Windladen der vorderen Fensteröffnung hochhielt. Er zog die Stange heraus, und der Fensterladen fiel wie ein Hammer herunter. Mit einem eisernen Schürhaken verkeilte Jamie dann den hölzernen Laden. Ein gemurmeltes Wort zu Roger hatte den zur Hintertür eilen lassen, um diese abzuschließen.

Als die Türen und das Fenster verschlossen waren, pausierten sie einen kurzen Moment in der Stille. Dann ging Jamie durch das von einem brennenden Kohlenbecken gespendete Dämmerlicht Richtung Vordertür, seine Schritte hallten von den abgetretenen Dielenbrettern wider.

»Ich bin bald zurück, Ry. Bewach die beiden hier. Halte sie unter Verschluss.«

Ry nickte knapp. »Soll ich sie an die Arbeit schicken? Sollen sie Schmalz machen oder den Boden mit Binsen bestreuen?«

»Ry, dies ist wichtig...«

»Dies ist, getötet zu werden. Wieder einmal. Während ich das Kindermädchen spiele.«

»Ry...«

»Wieso bist du dir sicher, dass du sie überhaupt findest?«

Ohne Ry anzusehen, klopfte Jamie ihm auf die Schulter. »Ich bin mir so sicher, weil ich sie vorhin in die Schenke, die Straße hinunter, habe gehen sehen.«

Jamie ging die schmale Treppe hinauf und war gleich darauf verschwunden.

29

𝒠va sah Ry an, der ihren Blick kurz erwiderte, bevor er zur Vordertür ging.

»Ich habe im Laufe der Zeit viele Schankwirte kennengelernt«, sagte sie.

Ry legte die Hand auf den Riegel, drückte ihn langsam hinunter und zog die Tür einen schmalen spaltbreit auf. Er spähte hinaus.

»Und ich habe festgestellt, dass sie Eurem widerborstigen Fährmann ganz und gar nicht ähnlich sind.«

Ry schaute kaum zu ihr hinüber.

»Sie lieben das Geld sehr und würden fast alles dafür tun.«

Er schenkte ihr einen etwas längeren Blick als vorher.

»Zum Beispiel würden sie erlauben, dass sich jemand ungesehen am Hinterausgang ihrer Schenke versteckt, damit er im Fall der Fälle eingreifen kann.«

Ry schloss die Tür und drehte sich um. »Und Ihr werdet solange hier warten?«, sagte er mit etwas wie Hoffnung in der Stimme. Hoffnung war eine so kostbare Ware wie Pfeffer oder Safran, und deshalb vermied Eva es, sie zu zerstören, aber es blieb ihr nichts anderes übrig.

»Nein, wir werden nicht warten. Wir werden aber auch nicht fortlaufen. Ich denke, für den Augenblick, wir werden als Jamies Frachtgut hierbleiben.«

Rogers Hand umklammerte den Schwertgriff, sein Gesicht hatte bereits die Härte angenommen, die sie so lange versucht hatte, daraus fernzuhalten. »Ich werde nicht warten, Sir. Ich kann helfen.«

Eva ignorierte den Stich in ihr Herz. »Er ist kein Sir, Roger«, sagte sie ruhig. »Und ich denke, keiner von uns, am wenigsten Master Schnallenmacher, der bestimmt nicht erfreut ist, uns hier in seiner Werkstatt zu haben, Ry. Lasst uns zusammen gehen.«

Ry sah zwischen ihnen hin und her, offensichtlich in einem inneren Disput befunden, dann nickte er und ging zur Hintertür. »Wir gehen hintenherum«, sagte er, während er die verriegelte Tür öffnete. »Eva, Ihr bleibt nahebei. Wir werden ein Versteck für Euch finden.«

Eva folgte ihm ohne Widerspruch, aber sie wusste, dass niemand einen besseren Platz für sie finden konnte als sie selbst: Und sie hatte oft bestätigt gefunden, dass der beste Ort, um unsichtbar zu sein, der in direkter Sicht war.

30

Jamie betrat die Schenke. Männer in Stiefeln und Umhängen standen um die hohen Tische herum oder hatten sich an die Wand gelehnt, die Becher in der Hand. Es waren Kaufleute und Reisende, unter ihnen kein einziger Soldat.

Er war überrascht. Wie es aussah, würde der kleine Fährhafen am Fluss verschont bleiben – es gab keinen Hinweis auf Plünderei –, und auch das Sichbetrinken würde offensichtlich auf das Lager der Truppen beschränkt bleiben.

Dennoch hatten die Dorfbewohner wohl Grund, beunruhigt zu sein. Menschen tranken, wenn sie Angst hatten. Und die Schenke war recht voll.

Alle seine Sinne hellwach, schob sich Jamie durch die Menge zu dem letzten freien Stuhl am Ende der Theke, bestellte etwas zu trinken und wartete.

Es dauerte nicht lange.

Chance tauchte am anderen Ende des Raumes auf und sah ihn direkt an. Sie wurde von zwei Gestalten begleitet, die wie dunkle Flügel rechts und links von ihr gingen, ihre allgegenwärtigen Handlanger.

Sie kam herbeigeschlendert, als wäre die Schenke die mit Binsen und Duftkräutern ausgestreute Große Halle einer Burg. Ihr Haar war lang und so blond, dass es fast weiß schimmerte, das schmale, bestickte Band um ihre Stirn war durchwirkt von Silberfäden. Ihren dunklen Umhang hatte sie über eine Schulter zurückgeworfen, und sie sah sehr beeindruckend aus.

Was sie ganz gewiss auch für Jamie gewesen war, als er vor fünfzehn Jahren als Knappe in FitzWalters Haushalt aufgenommen worden war. Damals war er vierzehn gewesen und Chance verführerische achtzehn. Verführerisch war sie auch jetzt für die Männer in der Schenke, die sich umdrehten, um sie vorbeigehen zu sehen. Als sie jedoch ihre wehrhafte Eskorte sahen, wandten sie rasch den Blick ab.

Jamie schaute hinüber, dann trank er noch einen Schluck von seinem Ale. Es war nicht gut. Er setzte den Becher ab.

»Jamie«, murmelte sie, während sie näher kam.

Er warf einen Blick über sie, ohne sich ihr ganz zuzuwenden. »Chance.«

Sie legte die Hand auf den schmierig-schmutzigen Tresen und lächelte Jamie an. »Ich bin überrascht.«

»So siehst du nicht aus.«

»Ich habe dich gesucht.«

»Das überrascht mich nicht.«

»Wir haben gehört, du wärest noch auf dieser kleinen Jagd.«

»Was für einer Jagd?«

Sie lächelte träge und schaute über seine Schulter. »Wo ist dein Ry?«

»Schläft.«

Sie lächelte ihr Katzenlächeln. »Du bist nie ohne ihn.«

»Jetzt bin ich es.«

»Er wird vermisst. Lucia verzehrt sich nach ihm.«

»Wir sind seit Jahren nicht mehr in Baynards Dienst.«

»So wie sie.«

»Ich sehe, du hast ein Heer mitgebracht. Was hast du mit ihm vor?«

Ihr Lächeln wurde breiter. »Du hast es noch nicht gehört?« Sie beugte sich leicht vor, und die Silberstickerei am Halsbündchen ihres Kleides funkelte im Fackelschein. »Wir haben London eingenommen.«

Er fühlte tiefe Winterkühle durch seine Brust strömen. »Aha.«

»Aus jedem Winkel des Königreiches marschieren Truppen

nach London, um sich den Rebellen anzuschließen. FitzWalter sucht Verbündete. Er ist bereit, jenen Gnade zu erweisen, die jetzt um sein Wohlwollen bitten.«

»Das sieht ihm gar nicht ähnlich. Meinst du damit mich?«

»Das hängt von deiner Antwort ab.« Sie lächelte wieder ihr Katzenlächeln. »Ich habe dir einen Vorschlag zu machen.«

Eva drückte sich an der Wand der Schenke entlang und machte dieses Mal keinen Versuch, wie eine Magd auszusehen. Dieses Mal würde sie unsichtbar sein.

Es war ziemlich voll, was es einfacher machte, nicht aufzufallen. Sie bewegte sich nach hinten, wo eine kleine Trennwand den Raum unterteilte. Auf der einen Seite waren Eva und all die übel riechenden, normalen Männer, und auf der anderen waren Jamie und diese Frau, die aus seiner Vergangenheit, die, die er ach-so-dringend hatte treffen müssen.

Er stand mit der Hüfte gegen einen Stuhl gelehnt und hatte einen Fuß auf dessen niedrigen Querstab gestellt. Sein Umhang hing ihm trügerisch lässig um die Schultern, fiel bis über den Stuhl und verbarg das, was, wie Eva wusste, eine Anzahl von scharfen Klingen war.

Also warum war sie hier, in dieser finsteren kleinen Schenke? Um die Wahrheit zu sagen – sie wusste es nicht. Sie wusste nur, warum sie *nicht* hierhergekommen war.

Sie hätte herkommen können, um Father Peters Leben zu retten, denn sie hatte keine Chance, ihn ohne Jamies Hilfe wiederzubekommen. Aber das war es nicht.

Sie hätte herkommen können wegen dieses kleinen Fitzelchens von Neugier – eigentlich so winzig, dass es kaum wahrnehmbar war – auf die gertenschlanke Frau aus Jamies Vergangenheit. Aber auch das war nicht der Grund.

Sie hätte herkommen können, weil sie in Rys Stimme etwas gehört hatte, was sie wiedererkannt hatte: die tiefe Sorge um einen Menschen, den man nicht beschützen konnte.

Vielleicht war sie aber auch deswegen hergekommen: wegen des verwirrenden Ansturms der tiefen Gefühle, die sie für Jamie empfand.

Eines war gewiss: Sie tat dies hier *nicht*, weil Jamie ihre Hilfe brauchen könnte. Der Feind, der sie entführt, gefesselt und gefangen gehalten hatte, war jetzt dabei, die eine Sache zu vollenden, die sie und jeden, den sie liebte, zerstören würde.

Es wäre ein lächerlicher Grund, sein Leben aufs Spiel zu setzen.

So nah an den beiden, wie es möglich war, setzte Eva sich auf eine der Bänke an der Wand und konzentrierte sich auf das, was die beiden sprachen.

34

»Ich habe dir einen Vorschlag zu machen.«

Jamie beendete seine visuelle Inspektion der Schenke und sah Chance an. »Ich habe auch einen für dich.«

Das Lächeln der Frau wurde spröde. »Keine Beißereien, Jamie. Wir reden nicht von mir. Baynard will dich zurück.«

»Warum?«

Der Schein der Kerzen auf dem Tresen fing sich in ihrem Stirnband und ließ es funkeln. »Wer kann schon sagen, was ihn manchmal umtreibt? Geld, Weiber, Macht.«

Das veranlasste Jamie zu einem harschen Lachen. »Keiner dieser Gründe ist für mich verlockend. Die Antwort lautet: Nein.«

»Du bist immer so impulsiv, Jamie.« Eva war sich ziemlich sicher, dass Jamie das Gegenteil von impulsiv war, aber Jamie machte sich nicht die Mühe, darauf hinzuweisen, und sie würde es ganz gewiss auch nicht tun. »Warte, bis du gehört hast, was Lord Robert vorhat. Vielleicht höre ich dann ein Ja von dir. Denn es ist« – Chance streckte die Hand aus und berührte seinen Unterarm – »ein sehr verlockendes Angebot.«

Jamie schaute auf ihre Fingerspitzen. Eva beugte sich halb von ihrer Bank, um das Gleiche zu tun. »Nein.«

»Warum nicht?«, fragte Chance.

»Weil Fitz mich binden und mir Splinte unter die Fingernägel treiben lassen würde, bevor ich auch nur durch das äußere Tor seiner Burg geritten bin.«

»Nicht doch, Jamie.« Chance hatte die Stimme zu einem schmeichelnden Ton gesenkt.

Sie hatte das Spiel zu Baynards Füßen gelernt. Jamie kannte diesen Ton; normalerweise ging er Schlägen voraus. »Lord Robert ist ... voller Bedauern. Über die Art und Weise, wie die Dinge gelaufen sind. Über die Art, wie er dich behandelt hat.«

Jamie schüttelte den Kopf. »Er hat nicht die innere Stärke für solch ein Gefühl. Er ist durch und durch auf seinen Vorteil bedacht. Ich bin fertig mit ihm, mit ihnen.«

Eva setzte sich ein wenig aufrechter hin. Fertig mit den Rebellen? Das konnte er doch nicht meinen. Sie musste das falsch verstanden haben.

»Du hast das Angebot doch noch gar nicht gehört. Es geht um Vergeltung, Jamie. Oder, wenn dir das lieber ist, um Wiedergutmachung.«

»Es ist mir nicht lieber.«

Das Haar der Frau schimmerte im Schein der Wandfackeln weißgolden, es glänzte, als sie sich näher zu Jamie beugte. »Wir haben London eingenommen, Jamie.« Eine Spur von Schadenfreude schwang in ihrer Stimme mit.

Jamies Miene blieb undurchdringlich, hart und unversöhnlich.

»Komm und schließ dich uns an«, drängte sie mit einer Stimme, die alsbald schmeichelnd und stahlhart klang. »Es ist Zeit, den König zu zwingen, die Hand auszustrecken, weil er sich wiederholt geweigert hat, sie uns zu reichen. Wir werden nicht länger verhandeln. Erzbischof Langton war uns von einigem Nutzen, aber die Zeit der Friedensstifter ist vorbei.«

»Ich bin mir sicher, dass sie vorbei ist«, stimmte Jamie kalt zu. »Vor allem wenn ich sehe, wie du dabei bist, euch Peter von London zu holen.«

Auf ihrem Gesicht breitete sich ein entzücktes Grinsen aus. Sie berührte wieder seinen Arm. »Wir stehen dicht davor, Jamie. Viel dichter als dein Lord. Denke nicht, dass Mouldin Peter von London jemals an den König verkaufen würde, nicht nach allem, was John ihm angetan hat. Er würde sich eher selbst die Kehle durchschneiden. All dieses Herummanövrieren, das sie für Geld veranstalten. Mouldin wird an uns verkaufen, und dann werden wir den Priester haben und alles, was er im Kopf hat.«

»Was wäre ...?«

»Die Erben«, flüsterte sie, und es klang fast frohlockend. Eva spürte, wie sich ihr der Magen umdrehte. Sie schluckte den Speichel hinunter, der ihren Mund füllte. »Peter von London ist der Einzige, der weiß, wo die verschwundenen Erben Englands sind.«

Er war nicht der Einzige. Jamie wusste es auch. Evas Herz schlug langsamer. Jamie wusste genau, wo Roger war.

»Und wer immer die Erben hat, der hat auch die Krone«, schlussfolgerte die Frau.

Jamie schürzte die Lippen. »Ist es das, was FitzWalter plant? Keine weiteren Freibriefe, weder große noch kleine? Er will den Thron?«

Chance schüttelte den Kopf. Die Silber- und Goldfäden in dem schmalen Band um ihre Stirn funkelten hell im Fackel- und Kerzenschein. »Falls du dich wieder auf die Seite der Rebellen stellen möchtest, Jamie, wirst du mit mir kommen müssen.«

Eva drehte sich alles, ihr wurde bang ums Herz, ihr Magen brannte. Sie befand sich in einem Malstrom der Gefühle. *Wieder? Was bedeutete dieses wieder?*

Jamie brach in Lachen aus. »Nach London?« Er zeigte mit dem Kopf auf die Wachen. »Es wird mehr als vier von denen brauchen, um mich je wieder durch die Tore Londons zu bringen.«

»Komm schon, Jamie. Ich kann dir versichern, dass FitzWalter dir deine Mühen entlohnen wird. Er weiß, dass du uns wieder von Nutzen sein kannst – wenn du dich deiner Treuepflichten entsinnst.«

»Meiner Treuepflichten?«

Eva sah das, was sie nur als das Lächeln einer Katze beschreiben konnte. »Und als Gegenleistung für einen solchen Treueid verspricht er, die Situation zu bereinigen, die dich so lange gequält hat, und dafür zu sorgen, dass du Land erhältst. Viel Land.«

»Mein Gelöbnis? Der Lehnstreue?«

Die Frau nickte.

»Mein Gelöbnis gegenüber einem Mann, der seinen Eid gebrochen, seine Treue aufgesagt hat? Meine Lehnstreue gegenüber einem Mann, der versucht hat, einen Königsmord zu begehen?«

Die Finger der Frau schlossen sich wie Katzenkrallen um Jamies Unterarm. »Deine Erinnerung trügt dich, Jamie Lost«, zischte sie, aber Eva hörte jedes Wort so scharf wie einen Stich. »*Er* hat nicht versucht, den König zu töten. *Du* warst es.«

Eva zuckte zurück, als habe man sie geschlagen.

Jamie? Ein *Königsmörder?*

32

Mit jedem Schlag seines Herzens schien die Luft um Jamie kälter zu werden.

Es lag nicht daran, dass er überrascht war, die Wahrheit zu hören; schließlich kannte er seine Vergangenheit gut genug, ebenso wie Chance. Nein, es war dieser kleine Splitter von etwas, was größer war als ein Schock oder gar Angst, ein kleiner Pfeil, kaum sichtbar, aber schmerzhaft scharf, ein kleiner dunkler Schatten, der nicht zu verscheuchen war, ohne dass es ihm das Herz zerreißen würde.

Nachdem er als Kind die Jahre auf den Straßen Londons überlebt hatte, in denen es gelegentliche Besuche in Rys Zuhause gegeben hatte, um sich von dessen Mutter Kopf und Herz wieder zusammenflicken zu lassen, hatte Jamie einen Mentor in dem aggressiven, ehrgeizigen Robert FitzWalter gefunden, dem mächtigen Lord of Dunmow und, noch bedeutender, Baynard Castle in London.

FitzWalter hatte die Skrupellosigkeit des Gassenjungen ebenso erkannt wie sein Geschick im Umgang mit den Waffen, die auf der Straße üblich waren. Er hatte Jamie bei sich aufgenommen und seine Fähigkeiten zu einem Furcht einflößenden Können geformt, und das für einen einzigen Zweck: sein Königsmörder zu sein.

FitzWalter hatte dafür gesorgt, dass Jamie eine Anstellung als Mitglied in König Johns Leibgarde bekam, aber Jamie selbst sorgte dann für seinen raschen Aufstieg in des Königs Mannschaft. Ein Knabe unter so gestandenen Männern wie Engelard Cigogné und Faulkes de Bréauté, Brian de Lisle und John Russell. Letztendlich gelang es ihm sogar, eine bevorzugte Stellung selbst unter den Günstlingen einzunehmen, indem der König Jamie in allem vertraute. Er wurde auf Missionen von höchster Geheimhaltung und Bedeutung geschickt und erstattete nur dem König selbst Bericht. Zahlmeister, Diplomat, Berater, Captain seiner Männer – mit der Zeit wusste Jamie über alles Bescheid in Johns Königreich. Über jeden Fall, der vor dem Königsgericht verhandelt wurde, jede Edelfrau, nach der John gierte, jede geplante Invasion, jede aufgezeichnete Ausgabe: Jamie wusste alles.

Dann, vor drei Jahren, war die Frucht reif gewesen. König John plante, in Wales einzufallen, und der Mord, den Jamie begehen sollte, war bis in das kleinste Detail vorbereitet. Und Jamie war dazu bereit, war darauf vorbereitet gewesen, sein Schicksal zu erfüllen – selbst jetzt erinnerte er sich an das dumpfe Dröhnen, das seine Ohren gefüllt hatte –, bis er im letzten Moment erfahren hatte, wen Robert FitzWalter und seinesgleichen statt John auf den Thron setzen wollten: Simon de Montfort, den grausamen, scheinheiligen Schlächter des Heiligen Krieges gegen die Albigenser in Südfrankreich. Das überschritt bei Jamie eine Grenze, die er selbst nicht verstanden hatte und die er selbst jetzt noch immer nicht in Worte fassen konnte. Aber er musste es auch nicht aussprechen, um es zu wissen.

Also hatte er die Seiten gewechselt. Er hatte dem König den Mordplan enthüllt – ohne zu sagen, welche Rolle er darin hatte spielen sollen –, hatte seinen Mentor verraten und sich mit dem König verbündet, den zu töten er einst geschworen hatte.

John hatte vor Wut und Angst fast wie tollwütig reagiert. Köpfe rollten, Lehnsgüter wurden eingezogen, die Rebellenführer flohen ins Exil, und eine Eskorte von Armbrustschützen, die Finger am Stecher, umgab den König Tag und Nacht.

Jamies Rolle war niemals entdeckt worden. Jamie, einst der designierte Mörder des Königs, war jetzt Johns Beschützer, der Einzige, der zwischen ihm und einer Legion von Edelleuten stand, die nichts lieber wollten, als ihren gesalbten König auszuweiden und vierzuteilen und seine Innereien unter einem Misthaufen zu begraben, um sich danach seine Krone auf das eigene Haupt zu setzen.

Chance funkelte Jamie mit ihren Katzenaugen an.

»Und doch hat Lord Robert kein Wort davon gesagt, nicht wahr? Er hat dich als Waisenjungen von der Straße geholt, hat dich großgezogen und dir eine Stellung bei Hofe beschafft, und du hattest nichts zu tun, als diesen *einen Auftrag* als Gegenleistung zu erfüllen. Stattdessen hast du deinen Förderer verraten. Er hat das Königreich verlassen, musste in Schande aus seiner Heimat fliehen. *Du schuldest ihm etwas*, Jamie.«

Irgendetwas veränderte sich in Jamies Augenausdruck. Seine Augen blickten nicht härter, eher war es wie ein Zurückzucken, und als er sprach, klang seine Stimme wie von unbändiger Wut verzerrt. »Ich habe bezahlt, Chance.«

»Nein, bis jetzt noch nicht. Sag mir, wissen deine erlauchten königlichen Freunde von deiner Rolle in dieser Verschwörung? Erzbischof Langton, William the Marshal – wissen Sie, dass du ein *Attentäter* bist?« Sie zischte das Wort. »Sollen wir es ihnen sagen? Ich glaube nicht, dass der König glücklich darüber wäre, von deiner Vergangenheit zu erfahren. Ich denke, es würde ihn nach Blut dürsten.«

Sie beugte sich vor. »Dies ist eine brunnentiefe Schuld, Jamie. FitzWalter gibt dir eine Chance zur Wiedergutmachung, bevor man dich zwingen wird, dich daran zu erinnern, wer dich zu dem gemacht hat, was du bist. Hast du verstanden?«

Jamie beugte sich unvermittelt vor, und sie zuckte zurück, stieß gegen die Wand.

»Ich habe dich verstanden, Chance. Und jetzt versteh du mich: Sollte sich Fitz mit mir über solche Dinge wie Treue austauschen wollen, dann soll er kommen und selbst mit mir reden. Wenn er sich traut.«

In ihrer Ecke fühlte Eva so etwas wie ein inneres Jubeln, was in dieser Situation sicherlich eine seltsame und höchst unangemessene Reaktion war.

Chance legte den Kopf schief, und ein nachdenklicher Klang lag in ihren Worten, aber darunter brodelte Zorn. »Wer ist sie, Jamie? Sie ist hübsch. Auf eine ungewöhnliche Art. Und so zart und ... windzerzaust. Und doch irgendwie robust. Ich bin überrascht. Du hast doch sonst die feinere Art vorgezogen.« Eva hörte das Schlangenlächeln in Chance' Stimme. »Oh, nicht dass du von uns anderen nicht auch kosten würdest, aber ich habe dich beobachtet. Und dein Auge folgt immer den Adligen.«

Eva fühlte ein winziges Zwicken an einer Ecke ihres Herzens, als ob etwas Schweres darauf gefallen wäre.

Sie musste mit einer Bewegung darauf reagiert haben, denn Jamie riss den Blick von Chance los und richtete ihn schnell wie eine Peitsche auf Eva. Ihre Blicke verfingen sich ineinander.

Es war eine körperliche Sache, dieser Blick. Er packte sie. Jamie sah sie an, erkannte sie, wandte sich ab, ließ sie auf die Weise los, wie ein Adler seine Beute fallen lässt, und richtete seinen Blick wieder auf die Frau, die so offensichtlich wollte, dass Jamie sie stattdessen jagte.

»Du hattest viele Gelegenheiten, aus dem Unrat zu kriechen, Chance, aber eines Tages wirst du darin sterben«, sagte Jamie kalt. »Und du bist dumm, deine Männer so weit weg von dir postiert zu haben, wenn du mir Drohungen überbringst.«

Sie zog die hellen Augenbrauen hoch. »Du wirst doch gewiss nicht Hand an mich legen, Jamie, oder?« An der Oberfläche war ihre Stimme von Geringschätzung und Drohung gefüllt, aber ganz deutlich lag darunter Hoffnung.

Jamie schob den Stuhl zurück und stand auf. »Meine Lehnstreue ist ein wertloses Gut, Chance, wie du ganz richtig gesagt hast. Auf jeden Fall habe ich keine zu schwören. Lass sie uns beiseitelassen für das, um was es wirklich geht: Wie viel wird FitzWalter für den Priester bieten?«

Ein Übelkeit erregendes Gefühl breitete sich in Evas Magen aus, ganz so, als würde sie in einem kleinen Boot den Kanal überqueren.

Die Frau neigte den Kopf zur Seite und sah Jamie abschätzend an. »Sehr viel. Warum? Weißt du etwas?«

»Ich weiß, dass Mouldin den Priester nicht an die Rebellen übergeben wird. Ich weiß, dass ich etwas Besseres habe, aber nur zum richtigen Preis. Wo sollt ihr euch mit Mouldin treffen?«

Sie zögerte, dann sagte sie: »In Gracious Hill. Warum?«

Jamie schüttelte den Kopf. »Du bist bereits hereingelegt worden. Dem König wurde Misselthwaite genannt. Aber ich bin überzeugt, dass Mouldin an keinem dieser Orte auftauchen wird.«

Ein sogar noch längerer Moment des Zögerns, des Argwohns, folgte. »Warum hast du so plötzlich deine Meinung geändert?«, fragte Chance.

Jamie bedachte die Frau mit einem Blick, der auch Eva nicht gefallen hätte, hätte er sie so angesehen: harte Absicht. »Meine Meinung hat sich niemals geändert. Ich bin, was ich immer habe sein wollen: eigennützig und reich.«

Eva fühlte sich auf eine unbewusste Weise wie erstarrt. Diese Neuigkeit sollte sie eigentlich nicht zu Eis erstarren lassen. Jamie war niemals ihr Verbündeter gewesen. Sie war ebenso wenig an ihn gebunden wie er an sie. Aber dies ... dies fühlte sich an, als zerbräche etwas in ihrer Brust, es war, als würde man die Buntglasfenster einer Kirche eintreten.

Chance atmete durch den Mund. Es klang keuchend, als wäre sie gerannt. »Was hast du?«

Jamie schaute sich in der Schenke um. Sein Blick mied Eva nicht, sondern glitt über sie hinweg, als existierte sie nicht mehr für ihn. »Nicht hier.«

Er versetzte seinem Stuhl einen Tritt, die Frau richtete sich auf, und Eva stand auf. Die Soldaten stießen sich von der Wand ab. Zwei weitere, die vor der Schenke Wache gehalten hatten, kamen jetzt herein. Die Frau legte die Hand auf Jamies Arm. Sie sah ... glücklich aus.

Jamie zeigte zur Hintertür. »Komm, hier entlang, und – was zum Teufel soll das?«

Evas Hand glitt zitternd zu der spitzen Klinge, die immer verborgen in den Falten ihres Rockes steckte, ehe ihr einfiel, dass Jamie ihr vor langer Zeit alle Waffen abgenommen hatte.

33

Jamie unterdrückte seinen überraschten Ausruf, als Chance auch schon die Stirn krauste und zu ihren Männern hinüberschaute, aber letztendlich ging sie mit ihm zur Hintertür.

Mit einer raschen Bewegung drückte Jamie Chance die Hand auf den Mund, während er ihr mit der anderen einen Faustschlag auf den Hinterkopf versetzte, sie bewusstlos schlug und gegen die Wand stieß.

Ihre Wachen waren jetzt auch auf dem Weg zur Hintertür. Sie drängten laut rufend durch die Menge, aber niemanden schien das zu kümmern, außer dass jetzt alle auf die Bewaffneten starrten. Und den Soldaten weiter im Weg standen.

Jamie zog Chance durch die Hintertür in einen kleinen, dunklen Hof, und seine Gedanken kreisten um zwei Fragen: *Was zum Teufel macht Eva hier? Und wo zum Teufel ist Ry?*

Er hielt nicht inne, um über mögliche Antworten nachzudenken, sondern drückte sich mit dem Rücken an die Mauer, als die beiden Wachen, die ihm am nächsten gewesen waren, durch die Tür gestürmt kamen.

Jamie drehte sich zur Seite und versetzte dem ersten Mann einen heftigen Tritt in die Kniekehle. Mit einem Schmerzensschrei und sein Bein umklammernd, ging der Mann zu Boden.

Der zweite Soldat breitete daraufhin instinktiv die Arme aus. Jamie packte ihn an einem und zog so heftig daran, dass die Schulter laut knackte, als er den Arm aus dem Gelenk drehte. Der Mann heulte vor Schmerz, während er herumfuhr und dann mit dem Gesicht gegen die Mauer krachte. Er prallte zurück und fiel über den am Boden liegenden Kameraden, der sich in Schmerzen wand und immer wieder versuchte, trotz des gebrochenen Knies aufzustehen.

Jamie hockte sich neben ihn. Er machte eine Faust, umschloss sie mit der anderen Hand und rammte seinen Ellbogen gegen den Hinterkopf des Mannes mit dem gebrochenen Knie. In dem Moment kam der Soldat mit dem ausgekugelten Arm auf die Füße, taumelte und führte sein Schwert in einem unkontrollierten Schwung gegen Jamie. Der duckte sich, als die Klinge über seinen Kopf hinwegsauste, dann sprang er auf und warf sich mit der Schulter voran gegen den Bauch des Mannes. Sie stürzten beide zu Boden und keuchten, als sie übereinander fielen.

Jamie hatte sich wieder aufgerappelt, als er ein leises Rufen hörte. »Dick?« Es war einer der beiden Soldaten, die vor der Schenke Wache gestanden hatten. »Dickon? Bist du in Ordnung?«

»Ich muss meinem Pferd einen anderen Namen geben«, murmelte Jamie, während er sein Schwert zog und seine Aufmerksamkeit auf sein neues Ziel richtete. Vielleicht gelang es ihm, sich einen neuen auszudenken, bevor die beiden sich auf ihn stürzten.

Dann hörte er das leise Knirschen von Schritten auf Kieselsteinen. Er erstarrte und drehte langsam den Kopf.

Ry und Roger standen dort, die Schwerter gezogen. Mit einem raschen Blick nahm Ry den bewusstlosen Mann auf dem Boden wahr, der sein Bein in einem unnatürlichen Winkel gekrümmt hielt, und den blutenden Soldaten, dessen Arm nutzlos herunterhing. Dann sah er Jamie an.

»Du hast mir nicht einmal einen übrig gelassen?«

»Oh, sie werden gleich kommen«, entgegnete Jamie grimmig, als auch schon der erste bullige Soldat durch die Tür stürmte. Ein weiterer drängte ihm nach. Beide hatten ihre Waffe gezogen.

Jamie und Ry überwältigten die beiden rasch. Diese Art von Dingen erledigten sie seit mehr als einem Dutzend Jahren; es war fast lächerlich einfach. Können und Verstand gewannen immer über brutale Dummheit, aber es war erfreulich, dass Roger ihnen in dem Durcheinander zur Seite stand. Es dauerte kaum eine Minute, die Soldaten besinnungslos zu Boden zu schicken, dann weitere zwei, sie wie Schweine für das Feuer zusammenzuschnüren.

Ry hatte den Fuß auf die Schulter des einen Mannes gestellt, während Jamie ein letztes Mal an dem Strick zog, der ihn an seinen Kameraden fesselte. »Ich schulde dir was, Freund«, sagte Jamie beiläufig.

Ry nickte und warf den Kopf in den Nacken, um das Haar aus dem Gesicht zu bekommen. »Du solltest besser hoffen, dass ich nie anfangen werde zu sammeln, Freund, oder ich würde dich bankrott machen.«

Jamie lachte, als er den Strick fallen ließ. »Das weißt du besser als ich. Du verwaltest das Geld.«

»Aber nur, weil du dich selbst zum Narren gehalten hast, indem du der Meinung warst, ich hätte ein Händchen dafür.«

Jamie umfasste seine Schulter. »Das hast du auf jeden Fall«, sagte er und wandte sich Roger zu, der einige Schritte entfernt stand und angestrengt atmete. »Roger?«

»Mylord«, krächzte der, während er sich den rechten Oberarm hielt, als habe er Schmerzen.

»Nenn mich nicht so«, brummte Jamie und schob Rogers Linke zur Seite, um sich den Arm anzusehen. »Bist du verletzt?«

»Es ist nichts«, sagte Roger verächtlich, aber Jamie führte ihn zur Seite, fort aus dem Schatten eines Weidenbaumes, und untersuchte die Wunde im Licht der späten Nachmittagssonne. »Es ist nur eine Fleischwunde«, stellte er fest und ließ Roger los. »Du hast gut gekämpft. Jetzt müssen wir Eva holen. Sie war in der ...«

»Ich bin hier«, hörte er ihre leise Stimme.

Jamie fuhr herum. Sie stand in der Hintertür zur Schenke und sah einen nach dem anderen von ihnen prüfend an, deren gerötete Wangen und blutende Kinne und Ry, der ein wenig hinkte. Dann sah sie Jamie an. »Lasst Ihr sie alle bedauern, dass sie Euch begegnet sind?«, fragte sie ruhig.

»Aye«, sagte er und empfand dabei eine Art Erbitterung, weil es sich so richtig anfühlte, sie dort stehen zu sehen, wie sie auf ihn wartete und ihn ruhig anblickte, und weil er dieses Gefühl weder beschreiben noch begreifen konnte.

»Das ist gut«, sagte sie. »Ich mochte sie nicht, mit ihrem langen Haar.«

Jamie lachte leise, Roger lachte laut, dann kam der finster dreinschauende stämmige Schankwirt zur Tür gelaufen. Er blieb hinter Eva stehen. »Nun, Mädchen, was hat dieser Lärm zu . . .«

Alle erstarrten. Jamie, Ry, Roger, selbst der Wirt. Die Einzige, die sich bewegte, war Eva, die anmutig auf die gefesselte und blutende Ansammlung von bewusstlosen Männern und einer Frau zeigte, die auf dem Hof der Schenke lagen.

»Dort sind die Übeltäter«, erklärte sie ruhig, als zeigte sie auf Eimer mit Wasser. »Sie haben Ärger gemacht, müsst Ihr wissen.«

Er starrte auf die am Boden liegenden Männer, dann auf Chance. »Sind das Baynards Leute?«, fragte er knapp.

Jamie fasste sein Schwert fester. »Aye.«

Der Wirt schaute auf. »Ihr seid ein Mann des Königs?«

Er zögerte leicht. »Aye.«

Der Schankwirt wischte sich die Hände an seiner Schürze ab, als zwei bullige Wachsoldaten auftauchten, die er offensichtlich für den Zweck angeheuert hatte, aufsässige Gäste zur Tür hinauszubefördern. Jetzt nickte er. »Ich habe schon immer gesagt, dass Männer, die ihr Wort nicht halten können, mehr Schaden anrichten als die Pest.«

Jamie lachte leicht. »Dem stimme ich voll und ganz zu.«

Der Wirt drehte sich seinen Männern zu und gab ihnen mit dem Daumen ein Zeichen. »Schafft sie ins Schilf unten am Fluss. Morgen früh werden sie wieder zu sich kommen. Oder auch nicht.« Er drehte sich Jamie zu. »Ihr wolltet fort, Sir. Die Fähre entlädt gerade wieder einen Trupp.«

Jamie steckte sein Schwert zurück in die Scheide. »Es wäre uns sehr von Nutzen, einen Platz zu haben, an dem wir uns währenddessen aufhalten, Master Wirt.«

Zweifelnd musterte der Wirt die lädiert aussehende Gruppe, bis sein Blick an Eva hängen blieb. Sie lächelte. Er nickte und sagte: »Mein Rübenkeller liegt hier auf der Rückseite des Hauses.«

34

Es brauchte nur einen Augenblick, bis sie in das leicht moderig riechende Erdloch hinabgestiegen waren, das dem Wirt als Rübenkeller diente.

Zweimal so breit und so lang wie ein Pflug beherbergte die Grube zu dieser Zeit des Jahres wenig Gemüse, lediglich eine große Menge Rüben. Wie sich krümmende braune Finger und empörte Ellbogen streckten sie sich aus der Erde. Das rostrote Licht der untergehenden Sonne ergoss sich über die Stufen, die in die Grube hinunterführten, ehe der Wirt die Tür mit einem plötzlichen, erschreckend lauten Knall über ihnen schloss.

Eva starrte in das Dunkel um sie herum. Sie war im Bauch der Finsternis. Sie konnte nichts sehen. Die einzigen Geräusche waren das Atmen der anderen und das gedämpfte ferne Poltern von Schritten auf Kieselsteinen oben. Um sie alle herum herrschte die unnachgiebige Abwesenheit von frischer Luft, und wie Dämpfe erhob sich der torfige Geruch der Erde, die dafür sorgte, dass Dinge oberirdisch wachsen konnten, während es hier unten in der Dunkelheit ... dunkel war.

»Es ist dunkel«, verkündete sie ruhig.

Ihre Worte konnten nicht von der sie umschließenden Erde abprallen, denn sie wurden in sie hineingesogen, verschwanden. Schweigen. Jemand bewegte sich, das Knarzen von Leder und ein leises Klirren von Metall gegen Metall. Evas Herz schlug schneller und noch schneller. Sie konnte es tief in ihren Ohren hören, konnte die Peitschenschläge von Kälte spüren, die durch sie hindurchgingen. Wenn irgendetwas ihr je geraten hatte: »Lauf!« – dieses finstere Grab tat es.

»Eva?«, murmelte Roger.

Sie konnte nicht antworten. Die Lächerlichkeit dieser Angst, vor Dunkelheit und vor Schmutz, wenn doch die wirklich gefährlichen Dinge überall oberirdisch lauerten. Doch der Verstand hatte keine Macht über diese Panik. Sie öffnete den Mund, um zu atmen.

Plötzlich war da eine Bewegung, Schritte von Stiefeln auf festgestampfter Erde. Ein dumpfer Knall, dann Licht, herrliches rotgoldenes Licht, das hereinströmte, als Jamie eine der beiden Türblätter zurückstieß, die über diesem lebensrettenden Grab lagen.

»Es ist nichts«, sagte er knapp, während er sich auf eine der Stufen setzte. »Es ist eine Falltür; hier sucht keiner, und wenn doch, findet er nichts.«

Eva starrte hinauf zum Eingang, ins Licht, wo sich Jamies Silhouette dunkel gegen das Rotgold im Hintergrund abzeichnete. Sie atmete tief durch. Die Sonne, die frische Luft, Jamie, und dass er gewusst hatte, was sie brauchte; sie atmete all die Dinge ein, die sie spüren ließen, dass sie lebte.

Er lehnte sich zurück, schaute hoch, dann stand er auf, beugte sich vor und spähte aus der Luke. Dann drehte er sich um.

»Sie sind vorbeigezogen.«

»Roger«, sagte Eva, während sie aufstand. »Zieh dir deine Kapuze tief in die Stirn, sieh aus wie einer, der Geschwüre hat.«

35

Roger sah sie fragend an, aber einen Herzschlag später hatte er getan, was sie gesagt hatte.

»Ihr alle zieht eure Kapuzen tief ins Gesicht«, wies Eva die drei an, »dann zieht eure Handschuhe an und geht leicht nach vorn gebeugt. Ja, höchst natürlich, Ihr auch, Ry, seid Ihr doch ein einfacher Mann, wie Ihr sagtet.« Jamies lederne Panzerweste knarrte, als er sich zu Ry umwandte und ihn ansah. »Und Ihr«, sagte sie, wobei sie sich Jamie zuwandte, »werdet ausnahmsweise einmal Euren Mund geschlossen halten und Eure Wolfsaugen niedergeschlagen.«

Jamie starrte sie verblüfft an. »Meine was?«

Sie wandte sich ab. »Alles von Euch.«

Ry grinste. Gog lachte leise, und diese Dinge halfen, die Momente der Anspannung verstreichen zu lassen, in denen sie ihre Kapuzen tiefer ins Gesicht zogen und sich auf den Weg zur Fähre machten.

Sie warteten den nächsten Trupp Soldaten ab, mit all dem klirrenden Stahl und Eisen, der die Fähre verließ. Eva spürte den Boden unter ihren Füßen beben, als die Männer vorbeizogen. Aber noch stärker spürte sie Jamies harten Körper nur wenige Zoll hinter sich, spürte sie, wie genau er jeden Mann musterte, der vorbeiging, und sie wusste, dass auf jeden Fall der erste Mann sterben würde, bevor er zuschlagen könnte.

Es waren die Hunderte, die folgten, die sie so sehr erschreckten.

Sie eilten den gefurchten Pfad hinunter, sobald der letzte Soldat vorbeigezogen war. Der hochgewachsene, langgesichtige Fährmann schaute überrascht drein, als Eva mit ihrer verhüllten Schar näher kam. Der Sergeant, ein Subalterner, der die Farben Robert FitzWalters trug, stand dickbäuchig und mit grimmigem Gesicht auf der Uferböschung.

Eva trat vor.

»Keine Überfahrt für euch«, sagte der Sergeant, bevor Eva überhaupt den Mund aufgemacht hatte. »Kehrt wieder um.« Er drehte sich dem Fährmann zu. »Stoßt ab.«

Der Fährmann, groß und blass, hatte seine Stake ins Wasser eingetaucht, als Eva ihn ansah und leicht die Hand hob. Es war kein Befehl, noch nicht einmal eine befehlende Geste, trotzdem hielt er inne. Sie wandte sich dem Sergeant zu.

»Sir, es tut mir leid, Euch zu belästigen, aber wir müssen noch heute Abend den Fluss überqueren.«

Es kostete ihn einen Moment, ihr seinen in glänzendes Leder gehüllten Leib ganz zuzuwenden. Er war gut einen Kopf größer als sie, der mit nichts als Luft gefüllt sein musste, denn er sah sie aus zusammengekniffenen Augen misstrauisch an und fragte: »Ach ja?«

Sie nickte, als hätte er etwas sehr Gescheites gesagt. »Genau, Ihr habt recht, wir müssen heute Abend hinüber, Sir.«

Ihn zu veranlassen, diesem Vorhaben zuzustimmen, schien keinen Erfolg zu haben, aber die Wiederholung half, dass Evas Worte in die Tiefen seines Schädels vordrangen. Und sie ließen ihn die Stirn furchen.

»Nicht heute Abend. Euer Haufen kann die Nacht hier verbringen und die Freuden der Gastfreundschaft der Truppe genießen. Oder du lässt sie deine Freuden genießen.« Er lachte bellend. »Morgen früh könnt ihr vielleicht hinüber. Wenn du mir die Mühe wert bist«, fügte er mit einem Grinsen hinzu.

Eva zeigte hinter sich, auf die Männer, deren Leben in diesem Moment in ihren Händen lag. »Ihr werdet nicht wünschen, dass diese Männer Eurem Lager zu nahe kommen, Sir. Lord Robert würde nicht erfreut sein. Ich würde dieses Risiko für all seine ehrbaren Männer lieber nicht eingehen.«

Er musterte sie finster. »Welches Risiko?«

Sie zuckte bekümmert mit den Schultern. »Es war ein höchst ansteckender Fall.«

Seine Augen verengten sich merklich, er schwankte zwischen Argwohn und großer Verwirrung. Er schaute wieder zu Ry und Jamie und Roger, die alle ihre Kapuzen bis zu ihrer Nasenspitze heruntergezogen hatten und leicht nach vorn gebeugt dastanden. Alle trugen Handschuhe, und alle hielten ihr Pferd am Zügel.

»Fall? Ein Fall von was?«

Sie seufzte schwer. »Ein Fall traurigen Dahinscheidens. Und nun sind sie alle von Geschwüren bedeckt.« Sie machte eine weit ausholende Armbewegung, die alle drei Männer einschloss, dann streckte sie einen Finger aus und zeigte auf Jamie. »Aber bei ihm hat es sich überall ausgebreitet. Und ich übertreibe kein bisschen: *überall*.«

Sie wies in Richtung seiner Lenden und beschrieb mit dem Finger einige Male einen Kreis in der Luft, rundherum um seine privateste aller Stellen.

Der Sergeant wich unwillkürlich einen Schritt zurück.

»Es war ganz schrecklich anzusehen, Sir. Oder eben auch nicht zu sehen, wie der Fall lag. Er ist einfach zusammengeschrumpelt und ... abgefallen.«

Dieses Mal machte der Mann einen so großen und entschlossenen Schritt zurück, dass er fast die Uferböschung hinuntergestürzt wäre. Ihren Vorteil nutzend, stellte sich Eva dicht vor ihn hin und senkte die Stimme.

»Sogar die Mönche waren beunruhigt, was der Grund ist, warum ich die Männer hier eilig ins Lepradorf beim Priorat bringen muss, wo sie nur die *bösartigsten* Fälle behandeln.«

Sie verzichtete darauf zu sagen, welches Priorat, aber den Sergeant schien diese Unterlassung nicht zu interessieren.

»Um Himmels willen, geht.« Er fauchte den Fährmann an, der blass geworden war. »Du da, bring sie rüber. Los, weitergehen«, befahl er noch einmal, wobei er auf ausreichend Abstand achtete, eher im Ufermatsch landen wollte, als den Aussätzigen zu nahe zu kommen. Er ließ Eva, Roger und Ry nicht aus den Augen, als sie an ihm vorbeigingen, aber Jamie wagte er nicht einmal anzusehen.

Eva nickte ihm ruhig und würdevoll ihren Dank zu und ließ ihre Patienten als Erste an Bord gehen. Auch der Fährmann hielt Abstand zu den verhüllten Aussätzigen, soweit die kleine Fähre es zuließ. Und so überquerten die vier den Fluss. Die Pferde schwammen im sanft gluckernden Wasser hinterher.

Sie standen so weit hinten auf der flachbodigen Fähre wie möglich, als Jamie sich Ry zuwandte. »Wir können nicht in dieses Nest von Soldaten hineinmarschieren. Allein schon die Pferde werden Aufmerksamkeit erregen. Es scheint, dass FitzWalter nicht den Befehl zum Plündern gegeben hat, aber einem Heer in Bewegung kann man nicht trauen.«

»Zumindest wir werden das nicht tun.«

»Deshalb werden wir ihn bestechen.«

Eva, die knapp einen halben Meter entfernt stand, versuchte, das Schwanken der Fähre mit ihrer Körperhaltung auszugleichen. Roger, der neben ihr stand, sah ein wenig blass um die Nase aus.

»Lasst mich verhandeln«, schlug Eva leise vor. Ihr Blick und Jamies trafen sich, und sie streckte die Hand aus. »Ich verstehe Euer Zögern, Euer Geld mit mir zu teilen, aber er verhandelt vielleicht lieber mit mir als mit einem großen, wütenden Aussätzigen, dessen ...« – sie zog die Augenbrauen anzüglich hoch und legte den Kopf schief – »... abgefallen ist.«

»Geschrumpelt und abgefallen«, korrigierte Jamie sie.

Sie lächelte kaum merklich. »Wie traurig. Solch ein Potenzial verschwendet.«

Ry schnaubte leise. Der Wind blies mit munterer Kraft durch den Kanal des Flusstales und ließ die Fähre auf dem Wasser hüpfen, während Eva sich mit leichten Schritten zum Fährmann begab.

»Guter Herr, dürfen wir Euch um einen kleinen Umweg bitten?«

Sie hätte ebenso gut darum bitten können, ihm die Augen auszukratzen zu dürften. Seine Kinnlade fiel herunter, dann schloss er den Mund mit einem schnappenden Laut. »Einen *Umweg?* Seid Ihr verdammt noch mal wahnsinnig? Diese Fähre fährt jetzt für Lord Robert, und wenn ich seine Männer nicht über den Fluss bringe ...« Er verstummte beim Anblick der Silbermünzen in Evas flacher Hand.

»Nur einige wenige Yards flussabwärts, das ist alles, um das wir bitten. Ich denke nicht gern daran, was diese Soldaten einer Frau und drei Aussätzigen antun könnten.«

»Ich weiß, was sie mir antun werden. Sie werden mir den Kopf abschlagen«, sagte der Fährmann mit Nachdruck, schielte dabei aber auf die Münzen.

Eva schaute auch darauf. »Aber die Strömung hier kann rasch und wechselnd sein, nicht wahr? Sie müssen sich in dieser Beziehung auf Euch verlassen, oder? Und schließlich bewahrt Ihr sie vor einer schrecklichen Gefahr, wenn Ihr die Aussätzigen von ihnen fernhaltet. Selbst der tapfere Sergeant am Hafen war einverstanden. Wie könnte Lord Robert dagegen etwas einzuwenden haben?«

Noch bevor die Dämmerung einsetzte, befanden sie sich flussabwärts am Beginn eines schmalen Pfades, ausgerüstet mit Hinweisen, wie sie am besten die dunklen Wälder durchquerten, um auf die Straße nach Norden zu gelangen, zu ihrem neuen Ziel: die Stadt Gracious Hill.

36

Sie ritten schweigend den Pfad hinauf, hielten dann an, damit die Pferde trocken werden konnten, ehe sie sie wieder sattelten. Jamie stand neben Dickon und rieb ihn mit einem rauen Tuch trocken. Roger und Ry übten derweil mit dem Schwert, während das Licht des Sonnenuntergangs in breiten Streifen aus gelbem Glanz durch die Baumkronen fiel. Dort, wo die Bänder aus Licht auf den Boden trafen, leuchtete die Erde in einem üppigen Braun.

Eva saß mit geschlossenen Augen inmitten eines solchen Lichtstrahls auf einem moosbewachsenen Baumstumpf. Sie hatte die Beine übereinandergeschlagen und massierte sich mit den Daumen in langsam kreisenden Bewegungen die Wade. Jamie beobachtete sie dabei einen Augenblick lang, dann wandte er den Blick ab und fuhr damit fort, Dickon abzureiben.

»Findet Ihr dies alles manchmal nicht ziemlich lästig?«, richtete sie unvermutet ihre Frage an seinen Rücken. »All dieses Jagen und Gefangennehmen und Davonlaufen vor Soldaten?«

»Meistens sogar«, entgegnete er lapidar. Er zog einen langen Schwung mit dem Tuch über Dickons glänzenden Rücken. Das Pferd schlug seinen kastanienbraunen Schweif hin und her. »Ich würde viel lieber mit einem Krug Ale an einem Feuer sitzen.«

Sie stieß einen ungeduldig klingenden Laut aus. »Ihr Engländer und euer Ale. Ich würde an einem Fluss sitzen, mit einem kleinen Becher Wein und der Sonne, die auf meine Schienbeine scheint.«

Er war verblüfft und hielt inne. »Auf Eure ... Schienbeine?«

»Sie sehen die Sonne nur selten. Sie sind eifersüchtig auf meinen Scheitel.«

Er grinste leicht und schaute herüber. »Nicht auf das darunter?«

Sie lächelte ihn spitzbübisch an. »Ihr meint meinen Verstand? Meine äußerst klugen Gedanken?« Sie hatte inzwischen die Haltung gewechselt und begann jetzt, die andere Wade zu massieren. Jamie schaute weg und konzentrierte sich wieder auf Dickon. »Meine Schienbeine sind gewiss nicht neidisch auf *Euren* Kopf. Uns zu dieser Fähre zu führen war ein ausgesprochen schlechter Plan.«

Ry und Roger machten eine Pause bei ihrer Waffenübung, und Ry schaltete sich helfend ein. »Ich stimme Eva zu.«

Jamie stützte den Arm auf Dickons Rücken und schüttelte den Kopf. »Ich hätte dich vor zwanzig Jahren in die Themse werfen sollen. Welchen anderen Weg hätten wir sonst nehmen können?«

Zumindest Roger blieb ein zuverlässiger Unterstützer. Er schwitzte leicht von der Anstrengung, als er sagte: »Es gab keinen anderen Weg, Sir. Gar keinen. Und kümmert Euch nicht um Eva. Sie mag es ... zu initiieren.«

Sie sah Roger mit all der ernsten Weisheit einer älteren Schwester an. »Das ist eine schändliche Lüge, Roger. So etwas tue ich nicht. Ich weise lediglich auf die Dinge hin. Wie auf die Tatsache, dass deine Beinlinge nicht geschnürt sind, dort vorn.«

Er schaute dorthin, wohin sie zeigte, und begann sofort, die schmalen Lederbänder zuzubinden, die seine Beinlinge am Gürtel hielten. Eva lächelte Jamie über Rogers gebeugten Kopf hinweg an. Langsam erwiderte er das Lächeln.

Sie hatte nicht nur einen messerscharfen, einfühlsamen Verstand, sondern auch einen Körper, der, wie er wusste, aus wohlgeformten Kurven bestand. Jetzt, da er sie berührt hatte, begehrte er sie stärker denn je.

Aber es war mehr als nur Begehren. Wie der Sonnenfleck, in dem sie gerade jetzt saß, ließ sie Gedanken aufblitzen, denen er so nie zuvor begegnet war. So sehr, dass sie in ihm, trotz ihres dunklen Geheimnisses, den Wunsch weckte, zu lächeln und sogar zu lachen, und dieses Wollen war sogar ein noch selteneres Gefühl als das Lachen an sich.

Aber schließlich weckte Eva in ihm den Wunsch, viele Dinge zu tun, die er nie zuvor getan hatte, und nicht alle schlossen ein, sie hochzuheben gegen eine Hauswand und sich zwischen ihre Beine zu drängen. Die Erinnerung an dieses Abenteuer pochte noch zwischen seinen Beinen. Ihren Körper oder ihr Gesicht im Licht der untergehenden Sonne anzusehen, half nur wenig, das zu mindern. Es bewirkte eher das Gegenteil.

»Ihr habt von Eurem Wein gesprochen«, sagte er, was bewies, sie war eine Elfe.

»Ah, seht Ihr?« Sie lächelte glücklich. »Ich bringe Euch bereits dazu, Euer Ale aufzugeben. Lasst mich nachdenken ... wo war ich stehen geblieben?«

»Dass du am Fluss sitzt und langsam einen Rausch bekommst«, meldete sich Roger zu Wort, den Kopf noch immer gebeugt und noch immer damit beschäftigt, die Beinlinge anzubinden. Er musste sehr daran gewöhnt sein, dass Eva solch fantasiereiche Geschichten erzählte. Vielleicht hatte sie sie ihm als Gutenachtgeschichten erzählt, als Roger ein Junge gewesen war und sie ihn zum Schlafen gelegt hatte.

Jamie spürte ein diffuses, wenngleich scharfes Ziehen in seiner Brust.

»Ah, ja, Roger, danke, dass du mich daran erinnerst«, sagte sie mit dieser Stimme, die Jamie nur als reizend beschreiben konnte, wobei es ihm nichts Gutes verhieß, sie liebreizend zu finden, nicht bei dem, was noch kommen würde. »Wir würden betrunken sein«, begann sie, und Roger grinste, »und während ich meinen Wein trinke, würde ich über meine Schulter schauen und mein kleines Haus sehen, mit dem roten Dach und dem Garten. Ich würde das

Abendessen zubereiten, und bevor ich das Feuer anzünde, gerade um diese Zeit des Abends, würde ich hinausgehen und am Fluss sitzen und ...« Sie verstummte.

Jamie war wie gefangen von der Macht der einfachen Bilder, dem roten Dach, Eva, die Abendessen kochte, Eva, die ihren Wein trank, Eva, die bei Sonnenuntergang am Fluss saß. Eva.

»Und vielleicht gibt es auch kleine Kinder«, schloss sie so leise, dass er sie kaum verstehen konnte.

Alles hielt dieses Letzte in weiter Ferne. Ihre leise Stimme, ihre Worte: Alles war so leise gesprochen wie ein Atemhauch. Sie besaß nichts von all dem. Es gab kein *Mein* oder *Ich* oder *Eines Tages werde ich*. Es war alles unbestimmt und ungewiss, und es waren Dinge, die auch auf ihn zutreffen könnten.

Eva wusste genauso viel wie er darüber, wie es sich anfühlte, nicht dazuzugehören.

37

Ihr Lager war rasch errichtet, und Ry übernahm die erste Wache. Auf Jamies leise Bitte hin nahm er Roger mit.

Eva stand neben dem Feuer, stieß mit der Fußspitze kleine Steine aus ihrem Erdbett und zerbrach in ungewohnter Unruhe kleine Zweige. Jamie saß mit ausgestreckten Beinen und überkreuzten Füßen am Feuer und warf einen dicken Ast in die niedrigen Flammen. Einige dürre Zweige, die noch daran saßen, spuckten wütende Funken, aber der Ast selbst bildete eine dicke dunkle Mitte in den glühend heißen Scheiten.

Eva brach das Schweigen.

»Ein Attentäter?«

Er reagierte darauf, indem er hochschaute und antwortete, als würde er ein eben unterbrochenes Gespräch wieder aufnehmen: »Ich glaube, das Überraschendste von allem ist, dass Ihr bisher die Wahrheit gesagt habt. Wenn ich auch noch nicht genau weiß, worüber.«

Sie stieß einen langen Atemzug aus. »Jamie, Ihr lügt. Ihr habt nicht einmal überrascht ausgesehen.«

Er schaute auf das Feuer.

»Ihr versteht das nicht«, sagte sie ruhig.

»Und Ihr erklärt es mir nicht.«

»Jamie«, sagte sie mit einem hilflosen Lachen, »was wollt Ihr von mir? Wie könnte es aussehen, dieses ›Erklären‹? Wir sind wie das Oben und Unten einer Karte, Ihr und ich. Berge und Meere trennen uns. Wie kann es sein, dass ich mich Euch erklären würde? Und am Ende wäre es nicht wichtig.«

Er schaute nicht auf. »Es ist wichtig.«

Seine Augen wurden dunkel, tiefblau, was geschah, wie sie

inzwischen wusste, wenn der Tag in die Nacht überging. Es fühlte sich sehr intim an, dies über jemanden zu wissen.

»Oh Jamie«, sagte sie leise, »Ihr habt schlecht daran getan, Euch an König John zu binden.«

»Und Ihr habt schlecht daran getan, Euch an niemanden zu binden.«

Sie tat einen raschen, stillen Atemzug und lächelte traurig. »Wir sind ein jämmerlich zusammenpassendes Gespann, Ihr und ich. Das Nichts und die Dunkelheit, einer von uns gebunden an das Nichts, der andere an den Teufel.«

Sein Blick glitt zurück zum Feuer. »Ich bin, was ich bin, Eva. Ihr wisst, was das ist, oder Ihr wisst es nicht.«

Als er sie aus harten, dunklen, gefährlichen Augen anschaute, sah Eva alles darin. Ausgebreitet wie eine Straße lag die Wahrheit vor ihr, die Wahrheit darüber, was mit Jamie sein würde. Es hatte bereits angefangen. Ihr Herz wandte sich ihm zu wie eine Blume der Sonne.

Zu ihrem Schrecken standen ihr Tränen einer mächtigen Wut in den Augen. Dies war das Gefährliche, das sie von Anfang an in ihm gesehen hatte: diese Verbindung. Aber alles darüber war eine schmutzige Lüge. Sie hatte so etwas niemals zuvor gekannt; was um alles in der Welt ließ sie denken, dass es jetzt etwas Wahrhaftes war?

Dies war die Wahrheit ihres Lebens: Alles war genau so, wie es zu sein schien.

Muster wiederholten sich, und Menschen waren genau wie sie zu sein schienen. Jamie war nicht aufrichtig, ganz egal, wie verzweifelt sie wünschte, dass er es wäre. Jeder beugte sich, wenn man ihm genügend Anlass dazu gab. Sogar sie.

Das war es, was sie am meisten fürchtete.

»Sagt mir, was geschehen ist.«

Sie wandte den Blick ab. »Wir haben uns versteckt, und dann sind wir geflohen.«

Er drehte die Spitze des dicken Astes im Feuer hin und her und sagte ruhig: »Manche sagten, es sei ein Massaker gewesen, in jener Nacht auf Everoot.«

Eva nickte. Sie hatte die Erinnerungen nicht mehr ständig in ihrem Bewusstsein, und das war ein kleines Geschenk Gottes. Sie erinnerte sich an das, was geschehen war, wie an eine Sammlung verschwommener Bilder, so wie man Teller oder Silber sammeln mochte.

»Ich hatte seit Jahren auf Everoot gelebt. Ich war dorthin geschickt worden ...«, sie holte tief Luft, »weil meine Mutter den König verärgert hatte.«

»Wann war das?«

»Als er den Thron bestieg.«

»Also habt Ihr dort ...«, er rechnete rasch nach, »... sechs Jahre gelebt?«

»So ungefähr.« Sie beugte sich vor, griff nach einem Zweig und warf ihn ins Feuer. »Ich weiß, was Ihr denken müsst.«

»Was muss ich denken?«

»Ihr vermutet, dass ich die Everoot-Erbin bin.«

Er schüttelte den Kopf, sein Blick war beständig auf sie gerichtet. Es war ein harter, durchdringender Blick aus seinen nachtdunklen Augen. »Niemals. Ihr hättet niemals davonlaufen und Eure Mutter zurücklassen können.«

Verfluchter Jamie. Ihre Nase zwickte fest, und sie schluckte, einmal, ein zweites Mal, ein drittes Mal. Wie machte er das, dass er wie ein Bogenschütze auf die Dinge des Herzens zielte, wenn es ihm so offensichtlich an einem fehlte?

»Ich bin nicht davongerannt«, sagte sie mit unbeugsamer Genauigkeit. »In dem Moment, in dem wir den König heranreiten sahen, musste ich ihr versprechen, Roger zu nehmen und zu fliehen. Ich hätte sie niemals zurückgelassen, das müsst Ihr wissen. Jemand muss das wissen«, wiederholte Eva, und ihre Stimme klang plötzlich schroff. Aber es zu wissen, änderte nichts. Roger wusste es, und Father Peter wusste es, und doch blieb die schreckliche Schuld. Niemand konnte dafür die Absolution erteilen.

»Aber die Countess Everoot ließ es mich schwören ... und dann war da Roger ...« Ihre Stimme brach, und sie schwieg, bis sie Jamie ohne einen Schleier aus glitzernden Tränen ansehen konnte. »Ja, Jamie, *Massaker* ist das treffende Wort. Der König hätte uns in jener Nacht alle getötet, hätte er es gekonnt.«

»Was erregte den Zorn des Königs?«, fragte Jamie.

Sie schüttelte den Kopf, obwohl er sie nicht ansah, sondern in die Flammen schaute. »Ich kann es nicht sagen«, murmelte sie.

Aber natürlich konnte sie es sagen. Sie wollte es einfach nicht. Solche Dinge erzählte man nicht. Geschichten darüber, dass eine verwitwete Countess Everoot und der gleichermaßen verwitwete Lord d'Endshire nicht nur *la liaison amoureuse* begonnen hatten, sondern auch versucht hatten, die Schätze in Sicherheit zu bringen, die verborgen in den Gewölben von Everoot Castle lagerten. Bevor es dem König einfiel, sie höchstpersönlich zu konfiszieren.

Aber alles andere ... Eva wusste, alles andere würde ihr heute Nacht über die Lippen kommen. Sie fühlte es auf eine seltsame und unerklärliche Weise. Es war, als hätten die Worte sich seit zehn Jahren in ihrer Kehle gesammelt und würden jetzt herausgaloppiert kommen, sobald sie den Mund öffnete.

»Wir haben uns in der Mauer versteckt, Roger und ich. Wir haben ihn dabei beobachtet. Er hat Rogers Vater umgebracht, Lord d'Endshire. Der König weiß, dass wir es mit angesehen haben; dieses Wissen macht ihn nicht glücklich. Ich verbarg Roger in einer Spalte der Festungsmauer hinter mir.« Sie brach ab. »Dann kam Mouldin. Ich packte Roger und rannte davon.«

»Ihr seid mit dem Baby geflohen«, sagte Jamie. Es war eine leise ausgesprochene Feststellung.

»Er war kein Baby. Er war fünf.«

»Das ist ein Baby. Und seitdem hat niemand je wieder etwas von euch beiden gesehen?«

»Doch – Father Peter. Er stieß zu uns, viel später, im Wald. Ich denke, er hat geahnt, dass etwas Schlimmes geschehen würde. Er pflegte als königlicher Reiserichter den Norden zu besuchen. Die Countess hatte ihn eingeladen, eine Weile auf Everoot zu bleiben. Er hat mir als Erster gezeigt, wie man zeichnet. Ich war noch sehr jung. Wir« – sie zuckte mit den Schultern – »waren uns im Wesen sehr ähnlich.«

»Und der Überfall im Wald, Eva?«

Sie gab es auf, die Wahrheit zurückzuhalten, die in dieser Nacht aus ihr herausströmte. Sie stieß einen Seufzer aus, legte den Kopf in den Nacken und schaute hinauf zu den Ästen, die sich im Wind bewegten.

»Mouldins Männer«, gab sie zu. Warum auch nicht? Sie konnte kaum noch unterscheiden, welche Wahrheit bis jetzt ungesagt geblieben war. »Gog hat sie gesehen. Und zu seinem Unglück haben sie ihn auch gesehen. Und wisst Ihr, welch gute und dumme Sache er gemacht hat? Er ist auf sie losgegangen und hat versucht, sie daran zu hindern, Father Peter mitzunehmen.«

»Auf alle sechs?«

Sie nickte missmutig. »Das war eine weitere seiner manches Mal recht leichtsinnigen Entscheidungen. Wir sind ein Chaos, unsere kleine Familie, nicht wahr? Natürlich haben sie ihn niedergeschlagen, wie eine Mücke. Aber sie haben ihn nicht vergessen. Sie müssen Mouldin von dem kleinen Tier berichtet haben, das versucht hat, sie zu stechen, und er hat sie daraufhin zurückgeschickt.«

»Wie konnte eine Beschreibung eines Fünfzehnjährigen ihn aufhorchen lassen und an einen fünf Jahre alten Jungen erinnern?«

Eva starrte in die Flammen. »Ihr kennt Mouldin nicht. Er ist wie eine Wolfsfalle, nur Klauen und kalter Stahl. Er weiß, wann Erben für ihn fällig sind.«

Der Nachtwind strich wie eine weiche Hand durch das neue Laub des Frühlings und summte leise Schlaflieder. Das Feuer prasselte und flackerte auf. Vor den plötzlich hochlodernden Flammen war Jamie eine massive schwarze Silhouette.

»Wisst Ihr, was für ein guter Mensch Roger werden wird?«, fragte sie mit zittriger Stimme.

Jamie drehte die Spitze seines Astes im Feuer, es war eine langsame, sehr kontrollierte Bewegung. »Das weiß ich. Ihr habt ihn gut erzogen. Ihr habt ihn zu einem Mann gemacht, der anständig und gut sein wird und der ohne Euch verloren gewesen wäre.«

»Und wenn Ihr ihn zu Eurem König bringt?«, fragte sie erbittert. »Welchen Sinn hat das Gute dann noch?«

Das Feuer zischte und summte, während er sie beobachtete.

»Ihr wisst nicht annähernd, wie leicht es wäre, ihn zu zerstören. Dieses Gute in ihm, es ist wie ein Grashalm. Es würde zertreten werden.«

Jamie sagte nichts.

»Und doch werdet Ihr tun, was Ihr tun wollt, nicht wahr? Ihr werdet sagen, Ihr hättet keine andere Wahl. Dass Ihr durch Eide und Versprechen gebunden seid und dass Euch das schreckliche Dinge auferlegt.« Zu seiner Ehrenrettung musste gesagt werden, dass er den Blick nicht abwandte. »Aber, Jamie, wie könnt Ihr das tun? Wisst Ihr denn nicht, dass ...«

Sie verstummte. Doch, er wusste. Er war ein mythischer Kriegskönig, der mit überkreuzten Füßen am Feuer saß. Er sah jeden Zoll genauso aus, mit seinem funkelndem Schwert und seinen dunklen Augen, seinen Händen, die so viel getan hatten, die darauf warteten zu tun, was immer er wünschte. Und doch, und doch ...

Er sah in das Feuer. »Eva, wisst Ihr, in welchem Zustand sich dieses Königreich befindet?«

»Es stirbt.«

»Nein. Es explodiert. Bricht auseinander. Es wird nicht mehr lange dauern.«

»Und deshalb tun Männer schreckliche Dinge, solange sie sie noch tun können.«

»Und würden in ihrem Wahn einen Mann auf den Thron setzen, der schlimmer ist als das bekannte Übel.«

»Es gibt nichts Schlimmeres«, widersprach sie und presste den Handrücken an die Lippen, um zu verbergen, dass ihr die Stimme brach, wie eine Wand, gegen die zu fest gedrückt worden war.

Er schaute auf. Um seinen Mund lag jetzt ein Lächeln, das auch viel Bitterkeit verriet. »Eva, es gibt immer etwas, was noch schlimmer ist.«

Das Herz hing über einer Grube. Aufgehängt wie ein Opfer schwang es im Wind der Welt hin und her, im Sturm der Taten, die getan worden waren, und der Taten, die noch geschehen könnten. Manchmal war es ein ganz schreckliches Schwanken, jene hoffnungslosen Momente des *Wie konnte es nur dazu kommen?* Andere Tage verliefen ruhig und still, und dann war es leicht zu vergessen, dass der Abgrund drohte.

Dann gab es noch die Jamie-Tage. Sturmtage. Tage, an denen die stärksten Winde nichts waren als blasse Zephire neben der alles fortreißenden Macht des Orkans einer anderen verlorenen, hin und her schwingenden Seele.

»Eva.« Rau klang dieses Wort, heiser und ruhig. Er streckte die Hand aus und berührte das untere Ende ihres Zopfes, der ihr bis zur Taille auf der Brust herabhing. Er hätte sie ebenso gut mit einem Blitz berühren können, so groß war der Schock, den seine Hand durch sie sandte. »Könnte ich heute Nacht tun, was ich wollte, ich würde mit Euch in Eure Weinberge gehen und Eure

Hand halten. Aber ich bin nicht frei in meiner Wahl. Ich muss eine Mission erfüllen.«

Oh, der Orkan brach los, sie war in ihm verloren.

Tränen brannten Eva in den Augen. Es tat sehr weh.

Sie war wie betäubt. Erschöpft. Ohne Kraft, dieser unerwarteten Wahrheit zu begegnen, dass es so weit gekommen war: Der Mann, der sie zerstören würde, hatte bis in ihr Herz geschaut.

Und so tat sie das eine, das ihr noch zu tun blieb: Sie fasste nach seiner Hand.

38

Jamie schaute auf ihre ausgestreckte Hand. Auf ihren schmalen blassen Arm, ihre Finger, die nach ihm griffen. Die ihm vertrauten, dass er ihr keinen Schmerz zufügen würde.

Er hatte einen Moment der Erkenntnis, dass er sich abwenden konnte. Dass er das Anständige tun konnte und ihr nicht seine Hand reichen würde.

Aber Jamie war nicht anständig.

Ihr Körper sehnte sich danach, sich ihm zu öffnen, und er wollte, dass sie es für ihn tat. Er war nicht fähig, an irgendetwas anderes zu denken als an dieses eine, und das Verlangen, dieses eine von ihr zu bekommen, war übermächtig.

Und sie wollte ihn. Es trug sie zu ihm in Wellen, und er würde nicht länger widerstehen, in ihr zu schwimmen, nicht, wenn sie ihm das kleinste Zeichen der Ermutigung gab. Nicht heute Nacht, da die Vergangenheit und die Zukunft so nah beieinander waren. Nicht wenn sie ihm so nah war.

Sarkastische, scharfsichtige, zynische, verletzte, verzweifelte Eva.

Und so fuhr er auf sie herunter wie der Wind und hoffte, sie umzuwehen, um dann weiterzumachen, wie er weitermachte, seit sein Vater vor seinen Augen auf einer Straße in London ermordet worden war.

Er berührte die lockigen Spitzen ihres zum Zopf geflochtenen, auf ihrer Brust lang herabhängenden Haares. Er konnte die seidige Weichheit kaum spüren, so rau schien ihm seine Berührung zu sein.

»Öffne dein Haar.«

»Nein«, wisperte sie, aber das Wort kam in einem zittrigen

Atemzug, und sie hob die Arme und zog die Nadeln aus ihrem Haar.

Sein Herz begann, schwer und hart zu schlagen.

Dunkles Haar fiel herab bis über ihre Schultern.

»Du bist herrlich«, sagte er heiser.

»Du bist gefährlich.«

»Du solltest weglaufen.«

»Ich versuche es.« Ihre Stimme brach.

Heute Nacht würde es keine Zurückhaltung geben. Er berührte ihre Fingerspitzen und zog Eva herunter auf ihre Knie. Sie hatte eine Art, sich zu bewegen, dass sie sogar jetzt wie eine Prinzessin aussah, als sie vor ihm, dem Krieger, auf die Knie sank. Mit dem Handrücken strich er ihr das Haar hinter das Ohr und umfasste dann ihren Hinterkopf, führte sie weiter.

Ein langer, heißer Atemzug entglitt ihr. Sie fühlte sich, als würde ein Sturm an ihr vorbeiziehen, sie schwindelig machen.

Dann beugte er sich vor und berührte mit seiner Zunge ihr Ohrläppchen. »Lass mich unter deine Röcke.«

»Das werde ich dir nicht gestatten«, sagte sie, aber ihre Stimme zitterte. Alles zitterte. Er war der Sturmwind, der über sie hinwegwehte.

»Doch, du wirst.«

Seine Hand lag leicht auf ihrem Hinterkopf und hielt sie, als er sich vorbeugte und eine Reihe sanfter Küsse ihren Hals hinunter bis zu seiner Grube hauchte. Ihr Atem kam jetzt in harten, kleinen Stößen, drängte sich über ihre Lippen.

Jamie ließ die Hand ihren Rücken hinuntergleiten, unter den warmen Vorhang ihres Haars, zog Eva so nah an sich, bis ihre Knie sich an ihn pressten, zog das Halsbündchen ihres Kleides herunter und löste die Verschnürung des Mieders ihres Kleides. Dann sah er sie an, und Eva begann zu zittern.

Er nahm ihre Brustwarze, kalt und hart, in seinen heißen Mund

und saugte. Sie warf den Kopf in den Nacken, als er fester saugte, schrie auf und krallte ihre Finger in sein Haar. Und so, hart und befehlend, aber doch so langsam, um sie zu quälen, ging er von einer Brust zu anderen, leckte und saugte, bis ihr Körper zu beben begann. Jamie schloss die Hände um ihre Taille und hielt Eva an sich gepresst.

Er löste seinen Mund von ihr und sah sie an. Eva umfasste sein Gesicht, niemals hatte sie sich so schwach gefühlt wie in diesem Moment. Die Art, wie er zu ihr hochschaute, mit machtvoller männlicher Lust und etwas fast Zärtlichem, machte sie zittern vom Innern ihres Herzens bis zu ihrer heißen geröteten Haut.

Jamie streckte die Hand aus und strich mit seinem Daumen über eine ihrer Brustwarzen, die nass von seinem Saugen war. Nässe pochte in Eva. Seine harten, dunklen, gefährlichen Augen verfingen sich mit ihren.

»Jetzt wirst du mich lassen.«

Sie würde es zulassen. Sie tat es.

Er schlang eine Hand voll Haar um seine Hand, und langsam und unwiderstehlich zog er ihren Kopf zurück, während er sich vor sie kniete, den Kopf beugte und sie küsste. Heiß und hart nahm er Besitz mit einem wilden Kuss, der niemals endete. Er grub sich tiefer mit jedem Eintauchen. Er schob seine Hand zwischen ihre Körper, und mit einer raschen Bewegung hob er ihre Röcke hoch. Seine heiße, schwielige Handfläche legte sich auf die Innenseite ihres Knies und verharrte dort. Eva stieß ein zitterndes Seufzen aus. Seine Augen hielten ihre gefangen, als er seine große Hand quälend langsam an der empfindsamen Innenseite ihres Oberschenkels hinaufgleiten ließ, höher und höher, bis er die heiße Verbindung zwischen ihren Beinen erreichte. Dort verharrte er. Eva hielt den Atem an, wimmerte und drängte sich an ihn.

»Jamie.«

»Wie weit soll ich gehen, Eva?«

»Weiter, viel, viel weiter«, flehte sie.

Er schenkte ihr dieses halbe Lächeln und stieß seinen Finger in ihre Hitze, nur ein einziger tiefer Stoß.

Sie warf den Kopf in den Nacken, schrie auf. Sofort war sein Mund über ihrem, bedeckte den gefährlichen Laut, saugte ihre Zunge in seinen Mund, sein Finger glitt aus ihr heraus, wieder hinein, hart und schnell.

Er presste seinen Unterarm an ihren Oberschenkel, schmeichelte ihre Knie noch weiter auseinander, und sie spreizte die Beine für ihn. Er ließ einen zweiten Finger in sie hineingleiten, und sein Daumen begann, sich kreisend gegen ihre feuchten Falten zu bewegen, vollkommene kleine Stöße sinnlicher Qual. Eva ließ den Kopf in den Nacken sinken und stieß die Hüften nach vorn. Sie bewegte sich in dem langsamen Rhythmus, den seine Hand ihr vorgab, warf den Kopf hin und her, spürte seinen Mund an ihrem Ohr, hörte seine tiefe Stimme, die sie weiter und weiter drängte. Er beugte sich mit ihr, als sie sich nach hinten bog, sein Körper presste sich fest an ihren, seine starke Hand lag auf ihren Schulterblättern, als sie sich an ihn klammerte, die andere war in ihr, stoßend, immer härter und schneller, sodass Eva nichts mehr tun konnte, als jeden rhythmischen Stoß zu erwidern.

»Ich will mehr.« Dunkel und voll von Versprechen und Erwartung sprach er die Worte an ihren Lippen.

Dass er sich aufgerichtet und sie mit sich gezogen hatte, bemerkte sie erst, als er auf dem Boden saß und sie über ihm kniete.

»Beug dich herunter zu mir«, schmeichelte er mit seiner tiefen, vibrierenden Stimme, während seine Hand noch immer diese schlimmen, wundervollen Dinge tat, und Eva war unfähig, etwas anderes zu tun, als ihm zu folgen. Sie legte die Hände auf seine Schultern und beugte sich vor. Er ließ seine Finger noch tiefer in sie gleiten.

»Wirst du jetzt deine Röcke für mich heben?«, fragte er in seiner Sündhaftigkeit.

»Lieber Gott, Jamie«, keuchte Eva, so schockiert und so heftig erregt, dass ihr Körper summte.

»Knie dich hin«, befahl er, und als sie für ihn auf ihren Knien war und vor Lust zitterte, riss er ihre Röcke hoch und beobachtete Eva, während er mit seinen Fingern tief und langsam in sie eindrang und sie zurückzog, wieder und wieder.

»Du bist wundervoll«, keuchte er, und beugte sich vor, ihren Bauch zu küssen.

Sie klammerte sich an seine Schultern, als seine sündige Hand ihr Lust machte, er immer wieder zwei Finger in sie stieß, und sein verruchter Daumen sie heiß und schlüpfrig streichelte, seine Zunge über ihren Bauch glitt, immer tiefer, bis Evas Schenkel zitterten. Sie warf den Kopf zurück und schluchzte seinen Namen.

»Komm für mich«, befahl er, und seine Stimme klang harsch. »Ich will dir zusehen.«

Ein Zweig knackte im Wald.

Sie fuhren auseinander. Gefahr war zu lange ein Teil ihres Lebens gewesen, bei allem, selbst bei wahnsinniger Leidenschaft, um deren drohenden Biss zu ignorieren.

Eva sprang zur Seite, fast bis zum anderen Ende der Lichtung, Jamie erhob sich rasch und starrte in das Feuer, während er versuchte, seinen Atem zu beruhigen. Ry tauchte am Rand der Lichtung auf, Roger neben ihm.

Ry blieb kurz stehen. Er sah Jamie an, dann Eva, dann wieder Jamie. Roger tat genau das Gegenteil: Er schaute zu Eva, dann zu Jamie und ging dann zu Eva hinüber. Sie stand mit dem Rücken zum Feuer. Zu Jamie. Gog trat dicht an sie heran und murmelte ihr etwas zu.

»Was ist passiert?«, fragte Ry, der näher kam.

»Ich habe es herausgefunden«, erwiderte Jamie leise.

Ry betrachtete ihn eingehend. »Ja? Und?«

»Roger ist der d'Endshire-Erbe.«

Ry stieß einen leisen Pfiff aus. »Jamie, du kannst selbst einen Stein zum Reden bringen. Warum um alles in der Welt hat sie dir das gesagt?«

Jamie schüttelte den Kopf und starrte auf die glühenden Holzscheite in der Feuergrube. Warum hatte sie es ihm gesagt? Weil er es praktisch aus ihr herausgezwungen hatte. Weil er sie gestoßen hatte, als sie im Fallen begriffen gewesen war. Weil er auf ihr herumgetrampelt war, als sie das kleinste Zeichen von Schwäche gezeigt hatte.

Dies war im Allgemeinen nicht die Art Benehmen, die Nachdenken hervorlockte und ganz gewiss nicht Reue.

»Vermutlich, weil sie es sagen wollte.«

Ry sah ihn an. »Und das?«

Endlich hob Jamie den Kopf. »Was meinst du?«

Ry beschrieb mit dem Arm einen Halbkreis, um auf das zu zeigen ... was immer hier passiert war. Als ob das seine Pläne ändern würde. Gefühle beeinflussten seine Pläne niemals.

»Wir werden uns jetzt den Priester holen«, sagte Jamie.

Ry schaute zu Roger und Eva, die einige Schritte entfernt standen. »Obwohl wir einen der Erben bei uns haben?«

»Du und ich, mein Freund, wir sind nicht so weit gekommen, weil wir auf die Intelligenz des Königs angewiesen gewesen waren. Ich sehe nicht, warum wir jetzt damit anfangen sollten.«

Ry schaute über die Lichtung. »Und Roger? Sagen wir es ihm?«

»Sagen ihm was?«

»Dass eine Baronie auf ihn wartet.«

»Aha.« Jamie lachte ein kleines, freudloses Lachen. »Nicht dass ich des Teufels Speichellecker bin, der gekommen ist, ihn in die Hölle zu bringen.«

»Das denke ich nicht.«

»Du stehst allein mit deiner guten Meinung über mich.«

»Ich habe nicht gesagt, dass ich eine gute Meinung von dir habe«, entgegnete Ry scharf. Sie sahen hinüber zu Eva und Roger, die leise miteinander sprachen. Roger hatte seine Hand auf ihre Schulter gelegt und sich zu ihr geneigt, als bestätigte er etwas, was sie gesagt hatte. Oder als ermutigte er sie.

Eva fiel das Haar über die Schultern. Ihr Mieder war geschnürt, wenn auch notdürftig. Sie war blass, und sie sprach leise, während sie lebhaft gestikulierte. Das Licht, das die Glut warf, erhellte ihre schmale, zersauste Silhouette. Plötzlich schlang sie die Arme um sich und senkte den Kopf.

»Roger weiß sehr genau, wer er ist und was ihn erwartet«, sagte Jamie und drehte sich um. »Ich habe die Wache bis zum Morgen.«

Er stieg den Hügel hinauf und spähte von dort in das Tal hinunter. Die unbefestigte Straße führte weiter über einen Hügel in der Ferne und sah aus wie ein schmaler Gürtel um den Leib eines dicken Mannes. Der Mond schien, und sein Licht erhellte sie hier und da. Der Wind wisperte durch die Bäume und brachte die Blätter zum Rascheln. Er war frisch und salzig von der fern gelegenen See. Machte frösteln.

Dann, weit in der Ferne, hörte Jamie das Heulen eines Wolfes. Sie waren also nicht alle tot, noch nicht. Er schloss die Hand zur Faust, als klammerte er sie um die seltsame, heftige ... Freude, die ihn durchströmte.

Er wartete, aber auf das Heulen kam keine Antwort.

Langsam öffnete Jamie die Faust und fuhr sich mit der Hand durchs Haar. Eva war Stärke und Mut, eine erotische Nymphe von einer großen Verletzlichkeit in ihrem Innersten, und Jamie konnte sich um niemandes Verletzlichkeit kümmern. Nicht um seine eigene, nicht um die eines anderen. Keine verletzbaren Dinge in seinem Leben. Nicht mehr.

Hoffentlich hatte er heute Nacht seinen Wert bewiesen – der nichts war. Um seinetwillen und um ihretwillen hoffte er, dass er sie gewarnt hatte.

Er hatte eine Mission zu erfüllen, und deshalb war kein Platz für Schmetterlinge oder kluge, sinnliche Frauen, die durch einen Blick verletzt werden konnten und die viel mehr wollten als das, was er in sich hatte.

Genug der Frauen. Es war Zeit für den Krieg.

Eva spürte, dass Jamie die Lichtung verließ und dass er es auf eine sehr entschlossene Art tat.

Alles war wahr geworden, genau wie sie es vorhergesehen hatte. Sie hatte Jamie alles gegeben, ihren Körper, ihre Geheimnisse, ihr Herz.

Alles, was er hatte tun müssen, war, sie mit diesen gefährlichen Augen anzusehen, sie mit seinem vernarbten Mund zu küssen und ihr ein Stück seines zerrissenen Herzens zu zeigen – und schon hatte sie ihm alles gegeben. Sie hatte den Fluss den Damm durchbrechen lassen und ihm alles gesagt.

Fast alles.

39

Ihre Scham kannte keine Grenzen.

Sie wusch sich kurz, aber kein noch so gründliches Waschen konnte den Beweis der letzten Nacht entfernen. Ihre Verkommenheit. Sie pochte zwischen ihren Beinen. Klopfende, sengende Erinnerungen an Jamie und seinen Körper. Sein selbstbewusster, sinnlicher Angriff auf ihren Körper. Seine Hände, seine muskulösen Beine, seine Lippen auf ihr ...

Am schlimmsten war, dass er sie ignorierte. Er hatte sich zurückverwandelt in ein kaltes, schroffes, rationales Wesen mit einem Verhalten, das härter war als das Schwert, das an seiner Hüfte hing. Es gab keine kleinen Halblächeln, die ihr das Herz taumeln ließen, keine trockenen Erwiderungen, die sie ermunterten, weiter mit ihm zu reden, weil er so offensichtlich zuhören wollte. Es gab nichts, was sie spüren ließ, dass sie *wahrgenommen* wurde.

Sie ritten rasch durch einen weiteren hellen Frühlingstag und verringerten das Tempo von Zeit zu Zeit nur, um die Pferde nicht zu überfordern.

»Ich höre, du hast versucht, sechs Männer niederzuringen, als sie mit dem *curé* davonreiten wollten«, sagte Jamie zu Roger, während sie ritten. Jamies hielt die Arme trügerisch leicht und locker, einer war gebeugt, um lässig die Zügel zu halten, der andere, um die behandschuhte Hand auf dem Oberschenkel ruhen zu lassen.

Gog strahlte ihn an. »Aye, Sir.«

Jamie lächelte leicht. »Hast du daran gedacht, dass du hättest getötet werden können?«

»Nein, Sir!«

Eva schnaubte. Jamie schaute kurz zu ihr hinüber. »Wärest du verletzt worden, Roger, was wäre dann aus deiner Lady geworden?«

Roger sah verwirrt aus. Er folgte Jamies Blick. »Eva?« Roger lachte. »Nun, sie hätte sie gejagt, bis sie an den Galgen gegangen hätten, die sie eigenhändig errichtet hätte.«

Ry stimmte in Rogers Lachen ein, und selbst Jamie lächelte. Eva zog die Augenbrauen hoch. »Ihr alle haltet das für lustig? Deine Ritterlichkeit, Roger, sie blendet.«

Er sah sie verdutzt an. »Ich war nicht ritterlich, Eva.«

»Das weiß ich.«

Jamie ignorierte sie und wandte sich erneut Roger zu: »Und du bist sicher, dass die sechs, die uns angegriffen haben, dieselben Männer waren, die Father Peter entführt haben?«

»Ganz sicher. Ich weiß es, weil einer von ihnen sagte: ›Um Gottes willen, er ist nur ein Junge. Zwei von uns werden ihn doch wohl niederschlagen können, oder?‹« Roger grinste. »Das haben sie dann auch getan.«

Eva schüttelte den Kopf. »Solche Dummheit hilft kein bisschen weiter.«

»Mut.« Jamie sagte es leise, aber Roger schien aufrechter in seinem Sattel zu sitzen. Doch er ging nicht offen gegen Evas Worte an.

»Ja, ja, das bedeutet euch Männern viel, ich weiß. Ihr alle müsst so wunderbar mutig bei all den dummen Dingen sein, die ihr macht.«

»Besser, als nicht mutig zu sein«, sagte Gog, sein Lächeln wirkte ungebrochen. »Also wirklich, Eva, du bist verrückt, dich darüber zu beklagen. Was tun wir denn vorrangig in England?«

Sie schob einige Haarsträhnen zurück, die ihr um das Gesicht wehten. »Father Peter retten, bevor so böse Männer wie Jamie es tun.«

Jamie zeigte keine Reaktion auf diese unhöfliche Feststellung.

»Genau das«, stimmte Roger zu. »Wir sind in England und jagen gefährlichen Männer nach, um den *curé* zu retten. Wir jagen ihm nach. *Du* jagst ihm nach, Eva. Wie nennst du das?«

»Dumm?«, schlug sie vor, um ihn zufriedenzustellen.

Er lächelte. »Und mutig. Wirklich, Eva, wenn ich das gelernt habe, dann habe ich es von dir gelernt.«

Sie schnaubte. »Du bist dumm, das zu sagen.«

»Und du bist mutig.«

»Wir sind ein Haufen von Dummköpfen.«

»Besser als ein Haufen von Feiglingen zu sein«, war alles, was Gog sagte, der noch immer grinste.

Eva starrte auf sein vertrautes Profil. Er entfernte sich von ihr, unaufhaltsam, wie ein Schiff vom Kai. Es war in allem sichtbar, in seinem Tun, in der Art, wie er so unhöflich ihre vernünftigen Gedanken ablehnte, und ... im hellen Sonnenschein ... waren das ... waren das ... blonde Bartstoppeln in seinem Gesicht?

Sie war geschockt. Er wurde zum Mann, und Jamie ... *Jamie war sein Vorbild.*

Zorn baute sich in nicht auszuhaltendem Maße in ihr auf. Mit einem überaus giftigen Blick wandte Eva sich an das Objekt ihrer Feindseligkeit. »Sicherlich weißt du eine ganze Menge über diese Dinge, und doch bist du sie nicht leid.« Ihre Stimme war so leise, dass es fast wie ein Zischen klang.

Jamies Kopf fuhr um wenige Zoll herum. »Was bin ich nicht leid?«

»Dummheit.«

Abrupt zügelte er sein Pferd. »Ry, reite mit Roger voraus.«

Die beiden schätzten den Blick ab, den Eva Jamie zuwarf, und den Blick, mit dem Jamie Eva so entschieden nicht anschaute, und trabten glücklich davon. Als sie einige Yards entfernt waren, drehte sich Jamie um.

»Und jetzt, Eva – was habt Ihr gesagt?«

Die ironische Höflichkeit seines Tons war fast noch ärgerlicher als die Tatsache, dass Gog ihn bewunderte. Als die Tatsache, dass sie sich ihm zugeneigt hatte. Dass seine Hand ...

Sie schaute noch finsterer. Ihr ganzes Gesicht rötete sich. »Würdet Ihr nicht sagen, dass Ihr gelegentlich in Dummheit schwelgt, Jamie?«

»Lasst mich einen Moment nachdenken ... Ja. Als ich Euch zum ersten Mal gesehen und Euch nicht sofort an Händen *und* Füßen gefesselt habe. Und Euch an einen Baum gebunden habe.«

Sie nickte kalt. »Und ich hätte Euch mit meinem spitzen Dolch erstechen sollen, als ich zum ersten Mal die Chance dazu hatte.«

Seine Augen wurden hart. »Ja, Eva, hättet Ihr es gekonnt, hättet Ihr das tun sollen.«

»*Ihr*«, fauchte sie, »der einen Priester entführen wollte. *Ihr*, der Ihr im Bund mit dem Teufel steht, *Ihr* solltet achtgeben.« Sie war kurz davor zu knurren, so empört war sie. Es war ihre Ohnmacht, erkannte sie mit bangem Herzen. Sie konnte ihn nicht dazu bringen, auf die Art zu empfinden, wie sie empfand. »Denn sollte je weniger als ein Yard Abstand zwischen uns sein und ich eine Klinge in meiner Hand haben ...«

»Achtet sehr genau darauf, was Ihr als Nächstes sagt, Eva.« Seine Stimme klang tödlich ruhig. »Denn falls es mir nicht gefällt, wird es Euch leidtun.«

»Ihr droht mir seit dem Moment, in dem ich Euch begegnet bin«, fauchte sie.

»Und habe das gestern Abend wahrgemacht.«

Da war es heraus, wie ein toter Vogel, der auf dem Pfad zwischen sie gefallen war. Eva zuckte zurück, sprachlos.

Seine Augen waren gnadenlos. »Und ich werde sie wieder und wieder wahrmachen, solltet Ihr mir Grund dazu geben.«

Oh, du lieber Gott, sie verdiente es zu sterben, und zwar dafür, wie lüstern ihr Körper allein schon bei dem Gedanken wurde, Jamie könnte sie wieder berühren. Wieder und wieder.

Er zügelte sein Pferd und ließ es eine lebhafte Pirouette machen. »Ihr habt es von Anfang an richtig erkannt, Eva: Ich bin nicht gut. Glaubt es. Verführt mich nicht noch einmal.«

Ihr Mund blieb offen stehen. Sie zwang sich, ihn zu schließen. *»Euch verführen?«*

Er ließ seinen Blick über sie gleiten, ehe er ihr gleichmütig direkt in die Augen sah. Gleichmütig, ja, und am schlimmsten von allem: leidenschaftslos und ungerührt.

»Aye. Denn ich werde Euch nehmen, Eva; und danach werde ich Euch fortwerfen. Das schwöre ich. Das ist alles, was von mir zu erwarten ist.«

40

Lange Schlangen von Besuchern und Kaufleuten und Karren schoben sich durch das Tor von Gracious Hill, einem geschäftigen, ehemals kleinen Ort, der sich bis zur Stadt mit Marktrecht gemausert hatte.

An diesem Morgen sollte der Frühjahrsmarkt eröffnen, und die Stadt war voller Leben. Sie war fast schon überfüllt, und die Wiesen vor der Stadtmauer waren voll von Zelten und Feuerstellen – eine Zeltstadt für Kaufleute und Käufer, die von weit her hierhergekommen waren.

Trotz der Feststimmung lag etwas Dunkles und Wachsames in der Luft, als sie durch die Reihen der Zelte ritten. In diesen unruhigen Zeiten eines drohenden Bürgerkrieges kam der Ärger in vielerlei Gestalt daher. Freibeuter und Banditen tummelten sich in den dunklen Wäldern, weil Gesetzlosigkeit eine viel sicherere Methode war, als sein Schicksal einem heißen Eisen in der Hand oder der Fähigkeit, in kaltem Wasser zu schwimmen, anzuvertrauen. Aber es gab auch andere Bedrohungen. Und meistens kam der Ärger von rebellischen Lords, die ihre eigenen Leute ausplünderten. Und jetzt zogen Heere durchs Land.

Alles in allem war man innerhalb der Stadtmauern sicherer, wenn es Abend wurde.

Jamie war zwiegespalten, was das anging. Als durchaus befriedigend empfand er die Aussicht, ein frisch gebrautes Ale trinken und in einem Bett schlafen zu können. Und die Möglichkeit, ein gründliches Bad zu nehmen.

Was ihn nervös machte, war das Gefühl, innerhalb der Mauern gefangen zu sein.

Zudem stanken Städte abscheuerregend. In freier Natur zu reiten, weitab von Menschenansammlungen und deren angehäuftem Dreck, war es leicht, sich an den nur leicht moschusartigen Geruch des eigenen Körpers und dem der frischen Luft zu gewöhnen. Aber in der Stadt sammelten sich alle Abfälle der Welt. Abwasser liefen die Gossen der kopfsteingepflasterten Straßen hinunter. Abfälle, die beim Gerben entstanden waren. Eingeweide. Ungewaschene Körper dicht beieinander. Brennende Feuer. Hundekot, Kuhmist, menschliche Exkremente. Ein absolutes, übelst stinkendes Chaos.

Sie näherten sich dem Stadttor.

»Bereit?«, murmelte Jamie und wandte sich Ry zu; dann fiel sein Blick auf Eva. Jamie verstummte für einige Herzschläge lang.

Sie warf das Haar zurück und fuhr mit den Fingern hindurch, um es zu lockern. Trotz aller Unbill der letzten Tage fiel es wie ein seidiger dunkler Vorhang um ihr fein geschnittenes Gesicht und über ihre stolzen Schultern. Sie schlug ihren Umhang über eine Schulter zurück und lockerte ein wenig die Schnürung des Mieders ihres Kleides.

Jamies Herz zog sich zusammen. Er hatte gestern Abend das Privileg gehabt, diese Bänder zu öffnen, aber hatte er auch die Chance genutzt, mit seinen Fingern durch ihr Haar zu fahren, es zu fühlen? Kaum. Ihr Haar war von niedriger Priorität gewesen, als seine Hände sie berührt hatten.

Doch sollte es eine andere Gelegenheit geben, er schwor sich, er würde es mit Ehrerbietung behandeln. Er würde damit machen, was sie eben getan hatte. Er würde seine Finger hindurchgleiten lassen, durch diesen fließenden schwarzen Strom.

Eva schob ihren Arm in seinen angewinkelten und hob ihr Gesicht.

»Ich bin absolut bereit. Und damit Euch nicht einfällt, etwas zu tun, ›dass es mir leidtut‹«, fügte sie hinzu, »betrachtet dies nicht als Verführung. Ihr habt keinen Anlass, mir irgendetwas zu beweisen.

Mir ist durchaus bewusst, was für ein schlechter Mensch Ihr seid.«

Sie erreichten das Tor als Nächste in der Reihe.

Der Wächter musterte ihre Gesichter, während sein Kamerad begann, Pferde, Waffen und das Gepäck zu durchsuchen. Er musterte Jamies wettergegerbten Umhang, die dreckverkrusteten Stiefel sowie den schmutzigen Rock, und sein Gesicht nahm einen misstrauischen Ausdruck an. Das Aufblitzen von Jamies grauem Kettenhemd, das sich an den Handgelenken zeigte, und die schimmernden Schwerter, die er und Ry und Roger an der Hüfte trugen, hielten ihn davon ab, eine Bemerkung zu machen. Nichtsdestotrotz sah er aus, als wollte er dieser kleinen Gruppe gut bewaffneter Männer, die Ärger machen könnten, den Zutritt zur Stadt verweigern.

»Erklärt Euer Begehr«, forderte er barsch.

Dann glitt sein Blick zu Eva und ihrem offenen Haar und der gelockerten Schnürung ihres Mieders und der Weichheit, die darunterlag. Für eine Sekunde erstarrte er. Dann schnaufte er wie ein Kaninchen. Er straffte die Schultern, und seine Augen verloren ihren skeptischen, misstrauischen Ausdruck. Sie wurden entschieden freundlicher.

Jamie sagte: »Unser Begehr ist der Markt.«

Eva nickte und lächelte. Jamie war sich ziemlich sicher, dass das, was als Nächstes kam, mehr diesem lockenden Lächeln geschuldet war als dem, was er sagte oder nicht sagte.

»Es ist ein sehr schöner Markt, Sir, und es gibt keinen schöneren hier im Westen. Aber Ihr werdet nicht leicht eine Unterkunft finden«, plapperte der Torwächter weiter und erwiderte Evas Lächeln. Ihm fehlten zwei Zähne auf der rechten Seite, oben und unten. Die Lücke formte einen schmalen Durchgang in seinem Mund. »Die Stadt ist nahezu voll. Ihr solltet es am nördlichen Ende versuchen, in der Nähe von Chandler's Way. Unter dem Bogen, auf der linken

Seite. Da wohnt eine Frau, die Logiergäste aufnimmt, aber sie lebt oben auf dem Hügel, und manch einer möchte diesen langen Weg nicht auf sich nehmen oder weiß gar nicht, dass es sie gibt. Sauber und ehrlich ist sie, und es ist eine richtig gute Unterkunft.«

Er nickte, und sein Lächeln wurde breiter, ohne Zweifel freute er sich, so viele Informationen geben zu können, und darüber, wie auch Evas Lächeln als Antwort darauf noch strahlender wurde.

Der Torwächter schaute zurück zu Jamie, dann zu Ry und Gog, der dabei war, die Taschen und Bündel wieder festzuzurren, die inspiziert worden waren. Die drei sahen gefährlich aus. Sogar der blonde Roger mit seiner welpengleichen Begeisterung und den schlaksigen Gliedern strahlte eine Härte aus, die von den Jahren des Lebens auf der Flucht herrührte und die er während der Durchsuchung in einen scharfen, auf den Torwächter gezielten Blick umgesetzt hatte.

Der Blick des Torwächters verengte sich erneut zu Argwohn und Misstrauen, eine einem Torwächter angemessenere Haltung, als mit großen Augen eine Frau anzustarren und redselig zu sein. »Und woher kommt ihr alle?«

»Wie ist Euer Name?«, fragte Jamie scharf.

Das Gesicht des Wächters verfinsterte sich jetzt, aber der befehlende Ton lockte ein mürrisches »Richard« aus ihm heraus.

Jamie beugte sich weit vor zu ihm, sodass niemand hinter ihnen seine Worte hörte, aber doch dafür sorgte, dass Richard der Torwächter, der sich leicht vorgebeugt hatte, jede Silbe deutlich verstand. »Ich komme vom König, Richard Torwächter, und ich bin auf einer Mission. Falls Ihr mich auch nur noch einen Moment länger aufhaltet, werde ich mich an Euren Namen erinnern. Gegenüber dem König.«

Der Wächter verharrte einen Moment in seiner vorgebeugten Haltung, und in seinem Gesicht spiegelte sich Verwirrung. Doch dann schnellte er hoch.

»Passiert! Einen Halfpenny für jeden«, verkündete er und sah Jamie nicht noch einmal an.

Jamie umfasste Evas Arm fester, als er sie durch den Torbogen hindurchführte und dem Wächter die geforderten Münzen zuwarf. Ry und Gog folgten einen Augenblick später mit durchsuchten Taschen, in denen nichts gefunden worden war als deren eigene Waffen. Mit anderen Worten, es gab keine gesetzwidrig hereingeschafften Waren, die auf dem Markt verkauft werden sollten, keine zollpflichtigen Gegenstände.

Jetzt waren sie also in Gracious Hill, standen innerhalb der Mauern der Stadt und hatten ihr erstes Ziel erreicht. Es war ein Moment des Aufatmens, und sie alle empfanden ihn als solchen.

Die Stadt brummte vor Geschäftigkeit. Menschen gingen von Läden zu Häusern und zu Schenken, die vor Ausgelassenheit barsten, bevor es zur Nacht hin ruhiger werden würde. Das Licht des Nachmittags beschien die Dächer der zwei- und dreigeschossigen Gebäude, gelangte aber kaum hinunter zu dem Kopfsteinpflaster und dem Dreck darauf. Die Giebel der Häuser glänzten strahlend hell, bernsteinfarbenes Licht pulsierte auf dem Dunkelbraun der Balken des Fachwerks und dem Reet der Dächer. Auf den Kopfsteinen unten auf den Straßen pulsierten kalte purpurne Nachmittagsschatten, Stimmengewirr, der Geruch von Heu und glühendem Eisen aus der Hufschmiede und heißem Brot aus den Backstuben.

Eva stand neben Jamie und schaute sich um, ihren Arm noch immer in seinen geschoben, unbewusst, wie es schien, aber Jamie war sich der Art, wie ihre schlanken Finger sich um seinen im Kettenhemd steckenden Arm schlossen, federleicht und fest zugleich, sehr bewusst.

»Es ist Jahre her, dass ich hier war«, murmelte Ry, der sich ebenfalls umschaute. »Ich erinnere mich an diese Hauptstraße, aber ansonsten wüsste ich nicht, wo man anfangen soll.«

Jamie nickte geistesabwesend und suchte den High, den Hügel ab. Er kannte die Stadt von einigen wenigen Besuchen im Rahmen verschiedener Aufgaben, aber das lag Jahre zurück. Der König hatte hier ein Haus mit einer Schenke im unteren Geschoss, die zur Tarnung der Unterkünfte diente, die er seinen Söldnern anbot, wenn sie in einer Mission unterwegs oder auf der Jagd waren. Aber alles, was es sicher anbot, war eine Bleibe für die Nacht. Es bot keine Hinweise darauf, wo ein Gesetzloser zu finden war, der Lösegeld für einen Priester erpressen wollte.

»Ich war schon einmal hier«, sagte Eva fröhlich.

»Warum überrascht mich das nicht?«, murmelte Jamie und schaute auf sie hinunter.

»Weil Ihr von Natur aus ein kluger und misstrauischer Mann seid. Und jetzt, *attendez*, werdet Ihr sehen, dass unsere kleine Allianz sich auszahlen wird.«

»Früchte tragen«, murrte Roger. Er stand unbeweglich da, aber bereit zur Flucht. Er war auf der Hut, den Blick auf jeden gerichtet, der vorüberging. Die Vorsicht eines Waisenkindes.

Roger würde sich als nützlich erweisen, falls Jamie sich seiner Kooperation versichern konnte. Was vermutlich kein Problem war, denn Roger war bereit zusammenzuarbeiten. Einige wenige Augenblicke allein, einige Wahrheiten, ein Angebot und Gog würde ihm gehören. Keine Stricke, keine Drohungen, keine Probleme.

Eva hingegen ... Eva war eine andere Sache. Ganz und gar. Auf jede Weise. Von ihren abgelaufenen Schuhen bis zu ihren schönen Augen und ihrem messerscharfen Verstand. Ein anderer Duft, ein anderes Königreich, eine ganz und gar andere Sache. Sie war wie eine Blume inmitten von Unkraut.

Überall um sie herum eilten die Menschen hin und her, waren mit Einkaufen und Verkaufen und Kochen und Brunnenwasserschleppen beschäftigt. Eva stand still inmitten dieser Geschäftigkeit, hielt die Augen halb geschlossen und das Gesicht leicht zum gold-blauen Himmel gehoben. Dann, unvermutet, riss sie die Augen auf und begann, die Straße mit den Läden und Werkstätten hinunterzugehen.

Jamie packte sie am Arm.

Sie blieb stehen und seufzte. »Ihr macht Euch zu viele Sorgen, Jamie.«

»Ihr gebt mir viel Anlass, mir Sorgen zu machen, Eva.«

Sie gab einen leisen, ungeduldig klingenden Ton von sich. »Dann kommt mit, wenn Ihr es wollt. Aber falls Ihr den Wunsch habt herauszufinden, wohin Eure Beute verschwunden ist, dann haltet Euch zurück.«

Er ließ ihren Arm los.

Ry trat neben ihn. »Wir sollten uns wohl besser darauf einstellen, jeden Moment von irgendjemandem eins über den Schädel zu bekommen.«

»Sei's drum«, sagte Jamie grimmig. »Aber es könnte sich als nützlich erweisen zu wissen, ob es dort, wohin sie geht, einen Hinterausgang gibt.«

»Ich werde es erkunden.« Im Nu war Ry in der Seitengasse verschwunden.

Jamie wandte sich Roger zu. »Hast du Bedarf an Bändern?«

Gog sah ihn verblüfft an. »Nicht im Geringsten, Sir.«

»Das bleibt abzuwarten.«

41

Sie gingen auf die andere Seite der Straße in dem Moment, in dem Eva den Kopf durch die offene Tür einer Werkstatt steckte und dann in deren Innerem verschwand.

Jamie blieb an dem Laden gegenüber, einem Stoff- und Kurzwarengeschäft, stehen, um Wache zu halten. In der Tür hingen Bänder und Tücher; weitere Bänder, Nadeln und Seidenstoffe stapelten sich auf dem Verkaufstresen, und Jamie stellte sich so an die Tür, als ob er die Waren betrachtete. Roger stand neben ihm, wenige Zoll kleiner als Jamie und mit noch vielen Jahren vor sich, um zu wachsen, und betrachtete mit unverhülltem Interesse die Bänder und anderen bunten Zierstücke.

»Machen sich Mädchen tatsächlich etwas aus solchen Dingen?«, fragte Roger ungläubig.

Jamie lächelte leicht. »Aber ja. Siehst du das denn nicht?«

Überall gingen Frauen und Mädchen durch die Straßen, zeigten sich ernst oder kokett lächelnd oder fröhlich lachend, aber sie *alle* trugen Bänder im Haar. An ihren Kleidern. Ganz egal, wie schlicht sie gekleidet waren, für ein buntes Band fand sich immer ein Platz.

»Ich sehe sie«, sagte Roger leise, während er unter seiner Stirnlocke hervor auf die Mädchen schaute. Jamie hörte die Sehnsucht in seiner Stimme.

»Trägt deine Mistress denn keine Bänder?« Dabei wusste Jamie genau, dass Eva nirgendwo an ihrem Körper ein Band trug.

»Nein, Sir. Sie hat nicht ... die Zeit. Wir sind nicht oft in einer Stadt gewesen.«

Während Roger sprach, wandte er den Kopf, um zwei jungen Frauen mit langem, glänzendem Haar nachzuschauen, die seinen

Blick über die Schulter erwiderten. Dann drehten sie sich um und steckten kichernd die Köpfe zusammen. Sie hatten Roger den Rücken zugewandt, aber ihre Schritte wurden langsamer. Jamie konnte fast die Spannung und das Verlangen fühlen, mit denen Roger reagierte.

»Du könntest hingehen und sie ansprechen«, sagte Jamie leise.

Der Kopf des Jungen fuhr herum, auf seinen Wangen prangten rote Flecken.

»Nein, Sir«, krächzte er.

Eine ältere Frau kam die Straße heraufgeeilt, tadelte die beiden Mädchen in sanftem Ton, und die kleine Gruppe ging weiter die kopfsteingepflasterte Straße hinunter, in die aufziehende Abenddämmerung hinein. Eines der Mädchen schaute sich noch einmal um, sah Roger aus strahlend grünen Augen an, dann ging sie um die Ecke und war verschwunden.

Roger wandte sich wieder den Seidentüchern zu, und Jamie kehrte zu seiner Aufgabe zurück, Eva zu beobachten. »Weißt du, was sie gerade dort will?«

Der Junge schaute kurz hinüber zu dem goldenen Licht, das aus der Werkstatt des Goldschmieds strömte. »Sie will herausfinden, wo Father Peter ist, Sir.«

»Wie?«

Roger sah Jamie fragend an, ehe er antwortete: »Wie immer es getan werden muss.«

»Kennst du den Mann?«

Roger schaute dieses Mal genauer hin, beäugte den stämmigen Mann in der Werkstatt, dann schüttelte er den Kopf. »Nein.« Er sah Jamie an. »Würde Eva nicht wollen, dass Ihr sie beobachtet, wäre sie schon längst fort, Sir.«

Jamie musterte Gogs arglose, aber kluge Augen. Er hatte genauso viel Brutalität gesehen, hatte ebenso wenig in Sicherheit gelebt wie Eva, und das in einem viel jüngeren Alter als sie. Wie

273

Eva es gesagt hatte, besaß Roger in der Tat einen guten und großzügigen Charakter, aber das kam allein durch ihre Fürsorge. Davon war Jamie überzeugt, denn Roger trug etwas Hartes in sich, wie eine stumpfe Klinge. Würde man ihn stoßen, würde er sich umdrehen und zustechen. Und Eva, bei all ihrer leichthändigen Fürsorge, stieß ihn nicht. Sie *besaß* ihn.

»Aye«, bestätigte Jamie leichthin. »Ich glaube, Eva kann durch ein Mauseloch schlüpfen, sollte es erforderlich sein. Aber schließlich bist du hier bei mir. Deshalb wird sie nirgendwohin gehen, nicht wahr?«

Sie sprachen jetzt ganz offen miteinander, es war der Beginn eines Bündnisses, und Roger sah Jamie einen Moment lang nachdenklich an.

»Ich bin jetzt bei Euch, Sir, denn ich denke, es ist der richtige Ort.«

»Du könntest dich also auch davonmachen?«

Der Junge nickte. »Aye, Sir. Blitzschnell.« Keine Arroganz, nicht einmal Stolz. Eine schlichte Feststellung der Wahrheit. »Aber Eva und ich können diese Sache nicht allein bewerkstelligen. Father Peter ist einiges Risiko wert in Anbetracht dessen, was er für uns getan hat. Und ich denke« – Roger zögerte für einen Moment –, »ich glaube, dass Ihr ein ehrenhafter Mann seid.«

Eine Seite von Jamies Mund verzog sich nach oben zu einem matten Lächeln. »Deine Mistress würde mir das Herz herausschneiden, würde sie dich das sagen hören.«

Gog grinste. »Ganz bestimmt sogar.«

Jamie konnte sehen, wie Eva jetzt um die hohe Arbeitsbank aus Holz herumging. Sie hatte der Straße den Rücken zugewandt, und sie bewegte lebhaft die Hände bei dem angeregten Gespräch, das sie führte. Der Goldschmied schien entzückt. »Aber meinen Dank für dein Vertrauen, Roger.«

»Das ist kein Vertrauen, Sir.«

Jamie berührte das Ende eines baumelnden grünen Bandes, seinen Blick auf Eva gerichtet.

»Ihr habt nichts getan, dass ich Euch vertrauen könnte.«

Das veranlasste Jamie, Roger anzusehen.

»Seht Ihr, Sir, Ihr jagt Father Peter. Ihr habt Eva und mich gefesselt, und sogar jetzt weiß ich nicht, was Ihr wirklich vorhabt. Ihr kennt Eva und mich inzwischen sehr viel besser, doch ich habe keine Ahnung, auf welche Weise Ihr aus diesem Wissen Nutzen ziehen werdet. Es ist nicht Vertrauen; wie könnte es das sein? Ihr habt nichts getan, dass ich Euch vertrauen könnte. Es ist Zutrauen. Ich habe Zutrauen, Sir.«

Jamie lachte, aber es war ein kurzlebiges und von einer Art Grimm durchsetztes Lachen. »Roger, ich bin verpflichtet. Männer, die offen reden, sind schwer zu finden, und die meisten sind sowieso Dummköpfe. Aber ich würde dir Folgendes raten: Folge Evas Führung. Es ist nicht klug, dein Zutrauen Männern wie mir zu schenken. Ich habe es mir nicht verdient.«

Noch wünsche ich es, dachte Jamie grimmig. Verletzliche Geschöpfe hatten Zutrauen. Dummköpfe glaubten an Ehre. Solche Menschen wurden von den Kiefern der Welt zerkaut, denn Gott war kaum besser als eine Liebesaffäre, König John nicht mehr als ein Kratzer auf dem zerschundenen Knie der Welt, die dabei war zusammenzubrechen.

Es war besser, die Hoffnung und das Zutrauen und andere ähnlich nutzlose Dinge fahren zu lassen. Es war besser, sich an Missionen und Rache und harte, einfache Dinge zu halten, denn ansonsten fingen die Menschen an, einen zu brauchen. Und sollte man eines Tages fort sein, ermordet auf den Straßen Londons, sodass sich das Kopfsteinpflaster rot färbte, würden sich diejenigen, die zurückblieben, fühlen, als würde ihnen von scharfen Krallen das Herz herausgerissen und mit einem Pflug zerhackt werden.

Jamie war niemand, dem man sein Zutrauen schenken durfte. Nicht mehr.

Roger sah ihn an und runzelte die Stirn, als würde Jamie etwas ganz Einfaches nicht verstehen, etwas so Simples wie etwa Wasser trinken. »Es ist Zutrauen, Sir. Das *verdient* man sich nicht.«

»Nein, Roger, das tut man nicht«, stimmte Jamie grimmig zu und erwiderte den direkten Blick des Jungen. »Du bist dir bewusst, dass wir hier in Gefahr sind? Dass kein Schritt von hier hinaus ein sicherer Schritt ist?«

Roger richtete sich auf. »Das weiß ich, Mylord.«

»Nenn mich nicht so. Du weißt auch, dass Eva keinen Pfeil mit einem Bogen abschießen kann?«

»Das ist richtig, Sir, sie kann keinen Pfeil abschießen. Aber sie ist trotzdem nicht wehrlos.«

Jamie begegnete Rogers Blick. »Ist sie je verletzt worden? Bei einem Angriff? Hat sie eine Verwundung davongetragen?«

Roger sah unbehaglich drein. »In der Tat wurde sie verwundet, Sir, einmal. Im Nacken.« Er berührte seinen eigenen Nacken. »Sie ist fast verblutet daran. Ich habe es genäht, aber ziemlich ungeschickt. Man kann die Narben noch sehen, hinter ihrem Ohr.« Ja, er hatte sie gesehen. Er hatte diese Narbe letzte Nacht gesehen, hatte sie mit seiner Zunge berührt. »Und einmal hier«, sprach Gog weiter und presste eine Faust auf seinen Bauch. Ihre Blicke trafen sich.

Jamie hatte nicht gewusst, dass er diese Art von Emotion besaß. Er hatte von sich geglaubt, nicht mehr zu sein als karge Erde, eine harte, undurchlässige Schicht Gestein aus dunkler Absicht und wartender Vergeltung. Man hätte nicht einmal Unkraut in ihm wachsen lassen können.

Und jetzt war da Eva, und zu denken, dass sie verletzt worden war, raubte ihm den Atem.

»Aha«, sagte er und beließ es dabei.

Die Ladenbesitzerin kam lächelnd herbei. »Wie schön, Euch zu sehen, Sir. Wir werden gleich schließen, Mylord, aber falls Ihr etwas für Eure Mistress gesehen habt, Sir, müsst Ihr es mich nur wissen lassen.«

Jamie nickte geistesabwesend und vergaß sogar, sie davor zu warnen, ihn »Mylord« zu nennen. Er starrte mit neu erwachtem Interesse in die Werkstatt gegenüber. Eva war einen Schritt weiter in den Raum hineingegangen.

»Ist sie wegen des Marktes morgen in der Stadt?«, fragte die Ladenbesitzerin.

Jamie gab irgendeine einsilbige Antwort. Gog sagte etwas ein klein wenig Genaueres, etwas wie »Ja« und »zu einer Hochzeit«.

Die Frau strahlte. »Nun, Ihr müsst sie zu mir schicken, denn wir haben die besten Seidenstoffe weit und breit, und das ist kein bisschen übertrieben. Bevorzugt sie eine besondere Farbe?«

Selbst aus der Entfernung sah Jamie, dass Eva angefangen hatte, den Goldschmied anzulächeln. Ihr Lächeln breitete sich auf ihrem Gesicht aus und wurde zu der Art von Lächeln, das er noch nie von ihr bekommen hatte. Was absolut Sinn machte.

»... Blau, also?«

Jamie schaute hinunter. »Verzeihung, Madam. Was habt Ihr gesagt?«

Die Ladenbesitzerin schnalzte nachsichtig mit der Zunge. »Ah, ich sehe schon – sie mag Blau, aber ich denke, ein hübsches Rot würde sehr schön dazu kontrastieren, meint Ihr nicht, Mylord?«

»Blau?« Jamie sah die Frau verständnislos an. »Rot?«

»Ihr Gewand.« Sie zeigte auf Eva, die durch die Werkstatttür zu sehen war. Der Feuerschein in der dämmrigen Werkstatt fiel auf Eva und den stämmigen jungen Mann, den sie anlächelte. Das schwarze Haar floss über ihren Rücken wie dieser verdammte Fluss.

»Und Rot, für die Bänder«, sprach die Ladenbesitzerin weiter. »Nein. Vielleicht eher das dunklere Karmesinrot.«

Sie kniff kritisch die Augen zusammen, als sie das helle Rot betrachtete, dann legte sie das Band zur Seite und ließ ihre dicken Finger unter eine ganze Reihe von regenbogenfarbigen Bändern gleiten, die an einem Nagel im Türrahmen hingen. Sie hob die Streifen aus Seide hoch, sodass sie aussahen wie Spielzeugponys, den Schweif erhoben.

»Vielleicht das gedeckte Rot«, sagte sie triumphierend. »Für ihr dunkles Haar.«

Ja, dachte er vage. *Ja. Das gedeckte Rot, für ihr dunkles Haar.*

Er riss den Blick von den Bändern fort und richtete ihn wieder auf Eva, dorthin, wo sie jetzt stand, noch ein Stück näher bei dem stämmigen Goldschmied mit dem anerkennenden Blick. Sie war ihm sehr nah, lächelte ihn an ... lachte. Sie lachte mit ihm. Sie berührte seinen Arm.

Jamie hörte Gog wie aus weiter Ferne etwas sagen. »Eva trägt keine Bänder, Sir«, und er hörte sich selbst sagen: »Ich werde fünf nehmen.«

42

Eva lächelte Pauly an, den einzigen Menschen in der Stadt, an den sie sich aus früheren Jahren erinnerte und dem sie überdies vertrauen konnte. Oder vertraut hatte, vor vielen Jahren. Damals war er noch in die Lehre gegangen, hier in der Werkstatt seines Vaters, kaum fünf Jahre älter als sie. Sie war sich nicht ganz schlüssig, ob sie ihm jetzt vertrauen sollte, aber man musste etwas riskieren.

»Aye, ich habe den Mann gesehen, den du beschreibst, zusammen mit einem Priester. Er kam kurz vor dem letzten Glockenschlag in die Stadt«, sagte er, und deshalb wusste Eva, dass es vielleicht eine Stunde her war. Nicht allzu lange.

»Sie sind hier vorbeigekommen. Jeder tut das«, sagte Pauly stolz und wies auf die Hauptstraße, die vom Stadttor hierherführte, aber das wusste Eva natürlich schon. Zum Teil war das der Grund gewesen, warum sie diese Freundschaft gepflegt hatte, als sie vierzehn gewesen war, und warum sie jetzt zurückgekommen war. Viel zu oft war das Glück einfach nur eine Frage des Zur-rechten-Zeit-am-rechten-Ort-Seins und ganz und gar keine der richtigen Person.

Aber sie hatte auch die kleinen grauen Edelsteine und rankengleichen Drähte bewundert, aus denen er und sein Vater Schmuckstücke für die Leute gearbeitet hatten, die sie sich leisten konnten.

»Er ist wegen der Hebamme gekommen, aye?«, sagte Pauly und legte das feine Stahlband aus der Hand, an dem er gearbeitet hatte. Es war ein schmales, rundes Band, wie es für Kettenhemden benutzt wurde, nur nicht zum Ringel geformt und mit anderen verbunden, um den Schlag eines Schwertes abzufedern, sondern rund geformt zu einem Nest für graue Edelsteine. Ein heißes Feuer brannte in einer abgedeckten Grube, das zum Erhitzen des Metalls gebraucht wurde, das er zu dünnen, exakten Fassungen für die Edelsteine hämmerte, die jemand anders sich leisten konnte.

»Die Hebamme? Warum meinst du das?«

»Ich habe den Mann erkannt, der mit deinem Priester vorbeiritt. Er pflegt regelmäßig in die Stadt zu kommen, um Magda zu besuchen, die verrückte Hebamme. Er vögelt sie.«

»Ich verstehe.«

»Aber eigentlich würde ich meinen, sie wollten zum Arzt«, sagte er nachdenklich.

»Zum Arzt? Warum?«, fragte Eva, die sich bemühte, nicht allzu interessiert zu wirken. Sie fuhr mit den Fingerspitzen über den Friedhof skelettartiger Drähte, die auf dem hohen Tisch verstreut lagen, wie ein Friedhof voll ausgegrabener Knochen im Mondlicht.

Paulys Blick war für einen Moment auf ihre Hand gerichtet. »Nun, weil wir den besten Arzt westlich von London und südlich von Chester haben«, erklärte er, wieder einmal mit Stolz in der Stimme auf Dinge, die er weder gemacht hatte noch besaß. »Und das wohl keinen Augenblick zu früh, denn der Priester sah ziemlich krank aus.«

»Ja, das könnte stimmen, dass er krank ist«, pflichtete sie ihm bei, und ihrer ruhigen Stimme war keine Anspannung anzuhören. Aber ihre Finger umkrallten den Rand des Tisches vor ihr.

Paulys Blick fiel wieder auf ihre Hand. Sie ließ sie sinken, aber das lenkte sein Augenmerk nur auf ihre Röcke.

»Bist du allein hier, Eva?«, fragte er, und eine gewisse Tiefe in seinem Ton ließ sie auf möglichen Ärger achtgeben. Sie wollte nicht, dass Jamie wie ein Stier durch die Tür gestürmt kam und Pauly so sehr einschüchterte, dass der zu keiner Information mehr bereit war.

Warum er das allerdings tun sollte, wegen irgendeiner dummen Eifersucht, war ihr nicht ganz klar.

»Aber nein, ich bin mit meinen Partnern hier.«

»Partner?«

»Verschiffer.«

Sein Blick wanderte zu dem dunklen Eingang gegenüber, vor dem Jamie stand, schweigend und in seiner Rüstung, irgendwo in der frühen Abenddämmerung, und sie beobachtete, auf sie wartete.

Eva ging um den Tisch herum zu Pauly, um ihn abzulenken. »Und du, Pauly, ist es dir über die Jahre gut ergangen mit all diesen Dingen hier?« Sie wies auf die Stücke aus Metall auf den Tischen, die winzigen Glieder zum Fassen der Edelsteine. Manche waren miteinander verschlungen wie Flechtwerk aus Eisen.

»Recht gut. Aber keine Frau, keine Familie. Und du, Eva?«

»Oh, aye, ich bin mit einem alten Hund verheiratet«, sagte sie lachend. »Er bellt, und ich springe.«

»Das ist schlimm.«

»Das ist in der Tat ganz schrecklich.«

»So habe ich dich gar nicht in Erinnerung – dass du für einen Mann springst.«

»Oh Pauly, wir alle verändern uns. Und zu welchem Arzt wollten sie, was denkst du?«

»Zum einzigen, der sein Geld wert ist. Wie ich schon sagte, er ist der Beste westlich von London und südlich von Chester, und die ganze Stadt geht zu ihm.« Sein Blick fiel auf ihre Brust, und sie sah, wie ein Kräuseln der Anspannung über sein Kinn zog. »Wo ist dein Mann, Eva?«

Sie holte tief Luft, trat näher an ihn heran und öffnete den Mund.

»Er ist hier«, sagte eine tiefe Stimme hinter ihr.

Sie schloss die Augen, bestürzt über die Erleichterung, die sie beim Klang von Jamies Stimme durchströmte. Sie wandte sich um.

Er stand in seinem Umhang in der Tür, breitschultrig, schmalhüftig und dunkel, sein Blick war auf Paulys stämmige Gestalt gerichtet. Jamie trug das dunkle Haar im Nacken zusammengebunden, und mit seinem Rock ohne Zeichen, den dunklen Handschuhen, schwarzen Beinlingen und schmutzigen Stiefeln war der silbern schimmernde Griff seines Schwertes das einzig Helle an ihm. Seine Augen, tiefblau und glitzernd, waren starr auf Pauly gerichtet.

Pauly wich drei Schritte zurück und stieß gegen die Kante eines anderen Tisches.

»Pauly wollte uns gerade sagen, wo der beste Arzt im Westen zu finden ist«, verkündete Eva strahlend.

»Gut.«

Pauly räusperte sich. »Eva und ich sind Freunde aus vergangenen Tagen.«

»Wie enge Freunde?«

Paulys Gesicht fiel in sich zusammen, und er sagte mit einer leicht schrillen Stimme: »Ihr findet Jacob den Doktor den High hinauf, hinter der Goldschmiede.«

»Danke«, murmelte sie und tätschelte seinen Arm. Jamies Blick verfolgte die Geste. Pauly schluckte und zog sich einen Schritt weit von Eva zurück.

»Er hat eines von den hohen Häusern gekauft«, sagte er rasch und darum bemüht, diese Information noch hinzuzufügen. Er hob die flache Hand über seinen Kopf. »Mit Schiefer gedeckt, wenn Kosten keine Rolle spielen. Aber schließlich ist er ein verfluchter Jude.« Er spuckte die letzten Worte förmlich aus.

Jamie, der die ganze Zeit geschwiegen hatte, verharrte reglos. Sie alle standen jetzt schweigend da, und Pauly sah aus, als wäre er bereit, irgendetwas Drastisches zu tun, wie auf sich selbst zu urinieren zum Beispiel.

Jamie neigte den Kopf leicht zur Seite. »Wohnt Ihr hier, Goldschmied?«, fragte er leise.

Pauly Gesicht wurde weiß. So absolut weiß wie eine Wand, gegen die man einen Eimer mit Wäsche geworfen hatte. Wie ein Lamm im Frühling. Wie ein Mann, der gerade begriffen hatte, dass er einen schrecklichen Fehler gemacht hatte.

Eva handelte. Sie wandte sich zur Tür und zog Jamie mit sich. Beim Gehen rief sie über die Schulter zurück: »Pauly, ich werde morgen wiederkommen ...«

»Nein!«, schien er erschöpft zu rufen.

»... und wir können weiter über alte Zeiten reden. Es war schön, dich zu sehen.« Sie winkte, lächelte, trat hinaus auf die Straße, ihre Hand lag um Jamies Arm, und sie zerrte ihn praktisch hinter sich her.

Die vier trafen sich in der Mitte der sich langsam leerenden Straße.

Jamie sah Eva an. Ry sah Jamie an. Gog schaute zwischen ihr und Jamie hin und her. Eva sah jeden an außer Jamie.

»Wir haben also herausgefunden, dass Father Peter beim Arzt sein könnte«, sagte sie in einem, wie sogar sie selbst dachte, zwitschernden Ton. »Oder bei einer Hebamme. Einer alten Herzensdame Mouldins.«

Ry sagte: »Sehr gut«, aber er sagte es sehr langsam, und sein Blick ruhte noch immer auf Jamies Gesicht, das anzusehen Eva nicht die Absicht hatte. Ry und Gog anzusehen würde ein ausreichender Indikator dessen sein, was sich in Jamies Gesicht abspielte. Man musste die Dinge nicht immer aus erster Hand miterleben.

Sie begann: »Deshalb sollten wir den Hügel hinaufgehen und ...«

»Seid Ihr *irrsinnig?*« Jamie hatte diese Frage gefährlich leise gestellt.

Sie wandte sich ihm jetzt doch zu und tat es mit großer Würde. »Also wirklich. Das Irrsein habe ich hinter mir. Ich stehe hier mit Euch.«

Sie alle hörten den tiefen Atemzug, den Jamie machte. Ein Atemzug, um sich zu beruhigen, falls Evas Erfahrung mit tiefen Atemzügen ein Maß für das war, wie es für andere klang. Sie sah, dass Ry für einen kurzen Moment die Augen schloss. Seine Lippen bewegten sich wie in einem stillen Gebet.

»Eva«, sagte Gog dann unbehaglich und sah Jamie an, bevor er einen Schritt zurücktrat. »Es wird Abend. Vielleicht sollten wir uns eine Unterkunft su...«

»Ja.«

Sie wandten sich beim Klang von Jamies gepresst gesprochener Zustimmung vorsichtig um. »Ry, nimmst du Roger mit und bringst die Pferde in einen Stall?«

Es war eine Frage, sollte aber als Befehl verstanden werden. Ry nickte. Roger nickte ebenso schnell. Eva runzelte die Stirn.

Jamie ging zu Ry hinüber – der Saum seines Umhangs schwang um seine Stiefel – und sagte ihm leise etwas ins Ohr, noch mehr von ihren Geheimnissen, dann richtete er sich auf und schlug Gog auf eine anerkennende Art auf die Schulter.

Gog sah sie an. »Soll ich, Eva?«, sagte er, obwohl wirklich jeder wusste, dass dies eine Frage war, die nicht gestellt werden musste. Oder die keiner Antwort bedurfte.

Doch Jamie trat zwischen sie und Gog. »Ja, Eva, soll er jetzt gehen?«

Sie runzelte die Stirn über die leichte Unterströmung in seiner Frage, aber da man bei Unterströmungen kaum etwas anderes tun konnte, als weiterzuschwimmen, nickte und lächelte sie.

»Aber gewiss, Gog. Es wäre nicht gut, würden vier verdreckte Gestalten auf der Türschwelle des Arztes auftauchen. Er würde sich vor uns fürchten und uns die Tür vor der Nase zuschlagen.

Wenn nur Jamie und ich zu ihm gehen, dann kann ich ihm auf dem Weg dorthin einen Tritt ins Knie geben, und, *voilà*, haben wir eine Verletzung, die der Arzt sich ansehen kann, und bekommen Zugang in sein Haus.«

Jamie verzog das Gesicht zu einem winzigen, humorlosen Lächeln. Fast unmerklich. Weder Gog noch Ry schien geneigt, es ihm gleichzutun.

Eva berührte die Hand, die Gog ihr hingestreckt hatte, drückte sie und sagte einige mahnende Worte darüber, nichts Ale-Ähnliches zu trinken, das Ry vor ihn hinstellen könnte. Gog verdrehte die Augen und erwiderte den Händedruck.

Jamie murmelte einige weitere wenige Worte zu Ry, dann schickte er die beiden auf die dunkle Straße und ihres Weges.

»Lasst uns gehen«, sagte Jamie grimmig und griff grob nach ihrer Hand.

43

„Wir gehen zu dieser Hebamme«, erklärte er.
»Aber...«
»Sie ist seine Frau.«

Eva empfand ein kleines Flattern bei dem Gedanken, wie die Worte *seine Frau* aus Jamies Mund geklungen hatten. So voller Überzeugung, dass dies der erste Ort war, an den ein Mann gehen würde. Es war nichts, was sie weiter beachten wollte, es war nur ein kleines Prickeln tief in ihrem Bauch.

Wie sich zeigte, war die Hebamme lediglich bereit, ihnen nur sehr wenig zu erzählen.

Sie sah sie für einen langen Moment mürrisch an, nachdem sie an ihre Tür geklopft hatten, dann warf sie einen Blick über ihre Schultern in die heraufziehende Dunkelheit und versuchte, ihnen die Tür vor der Nase zuzuschlagen.

Jamie stellte seinen Fuß gerade noch rechtzeitig in die Tür, dann stemmte er eine Hand gegen das Blatt und stieß sie auf, was lächerlich leicht ging, weil Magda ihren Widerstand aufgegeben hatte und ins Haus zurückgegangen war.

Eva und Jamie traten ein.

Die Hebamme stand vor einem riesigen Kessel, der über einem Feuer hing. Ihr Gesicht sah aus, als wäre es einmal schön gewesen, aber jetzt war es verhärmt und grau durch schlechte Ernten, lange Nächte und das Zusammenkratzen von Münzen von Leuten, die keine hatten. Das Haar hing ihr zu einem dicken Zopf geflochten auf dem Rücken herab, aber eine Menge davon kräuselte sich um ihr Gesicht und um ihr argwöhnisches Stirnrunzeln.

Aus dem Hinterzimmer waren die Stimmen von Frauen zu hören, die miteinander flüsterten und gelegentlich lachten.

»Und warum wollt Ihr wissen, wer hier war?«, sagte Magda barsch als Erwiderung auf Jamies Frage.

»Wir haben etwas mit Eurem Mann zu besprechen.«

Sie stieß ein kurzes Lachen aus. »Habt Ihr das? Weiß er davon?«

Jamie schaute zur Tür, die ins Hinterzimmer führte. »Wer ist dort drinnen?«, fragte er, ging zur Tür und zog dabei lautlos sein Schwert.

»Das geht Euch nichts an«, erwiderte Magda und wandte sich langsam um, beobachtete jede seiner Bewegungen, machte aber keine Anstalten, ihn aufzuhalten.

Er legte die Hand auf den Riegel. »Wer?«

Die Lippen der Hebamme waren fest genug zusammengepresst, um die feinen Falten um ihren Mund zu vertiefen. »Ein bedauernswertes Dorfmädchen. Jemand Reiches hat beschlossen, ihren Acker zu pflügen, aber ihre Eltern wollen die Ernte nicht haben.«

Jamies Hand hielt still. Weiteres leises Lachen drang aus dem Zimmer. Er öffnete die Tür einen Spaltbreit, schaute hinein und schloss sie wieder.

»Er hat nichts davon gesagt, dass jemand wie Ihr kommen und nach ihm fragen würde«, sagte Magda, die Jamie mit einem Blick beäugte, der zum Teil Argwohn, zum Teil Neugier widerspiegelte.

»Er war also hier.«

»Aye, er war hier.« Sie griff nach einem Stapel sauberer, gefalteter Leinentücher auf dem Tisch. »Und er wird nicht zurückkommen.«

»Hatte er jemanden bei sich? Ist er mit jemandem gereist?«

Ein plötzlicher keuchender Schrei aus dem Hinterzimmer erregte jedermanns Aufmerksamkeit. Magdas Gesicht zog sich noch weiter zusammen. »Ich muss mich jetzt an meine Arbeit machen.«

»Mistress Hebamme, ich werde Euch nicht mit dem Warum und Weshalb aufhalten, aber ich muss wissen, wo er ist. Ich werde nicht gehen, bevor Ihr es mir gesagt habt.«

»Ihr könnt die ganze Nacht bleiben, wenn's Euch beliebt. Ich weiß nicht, wo er ist.«

»Aber Ihr könnt es herausfinden.«

Die Hebamme sah ihn mit einem Blick an, der gleichermaßen Abscheu und Respekt und eine tiefe, verzweifelte Art von Sehnsucht spiegelte. »Ich weiß nicht, wer Ihr seid, Sir, und ich will es auch gar nicht wissen. Niemand, der Guillaume haben will, wird ihn heute Abend finden.«

Jamie sah die Hebamme abwägend an, während er sein weiteres Vorgehen überlegte. Unvermutet, wie ein Flattern von Flügeln am Rand seiner Aufmerksamkeit, fühlte er Evas leichte Berührung auf seinem Arm.

Er schüttelte sie ab. »Ich denke, er wird zurückkommen. Und ich vermute, dass Ihr das auch denkt.« Er legte einige Münzen auf den Tisch. Magda schaute auf das Häufchen, ohne eine Reaktion zu zeigen.

Jamie spürte Zorn in sich aufsteigen. Mehr als das. Wut. »Ihr wisst, wer er war, früher einmal, Hebamme?«

Sie lachte ein kurzes Lachen. »Zu meinem Unglück weiß ich alles über den alten Hund.« Sie begann, die sauberen Tücher auf dem Tisch zu falten, zog und strich, um sie zu glätten. »Sie kommen zu Gott auf demselben Weg, auf dem sie auf diese Welt kommen. Einer braucht nur wenig Zeit. Einige brauchen länger als andere.«

»Und manche kommen niemals durch.«

Sie legte das Tuch aus der Hand und erwiderte seinen Blick. »Wenn sie meine Patienten sind, kommen sie durch.«

Er zog noch eine Hand voll Pennys heraus und warf sie auf den Tisch. Alle schauten auf den sich ausbreitenden Haufen aus schmutzigen Silbermünzen.

Im heißen, dämmrigen Zimmer stiegen Staubkörner von den modrigen Binsen auf, wie tanzende bernsteinfarbene Käfer. Eva trat vor. Sie schien in der schmutzigen Helligkeit des Zimmers zu glühen. »Er war mein Ziehvater.«

Magda schaute von den Münzen auf.

»Dieser Mann, der bei Eurem Guillaume war, er ist krank, wie Ihr gewiss bemerkt habt. Ich muss ihn treffen. Das versteht Ihr doch, nicht wahr?«

Ein schwer zu deutender Ausdruck huschte über Magdas Gesicht. Sie wandte sich rasch ab. Aber gerade als Jamie erwog, andere Mittel des Anreizes anzuwenden und welche das sein könnten, stieß sie hervor: »Ja, der Priester war hier. Er war krank.«

Eine gewisse Erleichterung durchströmte Jamies Brust. »Und jetzt?«

Sie schüttelte den Kopf. Er ist bei Mouldin.«

»Wo?«, verlangte Jamie im selben Moment zu wissen, in dem Eva leise fragte: »Wie krank ist er?«

Magdas Blick fiel auf Evas Hand, die immer noch auf Jamies Unterarm lag. Ein Ausdruck von Erleichterung, vielleicht auch Hoffnung lag in ihrem Gesicht. Auf jeden Fall von Entschlossenheit. »Ich habe ihnen einen Arzt empfohlen, aber ich weiß nicht, ob sie ihn in Anspruch nehmen werden. Das Treffen soll morgen früh stattfinden, nach Öffnung des Stadttors. Im alten Weinhändler-Haus am Marktplatz.«

Jamie atmete jetzt erleichtert auf. »Meinen Dank, Hebamme«, sagte er, aber sie hatte sich bereits Eva zugewandt. Sie streckte die Hand aus und berührte Evas Hand.

»Ich habe ihm einen Wickel gemacht. Das war alles, was ich tun konnte.«

Jamie erlaubte Eva, Magdas Hand zu drücken, ehe er sie am Ellbogen packte und zur Tür führte. Magda drehte sich zum Geburtszimmer um.

»Es könnten noch andere kommen«, sagte Jamie. »Ich schlage vor, Ihr sagt ihnen, dass Ihr Mouldin seit Jahren nicht gesehen habt.«

Sie schaute über die Schulter zurück. »Bis heute Morgen war das auch so.« Sie trug ein Lächeln, das bitter wirkte und ein wenig traurig. »So läuft es. Sie kommen, wenn sie einen brauchen.«

Jamie stieß die Tür auf. »Aye, Mistress. Wir sind ein elender Haufen, und das ist alles, was wir wissen.«

Er schloss die Tür hinter sich.

Um sie herum waren die Geräusche der Stadt zu hören, die sich für die Nacht bereit machte. Der Ausrufer verkündete, dass das Tor gleich geschlossen würde, in diesen unruhigen Zeiten noch vor Einbruch der Dunkelheit. Jeder, der innerhalb der Mauern sein wollte, war es vermutlich bereits und würde ohne Zweifel bis zum Morgen durch nach Urin stinkende Gassen streifen. Aus den vielen Schenken drang bereits Gegröle und Gelächter, und sie würden ohne Zweifel während dieser Volksfestnacht unerlaubt noch lange geöffnet haben.

»Und jetzt zu Jacob dem Doktor«, sagte Eva entschlossen.

»Warum?«

Sie sah ihn an. »Magda ist vorsichtig. Und das ist es, was Vorsichtige tun.«

»Einen Kranken zum Arzt schicken.«

»Sie sorgen dafür, dass die Leute, um die sie sich sorgen, dort sind, wo sie sein müssen. Er ist bei Jacob dem Doktor.«

Sie gingen die Straße hinauf. Das Vesperläuten von fünf Kirchenglocken tönte über die Dächer und das offene, flache Land dahinter. »Kommt mir nicht noch einmal in die Quere, wenn ich dabei bin, jemandem Fragen zu stellen, Eva«, sagte Jamie, während sie die dunkler werdenden Straßen entlanggingen. Es war eine lächerliche Warnung in Anbetracht der Tatsache, dass sie bei irgendwelchen zukünftigen Befragungen nicht an seiner Seite sein würde.

»Ihr wart dabei, Magda so zu verschrecken, dass sie gar nichts mehr gesagt hätte«, entgegnete Eva ruhig. »Ihr habt es vielleicht nicht bemerkt, aber wenn Ihr Leute erschreckt, hören sie auf zu reden. Und dann müsst Ihr Euch von noch mehr Münzen trennen, um sie wieder zum Reden zu bringen. Würdet Ihr die Leute öfter einmal anlächeln, auf die Art, wie Ihr hin und wieder mich anlächelt, wäret Ihr ein sehr viel reicherer Mann.«

Jamie starrte auf die Dächer der Häuser, von denen die meisten mit Reet und nur ein paar mit Schiefer gedeckt waren, die das dunkelblaue Himmelslicht schluckten. Nach einem Moment sagte er misstrauisch: »Ist das so?«

Sie nickte. Ihre harten Stiefel klappten auf dem Kopfsteinpflaster, und ihr abgetragenes blaues Kleid bauschte sich um ihre Beine.

»Auf welche Weise lächle ich Euch denn an?«, fragte er direkt, obwohl er ihre Antwort gar nicht hören wollte. Warum also stellte er diese Frage?

»Auf diese Weise.« Sie blieb stehen. Er blieb ebenfalls stehen, und die Leute strömten um sie herum wie Wasser um einen Felsen. Eva starrte nachdenklich in die Ferne, konzentrierte sich, dann richtete sie ihren Blick auf Jamie und tat etwas, was er nie zuvor einen Menschen hatte tun sehen: Sie verwandelte sich. Wurde plötzlich zur Verführerin.

Ihr ganzer Körper bewegte sich auf eine subtile, unverhohlene Weise. Ihr Kopf neigte sich zur Seite, und ihre Augen nahmen den Ausdruck wissender Trägheit an. Sie lächelte, ihre Lippen verzogen sich leicht, auf der einen Seite tiefer als auf der anderen. Ihre Augenlider wurden schwer. Eines sah aus, als wäre es dabei, sich zu einem Blinzeln zu schließen, und es entstand die köstliche, unwiderstehliche Spannung des Sichfragens: »Wird sie es tun, mit mir?«

Das gelockte Haar wallte ihr über die Schultern, und ihr Mieder, die Schnürung noch gelockert, öffnete sich leicht und erlaubte einen ahnenden Blick auf das versuchende Tal ihres Busens. Eine schmale Schulter senkte sich ein wenig, die andere schob sich leicht vor, ihre Hüften gingen mit. Und dann, Gott mochte ihm beistehen, legte sie die Arme auf ihren Rücken, und ein verführerisches, herausforderndes Lächeln spielte um ihren Mund, bis ein Grübchen in ihrer Wange erschien.

Sie hatte ein Grübchen.

Weißes Rauschen füllte seinen Kopf. Sie hatte sich in ein Geschöpf mit flatternden Flügeln und betörenden Farben verwandelt. Und er wurde hart wie ein Stein.

»Ich habe noch nie in meinem Leben jemanden so angesehen«, verkündete er durch zusammengebissene Zähne.

Sie schaute ihn abschätzend an, die verführende Eva aber verschwand nicht ganz. »Vielleicht nicht, was die Hüften und die Hände angeht, aber in jeder anderen Hinsicht durchaus.« Sie sah ihn aus zusammengekniffenen Augen an. »Jetzt schenkt Ihr mir nicht einmal eine Andeutung dieses Blickes. Dieser jetzt ist schlimmer als die anderen. Ich sollte Geld von Euch für das verlangen, was Ihr von mir wollt, wenn Ihr mich auf eine solche Weise anschaut.«

»Lasst uns endlich weitergehen.« Jamies Stimme klang knurrig.

»Zwei Pence.« Sie streckte ihm die flache Hand hin.

Deinen Körper, dachte er, während er auf ihre Hand starrte. Wenn er ihr Geld anbot, würde sie ihm dann ein paar Minuten mit ihrem großzügigen Körper gewähren? Die erotischen Bilder der letzten Nacht waren so mächtig, dass Jamie fast zu fühlen glaubte, wie ihr Körper sich genau jetzt an seinen drängte.

Er packte die Hand, die sie ausgestreckt hatte, drehte sich auf dem Absatz um und ging weiter. Aber er hätte wissen müssen, dass er die größte Schwierigkeit nicht überstanden hatte, denn als sie neben ihm ging und er sie hätte loslassen können, tat er es nicht.

44

Während sie die Straße hinaufgingen, wobei Jamie Eva praktisch hinter sich herzog, fiel sein Blick auf einen Mann, der ein Stück voraus gegen eine Hauswand gelehnt stand. Er hatte ein Bein angewinkelt und gegen die Mauer gestützt.

Es war eine lässige Haltung, die völlig im Widerspruch dazu stand, wie bereit derjenige war zu handeln. Er konnte sich binnen eines Augenblicks in jede Richtung wenden, musste kein Anschleichen von hinten befürchten, und die Hand, die er am Gürtel hatte, war mit Sicherheit um das Heft einer Klinge geschlossen. Sein aufmerksamer Blick überflog die Menschenmenge. Er sah genau aus wie Jamie.

Vielleicht lag es daran, weil er wie Jamie war, zum inneren Kreis von König Johns Lieutenants gehörte.

Ihre Blicke begegneten sich, und der Mann stieß sich von der Mauer ab. Er tauchte in den Strom der Menschen ein, der sich durch die Straße bewegte, und begann, auf Jamie zuzugehen.

Jamie wandte sich Eva zu. »Wartet hier«, wies er sie an und zeigte auf den Boden.

»Noch mehr schlechte Männer?«, fragte sie kühl.

»Außerordentlich schlechte.«

Sie runzelte die Stirn, was nicht einschüchternd wirkte, weil es auf ihrem blassen, anmutigen Gesicht aussah wie eine Blume, die zerknitterte.

»Vertraut mir, Eva, hierzubleiben ist besser.«

»Oh ja, ich bin glücklich, wenn ich es vermeiden kann, mehr von Eurer Sorte zu begegnen.«

Er drehte sich um, ging die Straße ein Stück weit hinunter und traf mit dem wettergegerbten Mann zusammen, der ihm so ähnlich sah. Sie zogen sich an den Rand des Stromes des Feierabendverkehrs zurück.

Jamie stellte sich so hin, dass er Eva im Auge behalten konnte. Sie könnte versuchen davonzulaufen. Nicht dass es wichtig wäre. Sie würde zwei Schritte weit kommen, vielleicht drei. Dann würde sie nicht nur Jamie auf den Fersen haben, sondern auch Engelard Cigogné, und obwohl Cigogné keine Ahnung hätte, warum Jamie sie jagte, würde er sich der Jagd anschließen, sie überwältigen und sie verschlingen – ganz der Wolf, der er war.

»Ich habe nach dir gesucht«, sagte Cigogné ohne Vorrede.

»Du hast mich gefunden.«

»Du wirst verlangt.«

Jamie schüttelte den Kopf. »Ich habe einen Auftrag zu erledigen.«

Cigognés Blick glitt zu Eva.

Jamie baute sich vor ihm auf. »Für ihn. Ich bin auf der Jagd nach jemandem.«

Cigognés Blick richtete sich wieder auf ihn. »Ich bin mir deiner Mission bewusst. Wir müssen reden.«

»Dann rede.«

Cigogné schwieg, eine tief verwurzelte Reaktion in diesen dunklen Zeiten. Aber dies war mehr als die kluge Vorsicht der Geheimhaltung. Der König war bekannt für seine Paranoia, und er hatte sie auch seinen Männern eingeträufelt. Er schickte jetzt alle naselang verschlüsselte Botschaften, Codes, die er oftmals sofort wieder vergaß und die dann für ihn entschlüsselt werden mussten, was deren Zweck gänzlich unterlief.

Aber damit nicht alle John für einen Narren hielten, hatte er Handlanger und bankrotte Baronien und Geiseln, die an Galgen baumelten, um die Menschen daran zu erinnern, dass er kein Narr war, in jeder Hinsicht. Er wusste, wie man Furcht und Schrecken geradewegs in die Herzen seiner Gefolgsleute pflanzte, sowohl in die der Willigen als auch in die der Unwilligen.

Cigs Blick flackerte zurück. »Dir entwischt nicht oft jemand. Wie ist das mit dem Priester passiert?«

»Ein Versehen.«

»Wessen?«

»Deines, wenn du mich weiterhin ausfragst.«

Eine leichte Anspannung kroch über Cigognés Kinn. »Du irrst dich, wenn du denkst, dass ich es bin, der Fragen stellt, Jamie. Der König will es wissen. Er spuckt Gift und Galle. Der Krieg wird bald ausbrechen.«

»Dessen bin ich mir durchaus bewusst.«

»Was du aber vielleicht *nicht* weißt, ist, dass es Mouldin gewesen ist, der dir den Priester vor der Nase weggeschnappt hat.«

Das einzig Richtige, so dachte Jamie, wäre es, Cig zu informieren, dass er soeben Mouldins Geliebte besucht hatte und jetzt auf dem Weg zu einem Arzt war, der in der Lage sein könnte, sie zu Father Peter zu führen. Woraus wiederum folgte, dass es nicht mehr nötig war, sich an der Verhandlung zu beteiligen, die, wie er von Magda erfahren hatte, morgen früh in der Old Vintner's Hall stattfinden würde.

Aber er sagte es ihm nicht.

»Mouldin hat den Priester«, sagte Cigogné. »Und er wird ihn an den Höchstbietenden verkaufen. FitzWalter wird jemanden schicken, ohne Zweifel.«

Ja, jetzt war sicherlich die Zeit, den Mund aufzumachen.

Cig sprach weiter. »Ich bin hier, um dir zu helfen, den Priester in die Finger zu bekommen, bevor diese Versteigerung stattfindet.«

Jamie nickte. Er sollte froh sein über die Unterstützung. Er sollte erleichtert sein, Hilfe zu haben.

Doch was er empfand, war ein starker und plötzlicher Widerstand gegen den Gedanken, dass Cigogné Father Peter in seinem Gewahrsam haben könnte, sei es auch nur für einen Moment.

Vielleicht war es der Ausdruck tief in Cigs Augen, der Unterton in jeder bis jetzt gesagten Silbe, die von Argwohn und Doppelspiel zeugte. Jamie war zu lange in diesem Takt marschiert; er konnte ihn aus einer Meile Entfernung hören. Und jeder Schlag seines Herzens sagte Jamie, dass es sich genauso verhielt: Täuschung, Lügen, Doppelzüngigkeit.

Also erwiderte Jamie Cigs abschätzenden Blick mit kaltem Schweigen, unterdrückte dabei verräterische Zeichen irgendeines Gefühls außer Abscheu. Bei Männern wie Cig, die man *in der Tat* verabscheute, tat man gut daran, nichts zu demonstrieren als die Wahrheit.

Cig schaute auf die Menschen, die vorbeieilten. »Der König denkt, die Erben könnten auch in der Nähe sein. ›Wohin der Priester geht, dahin gehen auch die Erben.‹«

Zwanzig Jahre Erfahrung im Verbergen gleich welcher Emotion kamen ins Spiel, als Cig ihn beobachtete. Jamie beobachtete Cig gleichfalls, und keiner sagte etwas. Schließlich grinste Cig. »Oder weißt du nichts von den Erben?«

Jamie ließ das Schweigen sich ausdehnen und nutzte die Gelegenheit, um die Gasse abzusuchen, aus der Cig offensichtlich gekommen war. Er entdeckte keine lauernden Schatten; vermutlich verbargen sich seine Männer nicht in diesem Labyrinth. Cig musste sie irgendwo außer Sichtweite zurückgelassen haben. Vielleicht brachten sie die Pferde in den Stall, in dem auch Jamies stand. Die matt glänzende Bronzenadel, die Cigs Umhang geschlossen hielt, schimmerte auf und begann zu funkeln, als die Strahlen der untergehenden Sonne sie trafen.

Cigs Augen wurden hart, als das Schweigen andauerte. »Und der König hat nach dir verlangt, Jamie. Wenn wir hier fertig sind, will er dich sehen. Auf Everoot.«

Jamie beherrschte sein Erschrecken. »Everoot? Der König ist doch in Windsor.«

Cig schüttelte den Kopf. »Diese Sache war ihm so wichtig, dass er in den Norden geritten ist. Wo logierst du heute Nacht?«

»Ry kümmert sich um unsere Unterkunft«, entgegnete Jamie. »Ich treffe mich gleich mit ihm.«

»Wo?«

Jamie zögerte, vielleicht einen Herzschlag zu viel, wie er im Nachhinein feststellte. Die Augen des Söldners wanderten zu Eva. »So gut ist sie? Sie ist ein hübsches Ding.« Er grinste anzüglich. »Ich werde dem König nicht melden, dass du abgelenkt warst.«

»Mir ist es egal, ob du das tust oder nicht«, sagte Jamie kalt.

»Wie du willst, Jamie. Du hast die Führung. Wie immer.«

»Wo soll die Versteigerung stattfinden?«

Cig lächelte schlau. »Wo übernachtet ihr?«

Sie starrten sich an. Cigs Blick wanderte zurück zu Eva. »Vielleicht können wir sie uns teilen.«

Die Geräusche der belebten Straße wurden zu einem dumpfen Dröhnen. Jamie streckte den Arm aus und zeigte in die dunkle Gasse neben ihnen. »Da wären noch zwei weitere Punkte.« Sie gingen in die Gasse hinein.

Cig wandte sich zu ihm um. »Und die sind?«

»Du hast ein dreckiges Mundwerk«, sagte Jamie und schlug ihm ins Gesicht. »Und ich teile nicht.«

Der Söldner taumelte rückwärts, seine Füße glitten auf den buckeligen Pflastersteinen unter ihm weg. Jamie holte erneut aus, und das Knacken von Knochen war zu hören. Es fühlte sich gut an, auszuholen und zuzuschlagen. Kein Wunder, dass Ry diese Kämpfe leid geworden war; sie waren Jamies Art, das Blut durch seinen Körper pumpen zu lassen, um aufgestaute Energie herauszulassen, damit sie sich nicht weiter in ihm sammelte, wegen der Vernunft und der guten Sache. Seit zwanzig Jahren lautete die Antwort auf die Frage: *Wann?* Stets: *Später.*

Eine Beleidigung Evas bedeutete jedoch, dass diese Antwort *jetzt* gegeben wurde.

Cig ging mit einem dumpfen Aufprall zu Boden. Blut floss aus seiner Nase und vielleicht auch aus seinem Mund; es war schwer zu sagen, von wo überall es kam. Die Stadtstreicher und streunenden Hunde in der Gasse flitzten davon. Blutspuckend und fluchend griff Cig nach seinem Schwert.

Jamie stieß es mit dem Fuß weg, packte Cig unter dem Kinn und schlug seinen Hinterkopf auf die Steine. Dann sank er auf ein Knie und zerrte Cig an den Schultern hoch. Cigs Kopf schwankte hin und her, die Augen geschlossen; dann öffnete er sie für einen kurzen Moment, verdrehte sie, wurde schlaff.

Jamie beugte sich über ihn und lauschte; Cig atmete noch. Als er hochschaute, sah er einen Jungen herbeilaufen. Der Gassenjunge sah erst ihn an, dann Cig, drehte sich dann um, um davonzulaufen. Doch noch bevor er sich ganz umgedreht hatte, hatte Jamie eine Münze zwischen Daumen und Zeigefinger und hielt sie hoch. Sie glitzerte im schwachen Abendsonnenlicht, so wie zuvor die Bronzenadel von Cigs Umhang. Mitten in der Bewegung verharrte der Junge.

»Hol die Stadtwache«, sagte Jamie ruhig. »Dieser Mann hat randaliert. Er hat zu viel getrunken.«

Der Junge zögerte, beugte sich über Cig und schnüffelte übertrieben. »Er riecht aber nicht so.«

»Das wird er gleich«, sagte Jamie grimmig, während er aufstand.

Der Junge sah ihn misstrauisch an. »Ist er ein schlechter Mann?«

»Der Schlechteste überhaupt«, entgegnete Jamie ernst. »Er steht im Dienst des Königs.«

Die Lippen des Jungen verzogen sich zu einem Grinsen. Jamie streckte ihm die Münze hin. »Ist dein Wort etwas wert?«

Etwas kämpfte in seinem schmutzigen, hageren Gesicht. Dann nickte er, schnappte sich die Münze und schoss davon. »Ich werd die Wache holen, Mylord!«, rief er über die Schulter zurück in einem Ton, den man nur als fröhlich bezeichnen konnte.

»Nenn mich nicht so«, murrte Jamie. Er holte einen Becher Ale aus einer Schenke und goss ihn über den zusammengeschnürten Cig aus, dann verließ er die Gasse und kehrte zu Eva zurück.

Die Sonne war untergegangen, als Cig von seinen Männern aufgespürt und von seinen Fesseln befreit wurde. Er kochte vor Wut, war grün und blau geschlagen und vermisste das Geld, das er für die Versteigerung bei sich gehabt hatte.

»Schickt eine Botschaft an den König«, schnarrte er, nachdem seine Männer ihn befreit hatten. Er rappelte sich auf, rieb sich die Handgelenke und starrte die Gasse hinauf und hinunter. »Jamie ist wiederaufgetaucht.«

45

Jamie kehrte zu Eva zurück, die zwischen den Menschen stand, die nach Hause oder sonstwohin strebten. Sie stand da, wie nur ein Jagdziel dastehen konnte, wie jemand, der versuchte, sich Stein und Flechtwerk anzupassen, und jeden Moment davonlaufen wollte.

Aber mit ihrem blassen Gesicht und ihrem dunklen Haar war sie Glanz und Pracht. Sie mochte so tief durch dieses Mistbeet waten wie er, aber sie nahm dessen Gestank nicht an. Sie war sauber und rein und besser als all das um sie herum.

Jamie war nicht vielen Menschen begegnet, die besser waren als die Dinge, die sie taten. Die verkommenen Leben der Menschen zeugten im Allgemeinen auch von verkommenen Herzen. Aber Eva war hell und klar, wie ein kleiner Stern.

»Ich war nicht sicher, ob Ihr versuchen würdet, davonzulaufen«, sagte er, während sie weitergingen.

Sie schnaubte. »Ihr könntet Euch doch noch als ziemlich hilfreich dabei erweisen, Father Peter zurückzuholen.«

Er schnaubte ebenfalls. »Ihr unterschätzt sehr stark die Worte *könntet* und *ziemlich*. Und *hilfreich*.«

»Wenn wir wirklich jemanden mit Schwertern und anderen scharfen Dingen angreifen müssen«, erklärte sie steif, »werdet Ihr Euch als ziemlich nützlich erweisen. Falls wir jedoch heimlich und mit Fingerspitzengefühl vorgehen müssen, dann wird Eure übergroße und ausgeprägte Arroganz uns allen vielleicht schaden, Jamie.«

Er nahm ihren Arm und beugte sich zu ihrem Ohr, als er sie zu einem Hauseingang zu seiner Rechten führte.

»Ihr vergesst, Eva, dass ich mich in einer Gasse in London an

Euch herangeschlichen habe.« Sie holte langsam Luft. »Ich habe mich an den letzten Mann, den ich getötet habe, herangeschlichen, wie ich mich vermutlich auch an den nächsten heranschleichen werde. Sollen wir vergleichen, wer sich besser anschleichen kann? Das Geheime ist die Art, auf die ich mein Leben lebe, Frau, und ich tue das in Städten und unter den Augen des Königs. Ich verstecke mich nicht in den Wäldern wie Ihr und die letzten Wölfe.«

Er richtete sich wieder auf und sah Ry aus dem Dunkel treten, wie vereinbart. Ry begab sich hinter Eva, als Jamie laut an die Tür klopfte. Eva zuckte bei Rys unerwartetem Auftauchen leicht zusammen und auch, weil er so dicht hinter ihr stand.

»Roger?«, murmelte Jamie Ry zu. Eva sah scharf zwischen den beiden hin und her.

»Bringt die Pferde in den Stall eines Gasthauses, des White Heart.«

»Gut. Ich hatte Besuch.«

Ry schaute ihn an. »Wen?«

»Cig.«

Ry zog die Augenbrauen hoch. Schwere Schritte polterten im Haus, dann wurde die Tür aufgerissen.

Eva wurde blass, als sie einen Fuß hochschauen musste, in das Gesicht des riesigen, einäugigen Schotten, der in der Tür stand. Sie wich instinktiv einen Schritt zurück und prallte gegen die Mauer Ry. Seine Arme fuhren hoch und fingen sie auf. Jamie stand zu ihrer Rechten.

Begreifen glitt über Evas Gesicht wie ein Regenfall, verwandelte den Ausdruck von Verwirrung in Furcht und Wut. Sie drehte sich um und starrte Jamie an. Wohl zum hundertsten Mal, wie es schien, nahm er sie am Ellbogen, um sie am Davonlaufen zu hindern.

Der Schotte musterte sie alle rasch, wobei er mit Jamie begann und auch wieder bei ihm endete. »Jamie Lost«, knurrte er. »Was zum Teufel tust du hier?«

»Ich brauche etwas.«

Der Schotte stieß ein unfreundliches Lachen aus, das wie ein Bellen klang. »Du brauchst verdammt vieles, soweit ich es sehen kann, Junge.«

»Du warst noch nie besonders weitsichtig, Angus. Lass uns rein.«

Der Schotte sah Ry an, nahm Eva jedoch kaum zur Kenntnis, dann wieder Jamie. »Warum sollte ich?«

»Weil es dir sonst einmal mehr leidtun wird, dass du mir je über den Weg gelaufen bist.«

Angus zog die Stirn kraus, aber er öffnete weit die Tür. »Ich tue es nur, weil ich dir was schulde. Beeilt euch.«

Jamie sagte nichts weiter, sondern schob Eva an sich vorbei in das kleine Haus. Ry folgte den beiden.

»Ich habe meine Meinung geändert«, giftete sie und strich sich das dunkle Haar aus dem Gesicht, während sie eintraten.

Ihre Meinung?

Jamie führte sie am Ellbogen in die Mitte des Raumes, gerade als Angus die Tür schloss. Für einen Moment waren sie in Schweigen und Dunkelheit getaucht. Langsam gewöhnten sich die Augen an die Düsternis. Das blasse Licht, das durch ein Fenster auf der Nordseite des Häuschens fiel, beleuchtete den Raum ausreichend, sodass sie alle schattige Gestalten waren, die in einem zerklüfteten Halbkreis in der Mitte des Zimmers standen.

»Ich kann niemals Euer Freund sein«, sagte Eva und sah starr Ry direkt an.

Auch Jamie sah Ry an. Ry sah ihn an. Angus sah verwirrt aus.

»Niemals«, fügte sie fest hinzu.

Ry? Niemals Rys Freundin? Wann hatte sie daran gedacht, seine Freundin zu sein? Und nicht Jamies?

Jamie wandte sich Angus zu. »Wir müssen reden.«

Angus grinste schief. »Du hast mich verwirrt mit deinem Bekenntnis. Die Rebellen haben ihren Lehnseid aufgesagt. Ich höre, sie haben sogar London eingenommen. Was wird dein verdammter König jetzt unternehmen?«

»Dich zerstückeln, solltest du nicht kooperieren.«

Angus drehte sich um und ging in ein Hinterzimmer. Jamie ließ Evas Ellbogen los. Er zögerte, schien etwas sagen zu wollen.

Ihre Hand fuhr hoch, wehrte seine Worte ab. »Mir ist es egal, was Ihr zu sagen habt. Ihr lasst mich hier, bei ihm? Und was werdet Ihr Gog sagen? Eine Lüge? Ich will gar nichts mehr von Euch. Nicht einmal...«

Sie verstummte. Hörte einfach auf zu reden, ihre Worte fielen wie Kieselsteine von einem Kliff, fielen in Schweigen und ließen ein still brennendes Feuer und viel zu viele Möglichkeiten zurück, den Satz zu beenden.

Sie starrte an die Wand, Evas schmale Gestalt in einem zerschlissenen Gewand. Ihr Profil bestand nur aus blassen Linien ihres hochgereckten Kinns und diesen sinnlichen, geschwungenen Lippen. Ihr dickes schwarzes Haar wallte ihr über ihre Schultern herab bis zu ihrer perfekten Taille. Er brauchte mehr Zeit mit ihr, mehr Berührungen, mehr von ihrer blassen Haut und ihrem dunklen Haar und ihrer hingebungsvollen Aufmerksamkeit und...

»Jamie«, sagte Ry ruhig. »Ich bleibe hier bei ihr.«

Eva bewegte sich nicht. Jamie zuckte zurück und ohne ein Wort folgte er Angus in das Hinterzimmer.

»Ich will, dass du sie bei dir behältst.«

»Sie?« Angus sah zur Tür. »Das Mädchen?«

»Aye.«

Angus zögerte, dann nickte er kurz. »Wie lange?«

»Nicht lange. Ry und ich haben heute Nacht etwas zu erledigen. Behalte sie ein paar Tage hier bis ...«, Jamie zögerte, »die Dinge sich beruhigt haben. Danach kann sie gehen.«

»Wenn's weiter nichts ist.«

»Lass dich von ihr nicht narren.«

»Mich narren lassen?«

Jamie sah ihn scharf an. »Dich überlisten lassen.«

»Das ist lange her, Jamie.«

»Mir kommt es vor wie gestern. Sie ist ... klug.« Eine Untertreibung, ähnlich wie die Feststellung *Im Winter ist es kalt*.

»Wie klug?«

»Sie könnte nach etwas zu trinken fragen, und wenn du damit zurückkommst, wird sie fort sein. So klug.«

Angus zuckte mit den Schultern. »Ich werde ihr nicht mal einen Tropfen Wasser anbieten.«

Jamies Züge wurden hart. »Gib ihr Wasser. Essen. Wein. Aber fass sie nicht an.«

Angus' Gesicht lief rot an, er ballte die Fäuste. »Ich werde sie *nicht* anfassen. Das weißt du.«

Jamie stand auf. »Und lass sie nicht entwischen, zumindest nicht bis morgen früh.«

Angus' Stimme sank um eine Oktave tiefer zu einer dunklen, dröhnenden Stimme, wie man sie normalerweise von Sängern kannte. »Ich schulde dir was, Lost. Wenn die Wiedergutmachung darin besteht, dass ich sie hierbehalte, werde ich sie bis zum Herbst hier festhalten. Aber damit ist es dann zurückgezahlt. Danach sind wir quitt. Hast du gehört?«

»Ich habe es gehört. Und jetzt hörst du mir zu: Lass dich nicht narren.«

Angus sah zornig aus. »Sie wird mir nicht entwischen! Warum redest du immer davon, dass sie davonlaufen wird?«

»Weil sie es will. Aber auf keinen Fall vor morgen Abend, wenn wir bereits weit weg sein werden.« Er wandte sich zur Tür, dann blieb er an der Schwelle stehen. »Und, Angus?«

»Aye?«, schnarrte der.

Jamie sah ihn über die Schulter an. »Die Schuld ist erst beglichen, wenn *ich* es sage. Und solltest du ihr auch nur so viel wie einen Kratzer an ihrem kleinen Finger zufügen, werde ich dich bis an das Ende deiner Tage jagen. Und ihnen dann ein Ende machen.«

Dann schloss er die Tür hinter sich.

46

Eva lauschte auf Jamies schwere Schritte, als der ohne einen Abschiedsgruß davonging.

Das war es also, worauf sie reduziert worden war. Sie sollte jetzt besser darüber nachdenken, was als Nächstes passieren sollte, wie sie fliehen könnte. Sie sollte wütend sein, sollte gehen, Roger suchen, sollte überlegen, wie sie Jamie dafür bezahlen lassen könnte.

Stattdessen fühlte sich die Erkenntnis, dass er sie zurückgelassen hatte, an, als würde ihr Herz in Splitter zerfallen, wie kristallisierter Honig, auf den Boden geworfen und darauf herumgetrampelt werden. Mit weitaus mehr Kraft als nötig wäre. Zerschmettert, wenn doch alles, was es gebraucht hätte, Wärme gewesen wäre zum Dahinschmelzen.

»Du hast dich nicht von ihr verabschiedet«, sagte Ry, als sie die Straße hinuntergingen.

»Mich *verabschiedet?*« Jamie duckte sich unter dem tief hängenden Schild am Eingang eines Gasthauses hindurch. »Du meinst damit doch wohl nicht, ich hätte ihr Auf Wiedersehen sagen sollen?«

Ry zuckte mit den Schultern. »Das sind Worte, die du kennst, Begriffe, die allgemein üblich sind. Es ist eine Höflichkeit.«

»Ich bin nicht ritterlich, und ich bin nicht höflich. Und sie ist es auch nicht.« Jamie sah die Frau finster an, die ihren Nähnadelladen schloss. »Eva ist ein Teufelsbraten. Vielleicht erinnerst du dich, dass sie versucht hat, mich mit einem Messer niederzustechen? Und sie hat in einer Hafenschenke einen Streit angefangen, und ...«

»Ich weiß, was sie mit dir gemacht hat, Jamie«, unterbrach Ry ihn mit einer ruhigen Stimme, die die Beachtung auf so unnötige Dinge lenkte wie Gespräche darüber, was Eva Jamie angetan hatte. Was nichts war, sagte Jamie sich.

»Also warum hast du sie zu Angus gebracht?«

Jamie schaute hoch zu den Fenstern über ihnen. Bei einigen waren die Läden weit aufgestoßen, um die Frühlingsabendluft hereinzulassen, Kerzenlicht erhellte die Zimmer. Von einer Kirche in der Ferne kam der Gesang der Mönche, die ihre Abendmesse feierten, herübergeweht. »Gibt es einen Grund, warum wir darüber reden?«

»Du hast sie praktisch wie eine Gefangene bei jemandem zurückgelassen, der dich verachtet. Ich denke schon, das verdiente ein wenig Aufmerksamkeit.«

»Du solltest lieber auf den Nachttopf achten, der gleich über dir ausgeschüttet wird.«

Ry sprang gerade noch rechtzeitig zur Seite, um dem Urinschwall zu entgehen, der aus einem der Fenster in die Gosse gekippt wurde.

»Ich will sie aus dem Weg haben. Das Risiko, dass sie uns bei unserer Mission in die Quere kommt, ist zu groß.«

Jamie gab nicht zu, dass es seinetwegen war. Seinetwegen, ihres Selbst wegen. Ihres lebhaften, überraschenden, bemerkenswerten Selbst wegen.

»Nicht um sie zu beschützen?«

Jamies warf dem Freund einen Blick zu, aus dem jede Spur angespannter Duldsamkeit verschwunden war. »Ich beschütze nicht.«

»Du beschützt den König.«

»Ich bewache den König, mit einem Ziel vor Augen.«

»Und hast du keine Absichten, was Eva angeht?«

»Ich habe vor, sie nie wiederzusehen.«

»Ich verstehe.« Ry sprach weiter, aber Gott sei Dank nicht über Eva. »Was wollte Cig?«

»Viel. Mouldin ist zu seinem alten Geschäft zurückgekehrt. Er wird Peter von London an den Meistbietenden verkaufen.«

Ry stieß einen langen, tiefen Pfiff aus.

»Ich habe dich schockiert.«

»Mir schwindelt.«

Eine Gruppe von Kaufleuten mit ihren Dienern ging vorbei, die Laternen hochhielten, um der herankriechenden Dunkelheit zu begegnen. Ry wartete, bis sie vorüber waren, ehe er mit leiser Stimme weitersprach. »Cig muss mehr als erleichtert gewesen sein zu hören, dass du den d'Endshire-Erben bereits in deinem Gewahrsam hast.«

»Ich bin sicher, er wäre es gewesen«, stimmte Jamie zu.

»Aber du hast es ihm nicht gesagt.«

»Nein.«

»Warum nicht?«

»Ich mag ihn nicht. Und ich vertraue ihm nicht.«

Ry zog eine Augenbraue hoch. »Aber du wirst es dem König sagen?«

Sie stiegen über einen Haufen Unrat hinweg. »Warum fragst du?«

»Weil ich mich das frage.«

Jamie schüttelte den Kopf. »Ry, ich bin bekümmert über deinen Mangel an Vertrauen zu mir. Der junge Roger hat mehr Vertrauen zu mir als du.«

»Er kennt dich nicht so gut.«

»Ah. Das mag wohl sein. Warum würde ich es dem König nicht sagen?«

»Man könnte leicht fragen: ›Warum solltest du es ihm sagen?‹«

Jamie sah ihn an. »Ich bin dazu verpflichtet, oder etwa nicht?«

Ry antwortete nicht.

Ihre Schritte klangen dumpf auf den buckeligen Pflastersteinen, und ihre Umhänge blähten sich hinter ihnen, als sie den steilen Abhang der Stadt hinaufstiegen. Fröhlicher Lärm drang aus den Häusern, Rufen und Lachen und das Klingen von Flöten und Zimbeln. Während ihrer Wanderung war es Nacht geworden, und alles lag jetzt in tiefer Dunkelheit. Nur dort, wo Laternen an den Häusern hingen, lagen die Kopfsteine in wabernden Pfützen aus Licht.

»Und deshalb gehen wir jetzt ...?«, fragte Ry.

»Zum Arzt. Um den Priester zu finden, bevor Cig es tut.«

Sie hatten das Holztor erreicht, das den Eingang zum Alten Judenviertel markierte. »Ich frage mich, was Cig dazu sagen wird, falls wir uns bei den Verkaufsverhandlungen begegnen.«

Jamie schüttelte seinen Umhang aus, als sie an einem Rudel Hunde vorbeikamen, die sich um Innereien balgten. »Cig kann mir den Arsch küssen. Auf jeden Fall«, fügte er hinzu, als sie um eine weitere Ecke bogen, »habe ich ihn halb totgeprügelt und ihn in der Gosse eines Gerbers liegen lassen.«

Rys Stöhnen begleitete sie bis zur Haustür des Arztes.

47

Die Tür zur Praxis von Jacob dem Doktor wurde ihnen vor der Nase zugeschlagen. Sie starrten erst auf die Tür, dann sahen sie sich an.

»Das war unhöflich«, sagte Ry.

»Das macht mich wirklich neugierig«, entgegnete Jamie und schaute hinauf zu den Fenstern im ersten und zweiten Stock. Es war eine müßige Musterung; er hatte nicht die Absicht, die Mauer hinaufzuklettern. War es doch sehr viel einfacher, die Tür einzutreten. Das Holz war massiv; das Schloss war es nicht.

Aber das würde er nur tun, sollte es unbedingt erforderlich sein.

»Kennst du hier irgendjemanden, Ry?«

»Hier? Wo?«

Jamie wandte den Blick von der Fassade des teuren, aus Stein erbauten Hauses ab. »Hier in Gracious Hill.«

Ry sah ihn ausdruckslos an. »Dass ich als Jude aufgewachsen bin, impliziert nicht, dass ich jeden Juden Englands kenne.«

Jamie erwiderte den Blick ebenso ausdruckslos. »Du könntest durchaus ein paar kennen – in Anbetracht der Tatsache, dass die Familie deiner Mutter aus dieser Stadt stammt und ich zufällig weiß, dass du als Kind hier oft zu Besuch warst.«

Ry schüttelte den Kopf und ging davon, die sauberen, kopfsteingepflasterten Straßen des Alten Judenviertels hinunter, das »Alt« genannt wurde, obwohl es kein »Neues« Judenviertel gab. Aber es hatte so oft Pogrome gegeben und Könige, die »ihre« Juden verkauft, sie dann vertrieben hatten und sie Jahre später für das Privileg des Zurückkommens hatten zahlen lassen. Und das nur, um das Ganze einige Zeit später zu wiederholen, ganz nach der Laune eines nächsten Königs.

Aber König John war auf eine besondere Weise beschützend; und in einer von jenen seltsamen Beziehungen, zu einer Zeit, in der Bürger und reiche Barone durch Johns Eingriffe in ihre Rechte und Schatullen an ihre Grenzen gestoßen wurden, waren die Juden unter seiner repressiven Herrschaft sicherer, als sie es unter jedem anderen englischen König gewesen waren.

Eine Viertelstunde später kehrte Ry zurück, begleitet von einem Mann mit krummen Schultern und bekleidet mit einer Kippa. Ry sah grimmig aus, aber der Rabbi wirkte noch grimmiger. Er verbrachte einen langen, schweigend-tadelnden Moment damit, Jamie zu mustern, dann wandte er sich mit ernstem Blick wieder Ry zu.

»Ich hoffe inständig, deine Mutter weiß, was du treibst.«

Rys Augen verengten sich bei der Anstrengung, einem offensichtlich mächtigen Drang zu widerstehen – Jamie konnte nur vermuten, welchen –, aber er antwortete in respektvollem, wenn auch kühlem Ton: »Mama ist gestorben, als sie das Judenviertel wieder einmal niederbrannten.«

Der Rabbi schüttelte den Kopf, sei es aus Abscheu oder Kummer, und wandte sich zur Tür. Er klopfte dreimal an.

Nach einem Moment wurde die Tür geöffnet. Das gleiche gelbe Licht fiel heraus wie vorher. Derselbe Diener steckte den Kopf durch die Tür wie vorher. Aber dieses Mal begleitete ihn die dröhnende Stimme einer anderen, größeren Gestalt, die hinter ihm auftauchte und die nicht nur distinguiert, sondern auch sehr verärgert aussah. Zudem hatte sie ein blaues Auge.

»Was hat das zu bedeuten, dieses ...«, begann er, dann sah er den Rabbi. »Mecham, was tust du hier?«

Rys stirnrunzelnder Rabbi seufzte und zeigte auf Ry. »Rebekka, die Yakovs Sohn Josef geheiratet hat, in London. Das hier ist ihr Sohn. Hayyim. Er braucht unsere Hilfe.«

»Ry«, korrigierte der Genannte knapp.

Jacob der Doktor sah sie lange an, dann schob er seinen Diener zur Seite, trat einen Schritt zurück und winkte sie schweigend herein. Mecham schüttelte erneut den Kopf, wobei er die gleiche Mischung aus einredendem Schuldgefühl und Kummer zeigte, die Jamie von Rys Mutter kannte. Der Rabbi beugte sich vor, um dem Arzt kurz die Hand zu schütteln, dann eilte er davon, zurück in die Dunkelheit des Ghettos.

Jamie und Ry traten vorsichtig ein, schauten sich prüfend in den Zimmern um, während sie die Tür schlossen und den Riegel vorlegten und dem Arzt in ein großes Zimmer folgten.

Jacob der Doktor ging sofort zur gegenüberliegenden Wand, wo er begann, Tiegel aus Porzellan in das Regal zu stellen. Ry stellte sich gegenüber des Eingangs auf, und Jamie blieb an der Tür stehen. Sie schauten auf das Profil des Arztes. Sein Auge begann bereits, sich schwarz zu verfärben.

»Es ist spät«, sagte der Arzt, ohne sie anzusehen. »Ich bin müde. Was wollt Ihr?«

»Wir kommen mit einer einfachen Frage, Doktor. »Hattet Ihr heute Patienten?«

Er hörte damit auf, Porzellantiegel wegzustellen, und ging zu Glasflaschen über. So fleckig grün, wie sie waren, sahen sie aus wie kleine, nasse, missgestaltete Frösche. »Ich habe jeden Tag Patienten.«

»Neue Patienten.«

»Auch neue. Jeden Tag.«

Ry sagte ruhig: »Einen Priester.«

Die geschäftigen Hände des Arztes hielten inne, ruhten auf dem Tisch vor ihm. Dann begann er, kleine Gläser einzusammeln und sie in die Regale zu stellen, die an der Wand hinter dem Tisch standen.

»Aye, ich habe einen Priester gesehen.«

»Er war hier?«

»In diesem Zimmer.«

»Und jetzt?«

»Ist er nicht mehr in diesem Zimmer.«

Jamie lächelte matt. »Doktor, wenn Ihr uns hier nicht haben wollt...«

»Ist das so offensichtlich?«

»... müsst Ihr nur meine Fragen beantworten, und wir werden wieder fort sein, bevor irgendjemand erfährt, dass wir hier sind. Und Fragen stellt.«

Jacob sah ihn höflich an.

»Ich kann versichern, dass das...« Jamie deutete auf Jacobs blaues Auge – »nicht wieder geschehen wird, wenn Ihr mit mir redet.«

Der Arzt zog leicht die Augenbrauen hoch, und Jamie seufzte. Er zeigte auf Ry, dann ging er zur Treppe. »Ich schaue in den hinteren Räumen nach.«

Jamie durchsuchte rasch die oben gelegenen Zimmer, den langen schmalen Korridor, das durch einen Wandbehang abgetrennte Schlafzimmer und fand nichts. Er konnte hören, wie Ry unten im Haus durch die hinteren Räume ging. Bei einem Blick aus dem Fenster einen Augenblick später sah er Ry das kleine Gebäude an der Rückseite des Hauses untersuchen, in dem ohne Zweifel Hühner und vielleicht eine kleine Ziege untergebracht waren.

»Das ist der Grund, aus dem Leute bewaffneten Männern die Tür vor der Nase zuschlagen, die unangemeldet auf ihrer Schwelle stehen«, sagte Jacob der Doktor, als sie wieder nach unten gingen.

»Zweifellos. Hättet Ihr uns gesagt, was wir wissen wollten, hätte das vermieden werden können.«

»Nein, das hätte es nicht.«

Sie sahen sich an, dann lächelte Jamie leicht. »Nein, vermutlich nicht.«

Der Arzt seufzte und lehnte sich an den Tisch, der hinter ihm stand, und verschränkte die Arme vor der Brust. Sein langes, teures Gewand schwang um seine Füße. Er sah Jamie lange an. »Der Priester wurde wegen eines Hustens hergebracht. Die Hebamme hat ihn zu mir geschickt.«

»Magda«, sagte Jamie leise.

Die Augenbrauen des Arztes bildeten eine Linie auf seiner gekrausten Stirn. »Magda ist eine sehr erfahrene Hebamme. Ihr Wissen sollte man nicht schlechtmachen.«

»Ich mache wohl kaum ihr Können schlecht«, wandte Jamie ein.

»Ich habe ihn untersucht und ihm einen heilenden Wickel um die Brust gemacht. Er ist ein kluger Mann, und wir hatten ein angenehmes Gespräch. Der Priester hat berichtet, dass ihm in der Vergangenheit mehrere christliche Ärzte gesagt haben, dass er einen Teufel in seiner Brust habe und der die Ursache für seinen schleimigen Husten sei.« Der Arzt zog die Augenbrauen hoch, als erwartete er eine Meinung über diese Dummheit.

»Ich nehme an, dass Ihr, was diesen Teufel betrifft, anderer Meinung seid«, entgegnete Jamie trocken.

Jacob hob die Arme in einer Geste zorniger Empörung. »Dummköpfe.«

»In welchem Zustand befand sich der Priester, als er ging?«

»Er hat gehustet. War aber ansonsten wohlauf.« Jacob machte eine Pause, fügte dann hinzu: »Bekannt.«

Jamie nickte langsam. »Ihr tätet gut daran, das Letzte zu vergessen.«

Jacob nickte, während er Ry ansah. »Ich vergesse viele Dinge.«

Rys Gesicht legte sich in Falten. »Ich vergesse nichts.«

»Und solche Menschen leiden.«

Ry stieß ein heiser bellendes Lachen aus und drehte sich Jamie zu. »Sind wir hier fertig?«

Jamie fuhr mit den Fingerspitzen über die Dokumente, die auf dem Tisch lagen. »Hat er noch irgendetwas anderes gesagt?«

Der Arzt drehte sich zum Tisch zurück und begann, Streifen aus sauberem Baumwollstoff in eine Holzkiste zu legen. »Worüber?«

Jamie schaute eine Weile auf die Dokumente. Worüber, ja, das war die Frage. »Über ... irgendetwas. Ganz allgemein. Irgendetwas, an das Ihr euch erinnert und das für uns von Nutzen sein könnte.«

Jacob schaute über die Schulter und hielt dabei inne, die Streifen in ihren Behälter zu legen. »Mir wurde gesagt, ich könnte mit einem Besucher rechnen und der würde die Rechnung bezahlen. Ein Jamie Lost.« Jamie fühlte Rys Blick auf sich ruhen. »Ich weiß nicht, wer das ist«, sagte der Arzt. »Ich glaube nicht, dass ich Geld sehen werde, oder glaubt Ihr das?« Er sah sie mit hochmütiger, kalter Würde an.

Jamie schaute von den Dokumenten auf. »Warum habt Ihr ihn dann behandelt? Diesen Dienst erbracht?«

»Ich bin Jude. Ich bin Arzt. Ich diene.«

»Gibt es noch sonst etwas?«

Ein kleines Sichkräuseln störte das kultivierte, beherrschte Gesicht des besten Arztes westlich von London und südlich von Chester. »Robert FitzWalter ist hier.«

»Robert FitzWalter ist in der Stadt?« Jamie zeigte keine Emotion, aber innerlich, da kochte sein Blut.

Ry fluchte leise.

Der Arzt wandte sich wieder seinem Tun zu, Ordnung zu schaffen. »Das habt Ihr aber nicht von mir erfahren.«

Danach war es eine Sache von einem weiteren raschen Moment und ein paar Fragen mehr, und sie waren fertig. Ry drehte sich um und ging hinaus. Jamie nickte dem Arzt dankend zu und klopfte mit der Hand leicht auf den Schreibtisch. Der Arzt schaute hinunter und sah eine kleine Fellbörse unter Jamies Fingern liegen.

»Was ist das?«

Jamie wandte sich zur Tür. »Die Bezahlung. Ich bin Jamie Lost.«

Zehn Minuten, nachdem sie angekommen waren, verließen sie das Haus wieder, still wie die Dunkelheit.

Im Keller des Hauses stand ein Bewaffneter am Fuß der Treppe, den Kopf leicht geneigt, sein Ohr zur schmutzigen Decke über sich gerichtet.

Er wartete auf eine Nachricht von seinem Kommandeur Mouldin, und dann würde er den Priester überstellen. Er hoffte nur, der würde es noch so lange machen. Über die Schulter warf er einen Blick auf den Priester, der auf dem Boden lag und unruhig schlief.

Einen Augenblick später fiel ein Lichtstrahl in den Keller und verbreitete sich, als die Tür oben weiter geöffnet wurde.

»Kommt herauf«, sagte der Arzt.

Der Wachsoldat trug den Priester die Treppe hinauf; eine einfache Sache, weil der alte Mann leicht wie eine Feder war. Er fühlte eine Spur von Unbehagen darüber, einen Mann Gottes auf diese Weise zu behandeln, beruhigte sich aber mit dem Gedanken, dass es nur für eine kurze Zeit sein würde. Mouldin würde den Priester an jemanden verkaufen, der ihn unbedingt haben wollte und ihn vermutlich gut behandeln würde.

Während der Soldat die Treppe hinaufstieg, betrachtete ihn der Arzt kalt und wies zum Hinterzimmer. »Legt ihn auf das Bett. Aber seid sanft. Und fasst ihn nicht wieder an.«

»Wenn noch jemand kommt...«

Der Arzt richtete sich auf. »Nur über meine Leiche werdet Ihr ihn noch einmal bewegen.«

Der Soldat fühlte sich unbehaglich, aber für den Moment war

das unwichtig. Er wartete einfach nur auf Mouldins Zeichen und auf dessen Anweisung, wem er den Priester bringen sollte, den Rebellen oder dem König.

Jamie und Ry betraten den Stallhof des Gasthauses. Sie redeten leise miteinander und machten Pläne. Leise Geräusche von Pferden, die ihr Heu mampften, drangen durch die Dunkelheit. »Alles, was ich will, ist etwas zu trinken«, murrte Jamie. »Einen Moment still zu sitzen und nachzudenken. Bei einem Ale.«

Roger trat aus dem Dunkel. »Ich habe Euer Bad bestellt, Sir, und ...« Er kam näher, sah sie an und fragte: »Wo ist Eva?«

48

Eva wandte sich zu dem Schotten um, nachdem Jamies Schritte verklungen waren. Sie schaute hinauf zu seinen Augen, dem einen Auge über einer wilden, igelstacheldichten Bürste von einem Bart. Sie räusperte sich.

»Sir?«

Er starrte sie an. »Das bin ich nicht. Ich bin kein Ritter.«

Sie nickte zustimmend. »Das ist ganz normal in England, nicht wahr? Ich bin von vielen Männern umgeben gewesen, die darauf beharrten, dass sie kein Ritter sind.«

Sein schmales Auge wurde noch ein wenig schmaler.

»Ich denke, je weniger Ritter wir haben, desto besser. Stimmt Ihr mir zu?«

»Aye«, sagte er langsam. Während er sie verwirrt und misstrauisch beäugte, nahm er am Tisch Platz und griff nach dem Krug, der darauf stand.

»Sie kennen nichts als Intrigen und Machenschaften«, führte sie weiter aus.

»Und vermasseln immer alles«, murrte er zustimmend.

Sie nickte, tastend, während sie nach den Rissen in der ohne Zweifel beeindruckenden Erscheinung dieses Mannes suchte. Von Tränen würde er sich nicht erweichen lassen, das war sicher – nicht, dass sie welche zu vergießen hatte, denn Jamie war nicht einmal das Salz in ihnen wert. Ob er weiblichen Launen nachgeben würde?

Nicht dass ich welche hätte, keineswegs, dachte sie.

Nein, dieser Schotte war von der Sorte Mann, die geradeheraus war, wenngleich einer, der schrecklich verletzt worden war und dessen Wunden noch nicht verheilt waren. Nun, was schnitt so tief und heilte so langsam?

Verrat, natürlich.

Er beobachtete sie argwöhnisch, wenn auch weniger misstrauisch als hervor, und deshalb bemühte Eva sich, diese Entwicklung zu fördern. Auf diese Weise erhielt man angesichts großer Widerstände die Hoffnung aufrecht.

»Was mich angeht, so bin ich fertig mit allen Rittern«, sagte sie bestimmt.

»Aye, Mädchen. Ich bin überzeugt, das bist du.«

»Oh, Ihr denkt, ich spreche von Eurem gefährlichen Jamie, aber so ist es nicht.«

Er zuckte mit den Schultern. »Ich mache mir auch nicht viel aus ihnen, Mädchen.«

»Noch könnt Ihr Jamie ganz gut leiden.«

Er sah sie lange nachdenklich an, dann sagte er schlicht: »Nein.«

Sie beugte sich vor. »Hat er Euch gefesselt?«

Seine Augenbrauen hoben sich. »Wer? Jamie?«

»Aye. Ist das der Grund, warum Ihr ihn nicht mögt? Hat er Euch gefesselt?«

Er sah verwirrt aus. »Nein. Hat er denn *dich* gefesselt?«

Sie nickte mürrisch und richtete sich wieder auf. »Das hat er. Aber dann hat er mich schnell wieder losgebunden und beschlossen, mich stattdessen hierherzubringen. Das tut mir leid.«

Angus brach in Lachen aus. »Dann war es nötig, dich herzubringen. Jamie reist nicht gern mit einem Tross. Solltest du bei ihm sein, dann wärst du jetzt bei ihm.«

Sie war sich nicht sicher, ob ihr gefiel, wie sich das anhörte. Aber eines sagte ihr das: Dieser Mann vertraute Jamie, respektierte ihn und war sehr, sehr wütend auf ihn. »Ich fühle mich genau so, wie Ihr es beschrieben habt, wie ein Tross. Die Nahrungsmittel vielleicht. Oder die Schweine, die am Ende mitlaufen.«

Angus trank einen Schluck. »Bist du bei jemandem Magd gewesen?«

»Sehe ich wie eine Magd aus? Wie eine Gänsemagd, ohne Zweifel.«

Er musterte sie über den Rand seines Bechers hinweg. »Nein. Du siehst aus wie ein heimatloses Kind.«

Sie seufzte. »Ist das so deutlich?«

Er zuckte mit den Schultern. Sie schaute auf seinen Becher. Er folgte ihrem Blick, dann schob er ihr den Becher an dessen hölzernem Griff zu. Sie konnte ihn kaum umfassen. Sie wollte es auch nicht unbedingt, aber man entkam keiner Gefangenschaft, wenn man das Geschenk seines Wärters ablehnte, ganz egal, wie sehr es auch stinken mochte. Aber dies hier, musste Eva zugeben, stank eigentlich nicht allzu sehr. Sie hielt die Nase darüber und schnupperte wieder. Dann nippte sie. Und lächelte.

»Das ist ziemlich gut.« Und dieses Mal war das keine Lüge. Jamie wäre stolz gewesen. Nicht, dass das wichtig war.

»Aye, das sollte es wohl auch. Es ist nach dem Rezept meiner Mam gebraut. Hat Jahre gebraucht, es perfekt zu machen, das hat sie. Trink so viel, wie du willst.«

Sie nahm noch einen kleinen Schluck, dann schob sie den Becher wieder zu ihm. »Eure Mutter war also Brauerin«, sagte sie, und der Gedanke gefiel ihr. Es geschah nicht oft, dass sie so leicht Kontakt zu jemandem bekam.

»Aye. Bis zu ihrem Tod«, murmelte er und bekreuzigte sich. Eva tat das Gleiche. Dann schwiegen sie.

Sie schaute auf ihre Stiefel. Die Holzsohlen waren an den Seiten schrecklich heruntergetreten, und das Leder war gebrochen, es war zu oft nass geworden, wieder getrocknet, dann wieder nass geworden. Der Saum ihres blauen Kleides war ausgefranst, und an einer Stelle war das Gewand zerrissen. Sie lamentierte einen Augenblick darüber. Wann hatte sie die Schuhe zum letzten Mal ausgezogen? Es fühlte sich an, als sei das Wochen her. Und ihre Fingernägel ... sie ertrug es kaum, daran zu denken. Sie waren mittlerweile bar jeden Schmucks, blassrosa bis auf die lächelnden Halbmonde.

»Habt Ihr Kirschen?«, fragte sie unvermittelt.

Angus schaute von seinem Krug auf und sah sie auf eine leicht misstrauische, gänzlich verwirrte Weise an.

»Falls Ihr eine Kirsche habt oder irgendeine Art Pflaume, könnte ich etwas sehr Bemerkenswertes damit machen.«

Er lehnte sich zurück und verschränkte die Arme vor der Brust. Es war nicht mehr Misstrauen, sondern Zweifel, Skepsis, entlang der Frage: *Wie könnte dieses schmutzige kleine Frauenzimmer etwas Bemerkenswertes mit einer Pflaume tun?*

Doch sie könnte es. Mit Kirschen, Pflaumen, Möhren und vielen anderen Früchten und Gemüsesorten, und sogar mit der Borke eines Apfelbaumes. Mit allem, nur nicht mit einem menschlichen Herzen.

»Aye«, sagte er zögernd. »Mein Nachbar hat ein paar Kirschbäume.«

Eva sah skeptisch aus. »Aber wir müssen ihn nicht damit behelligen?«

Angus wurde unter all seinem Pelz doch tatsächlich rot. »Nein, ich greife einfach über die Mauer.«

Sie lachte. »Das ist gut. Und vielleicht eine Karotte, aus Eurem Garten? Und ein Ei oder zwei, aber wenn keines da ist, ist das auch nichts, was uns aufhalten wird.«

»Gut zu wissen.« Angus nahm noch einen Schluck Ale. »Es hört sich nicht nach etwas an, was meine Mam je für uns gemacht hat. Aber schließlich hat sie nicht oft Obstpasteten für uns gebacken.«

»Das wird keine Pastete, Angus. Wie viele von diesen ›uns‹ gab es denn?«

Er rieb mit seinem dicken, schwieligen Daumen über die Tischkante und sagte dann ziemlich stolz: »Elf, und alles Jungs, und wir alle haben überlebt und sind groß geworden.«

Eva ließ sich auf ihrem Stuhl zurückfallen. »Aber das ist ja schrecklich, eine solche Schar von kräftigen, gesunden Jungs! Eure arme Mutter musste die Fassung verloren haben, ihr Haus voll mit all dem Dreck, den ihr gemacht habt.«

Angus lachte und streckte seine baumstammgleichen Beine vor sich aus und schlug sie an den Fußgelenken übereinander. Seine Stiefel waren verschrammt und weiß-braun in den Rillen, wie eine schmutzige Landkarte zeugten sie von all der Arbeit, die er in ihnen verrichtet hatte.

»Es gab Tage, da ist sie deswegen fast in Ohnmacht gefallen, ganz sicher sogar. Aber du hättest es ihr nicht angemerkt. Sie war eine gutmütige Seele. Hat nie die gute Laune verloren. Nun«, verbesserte er sich rasch, als Eva die Stirn runzelte, »niemals ohne einen Grund, und der liebe Gott weiß, dass wir ihr Grund genug gegeben haben.«

»Und diese Versorgerin dieser kräftigen, gesunden Jungenschar, wie sah sie aus?«

Angus schien diese Frage zu verblüffen. »Oh, nun, sie war so groß« – er hob die Hand ungefähr auf seine Schulterhöhe – »ungefähr jedenfalls, und irgendwie...« Er hob die andere Hand und hielt beide mit einigem Abstand vor sich hin. Er sah verwirrt aus, als er die Statur seiner Mutter zu erklären versuchte und dabei diese ungenauen Maße benutzte. »Ich wollte sagen, es gab Tage, natürlich, aber schließlich...« Seine Hände gestikulierten hilflos.

»Ihr Haar?«

Er sah sie an. »Braun.«

Eva schüttelte verzweifelt den Kopf. »Welche Art von Braun? Wie der Stamm eines Baumes, den Ihr hochgeklettert und von dem Ihr zweifellos irgendwann heruntergefallen seid und Eure arme Mutter fast zu Tode erschreckt habt? Oder braun wie ein flacher Fluss nach einem Sturm?«

»Wie dies.« Er stupste seinen stumpfen Finger mit großem Nachdruck und großer Entschlossenheit auf die Ringe im Holz des Tisches neben sich. Dunkel, aber rötlich getönt, stellte Eva rasch und geübt fest.

»Gut. Und ihr Gesicht?«

Angus starrte sie verständnislos an. »Eher wie ... der flache Fluss?«

Eva ließ sich zum zweiten Mal auf ihrem Stuhl zurücksinken und lachte. Angus stimmte ein, und einen langen Augenblick lachten sie über den Gedanken, dass das Gesicht von Angus' Mutter die Farbe eines flachen, schlammigen Flusses gehabt hatte, denn Angus' kurze Antwort hatte diese Schlussfolgerung zugelassen. Und sie lachten auch wegen ein paar Hundert anderer Dinge, über die seit Jahren vielleicht hätte gelacht werden wollen, aber wofür einfach nie die Zeit gewesen war. Eva vermutete, dies könnte auch auf diesen hart-weichen Schotten zutreffen. Deshalb war dieses Lachen, wenn auch nur für einen kurzen Moment, eine einfache und gute Sache.

»Ich werde sie aber nicht so zeichnen«, sagte Eva lächelnd, als sie aufstand und zum Kamin ging.

»Sie zeichnen?«

Angus sprang auf, als Eva an ihm vorbeiging, ohne Zweifel hin- und hergerissen zwischen dem Sich-vergewissern-Wollen, dass sie nicht floh, und dem Wunsch, der Gastgeber zu sein, der für einen weiblichen Gast die Dinge herbeischaffte, die gewünscht wurden. Sicherlich hatte ihm seine Mutter das eingeträufelt.

Eva kniete sich vor die Feuerstelle und tastete in deren kalten Winkeln nach Holzkohle.

»Ich wollte mir gerade ein Feuer anzünden, als ich gestört wurde«, erklärte er mürrisch.

»Das wäre schön.« Eva hatte gefunden, wonach sie gesucht hatte. »Bald wird der Abend kühl werden.« Sie stand da mit einem zerklüfteten, halb verbrannten Scheit Holz in der Hand. Angus betrachtete es verständnislos. »Zum Zeichnen. Könnten wir jetzt eine Kirsche vom Nachbarn stehlen gehen?«

Seine Miene hellte sich auf. »Ah. Die Kirschen.«

»Ah, die Kirschen. Nur zwei, drei Stück.«

Rasch hatte sie ein Stück Holzkohle gespitzt und einige provisorische Farben hergestellt, und mit raschen geschickten Strichen, während sie sich mit Angus über seine Mutter unterhielt, warf sie eine Skizze auf seine Tischplatte, machte lange, lockere Schwünge aus Holzkohle und Fruchtfarbe über die Spanne von sechs Fuß. Sie stand über den Tisch gebeugt da, ging darum, wenn es nötig wurde, beugte sich wieder darüber, das Haar hinten in das Halsbündchen ihres Kleides gesteckt, ihre Augen auf ihre Arbeit gerichtet, ihre Ohren gespitzt für Nuancen von Gefühl und Wahrheit, von denen Angus nicht einmal merkte, dass er sie enthüllte. Als sie fertig war, war das Bild seiner Mutter fünf Fuß lang, mit Dellen, wo die Konturen die Holzbretter kreuzten, lag auf seinem Tisch und lächelte ihn an.

Angus war schon vor langer Zeit in Schweigen verfallen. Sein Atem ging unregelmäßig, die Hände seiner neben den Oberschenkeln herunterhängenden Arme waren zu Fäusten geballt.

»Genauso ist sie«, murmelte er heiser.

Eva nickte, als sie auf das Bild schauten. »Das ist gut.«

Lange Zeit standen sie stumm da und betrachteten das Bild. Danach entzündete er das Feuer, und sie saßen schweigend beieinander. Irgendwo draußen bellte ein Hund. Und noch weiter entfernt war Jamie, der inzwischen vielleicht Father Peter gefunden hatte und der sie höchstwahrscheinlich zurückgelassen hatte.

»Ihr nennt ihn Jamie Lost«, sagte sie ruhig.

Angus rutschte sich auf seinem Stuhl und schaute sie an. »Er war verloren. Wir waren alle verlorene Straßenkinder. In London. Er hat uns gefunden.«

»Warum hasst Ihr ihn?«

Ein verzerrtes Lächeln brannte in seinem Gesicht. »Jemand hat ihn bei sich aufgenommen.«

»Und Euch nicht.« Jetzt verstand sie.

Angus stand langsam auf. »Ich werde Euch jetzt zu Eurem Schlafplatz bringen.«

Sie erhob sich ohne Widerrede. »Wie lange behaltet Ihr mich hier?«

Er zeigte lediglich auf eine schmale Leiter, die in der Ecke stand. Sie führte in einen kleinen fensterlosen Raum unter dem Dach. Eva legte die Hände auf die alten, grauen Holzsprossen. Über einer hingen verschiedene Bänder, in einem matten, dunklen Rosarot, ziemlich bemerkenswert, in der Tat. Ein ruhiger, tiefer und doch faszinierender Farbton. Seide.

Sie löste den Blick von den Bändern und griff nach der nächsten Sprosse.

»Die sind für Euch«, brummte Angus.

Sie hielt inne.

»Die Bänder. Lost hat sie für Euch dagelassen.«

Sie griff danach, umklammerte die feine Seide, zerdrückte sie, was natürlich schrecklich war, das zu tun, aber sie hatte keine Wahl. Sie presste sie an ihre Brust und stieg die Leiter hinauf. Dann verharrte sie und schaute über die Schulter hinunter in Angus' stacheliges, zerklüftetes Gesicht und sein zorniges, trauriges Auge.

»Könnte ich einen Schluck Wein haben, Angus? Oder vielleicht ein wenig Wasser?«

49

Roger und Ry saßen in der Schankstube des Gasthauses, während Jamie oben im Zimmer sein Bad nahm. Sie waren bereit für ihre zweite Runde Ale, als er herunterkam. Die Getränke wurde rasch serviert, zusammen mit Käse und Brot.

Roger trank mit solch gierigen, lauten Schlucken, dass Ry und Jamie ihre Becher sinken ließen, um ihm zuzusehen. Schließlich setzte Roger den Becher ab, wischte sich mit dem Handrücken über die Lippen, sah sie ihn anstarren und grinste.

»Eva hat uns nicht oft in einer Schenke haltmachen lassen.«

Jamie lächelte. »Das denke ich.«

Er ließ den Blick ein weiteres Mal durch die Gaststube schweifen. Es war laut, obwohl die Stube nicht sehr voll war, und niemand schien besonders interessiert an den drei Männern zu sein, die ihr Ale tranken und von denen nur einer gewaschen aussah.

»Sag mir, Roger, hast du noch immer vor, dich zu verstecken wie in den vergangenen Jahren?«

Roger setzte sich etwas aufrechter hin. »Nein, Sir. Keinesfalls.«

»Dieses Verhalten hat sein Gutes gehabt, das weißt du. Dadurch hat Eva dir das Leben gerettet. Aus dem Schatten zu treten« – Jamie sah Roger ernst an – »wird eine harte Sache werden.«

Roger nickte ernst, sah aber unbeeindruckt aus.

»Du musst eine Wahl treffen«, sagte Jamie und griff nach seinem Becher.

Roger schaute unbehaglich drein. »Eva hat gesagt, Ihr seid König Johns Gefolgsmann.«

Über den Rand seines Bechers sah Jamie ihn an. »So solltest du mich ganz gewiss betrachten.«

»Aber seid Ihr dann nicht verpflichtet, mich zum König zu bringen?«

Jamie trank einen Schluck Ale, bevor er antwortete. »Ich bin niemandes Gewissen, Roger. Du bist keine Kuh, die man aufs Feld führt, und die Schlacht hat bis jetzt noch nicht begonnen. Ich habe dich gefunden, das ist alles. Oder«, korrigierte er sich, »du und Eva, ihr habt mich gefunden.«

»Und wenn Ihr mich ausliefert...«

»Ich würde ein Lamm nicht dem Mörder seines Vaters ausliefern.«

Rogers Gesicht war angespannt und blass. »Eva hat Euch von jener Nacht erzählt.«

Jamie nickte. Aus dem Augenwinkel sah er, dass Ry den Blick wachsam durch die Gaststube schweifen ließ. Sie hatten ihr Leben in ständiger Wachsamkeit verbracht. Gott allein wusste, dass er das leid war. Plötzlich und endgültig leid.

»Manchmal träume ich noch von dieser Nacht«, murmelte Roger.

Jamie sah ihn an. »So wie ich.«

Roger starrte ihn überrascht an. »Ihr, Sir?«

»Wir haben sehr viel gemeinsam, Roger. Auch mein Vater wurde ermordet. Ich musste es mit ansehen.«

Und dann davonlaufen. Er hatte zehn Fuß entfernt gestanden, als sie seinen Vater ermordet hatten, dann war er davongelaufen. Und dafür schmorte er auf ewig in der Hölle.

»Ich musste es nicht mit ansehen, Sir«, sagte Roger, und seine Stimme war so leise wie Jamies. »Eva hat sich vor mich gestellt.«

Sie beide starrten in ihre Becher.

Dann leerte Roger seinen mit zwei großen Schlucken. Ry machte ein Zeichen nachzuschenken. Das Schankmädchen brachte neue Becher, schlängelte sich durch die schwankenden Körper, die den Raum bevölkerten. Roger lehnte sich zurück, lehnte die Schultern an die Wand und stieß hervor: »Wie sieht diese Wahl aus? Entweder die Rebellen oder der König?«

»Manch einer sagt: Tu das, was dein Gewissen dir befiehlt.«

»Sagt Ihr das auch, Sir?«

Jamie zögerte leicht. »Ich sage, leg dein Geld auf die Seite, die gewinnen wird.«

Roger beugte sich vor. »Dann denkt Ihr, John wird sich durchsetzen?«

Jamie sagte nichts.

»Aber wenn Ihr zu wählen hättet, Sir ...?«

Jamie strich sich mit der Hand über den Oberschenkel, er war plötzlich unruhig. Vielleicht lag es an Rogers eifriger, bewundernder Energie, die auf ihn gerichtet war. »Ich wähle, Roger. Jeden Tag. Meine Entscheidungen gehören mir. Deine dir.«

Roger sah verblüfft aus angesichts der plötzlichen Schärfe in Jamies Stimme.

Ry beugte sich vor in diese Anspannung, um sie abzulenken oder vielleicht auch, sie zu nehmen. »Jamie. Was ist los?«, fragte er ruhig.

Der schüttelte den Kopf. »Ich weiß es nicht.«

Und es war auch keine Zeit, darüber nachzudenken, denn Angus' vierschrötiges, bärtiges Gesicht tauchte plötzlich inmitten der sich hin und her bewegenden Gestalten am anderen Ende der Gaststube auf. Er kam herangestapft und stieß einen tiefen, schweren Seufzer aus, als er ihren Tisch erreicht hatte. »Es tut mir sehr leid, Lost, aber sie ist mir entwischt. Genau wie du gesagt hast.«

Der heftige Ansturm von Zufriedenheit überraschte ihn, diese einfache, sich ausbreitende Erfahrung dieses Gefühls. Dies war also Glück. Freude. Sie erfüllte ihn, füllte ihn, als tränke er heißen Honigwein.

»Es tut mir schrecklich leid, Jamie.« Angus ließ den Kopf hängen. »Sie hat genau das getan, was du gesagt hattest.«

»Was war?«

»Ich schäme mich, es zu sagen.« Angus' folgende Worte klangen gedämpft. »Sie hat mich um Wein gebeten.«

Jamie nickte. Der Drang zu lächeln war stark.

»Und das, nachdem wir schon Mams Ale getrunken hatten«, sagte der Schotte elend.

Gog beugte sich interessiert vor. »Eva hat Ale getrunken?«

Angus neigte das schamgebeugte Haupt ein wenig zur Seite und starrte Roger an, den er nie zuvor gesehen hatte. »Aye«, gab er dann argwöhnisch zu.

»Mochte sie es?«

»Aye.« Angus klang jetzt gekränkt. »Es war nach dem Rezept meiner Mutter gebraut.« Er wandte sich Jamie zu. »Jahrelang habe ich alles bewacht, von Schafen bis zu Soldaten, wie du sehr gut weißt, und niemals ist mir jemand entwischt. Ich kann dir nicht sagen, wie ... verdammt überrascht ich bin. Und wie leid es mir tut.« Wieder ließ er den Kopf sinken.

Jamie betrachtete den riesigen, zerknirschten Schotten, der im Angesicht von Evas Flucht vor ihm das Knie beugte. Es war höchst befriedigend. In all diesen Jahren, in denen sich Angus geweigert hatte, mehr zu tun, als die Schuld anzuerkennen, in der er bei Jamie stand, weil dieser einst König Johns Zorn auf ihn abgewendet und dafür selbst viel Argwohn und Nachteile in Kauf genommen hatte, hatte Angus niemals aufrichtig Reue gezeigt. Oder Bedauern. Bis jetzt. Eva machte Geschenke, selbst wenn sie fort war.

»Aber ich sage dir, Lost, dass dieses Mädchen jeden überlistet hätte.«

»Ist das so?«

»Du solltest sehen, was sie auf meinem Tisch gemacht hat«, sagte Angus finster.

»Auf deinem ... Tisch?«

Angus nickte grimmig. »Aye. Meine Mam.«

Jamie blickte verständnislos drein. »Deine Mutter?«

Angus fuhr mit den Händen durch die Luft, als würde er Saatkörner verstreuen. »Aye, meine *Mam*. Auf dem Tisch. Gezeichnet aus Früchten und so. Früchte, Jamie. Mit ihren Händen, und ihrem« – er spuckte ein wenig – »verflixten Verstand hat sie meine geliebte Mam gezeichnet, auf den Tisch.«

»Ah. Ja, sie steckt voller Überraschungen«, murmelte Jamie. Er wollte lächeln. Breit lächeln, und nicht vor Vergnügen. Vor ... Glück?

Angus starrte ihn an. »*Überraschungen?* Das ist, als würde man sagen, sie hat *Charme*.«

»Hat sie den denn nicht?«

Angus fixierte Jamie mit einem starren Blick, dann legte er die Hände auf den Tisch und beugte sich vor. »Du verstehst nicht ganz, Lost. Sie ist nicht charmant oder freundlich oder mit welchen blassen Worten auch immer du hier herumwirfst. Sie ist mehr als all das. Sie ist ... sie ist ...« Er hob eine massige Hand und fuhr damit durch die Luft, als müsste er einen Nebel wegwischen, um das richtige Wort zu finden. Dann beugte er sich wieder vor und legte Daumen und Zeigefinger bis auf einen winzigen Spalt zusammen und sagte: »So dicht davor, verdammte Magie zu sein.«

Er richtete sich auf und zog heftig am Saum seines Kittels, während er in grimmigem Ton hinzusetzte: »Du solltest auf der Hut sein, Jamie.«

»Darüber sind wir lange hinaus«, sagte Jamie und stellte seinen Becher ab. »Geh nach Hause, Angus. Die Schuld ist beglichen.«

Aber der Schotte schüttelte den Kopf. »Nicht bei deinem verdorbenen Leben. Die Schuld ist nicht beglichen, und ich bin es leid, sie um meinen Hals zu tragen. Sie klebt an mir, bis es vorbei ist.«

»Was, wenn ich dich nicht will?« Aber er wollte. Angus' Schwertarm würde ein wahrer Segen sein. Und ebenso würde es den Schaden richten, der dieser alten Freundschaft zugefügt worden war.

Angus schob das Kinn vor. »Ich bleibe dabei, Lost. Wahrscheinlich gibt es morgen einen ganzen Haufen von Männern, die dir deinen starrsinnigen Hals umdrehen wollen« – Jamie und Ry wechselten einen weiteren, schuldbewussteren Blick –, »aber ich kann helfen. Ich werde das Mädchen suchen.«

Jamie schüttelte den Kopf und stand auf. »Ich weiß, wo sie ist. Ry, übernimm für mich die Wache bis zur Frühmesse. Und besorg noch ein Zimmer mehr für die Nacht.«

Und er ging hinauf, um auf Eva zu warten.

50

Aber sie war bereits da. Er wusste es in dem Moment, in dem er die Tür öffnete: Eva, die auf der Bank an der Wand saß und im Dunkeln auf ihn wartete.

Er betrat das Zimmer und blieb, die Arme vor der Brust verschränkt, die Schulter an die Wand gelehnt, stehen.

Sie sahen sich lange an.

»Gestattet mir, offen zu sein«, sagte sie schließlich. »Ich habe meine Meinung geändert.«

Jamie spürte ein Lächeln in sich aufsteigen, von ganz tief drinnen. Sie sprach, als würden sie eine frühere Unterhaltung fortsetzen. Vielleicht taten sie das, in ihren Gedanken. Vielleicht hatte sie mit ihm gesprochen, seit er sie zurückgelassen hatte. Dieser machtvolle Gedanke hatte etwas an sich, was Jamie schwachmachte.

»Worüber habt Ihr Eure Meinung geändert?«

»Über Euch.«

Er lachte leise. »Jetzt, da ich Euch zu meiner Feindin gemacht habe, jetzt, da Ihr geflohen seid, jetzt habt Ihr Eure Meinung über mich geändert? Behaltet lieber Eure ursprüngliche Meinung über mich, Frau.« Er schüttelte den Kopf.

»Wie viele Jahre habt Ihr dem König gedient?«, fragte sie ruhig.

Ah, also würden sie doch darüber reden. »Fünfzehn.«

»Wie habt Ihr die Stellung im Haushalt des Königs bekommen?«

»Durch FitzWalter.«

»Er hat Euch dort untergebracht, damit Ihr den König tötet.«

»Aye.«

»Ihr habt es nicht getan.«

»Offensichtlich nicht.«

»Warum nicht?« Sie klang verwirrt. Aber Jamie wollte nicht über Politik reden. Er wollte sie auf das Bett legen und nehmen.

»Wir haben doch bereits darüber gesprochen, Eva; es gibt immer etwas noch Schlimmeres. Irgendetwas anderes.«

»Aber Ihr schätzt John nicht«, beharrte sie. »In Eurem Herzen. Das kann ich sehen.«

Er schwieg für einen Moment. »Ja, das tue ich nicht.«

»Warum nicht?«

»Er hat meine Eltern getötet.«

Sie lachte ein kleines keuchendes Lachen, aber er hörte den traurigen, schockierten Klang heraus und quälte sich durch die Einzelheiten. »Mein Vater wurde getötet, als John noch nicht auf dem Thron saß. Mein Vater war der Erste, der mit der Nachricht zurückkehrte, dass König Richard nicht tot, sondern nur gefangen gesetzt war und dass ein sehr hohes Lösegeld für ihn verlangt wurde. John hatte gehofft, diese Nachricht würde sich nicht verbreiten; er war der Nächste in der Thronfolge. Meine Mutter wurde Jahre später ermordet, nachdem John bereits gekrönt war. Ich weiß nicht, warum er sie getötet hat.«

Aber du weißt es, dachte er.

Eva sah ihn an durch das dämmrige Licht einer einzigen Kerze, des Kohlenbeckens und des Mondscheins, der durch die Ritzen der Läden fiel, an. »Wie kann das sein, Jamie?«

»Wie kann was sein?«, fragte er zurück und war überrascht, dass seine Stimme heiser klang.

»Wie könnt Ihr dem Mann dienen, der Eure Eltern ermordet hat?«

Er lächelte verzerrt. »Rache.«

Sie schüttelte den Kopf. »Das macht keinen Sinn.«

»Bis jetzt habe ich sie noch nicht geübt. Gibt es noch mehr? Oder sind wir fertig?«

Sie holte tief Luft und reckte das Kinn hoch. »Warum habt Ihr mich bei Angus zurückgelassen?«

Er stieß sich von der Wand ab. »Eva, dies führt doch zu nichts. Ihr habt Euch nicht in mir geirrt. Ihr solltet gehen.«

»Warum nennen sie Euch Jamie Lost?«

Er griff nach dem Krug mit dem Wein, der auf dem Boden stand, schenkte sich davon ein und reichte Eva den Becher. Sie schaute darauf, nahm ihn aber nicht.

»Ihr seid wegen Roger gekommen«, sagte er, stellte den Becher zur Seite und wandte sich ab. »Geht zu ihm. Ich werde Euch nicht abhalten – von gar nichts, das Ihr zu tun wünscht.«

»Das ist gut.« Sie bewegte sich, und er sah, dass sie sich in die Bettfelle eingewickelt hatte. »Denn ich bin nicht wegen Roger zurückgekommen.«

Tief drinnen, in seinem Innersten, leuchtete plötzlich der kleine Funken auf, der seit Jahren dort zugedeckt geglommen hatte. Langsam streckte Eva die Hand aus, ihr blasser Arm bewegte sich durch die vom Feuerschein erhellte Dunkelheit wie der einer Tänzerin. Über ihrer Hand hingen fünf dunkelrote Bänder.

»Was ist das?«

»Bänder.« Er erkannte seine eigene Stimme nicht.

»Warum?«

»Für Euer Haar.« Seine Worte klangen, als müsste er sie durch seine verdrehte Kehle zwingen.

Eva nickte. Sie stand auf. Die Felle glitten von ihren Schultern und ihrem Rücken, bis sie nur von ihren Ellbogen und Unterarmen gehalten wurden. Ihr Körper schimmerte in der Dunkelheit.

Sie ging durch das Zimmer, langsam kam sie auf ihn zu, ihr Blick auf ihn gerichtet, ihr Körper geschmeidig, ihr Haar offen, feucht. Sein Bad. Sie hatte nackt in seinem Badezuber gesessen.

»Ich bin, was ich bin, Eva«, sagte er heiser. »Das Beste von mir kennt Ihr bereits, und das ist nicht gerade erhebend.«

»Das werden wir sehen, oder nicht?«

»Was werden wir sehen?« Fast knurrte er diese Frage.

»Wer der gute Mann ist«, sagte sie, und es war lächerlich, denn er würde das niemals sein.

Er fühlte einen Drang von ... etwas ohne Namen. Nicht Wut, nicht Verlangen, nicht Zorn oder Rachedurst oder Hass. Diese Dinge kannte er gut, aber was er jetzt fühlte, schmeckte nicht danach. Es war nicht einmal Begehren. Es war nichts, was er je zuvor gefühlt hatte, und es schlug mit harten, festen Schwingen plötzlich in sein Gesicht und gegen seine Brust, wie ein Drache, der zu fliegen begann. Es rauschte.

Dies war es, das nicht verloren gehen sollte. All diese Jahre, in denen er es unterdrückt hatte, und jetzt glaubte Eva so kühn an etwas, was es in ihm nicht gab. Aber was stattdessen in ihm lag, die ganze verdammte Erbitterung, könnte hervorbrechen und niemals aufhören zu zerstören.

Er bliebe unbeugsam, die Hände an der Seite zu Fäusten geballt. »Wisset eines, Eva: Ihr begebt Euch auf gefährlichen Boden. Täuscht Euch nicht. Ich *werde* Euch nehmen, wenn es das ist, was Ihr wollt. Aber Ihr seid für etwas anderes bestimmt. Für Besseres.«

Sie kam weiter auf ihn zu. »Und Ihr, Jamie, wisset dies: Ihr irrt Euch, was mich betrifft. Von dem Augenblick meiner Geburt an war ich bestimmt, ein Spielball der Politik und des Geldes zu sein, aber ich habe magisches Blut in mir. Ich will die Dinge nicht, für die ich gemacht worden bin. Ich will Euch.«

Sein Blut rauschte. Sie war jetzt nur noch einen Schritt weit von ihm entfernt.

»Ihr wisst nicht, was Ihr sagt«, stieß er hervor, aber er streckte die Hand aus und fuhr mit der Fingerspitze in das Tal zwischen ihren Brüsten. Sie reckte das Kinn hoch, um auszuatmen, ihre

Augen auf ihn gerichtet. Sein Verlangen drängte heiß und hart. Er öffnete eine Hand, spreizte die Finger, umfasste die Kurve ihres Rückens, zog sie grob an sich. Ihre Körper drängten sich aneinander, Bauch an Bauch, Brust an Brust, ihre Blicke waren ineinander verfangen.

Sie stellte sich auf die Zehenspitzen, legte ihre Lippen sanft auf seine, und er küsste den Atem ihrer nächsten Worte: »*Ich wähle dich, Jamie.*«

»Dann wisset, was Ihr wählt, Eva«, entgegnete er heiser. »Ich bin Everoot.« Und auf diese Weise schlüpften Jahrzehnte der Geheimnisse in einem Kuss heraus.

Er wollte sie nicht preisgeben, wollte sie nicht teilen, aber wenn Eva wählte, dann sollte sie wissen, welches Gift sie trank.

»Ich bin Everoot«, sagte er wieder, harsch, »und ich werde nie Anspruch darauf erheben. Aber ich werde Euch beanspruchen.«

Schweigen und Stille, dann stieß sie einen langen Atemzug aus. Er wollte auch diesen Atemzug küssen, stand stattdessen jedoch reglos da, eine Hand gespreizt auf ihrem Rücken, die andere noch zur Faust geballt.

Lass ihr einen Moment, dachte er, ihm war schwindelig. Einen Moment, um die Bedeutung zu begreifen: dass der Everoot-Erbe nicht tot war; dass das Heim, in dem Eva jahrelang gelebt hatte, *Jamies* Heim war; dass die Frau, die Eva wie eine Mutter geliebt hatte, *seine* Mutter gewesen war.

Dass Jamie beobachtet hatte, wie sein Vater ermordet worden war, dann davongelaufen und niemals zurückgekehrt war. Niemals versucht hatte zurückzukehren. Alles war ausgelöscht worden von dem maßlosen Verlangen, Rache an König John zu nehmen. Ein Vorhaben, dessen Durchführung verhindert worden war, weil dann das Land unwiderruflich zerstört gewesen wäre.

Aber zumindest würde König John niemals wieder einen Everoot haben, der ihm Lehnstreue schwören würde.

Und deshalb sollte Eva diese Schwärze in ihm sehen, die verbrannte Leere. Und dann sollte sie entscheiden.

Für einen langen Moment gab es keine Reaktion außer ihrem Atem, der seine Lippen berührte, ihre grauen Augen, die nachdenklich auf seine gerichtet waren. Dann legte sie die Hände um seine Wangen und wisperte lächelnd: »Aber natürlich. Ich sehe sie in dir. Du siehst aus wie deine Mutter.«

Er fühlte sich, als würde er rücklings in die Tiefe fallen.

»Fürchte dich nicht davor, Jamie.« Sie küsste sein Kinn. »Ich wähle noch immer dich.«

Sein Kopf brüllte vor Schweigen. Es wälzte sich durch ihn wie eine plötzliche Überschwemmung, die einen Berg herabstürzt. *Jetzt* war die Zeit, den Riegel zu lösen. Zu fordern. Eva.

Er schloss die Hand um ihren Hinterkopf und küsste ihren Hals, ihre Lippen, Zunge, Zähne, nippte, verschlang, atmete ein. Sie zog ihn hoch, wollte, dass er sie küsste, und es war wie eine Flamme, die an Holz gelegt wurde; sie entflammten.

Er griff ihren Mund an, kostete nicht, sondern raubte, er versank in all ihren geheimen Stellen, forderte die heißen, verborgenen Schlupfwinkel ihres Mundes. Dies war es, was er gewollt hatte, in der Schenke, an den Baum gelehnt, jedes Mal, wenn sie lächelte, sein ganzes Leben lang. Sie. Eva. In seinen Händen. Sein.

Er trug sie zum Bett, hörte nicht auf, sie zu küssen, während sie ungeduldig an den Bändern seiner Beinlinge zerrte. Schwertgürtel, Rock, alles fiel hinter ihm auf den Boden, bis ihre Knie gegen das Bett stießen. In Felle gebettet, sank sie darauf zurück, während er seine Stiefel und Beinlinge herunterzerrte und sich mit einem Knie auf das Bett kniete. Heiße Befriedigung und ein Gefühl von Schicksal pochten in ihm.

Sein Blick glitt über ihren Körper. Sie lag ausgestreckt vor ihm wie ein Geschenk. Eine sanft geschwungene Taille, hohe, kleine

Brüste, lange sehnige Beine und das Dreieck von dunklen Locken zwischen ihren Schenkeln brachten ihn gefährlich nahe an den Rand seiner Beherrschung. Er strich mit einer Fingerspitze über ihren Bauch, und Eva reagierte mit einem heiseren Stöhnen. Sie bog sich ihm entgegen, und ihr sonst so blasses Gesicht hatte sich gerötet, ihre Augen waren dunkel und voller Leidenschaft – und Vertrauen –, als sie die Hände nach ihm ausstreckte.

Er küsste ihre Hand, stützte sich auf einen Ellbogen und streckte sich neben Eva aus. Sie gab einen ungeduldig klingenden Laut von sich und zog an seiner Schulter.

»Was soll das, warum hörst du auf?«, beklagte sie sich.

»Ich höre nicht auf«, sagte er und ließ eine Hand über sie gleiten, über ihre Brüste, hinunter zu ihrem Bauch, über einen wohlgeformten Oberschenkel bis zu ihrem Knie; es war ein besitzergreifendes Streicheln. Sie atmete tief ein. Jamie schaute auf. »Siehst du?« Seine Hand glitt zurück und legte sich um ihre Brust.

»Ich verstehe«, wisperte sie schwach.

»Dies nennt man das Vorspiel«, erklärte er und beugte sich zu ihrer Brust.

Er machte eine müßige, züngelnde Reise über ihre Brust, während ihr Körper sich ihm entgegendrängte. Als er ein Wimmern von ihren Lippen kommen hörte, begann er, jeden Zentimeter ihrer Brüste zu erkunden, leckend und nippend. Eva strich ihm durch das Haar und wisperte etwas, als er die Hand über die seidige Länge ihres Beines gleiten ließ und zwischen ihre Beine schob. Sein Finger glitt in ihre Falten, berührte ihre Nässe.

Ihr Atem schien zu explodieren, und ihre Münder trafen sich zu einem heißen, wilden Kuss. Jamie tauchte wieder in sie ein, reizte sie mit dem heißen, langsamen Streicheln seines Fingers. Zuerst war er sanft, hielt sich zurück, aber als Eva die Hüften seiner Berührung entgegenhob und ihre Knie öffnete, als sie sein Gesicht zwischen ihren Händen hielt und ihn so heiß küsste wie er sie, mit geöffnetem Mund und keuchend, stieß er härter und fester in sie. Ihr Körper wiegte sich neben seinem, bei jedem Atem stieß sie seinen Namen aus.

»Dies ist irgendwo nahe der Mitte«, murmelte er an ihrem Ohr. »Des ersten Mals.«

»Jamie«, wisperte sie und zog ihn zu sich »Du bist kein freundlicher Mann.«

»Nein, das bin ich nicht«, stimmte er zu und ließ einen Finger hart in ihr hochgleiten, ein einzelner rascher Stoß.

Mit einem schluchzenden Stöhnen fiel sie zurück auf das Bett. Jamie drehte sich alles. Er stieß einen zweiten Finger hinein und spreizte sie weit. Er bewegte die Finger tief in ihr, stieß sie mit schnellen harten Stößen hinein, ihr heißes Fleisch um seine Finger, sein nasser Daumen ein beständiger Angriff von außen, bis ihr Nacken sich bog und sie den Kopf in die Matratze drückte. Ihr Haar ergoss sich in einem dunklen Kreis um ihren Kopf, den sie hin und her warf. Ihre Hände krallten sich mit festen kleinen Fäusten in die Felle, während sie unbeständige, kleine Keucher einatmete. Dann spannte sich ihr Körper an, ihr Atem stockte.

»Sieh mich an, Eva«, befahl er.

Sie öffnete die Augen.

»Ich habe mein ganzes Leben lang auf dich und diesen Moment gewartet. Lass mich nicht länger warten.«

Er stieß wieder in sie, hart und tief, krümmte seine Finger, trieb sie gnadenlos zum Höhepunkt, bis sie auseinanderfiel, bis ihr Körper bebte, ihr Kopf sich hin und her warf, ihre Finger an seinem Haar zerrten, sie seinen Namen rief. Vollkommene, wunderschöne Frau. Sein. Es war Zeit, sie in Besitz zu nehmen.

Er richtete sich auf und kniete sich zwischen ihre Beine.

54

Evas Körper summte. Strahlte und summte, als seine samtige, harte Spitze sie durch ihre Nässe berührte. Sie fasste nach seinem Arm und wimmerte. Er hielt inne und schaute sie an.

»Du hast wieder aufgehört«, wisperte sie und legte die Arme um seinen Nacken. Vibrierte auch ihre Stimme, so wie ihr Körper vibrierte?

Dunkelblaue Augen verfingen sich in ihren, erfüllt von männlichem Begehren und der Intensität des Jägers. Sie erkannte, dass dieser Blick Jamies sie keineswegs störte. »Ich werde sanft sein«, versprach er.

»So wird es nicht gehen.«

Er zögerte. »Wie denn?«

Sie legte die Hand an seine Wange, und er schmiegte sich hinein, sehr leicht. »Wie es immer bei uns ist, Jamie. So, dass es keinen Weg zurück gibt.«

Er wandte den Kopf, um ihre Handfläche zu küssen, und im selben Moment drang er mit einem einzigen, harten Stoß in sie ein. Sie beide warfen den Kopf zurück und schrien auf, dann lagen sie still.

»Tut es dir weh?«, fragte er mit belegter Stimme und schaute zur Decke.

»Aye«, flüsterte sie. »Aber hör nicht auf.«

»Es wird besser werden«, versprach er. Eine Hand lag um ihren Hinterkopf, die andere hielt ihre Hüfte, dunkles Haar fiel ihm über seine Wangen, als er begann, sich langsam und rhythmisch in ihr zu bewegen.

Anfangs lag Eva still da, vertraute darauf, dass sein Blick sie niemals verließ, darauf, dass sein so perfekter Körper ihren suchte, darauf, dass nach einigen Momenten ein kleiner, sehr heißer Kern sich in ihr zu formen begann, der jedes Mal heißer wurde, wenn Jamie seine Hüften zu einem weiteren langsamen Eindringen bewegte.

Er wusste es auch. Ihre Lippen teilten sich, und sie stieß ihren Atem aus. Er lächelte dieses halbe Lächeln, und sie lächelte zaghaft zurück.

»Besser?«, murmelte er.

»Aye, ein wenig – oh Jamie«, keuchte sie, als er sich leicht hochstützte, bevor er wieder in sie eindrang. Etwas Heißes und Sündiges schlängelte sich ihren Rücken hinunter, wie ein heftiger Blitz, der in die Erde in ihr einschlug. Sie keuchte auf und erstarrte.

»Ein wenig besser?«, fragte er lächelnd.

»Aye, ein ganz klein wenig.«

Er tat es wieder, diesen langen, langsamen, vollkommenen Stoß. »Mehr jetzt?«, flüsterte er an ihrem Ohr.

Kalt-heißes Zittern prickelte ihren Rücken hinauf und über ihren Bauch, diese zitternden Gefühle waren so gut und so tief, dass es Eva fast erschreckte.

Seine Augen glänzten, als er ihre Hüften umfasste und wieder in sie eindrang, wieder und wieder, und jedes Mal ihr Fleisch auseinanderdrängte, um tiefer an diesen wilden Ort in ihr zu gelangen. Es weckte den Wunsch in ihr, seine Hüften mit ihren Beinen zu umschlingen und laut zu stöhnen. Und so tat sie es. Sie beugte das Knie und schlang es um seine Hüfte. Sie winkelte das andere Bein an und legte es um seinen Rücken, ihre Arme umklammerten seine Schultern.

»Es war jetzt vielleicht um noch ein winziges bisschen besser«, murmelte sie. »Aber ich habe es fast schon wieder vergessen.«

Er lachte. Ein intimes, männliches, kraftvoll-ruhiges Lachen, und ihr Herz machte einen Sprung. Und jetzt, da die Wahl gegeben war, wusste Eva, dass sie immer dieses wählen würde, mit ihm über dieser Tiefe zu schweben. Jamie und sein zerrissenes Herz, seine edlen, aber schlechten Entscheidungen, seine haltende Kraft. Ganz gleich, was kommen würde, sie würde immer wieder nur diese eine Wahl treffen: sich Jamie zuzuwenden.

Er stützte die Hände auf das Bett, und seine Stöße wurden tiefer, schneller. Sein rauer Atem streifte ihr Ohr, und er war wie die Sonne in ihr, bis das heiße Pulsieren in ihr zu einer bebenden Wellenbewegung durch ihren Körper wurde.

»Oh Jamie, bitte«, wisperte sie. »Hör nicht auf.«

Unerwartet rollte er sich mit ihr herum, sodass Eva mit gespreizten Beinen auf ihm saß.

»Jetzt bist du es, die nicht aufhören darf«, sagte er, als seine Hände auf ihren Hüften lagen und sie in ihrem verwegenen heißen Rhythmus hielten. Er griff mit einer Hand in ihr Haar und ballte eine Faust und zog ihren Kopf in den Nacken, sodass ihr Körper sich ihm anbot, lasziv und dargestellt. Den Rücken gebogen, den Kopf hin und her werfend, die Knie gespreizt über seinem muskulösen Körper, fühlte sich Eva, als würde sie brennen.

Jamie drückte den Kopf in die Matratze, die Sehnen seines Nackens enthüllten seine angespannte Kraft. Er hob die Hüften, sodass Eva ihn ritt. Sie beugte sich über ihn, stützte sich auf das Bett, keuchte heiße, bedeutungslose Laute, küsste seinen heißen Nacken, ihre Zungen trafen sich in glühenden, hungrigen Berührungen. Sie konnte nicht einmal mehr Worte bilden, sie konnte nur schluchzen und seinen Körper fühlen, der ihren verschlang. Sie war überwältigt.

Er drang wieder in sie ein und trug sie über den Rand. Ihr Kopf fiel zurück, als ihr Körper in donnernden Wellen explodierte, die an seinem Schaft entlangrollten. Und auch Jamie verlor sich. Die harten, heißen Zuckungen seines Höhepunktes drängten durch ihn, als er in Eva barst. Er stützte sich auf die Ellbogen, als sie auf ihm zusammenbrach, und ihre Körper pochten zusammen, in heißen, wilden Stößen.

Danach hörte die Zeit auf zu existieren, es gab nur noch die endlosen Momente von langsamer werdenden Herzschlägen, die kleinen Küsse auf Kinn und Nacken, und dann war da Jamie, der seine Arme um sie schlang, als wäre sie ein Geschenk. Der sie fest an seine Brust drückte, bis sie beide einschliefen.

52

Es war still, als Jamie aufwachte. Das Mondlicht schlüpfte wie Wasser zwischen den Läden hindurch, sammelte sich in blassweißen Flecken um die dunklen und schattenwerfenden Dinge im Zimmer: Bett, kleiner Tisch, seine Stiefel. Eva lag neben ihm, unter den Fellen zusammengerollt wie eine Katze, den Rücken ihm zugewandt, ihre Füße an seinen Oberschenkeln. Er drehte sich zu ihr. Ihr Haar war eine Masse aus Schwarz. Er fuhr sanft mit den Fingern hindurch und kämmte die Knoten heraus, die durch ihr Liebesspiel entstanden waren.

»Du machst das sehr gut«, erklang ihre schläfrige Stimme eine Weile später. »Ich fürchte, du hast das bei vielen Frauen geübt.«

»Bei hunderten«, neckte er sie.

Sie drehte sich auf den Rücken und sah ihn an. »Ich muss darauf bestehen, dass du ihnen allen sofort das Herz brichst. Du wirst es nur noch an mir üben.«

»Mein ganzes Leben war Üben für dich, Eva.« Er beugte sich vor, sie zu küssen, dann zog er sich zurück, um weiter mit ihrem Haar zu spielen. »Es braucht eine Menge Aufmerksamkeit. Alle diese Knoten.«

Sie zog eine Augenbraue hoch. »Hör auf, so hineinzugreifen« – sie hob die zu kleinen Fäusten geballten Hände und schüttelte sie, wobei sie ein wenig finster dreinschaute –, »und die Knoten würden sich viel leichter lösen.«

Er lachte und strich mit dem Handrücken über ihre Wange.

»Jamie ...«

»Nein.« Sie war voller Fragen. Er wusste, wie sie lauten würden. Er wollte keine Fragen. »Nicht jetzt.«

Mondlicht fiel über den Rand der Felle, und Eva nickte. »Du hast recht. All das ist für später.«

»Ich wünschte einfach, dass du ... es weißt.«

Er wünschte, dass irgendjemand es wusste. Wünschte, die Vergangenheit wäre nicht die Vergangenheit, und, mehr noch, seine Zukunft wäre nicht seine Zukunft. Aber gerade jetzt, da er Eva in den Armen hielt und ihre zarten Rippen unter seiner schwieligen Hand fühlte, war das genug. Was an sich bemerkenswert war, denn bis zu diesem Moment war nichts jemals genug gewesen.

»Ich werde alles darüber erfahren, und ganz im Geheimen«, versprach sie. Jamie strich mit der Hand über die Felle, die ihren Bauch und ihre Beine bedeckten, und wieder hinauf. Ihre Beine und Arme unter dem seidigen Haar verborgen, fühlte sie sich wie ein pelziges Tier an. »Ich bin gut im Geheimnissehüten.«

»Ja, das bist du«, stimmte er trocken zu.

»Wir werden über andere Dinge als Geheimnisse sprechen.«

»Und Politik.«

»Und was gewesen ist.«

»Und was sein wird.«

Sie sah ihn an. »Vielleicht sollten wir über Kleider reden.«

Er lächelte, während sein Blick über ihr Gesicht glitt, das leicht gerötet war. »Erzähl mir von deinem Fluss und den Weinbergen, Eva.«

Seine Stimme vibrierte, und die Schatten auf seinem wie gemeißelt wirkenden Gesicht vertieften sich, wenn er lächelte, schufen feine Linien, die sich um seinen so sehr fähigen Mund zogen. Eva fühlte einen Strahl von Hitze durch sich hindurchschießen, einen einzigen Strahl, der aus der Mitte ihres Herzens aufflammte. Es war, als würde eine kleine Sonne in ihr aufgehen. Am besten war, nicht direkt hineinzusehen.

Sie schaute hoch zur Decke und sagte leichthin: »Ah, ich verstehe, ich habe dich bereits zum Wein gebracht. Lass mich überlegen.« Sie dachte einen Moment lang nach, dann sah sie Jamie an und lächelte. »Es wird ein kleines Haus sein, mit einem roten Dach und einem kleinen Garten. Ganz bestimmt wird es darin Rüben und Lauch geben. Und Knoblauch natürlich, denn weil du hier in England aufgewachsen bist, würdest du ohne diese Zwiebel verkümmern.«

Sein Lachen klang wie ein Schnauben.

»Und ich werde uns das Abendessen zubereiten, und vielleicht wird ein Freund zu Besuch sein, aber meistens wohl nicht, denke ich. Danach wirst du dir den Bauch halten, denn du wirst viel zu viel gegessen haben. Meine Kochkünste werden unübertrefflich sein.«

Sie zog die Augenbrauen ein wenig hoch, um ihn zu einem Widerspruch zu ermuntern.

Er stützte sich auf einen Ellbogen und schüttelte den Kopf. »Ich kann es schon jetzt fast schmecken. Köstlich.«

Sie lachte.

»Rüben?«

Sie wandte ihm den Kopf zu, und diese leichte Bewegung formte Bögen aus schwarzem Haar über dem Kissen. »Sie schmecken recht gut, zusammen mit Brot und Eiern.«

»Möglich, aber Rüben? Das ist eine Marotte, Eva. Es könnte doch irgendetwas anderes geben, von dem du träumen könntest.«

»Rüben«, beharrte sie. »Man träumt diese hellwachen Träume über Dinge, die man nie gekannt hat, aber die man haben will. Ist es nicht so?«

»Das ist so.« Er sah sie an. »Du hast nie Rüben gezogen?«

»Oder Lauch. Oder Schafe oder Hühner gehalten. Oder ein Haus an einem Fluss gehabt.«

»Dann sind das die Dinge, von denen man träumen muss.«

Sie lächelte und strich mit der Hand über seinen Hinterkopf, es war ein sanftes Streicheln. »Ich wusste, dass du es verstehst.«

Er beugte sich vor, um ihr einen Kuss auf die schweißnasse Schläfe zu geben, und bewegte sich dann tiefer, um ihren Hals zu küssen. Sie neigte den Kopf, gewährte ihm Zugang und fuhr mit ihren Geschichten fort, während er sie küsste. Sie beide taten das, worin sie gut waren.

»Dann«, sagte sie, »während das Feuer hinter uns im kleinen Kohlenbecken brennt, während die Sterne am Himmel aufgehen, werden wir an dem kleinen Fluss sitzen, du mit deinem Ale und ich mit meinem Wein . . .«

Sie verstummte, weil Worte wie *du* und *dein* ihr schwerfielen, denn sie malten ein Bild, das Jamies Anwesenheit erforderte. Aber er war ein Earl. Was sie hier taten, war nur für hier, für jetzt. Kleine Häuser und Flüsse und einfacher Wein waren nichts für einen mächtigen Mann. Und darüber hinaus diente er König John.

»Willst du mich haben?«

Ihr Kopf fuhr bei dieser Frage herum.

Dunkle Augen warteten auf ihre Antwort. Er wartete auf sie. Seine Hand lag auf ihrem Bauch. »Wenn du mich haben willst, Eva, werde ich mit dir in deinem kleinen Haus leben, wenn es das ist, was du willst.«

Eva fühlte eine große Wärme in sich. Sie war so rein und hell, so aufstrahlend, dass sie wie Licht war. Sie begann in ihrem Bauch und dehnte sich von dort aus, wie die Sonne, die aufging und die kalte Dunkelheit in ihrem Herzen verschlang. Sie drang in alle Winkel ihres Seins, als wäre in ihr eine Fackel entzündet worden.

Das Strahlen von all dem machte es schwer zu sehen; sie musste Jamie durch einen Schleier aus Glanz ansehen. »Würdest du das tun?«, fragte sie.

»Wenn du mich haben willst.«

Sie lachte ein kleines zittriges Lachen. »Dich *haben*?«

Er schien ihre Tränen zu spüren – er war nur eine Handbreit

von ihr entfernt, also wie könnte er das nicht? Und das krampfhafte Schluchzen ... oh, er hatte sie zerstört. All ihre alten Schwüre – keine Tränen mehr, kein Herz, nichts, das etwas bedeutete – rieselten davon wie Sand.

Er umfasste ihr Kinn, sein Blick ließ sie nicht los. »Ich werde kommen. Mit dir kann ich gut sein.«

Der Glanz floss über, nur ein bisschen. »Oh ja, mit mir kannst du sehr gute Dinge tun.«

Er lächelte und strich mit dem Daumen über die Tränenspur auf ihrer Wange.

»Aber natürlich muss ich dir auch sagen, dass das Haus weit weg von hier steht und dass es ganz dringend repariert werden muss. Es ist in einem fast ebenso erbärmlichen Zustand wie die kleine Hütte, die du im Wald gesehen hast. Offensichtlich ist das die Art von Heim, für die ich bestimmt bin.«

Er lächelte. »Dann werden wir uns daranmachen, das Haus wiederaufzubauen.«

»Wir werden es aufbauen.« Sie berührte sein Haar, strich es ihm hinter das Ohr zurück. Er wies sie nicht zurück.

»Und Wein trinken«, sagte er leise.

»Ja.«

»Und den Sonnenuntergang anschauen.«

»Ja.«

»Du wirst mir das Abendessen machen.« Er beugte sich zu ihrem Mund. Der sanfteste aller Küsse, ein Hauch über ihre Lippen.

»Oh ja«, wisperte sie, und es war kaum noch ein Wispern.

»Und ich werde das rote, rote Dach reparieren.«

»Das wirst du.« Eine Träne lief ihr über die Wange.

Er legte die Finger unter ihr Kinn und hob ihr Gesicht, als sie den Kopf sinken lassen wollte. »Und wir werden Rüben ziehen, und Lauch und jede Menge anderes Gemüse.« Sie lachte ein tränennasses Lachen. »Das bringt dich zum Weinen?«, neckte er sie sanft.

Gerade jetzt gab es nichts als einen Strahl aus Licht in ihr. Sie fühlte sich, als würde sie glühen. Sie nickte, während die Tränen liefen, über ihre Wangen und seine Hände, über seine Lippen, die sie küssten von Ohr zu Ohr, auf seine gemurmelten Worte. »Du bist jetzt meine Mission, Eva.«

»Das akzeptiere ich«, sagte sie lachend.

»Aber es gibt einige Dinge, die du wissen musst, Eva. Ich wollte den König töten.« Jamie ließ ihr Lächeln erlöschen, ehe er weitersprach. »Du hast es gehört, in der Schenke.«

Sie bewegte sich, rückte aber nicht von ihm fort. Sie drehte sich nur ein wenig und schmiegte ihre Hüften enger an ihn und bog die Schultern zurück, sodass sie ihn besser ansehen konnte. »Ja, das habe ich gehört.«

Er nickte knapp. Warum sagte er das? Warum bekannte er das jetzt?

Weil er sich geirrt hatte.

Er hatte sich als ein karges, flaches Land gesehen, aber jetzt erkannte Jamie, dass er ein Speicher war. Und er empfand Schmerz. Den Schmerz über die Scham des Davonlaufens, über den Wunsch, nach Hause gehen zu wollen. Und das könnte er niemals tun. Hatte es nie getan. Er hatte jeden Grund unter der Sonne gefunden, John zu überzeugen, jemand anderen nach Everoot zu schicken, wenn Reiserichter von den Männern des Königs nach Norden begleitet werden mussten, wenn Unruhen das Eingreifen königlicher Streitkräfte erforderlich gemacht hatten, wenn wieder Reisen nach Norden führten, um das leere Castle in Everoot in Anspruch zu nehmen. Jamie war ferngeblieben, immer, entschlossen, verzweifelt.

Sie waren etwas Beschämendes, diese zwei kleinen Tatsachen, von denen eine nicht länger als einen Moment, die andere aber ihm den Rest seines Lebens genommen hatte: fortgelaufen zu sein vor den Mördern seines Vaters und niemals mehr nach Everoot zurückgekehrt zu sein.

Aber jetzt ... jetzt wollte er etwas. Er wollte Eva.

Seine Hand lag leicht auf ihrer Brust, und er sah ihr in die Augen, als er sein schandbares Selbst enthüllte.

»Er hat meinen Vater getötet. Das ist der Grund, warum ich bereit war, den König zu töten.«

»Ich denke, das war ein sehr brennender, drängender Wunsch«, sagte sie ruhig.

»Und als John meinen Vater tötete, bin ich davongelaufen. Ich sah, wie mein Vater auf die Knie fiel, und ich bin davongelaufen.«

Da war es, was in ihm brannte. Heraus ans Licht gekommen. Er musste den Mund öffnen, Luft zu bekommen.

Eva nickte langsam, nachdenklich. »Ja. Ich kann das verstehen. Aber das zu tun, war das einzig Vernünftige.«

Er fühlte sich unsicher bei dieser Bestätigung.

»Das ist genau das, was ein Mensch tut, wenn er sich Männern mit Schwertern gegenübersieht, die viel stärker und größer sind als er. Das ist es, was ich tun würde. Ich würde auch wagen zu sagen, es ist das, was dein Vater gewollt hätte, dass du es tust.«

Er konnte jetzt noch die Stimme seines Vaters hören, der ihm befahl zu fliehen, sogar noch, als er zu Boden fiel.

Sie sah ihn an. »Das ist es, warum du jetzt nicht das Vernünftige tust, nicht wahr, Jamie? Ry sorgt sich, dass du es darauf anlegst, getötet zu werden. Aber das wirst du jetzt nicht mehr tun, nicht wahr?« Sie legte die Hände um sein Gesicht und zog ihn zu sich herunter, ganz nah. »Ich würde es vorziehen, du bleibst hier. Bei mir. Wir werden an meinen Fluss gehen und die Dinge wachsen lassen.«

Er war erschüttert, brachte aber ein mattes Lächeln zustande.

»Ich habe eine Frage, Eva. Und nur du kannst sie beantworten.«

Das Feuer im Kohlenbecken war heruntergebrannt, und nur eine Kerze spendete noch ihr flackerndes Licht. Der Mond stand hoch am Himmel und schickte seinen silbrigen Glanz durch die Ritzen der Läden. Eva betrachtete Jamie einen Moment lang, dann stützte sie sich auf einen Ellbogen und sah ihn an. Ihr Haar floss ihr über den Arm.

»Ich bin bereit«, sagte sie ernst.

»Warum hat John meine Mutter getötet?« Er zwang sich, seine Stimme gleichmütig klingen zu lassen. »Jahrelang hat er Geschenke in den Norden geschickt, wie er es oft getan hat bei Witwen und Waisen.«

Sie nickte. »Ja, John hat eine Menge Geduld mit denen, die ihm nicht wehtun können. Er hätte Falkner sein können. Jahrelang war er sehr freundlich gegen die Menschen auf Everoot.«

»Also warum?« Jamie löste seinen Blick von ihrem und schaute auf das Schimmern ihrer runden weißen Schulter, die unter ihrem dunklen Haar zu sehen war.

»Jamie, ich kann nicht sagen, ob John deine Mutter getötet hat oder nicht. Ich weiß mit Sicherheit, dass er d'Endshire getötet hat, denn das habe ich mit eigenen Augen gesehen. Er behauptete, er habe das Recht dazu gehabt. Ich weiß nicht, ob das so ist oder nicht. War es Verrat eines Kronvasallen, das zu tun, was sie getan haben?« Er hörte, wie sie einatmete. »Aber deine Mutter, die Countess... Jamie, ich denke, sie könnte an gebrochenem Herzen gestorben sein. D'Endshire war der zweite Mann, den sie geliebt hat, den der König umgebracht hat.«

Er hob den Blick. »Der zweite?«

Sie nickte langsam. Er ließ diese Neuigkeit einen Moment sacken, dann nickte auch er. »Was für einen Verrat hat es auf Everoot gegeben – was hat John behauptet?«

Sie schluckte. Er beobachtete, wie ihre Kehle sich bewegte.
»Die Schätze.«

»Die Schätze«, wiederholte er.

»Es gab Gerüchte über Schätze in den Kellern Everoots, Jamie. In *deinen* Kellern.«

»Das weiß ich«, sagte er ruhig. Er hatte davon gewusst, seit er laufen konnte, weil sein Vater ihn die steile, verborgene Treppe hinter den herrschaftlichen Gemächern hinuntergeführt hatte, weil er ihn mitgenommen hatte in ein staubiges Gewölbe, das mit strahlendem edlen Metall und Steinen und anderen Dingen gefüllt gewesen war, die Jamie nicht verstanden hatte und die ihm nie erklärt worden waren.

Wenn die Zeit kommt, Sohn, hatte sein Vater gesagt, *wirst du es erfahren. Eines Tages wirst du Everoot sein. Bis dahin werde ich oder ein anderer die Schlüssel bewahren.*

Aber jetzt war sein Vater tot, und kein Bewahrer hatte sich ihm je gezeigt.

Eva sprach leise weiter. »Deine Mutter und Rogers Vater haben versucht, diese Schätze fortzuschaffen, bevor John sie sich holte. Sie sorgten sich darum wegen der Lage, in der er sich befand. Er brauchte Geld für seine Kriege, er brauchte Unterstützung gegen den Papst, er brauchte ...« Sie schüttelte ungeduldig den Kopf. »Man sollte gut von ihm denken. Er brauchte Anreize, dass die Menschen ihn liebten, nicht wahr? Deine Mutter hat befürchtet, er könnte die vergessenen Schätze von Everoot einziehen. Deshalb hat sie versucht, sie fortzuschaffen.«

»Und ich habe sie damit allein gelassen«, sagte Jamie. Seine Worte waren ohne Emotion, ohne eine Änderung in Ton oder Tenor, waren nur ein einziger Klang, flach und kalt.

Eva neigte den Kopf zur Seite. »Du warst ein Kind, als dein Vater getötet wurde.«

»Aber nicht, als meine Mutter starb.« Zorn nagte an ihm, machte ihn wütend auf den einen Menschen auf der Welt, der nichts außer Sanftmut verdiente. Er griff nach Evas Arm und sagte mit aufeinandergepressten Zähnen: »Als meine Mutter starb, war ich in Frankreich, im Dienst des Königs. Bereitete meine Rache vor. All jene Jahre habe ich sie allein gelassen in dem Glauben, ich sei tot.«

Sie tolerierte seine Heftigkeit, wies sie weder zurück, noch bestärkte sie ihn darin. Sie sah ihn nur an. Langsam lockerte Jamie seinen Griff. Seine Hand fiel zurück auf die Matratze.

Dann rückte sie näher zu ihm, so nahe, dass ihre Gesichter sich fast berührten. »Deine Mutter war nicht allein, Jamie. *Ich* war bei ihr. Und sie hat dich sehr geliebt. Sie hat gewusst, dass du nicht tot bist. Sie hat es mir viele, viele Male gesagt.«

»Ich habe an sie gedacht«, gestand er rau. »Jeden Tag, zwanzig Jahre lang.«

»Vielleicht hat sie das gespürt, denn sie hat es sehr oft gesagt, sehr ruhig; es war etwas, was sie absolut wusste. *Mein Sohn ist nicht tot. Er ist zu stark, als dass John ihn töten könnte, und zu klug, um zurückzukommen.*«

Er fühlte, wie Benommenheit sich seiner bemächtigte, weißes Rauschen durch seinen Körper trieb. Bebte das Bett unter ihm? Die Muskeln in seinem Arm, auf den er sich stützte, fühlten sich schwach an.

Sie küsste ihn, dann setzte sie sich auf. »Ich möchte dir etwas zeigen.«

Er lachte abgerissen und ließ sich zurück auf das Bett fallen. »In Ordnung, zeig es mir.«

Sie schlug die Decken zur Seite. »Du hast vielleicht mit Angus gesprochen, und er hat dir vielleicht gesagt, was ich auf seinem Tisch gemacht habe?«

Jamie lachte. »Das habe ich und er auch. Ich denke, du hast ihn wieder zum Christen werden lassen, Eva, und das war eine knochenharte Aufgabe, denn Angus ist seit vielen Jahren darüber hinaus gewesen, Buße zu tun.«

»Er ist verletzt, das ist alles.« Sie zog sich ihr ausgeblichenes Kleid über und griff nach seiner Hand. Es prickelte, als wäre sie ein Blitz, der ihn berührte. Sie drückte sie, dann erhob sie sich anmutig aus dem Bett. »Aber er ist ziemlich wütend auf dich. Worin ich ihn selbstverständlich bestärkt habe.«

Er fühlte, dass sich ein Lächeln aus seiner Benommenheit stahl. »Selbstverständlich.«

»Wir mögen keine Ritter, er und ich.«

»Nein.«

»Aber ich mag zeichnen.« Sie lächelte ihn an. »Und ich habe deine Mutter sehr geliebt.«

»Hast du das?«, fragte er, aber es klang gedämpft für seine Ohren. Der Kern in seiner Brust wurde plötzlich schwer und barst, als hätte ihn ein stahlharter Schlag getroffen.

Ein Herz, dachte er benommen. *So fühlt es sich an, ein Herz zu haben.*

Sie zerstörte ihn. Ruinierte ihn für den Ruin.

Sie ging zum Kohlenbecken. »Ich bin Angus' Mutter nie begegnet, aber er hielt es trotzdem für eine schöne Erinnerung an sie. Aber, Jamie, ich habe *viele* Jahre mit deiner Mutter gelebt, und ich möchte sie gern für dich zeichnen.«

»Das würde mir gefallen«, sagte er heiser und erkannte seine eigene Stimme nicht wieder. Er schob sich zum Sitzen hoch. Er fühlte sich wie betrunken. Er fühlte sich wie funkelnd. Er fühlte sich, als hätte ein Geist ihm einen Schlag auf den Kopf versetzt und wäre durch ihn hindurchgefahren, und obwohl er keinen Schmerz spürte, schwankte er. Eva ging zur Wand.

»Angus wird nichts dagegen haben, dass ich die Farbenreste mitgenommen habe«, murmelte sie, »aber das meiste werde ich mit Holzkohle aus dem Kohlenbecken zeichnen.«

Und dann begann sie, mit einem gekappten Scheit über die Wand zu fahren. Dabei erzählte sie Jamie von seiner Mutter und den kleinen Dingen, die sie miteinander geteilt hatten während der Jahre, in denen Eva dort gelebt hatte. Sie erzählte, wie die Countess jeden Abend auf dem Wehrgang Ausschau nach Jamie gehalten hatte, erfüllt von dem Wunsch, ihr Sohn möge nach Hause kommen, und erfüllt von der Gewissheit, dass er noch am Leben war, als niemand sonst das glauben wollte. Während Eva über all diese Dinge plauderte, zeichnete sie Jamies Mutter auf die Wand des Zimmers, zeichnete mit ihren Fingern und Händen, bis sie schwarz und rot und blau gefärbt waren. Für ihn.

Als sie fertig war, trat sie zurück und wandte sich zu ihm um. Lächelnd und die Arme weit ausgebreitet, deutete sie auf die Wand, als hätte er nicht ohnehin jede Bewegung ihres geschmeidigen, tanzenden Körpers während der vergangenen halben Stunde beobachtet. Er fühlte sich, als würde der frischeste Wind wehen. Das Mondlicht fiel über seine nackten Füße, glitt über seine Schienbeine, und er saß da, verblüfft und staunend.

»Ist sie das, Jamie?«

Er fühlte sich, als wäre er einen Berg hinaufgerannt, als wäre er in einen Abgrund gestürzt. Er fühlte sich, als *wäre* er ein Berg, erwachsen aus der steinharten Vergangenheit, die sein Leben war.

»Das ist sie«, keuchte er und stand auf.

Die Kraft strömte zurück in seine betäubten Glieder. Das Zimmer fühlte sich kleiner an, er fühlte sich größer. Er war der Berg. Er machte drei Schritte, um zu Eva zu gelangen, und zog sie an sich. Er beugte sich über sie und ließ seinen Mund über ihrem schweben. Sie hob ihre farbbefleckten Hände und legte sie ihm auf die Schultern.

»Seit zwanzig Jahren bin ich ein Mann einer Tat gewesen, Eva. Aber jetzt bist du mein Lebenssinn. Du bist Wind und Wasser und Luft, und du...«

Er brach ab. Es gab kein Ende für diesen Satz; er könnte über Jahre fortgesetzt werden mit all den Dingen, die Eva war, also hörte er einfach auf zu reden und küsste sie.

Sie standen im Mondlicht, ihre Arme ruhten auf den Hüften des anderen, und sie küssten sich sanft eine lange Zeit.

»Du wirst mich also nicht an einen Baum binden und mich dem Tod überlassen?«, murmelte sie, als er begann, seine Aufmerksamkeit auf ihren Hals zu richten. Sie legte die Hände auf seine Schultern und versuchte, ihn zu veranlassen hochzusehen.

Er widerstand, aber er hielt inne und warf ihr einen Blick zu. »Ich habe dich nicht an einen Baum gebunden.«

»Nein, das nicht. Aber ist es ritterlich von dir, auf diesen Unterschied hinzuweisen?«

Er bewegte sich ihren Hals hinunter, und sie spürte seine Zähne auf ihrer heißen Haut, bis er fühlte, dass sie sich an ihn zu drängen begann. »Ich würde dich nicht dem Tod überlassen«, sagte er. Seine Worte klangen gedämpft an ihrem Nacken.

»Aber wirst du mich fesseln?« Eva keuchte, als er an ihrem Ohrläppchen knabberte, fester, als sie es erwartet hatte.

Er hob den Kopf, ließ ab von seiner Verwöhnung. »Möchtest du, dass ich es tue?«

Und, oh, da Jamie über alle Maßen gefährlich war, war diese Vorstellung, wenn seine sich verdunkelnden blauen Augen auf ihr ruhten, seine schwieligen Hände ihre nackten Brüste umfassten, fast schwindelerregend.

»Soll ich das tun, Eva?«, fragte er, und die Wollust in seiner Stimme erregte sie. »Ich gehöre dir. Ich werde tun, was du wünschst.«

Feuer entflammte in ihrem Körper, der sich seinem schon entgegenbog. Seine Finger schlossen sich um ihre Handgelenke, und er drückte sie zusammen.

»Siehst du?«, keuchte sie, als seine Augen sich zunehmend verdunkelten. »Ich wusste, am Ende würdest du ritterlich zu mir sein.«

»Dies ist nicht das Ende, Eva«, brummte er. »Und ich bin nicht ritterlich. Stell dich an die Wand.«

Ihr Mund rundete sich, halb zwischen einem Keuchen und einem Lächeln. »An die Wand? Warum?«

Er sah sie an. »Dann wirst du nicht fallen, wenn ich mache, dass du kommst.«

Sie starrte ihn an, als er die Hand in ihren Nacken legte und sie an die Wand drängte. Als ihr Rücken sie berührte, langte er hinüber zum Bett und ergriff die Bänder, die unbeachtet dort lagen.

»Dreh dich um.«

»Jamie«, wisperte sie, vorsichtshalber.

Die Hände auf ihren Schultern, drehte er sie mit dem Gesicht zur Wand, fuhr dann mit den Fingern durch ihr Haar. Eva neigte den Kopf langsam nach hinten. Ungeschickt flocht Jamie die dunkelroten Bänder in ihr Haar. Jeder Zug seiner Finger löste ein Prickeln ihrer Kopfhaut aus und schickte seine zitternden Kaskaden ihren Rücken hinunter. Ihr ganzer Körper zitterte, als stünde sie im Regen.

»Sieh mich an«, befahl er mit tiefer Stimme, und als sie sich wieder umwandte, beugte er sich hinunter, küsste sie zuerst auf ihren Mund, dann auf ihren Nacken; er kniete vor ihr nieder, sein Mund glitt an ihrem Körper hinunter, küsste sie.

»Jamie!«, rief sie.

Obwohl es das erste Mal war, dass er einen so lauten Aufschrei von ihr hörte – er musste dies wohl des Öfteren tun –, entschied Jamie, sie zu ignorieren. Oder, besser gesagt, sie zu überwältigen. Er begann damit, indem er Gleichgültigkeit zeigte. Und völlige Ignoranz.

»Was?«, murmelte er.

»Was tust du da unten?«, fragte sie beunruhigt.

Er ließ seine Hände höher gleiten und legte seine Daumen unter die Schwellung ihrer Brüste. »Ich habe etwas fallen lassen.«

Sie lachte. Es war ein unbeschreibliches Gefühl, ihr Körper vibrierte von der Freude, die er ihr gegeben hatte. Soweit es in seiner Macht stand, würde er ihr alles geben, was ihr Herz begehrte, auch wenn sie nichts begehrte als Frieden und Lauch und ein kleines Haus an einem Fluss. Also würde er ihr diese Dinge geben. Und dies. Er ließ seinen Mund tiefer gleiten. So oft, wie sie es wünschte. Sollte sie das Verlangen nach Pferden oder Burgen oder Kohl zeigen, würde er auch für diese Dinge sorgen.

Er strich mit dem Mund über ihren Bauch, streichelte sie mit zärtlichen Küssen. Es war schwer für ihn, sich auf ein solch sanftes Maß zu beschränken, wenn sie fortwährend kleine Laute der Lust ausstieß, wenn ihre Hüften sich ihm entgegendrängten und in ungezügelten kleinen Bewegungen an seine Schultern stießen.

Im Augenblick wollte er sie nur zu sich herumdrehen, zu sich nach unten ziehen, ihre Hände an die Wand legen und so hart in sie stoßen, dass sie den Kopf in den Nacken werfen und vor Lust laut stöhnen musste.

Aber sie könnte es missverstehen. Deshalb küsste er sie weiter, kniend, küsste sie langsam und leicht, mit nur den zartesten, süßesten Liebkosungen. Möglicherweise bemerkte sie nicht einmal seine Hand, die an der Innenseite ihres Oberschenkels hinaufwanderte. Die Spitzen ihres langen gelockten Haars und die kleinen Fransen an den Enden der Seidenbänder kitzelten seine Ohren und seine Nase. Er schob sie aus dem Weg.

Seine Belohnung kam einen Augenblick später, als Eva ihre Hände leicht auf seinen Kopf legte.

Kühner als zuvor fuhr er mit der Hand ihren Schenkel hinauf und stieß mit dem Unterarm gegen ihr Knie, drängte es zur Seite.

»Eva«, murmelte er, »mach dies jetzt nicht schwierig.«

Er spürte, wie ihre Finger sich anspannten. »Was schwierig machen?«

Er beugte den Kopf zu den dunklen Locken und berührte mit der Zunge die heiße Verbindung darunter. Ihre Hüften peitschten vor, begleitet von einem schockierten Keuchen, was aber nur dazu diente, sie noch enger zusammenzubringen, sodass seine Hände ihr Gesäß umschlossen, während er den Mund fest auf ihre heiße, duftende Nässe presste.

»Dies«, erwiderte er rau und fuhr mit der Zunge höher, leckte hart ihre feuchte Krone.

Ihre Finger gruben sich in sein Haar. Eva stöhnte laut auf, und ihr Kopf fiel zurück an die Wand. Nein, sie würde dies nicht schwierig machen.

Mit einer Hand übte Jamie einen leichten Druck auf ihr Bein aus, drängte sie, ihr Knie zu beugen. Er führte ihr Bein über seine Schulter. Das machte ihre Weiblichkeit zu seiner ganzen Welt, dem Zentrum seiner Ergebenheit, und er ließ es sie wissen. Er spreizte sie mit seinem Daumen und streichelte sie mit seiner Zunge. Ihre Hüften bewegten sich in gewagten kleinen Stößen, die seine Zunge härter an sie pressten. Sein Glied pochte, und sein Atem ging stoßweise und flach wie ihrer, als er mit seiner Zunge in sie eintauchte, zurückglitt zu der feuchten Knospe und sie in seinen Mund saugte. Eva stieß einen unterdrückten Schrei aus. Er saugte wieder, reizte sie, ließ seine Finger um ihren feuchten Eingang gleiten, stieß aber nicht hinein.

»Bitte, Jamie«, wisperte sie.

Wild stieß er einen Finger in sie hinein. Sie gab einen tiefen, schluchzenden Schrei von sich.

»Bitte was, Eva?«

Ihre Knie gaben nach, er spürte es. Sie senkte den Kopf, ihre Haare hüllten ihn ein wie ein dunkler Vorhang. »Bitte, finde, wonach du suchst.«

Er lachte ein tiefes Lachen und wusste in diesem Moment, dass die Welt ohne Bedeutung war. Alles, was zählte, war genau hier und gab Eva die Gewissheit, dass es das Richtige gewesen war, sich ihm zu geben. Eva, seine Liebe. »Ich habe es gefunden.«

Zunge, Daumen, Finger, Lippen, er konzentrierte alles auf sie, jubelte in ihrer Reaktion, als ein leidenschaftlicher, ungehemmter Höhepunkt sie explodieren ließ, bis ihre Beine schließlich nachgaben und sie langsam anmutig auf dem Boden zusammensank.

»Du bist gefallen, obwohl die Wand da war«, murmelte er, als er sie auffing.

»Ich bin eine schwache Frau. Böden sind nicht ... dafür«, wisperte sie kaum hörbar in sein Ohr. Seine Arme lagen leicht um ihre Schultern.

»Böden sind für alles da, für das ich sie brauche.« Aber ungeachtet solcher Worte nahm er Eva hoch und legte sie auf das Bett.

Sie schliefen lange Zeit nicht. Sie redeten, matt, im Rhythmus befriedigter Liebender: Worte, dann Schweigen, dann wieder Worte. Sie sprachen von den Tieren, die sie halten würden, und von der besten Neigung für ein Dach, und wo Roger zu bleiben wünschte, wenn er eine Frau gefunden hatte. Keiner von ihnen sprach aus, dass Roger jetzt in England bleiben würde. Er war der d'Endshire-Erbe.

Keiner sprach davon, dass Jamie der Everoot-Erbe war.

Sie sprachen auch nicht über Father Peter oder König John oder irgendetwas, was weiter weg war als die Wände dieses Zimmers und ihre Hoffnungen.

Zum ersten Mal in ihrem Leben fühlte sich Eva sicher. Sie umarmte diese Nacht der Freude, diese Nacht mit Jamie und all seiner dunklen Güte. Es gab nur einen Makel bei dem allem, und ganz egal, wie sie den Rücken drehte oder ob sie in die andere Richtung schaute, er lag immer noch da, der Schatten auf ihrer Sonne.

Jamie hielt sie für eine Waise. Aber das war sie nicht. Beide Eltern mussten tot sein, dann wäre man Waise. Ihre Eltern waren nicht tot.

Es war sehr viel schlimmer als das.

»Irgendetwas stimmt nicht«, murrte der König.

Brian de Lisle, sein Oberbefehlshaber, sah von den Dokumenten auf, die er überbracht hatte. Er war auf dem Weg nach Windsor gewesen, als ein Kurier ihn erreichte und ihn zu diesem kleinen Lager im Wald geführt hatte, das einen Tagesritt von Everoot entfernt lag. Er war überrascht gewesen zu erfahren, dass der König sich im Norden aufhielt, sich in aller Heimlichkeit und Eile auf dem Weg nach Everoot befand.

Aber schließlich war John für seine überstürzt und abrupt angesetzten Reisen bekannt. Und für seine Paranoia. Und für seine Unfähigkeit, auch nur die kleinste Meinungsverschiedenheit inmitten seines Adelsstands zu tolerieren.

Was natürlich der Grund war, warum es so viel Dissenz zwischen seinen Baronen gab.

»Mylord?«, sagte Brian und legte die Dokumente aus der Hand. Der König sah ihn nicht einmal an. Der Beamte der Ausrüstungs- und Rechnungskammer hingegen tat es, aber er setzte sich rasch wieder hin, als John sich von seinem Stuhl erhob.

»Irgendetwas ist geschehen. Irgendetwas stimmt nicht.« Der König fuhr herum, der Saum seiner Robe hob sich, fiel wieder herunter, als er seinen Blick auf Brian heftete.

Der zog die Augenbrauen hoch. »Mylord?«

»Everoot und d'Endshire sind zu lange verwaist gewesen. Sie haben mich zu lange geplagt.«

Das war nichts Neues.

»Ich werde dafür sorgen, dass dieser Fluch endgültig gebannt wird.«

»Wie, Mylord?«

John griff nach den Dokumenten, überflog sie und schaute dann auf. »Ich werde sie verkaufen. An den Meistbietenden.«

Sie verkaufen, dachte Brian beeindruckt. Der König würde das Land der verschwundenen Erben verkaufen.

»Everoot ist schon viel zu lange ein Dorn in meinem Fleisch. Es ist ein Fluch; aus diesem Grund habe ich niemals versucht, es neu zu verleihen«, fauchte der König. Aber Brian kannte einen besseren Grund, um Johns Zögern zu erklären, die Grafschaft Everoot neu zu besetzen, selbst nach der jahrzehntelangen Abwesenheit des Erben: Angst.

Falls der mächtige Everoot-Erbe irgendwo da draußen war, lauernd... nun, kurz gesagt, der König hatte Angst.

Hinzu kam natürlich, dass es ein weiterer Nagel zu seinem politischen Sarg wäre, würde er noch einer adligen Familie ihren Grundbesitz entziehen. Aber letztlich hatte der König Everoot nicht neu besetzt, weil er befürchtete, dass der Erbe dort draußen war und lauerte. Weil er Angst davor hatte, was dieser Erbe tun würde, sollte er entdecken, dass der König ihm sein Geburtsrecht genommen hatte.

Vielleicht würde er sich diesen fabelhaften Schatz holen, der in den Gewölben liegen sollte, und Johns Königreich zum Einsturz bringen?

»Was meint Ihr, wie viel Ergebenheit Everoot mir erkaufen kann, de Lisle?«

»Eine ganze Menge, Mylord.«

Die größte Ehre im Königreich, das Earldom von Everoot. Die mächtige Baronie von d'Endshire entlang seiner Ostgrenze. Wie oft kamen solch funkelnde Kostbarkeiten auf den Auktionsblock?

Nur einmal im Leben.

Du lieber Gott, de Lisle könnte vielleicht sogar selbst mitbieten.

Der König nickte knapp. »Überbringt die Neuigkeit diesen wenigen ausgesuchten Männern.« Rasch zählte er einige Namen auf. »Haltet es geheim; niemand sonst soll davon wissen, bis das Geschäft gemacht ist. Danach werden alle es herausfinden: die Rebellen, Langton, der französische König. Das Land wird fallen, Grafschaft um Grafschaft, und es wird keinen Grund mehr für eine Charta geben.«

53

Früh am nächsten Morgen standen sie im Stall, überprüften die Waffen und sprachen leise miteinander im Licht der Fackeln, die mit ihrem rötlichen Licht gegen den Nebel anbrannten.

»Im Haus der Weinhändler wird es eine Hintertür geben«, sagte Jamie leise, während er noch einmal die Schnalle seines Wehrgehenks prüfte. Roger reichte ihm eine weitere kleine schlanke Klinge. Er bückte sich und schob sie in seinen Stiefel. »Er könnte bewacht sein, aber ihr schafft das, oder? Du und Roger?«

Roger nickte kurz. »Aye, Sir.«

Ry sah ebenso grimmig drein, wenn auch weitaus weniger begeistert. »Aye.«

Jamie hielt dabei inne, einen Dolch in dessen Scheide an seinem Bein zu stecken, und schaute hoch. Das dunkle Haar fiel ihm ins Gesicht, und Eva widerstand dem Drang, es zurückzustreichen. Sie musste gegen diesen Drang, Männern, die sie liebte, das Haar zurückzustreichen, immer ankämpfen. Stattdessen hörte sie Jamie zu, als er auf Rys unausgesprochene, aber offensichtliche Sorge einging.

»Hast du etwas zu sagen, Ry?«

Rys Blick war nichtssagend und gleichmütig. »Du musst doch einen besseren Plan haben als ›Ich gehe hinein und komme mit dem Priester heraus‹.«

Jamie schwieg einen Moment. Dann sagte er: »Für mich klingt das nach einem guten Plan.«

»Aye«, murmelte Roger.

Ry und Eva wechselten einen Blick von der leidgeprüften Sorte. »Ich glaube, Ry spricht vom ›Wie‹«, erklärte Eva freundlich, um sich vorsichtig ihren Weg durch diese komplizierte Idee zu bahnen.

Jamie verstaute seine letzte Klinge, und Roger wandte sich ihr zu. Sie schoben sich beide das Haar hinter die Ohren. Sie seufzte leise.

»Ich werde hineingehen, wenn es erforderlich ist, Ry; aber nur, wenn es unvermeidlich ist, werde ich mein Schwert ziehen. Wir werden im Haus und wieder hinaus sein, bevor sie es noch richtig begriffen haben.«

»Das bezieht sich darauf, aus der Tür zu kommen, Jamie«, erklärte Ry. »Aber zuerst musst du hineinkommen.«

»Wie wäre es, wenn ich die Tür einträte?«

»Und dann? Wenn sie sich alle auf dich stürzen und dich packen?«

»Dann wirst du hereingestürmt kommen«, sagte Jamie hoffnungsvoll, aber mit unüberhörbarer Härte in der Stimme. Eva sah einen gleichermaßen harten Ausdruck in Rys Gesicht, vielleicht weil er wollte, dass Jamie zumindest seine Absicht anerkannte, auf die Gefahren hinzuweisen. Ry wusste nicht, dass Jamie ihr das Versprechen gegeben hatte, solche Dinge nicht mehr zu tun.

»Mehr kann ich auch nicht tun«, beharrte Ry.

»Es wird reichen müssen. Mehr habe ich nicht.«

»Ihr habt mich«, sagte Roger in die Anspannung hinein. Jamie und Ry wandten sich um. Roger sah blass aus, aber er wiederholte seine Worte. »Ihr werdet meinen Schwertarm haben.«

Jamie schlug ihm auf den Arm und nickte.

»Und mich auch«, meldete sich Eva zu Wort.

Sie alle wandten sich ihr zu und sahen sie an.

»Ihr«, sagte Jamie kalt, »werdet hier bei den Pferden warten. Genau hier.« Er zeigte auf eine Stelle am Boden. Eva bewegte sich einige Zoll nach links, um sie zu besetzen. Er fand es nicht lustig.

»Genau hier.«

Der knappe Befehl strafte das Gefühl Lügen, von dem sie jetzt wusste, dass es sich dahinter verbarg. Sein Gesicht war hart vor

Anspannung, seine Augen wurden von dem schwachen Licht der Fackeln und dem angestauten Gefühl beschattet. Er brauchte jetzt seine ganze Konzentration und Unbeirrbarkeit, aber nicht Sorge oder starke Gefühle. Da Eva nicht die Absicht hatte, irgendetwas zu tun, außer fügsam zu sein und hier bei den Pferden zu warten, nickte sie stumm.

»Die Pferde wird das glücklich machen. Sie mögen mich. Eures besonders. Ich bin mir ziemlich sicher, es mag mich mehr als Euch.«

Sein Blick ruhte einen Moment länger auf ihr, dann kehrten die Männer dazu zurück, ihre Pläne abzuschließen, die aus »Ich schlage ... dann haust du ... und wir laufen davon ...« zu bestehen schienen.

Plötzlich steckte Angus, der vor dem Stall Wache gestanden hatte, den Kopf herein. »Die Sonne geht auf«, war alles, was er sagte.

Jamie drehte sich um, und ohne eine Erklärung Ry oder Roger gegenüber, obwohl sie sicherlich auch keine brauchten, packte er Eva um die Taille, hob sie hoch auf die Zehenspitzen und gab ihr einen einzigen, harten Kuss, der ihr Herz zum Hämmern brachte. Dann ließ er sie herunter und wandte sich ohne ein Wort ab.

Die drei gingen in die neblige Morgendämmerung hinein, um den Sklavenhändler Mouldin zu treffen und den Priester auszulösen.

Sie gingen durch die erwachende Welt. Das Stadttor war geöffnet, und frühe Marktbesucher und reisende Kaufleute und die Menschen, die für Unterhaltung sorgten – Akrobaten, Jongleure, die Männer, die die Hundekämpfe veranstalteten –, strömten in die Stadt und verteilten sich auf den Straßen.

Das alte Zunfthaus der Weinhändler war ein Eckhaus und zu

beiden Seiten von Werkstätten und Läden eingerahmt. Gegenüber lag eine Schenke, aber in der würde noch nicht gezecht werden.

Der Ort war klug gewählt. Es gingen genügend Leute vorbei, unter die sich seine Männer unauffällig mischen konnten, und es gab genügend dunkle Winkel und Söller, die dem Gegner Sorgen machen mussten, weil Mouldin dort seine Männer postiert haben könnte.

Jamie wusste natürlich genau, wo die Männer waren: Dort, wo er und Ry sie vor fünf Tagen als Leichen zurückgelassen hatten, im Wald.

Einige frühe Einkäufer waren bereits unterwegs. Roger, Ry und Angus gingen die Gasse hinter dem Zunfthaus hinauf, und Jamie ging entschlossen auf die Tür zu. Wie erwartet, näherte sich ihm keine Menschenseele.

Er blieb stehen, schloss die Augen, damit sie sich schneller an die Dunkelheit gewöhnten, die im Zunfthaus herrschen würde. Dann schloss er die Hand um den Schwertgriff. Wie viele Male hatte er schon so dagestanden, bereit, hineinzugehen und Fitz-Walter Bericht zu erstatten, seinem alten Mentor und Anstifter zum Meuchelmord. Oder dem König. Immer Männern, für die er keinen Respekt empfand, an die er aber trotzdem gebunden war.

Doch das war jetzt vorbei.

Er war damit fertig. Er hatte Eva die Wahrheit gesagt. Er wollte sehr gern ihr kleines Haus sehen, dessen Dach reparieren, sich in ihrem Körper verlieren, dafür sorgen, dass sie sich sicher fühlte. Er würde Eva nehmen, und alles andere konnte zur Hölle fahren.

Er zog sein Schwert. Er hielt die Augen weiter geschlossen, als er die Tür auftrat, zur Seite sprang, aus der Tür, aus dem Licht. Das höhlenartige Innere atmete eine Kälte aus, als wäre es lebendig. Es roch nach altem Holz und Spinnweben.

Er öffnete die Augen.

Ein Moment der Stille verstrich, dann sagte eine Stimme ruhig: »Tretet ein.«

Zwei Fackeln brannten, beleuchteten ein paar Gestalten und ließen sie wie Schemen wirken. Sonnenlicht sickerte schwach durch die Reihe lädenverschlossener Fenster in den oberen Etagen.

Er hörte jemanden sich bewegen.

»Herrgott!«, zischte die Person. FitzWalter. Gut, er war hier.

»Du warst schon immer gut im Anschleichen, Lost.«

»Aye. Ihr habt mich gut unterwiesen.«

Schweigen für einen Moment. Jamies Blick schweifte durch das Hausinnere. Dort war FitzWalter, er stand in einem Nebel aus blassem Licht. Er lächelte leicht.

»Ah ja. Ich hörte, du hast Chance getroffen.«

»Es war nur ein flüchtiges Treffen.«

Ein weiteres kleines Grinsen hob Baynards schimmernden Bart. »Sie war gefesselt und hatte einen Knebel im Mund, und ihr wurden fast die Hände gebrochen.«

»Was ich meinte, war, dass es nicht lange gedauert hat.«

Baynard lachte ein heiseres Lachen.

»Jamie Lost.«

Mouldins raue Stimme war überall wiederzuerkennen, selbst für Jamie, der sie nur einmal gehört hatte, auf einer Straße Londons. Jamie wandte sich ihr zu.

»Ich fühle mich geehrt«, sagte Mouldin. »Nie und nimmer hätte ich erwartet, dass Ihr hier auftaucht. Aber ich bin erfreut, zwei so geschätzte Sendboten König Johns hier zu haben.« Mouldin wandte sich um und wies auf die andere Gestalt, die im Dunkel des Hauses an der gegenüberliegenden Wand stand. Cig. Verdammt. »Wie traurig für euch alle, dass Ihr mich nicht töten könnt.«

Jamie begegnete Cigs Blick.

»Du Bastard«, sagte Cig leise.

Aus dem Augenwinkel sah Jamie, dass FitzWalter grinste.

Mouldin sprach weiter, er klang amüsiert. »Sagt mir, Jamie, gibt es zwei Parteien, die verhandeln, oder macht Ihr ein eigenes Angebot? Anders gesagt, wem gilt Eure Treue?«

Jamie hielt Mouldins Blick für einen langen, schweigenden Moment fest. »Habt Ihr den Priester auf irgendeine Weise verletzt?«

Mouldin grinste. »Und dadurch seinen Wert gemindert? Aber nicht doch. Er kann sprechen und denken und Euch mit seinem Verstand reizen. Er hat einen kleinen, schleimigen Husten, aber nichts, was ein Arzt nicht beheben könnte – hofft man. Wie ja so viele Hoffnungen an ihn geknüpft sind. Besonders Eure, Jamie.«

Cigs Blick brannte sich durch die flirrenden Schatten. »Du bist ein toter Mann, Jamie.«

Mouldin lachte kurz auf. »Und der Verfall geht vor meinen Augen weiter. Ich gebe zu, ich kann mir nicht vorstellen, einen besseren Verbündeten im Lager zu haben als Lost, aber andererseits wissen wir vielleicht gar nicht, wem er zur Treue verpflichtet ist?«

Cig und Mouldin sahen FitzWalter an.

»Ich bin nicht sein Mann«, sagte Jamie einfach.

Mouldin hätte in die Hände klatschen können, so erfreut schien er darüber zu sein. »Ihr seid also ein unabhängiger Agent, Lost. Das ist doch außerordentlich erfreulich.« Die spöttische Heiterkeit verschwand, als er sich FitzWalter zuwandte und barsch befahl: »Eure Männer, sofort raus mit ihnen.« Er drehte sich Cig zu. »Eure auch. Vier Blocks den Hügel hinunter, oder die Versteigerung findet nicht statt.«

Niemand rührte sich.

Mouldins Stimme wurde scharf. »Solltet Ihr meinen, darüber mit mir verhandeln zu können – ich habe meine eigenen Wachen bereits postiert. Und, noch wichtiger, es gibt andere Parteien, die gleichermaßen bestrebt sind, ein Gebot auf Peter von London abzugeben. Es war reine Gefälligkeit, ihn zuerst den Rebellen und dem König anzubieten. Der König von Frankreich zeigte großes Interesse, als ihm die Möglichkeit dargelegt wurde, deshalb sage ich es noch einmal: Eure Männer ziehen sich den Hügel hinunter zurück. Und Eure Schwerter bleiben dort.« Er zeigte neben sich auf den Boden.

FitzWalters Soldaten stapften mürrisch hinaus. Sicherlich glaubte niemand, dass sie sich vier Blocks weit zurückzögen, aber schließlich glaubte auch niemand, dass Mouldin allein hier sein könnte, ohne verteilt stehende Männer, in der Schenke gegenüber, draußen auf den Straßen.

Aber für den Moment war Jamie auf seltsame Weise mit Mouldin verbündet. FitzWalter zu sagen, dass Mouldin über keine Männer verfügte, würde nur zur Folge haben, dass er angreifen würde, hart und schnell, und Jamie würde seine Chance verlieren, Peter von London jemals zurückzubekommen.

Mouldin schien die Ironie der Situation ebenfalls zu erkennen. Oder vielleicht war es reine boshafte Freude über den Ablauf des Geschehens. Jedenfalls wandte sich Mouldin lächelnd an Jamie, während alle ihren Männern befahlen, das Haus zu verlassen und sich zurückzuziehen,

FitzWalter und Cig legten ihre Klingen auf den Boden zu einem Haufen aus Stahl. Mouldin zeigte auf Jamie. »Alle Waffen, Lost.«

Als die Bietenden so weit entwaffnet waren, wie sie es nur sein konnten, begann die Versteigerung.

»Sollen wir anfangen?« Mouldin stand an der hinteren Wand, nahe der anderen Tür. Er schob den Fuß unter eine kleine Bank und zog sie zu sich heran. Er stellte den Fuß darauf und beugte sich vor, auf einen Ellbogen gestützt.

Schweigen.

»Kommt schon, ich habe euch alle aus einem bestimmten Grund

hier zusammengebracht. Um den anderen zu überbieten. Ihr wisst, worüber Ihr verhandelt? Der König hat tausend Livres geboten. Und die Rebellen?« Er sah FitzWalter an.

»Zwei. Und die Überfahrt über den Kanal in die Normandie, denn die werdet Ihr sicherlich antreten müssen, wenn das hier vorüber ist.«

Mouldin lachte. »Wie nett zu sehen, dass ihr alle plant, mich zu töten, wenn dieses Geschäft abgewickelt ist. Und aus diesem Grund weiß ich nicht, warum Ihr mir nicht die Kronjuwelen anbietet, Cigogné. Und warum die Rebellen mir nicht noch mehr bieten.«

»Ich sollte Euch auf der Stelle töten!«, fauchte FitzWalter.

Mouldin lächelte. »Father Peter ist nicht hier. Sollte ich sterben, stirbt auch er. Welch ein Verlust! Kommt schon, Ihr könnt doch nicht glauben, dass diese Angebote dem Wert Peter von Londons gerecht werden.«

»Er ist alt und krank«, fauchte Cig.

»Ihr seid doch nicht hinter einem gesunden Krieger her. Ihr wollt seinen Verstand. Und seine Feder, und die belastenden Dinge, die er damit zeichnet.«

FitzWalter machte einen Schritt auf Mouldin zu. »Habt Ihr eigentlich gar keine Beweise für Eure Behauptungen mitgebracht? Nicht einmal einen Finger des Priesters oder eine seiner Zeichnungen?«

Mouldin lächelte. »Wie interessiert würdet Ihr an einem bunten Bild von König John sein, das ihn zeigt, wie er den Earl of Everoot ermordet?«

Im Raum waren nur Schritte und Lachen von draußen und Cig, der tief Luft holte, zu hören. Jamies Finger krallten sich um eine leere Schwertscheide.

»Es ist ein ziemlich beeindruckendes Bild«, fuhr Mouldin fort. »Ich war an jenem Tag mit dem König dort. Ich weiß, wie genau

Peter von Londons Darstellung ist.« Er richtete seinen harten Blick auf Jamie. »Da Ihr das nun wisst – macht Ihr ein Angebot?«

Jamie schätzte die Entfernung zur Treppe hinter Mouldin ab. Vier schnelle Schritte.

FitzWalter bewegte sich ungeduldig. »Hat Peter Euch nichts Neues über die Erben gesagt?«

»Oh, es gibt mehr als Neues über die Erben. Die Erben sind in England, nicht wahr, Jamie? Sie alle. Father Peter ist der Magnet. ›Wohin der Priester geht, dorthin gehen auch die Erben.‹ Sie alle.«

FitzWalter trat einen Schritt vor. »Sie?«

Die Haare in Jamies Nacken stellten sich auf. »Wer?«

FitzWalter machte eine ungeduldige Handbewegung. »Father Peter ist nicht das Entscheidende. Sie ist es. Sie, die den Erben von d'Endshire mitgenommen hat. Sein Kindermädchen. Aber sie ist gar kein Kindermädchen.«

Kälte durchströmte Jamie, von seiner Brust zu seinen Armen, zu seinen Händen und bis in seine Beine. »Was ist sie dann?«

FitzWalter lachte bellend, deshalb antwortete Mouldin an seiner statt. Seine Stimme klang tief, durchtrieben.

»Eine Prinzessin.«

54

Eva stand im Stall und bewachte die Pferde. Es war warm und still und tröstlich hier, mit dem duftenden Heu und den leise schnaubenden Tieren.

Sie war nicht leichtsinnig oder dumm. Sie war sich dessen wohl bewusst, dass dies eine Sache der Männer war. Und ihr war klar, dass sie in einem Kampf wenig ausrichten konnte, außer getötet zu werden. Und daran hatte sie absolut kein Interesse.

Aber sie war sehr daran interessiert, jeden, den sie liebte, lebend aus England herauszubringen. Und dass er nicht ihretwegen gefoltert wurde.

Jamie schien zuversichtlich, dass Menschen Dinge sagten und taten, wenn ihnen eine Klinge an die Kehle gehalten wurde, und oft war es auch so. Aber manchmal, wenn sie etwas sehr wollten, widerstanden sie, Dinge zu enthüllen, sogar bis zu ihrem letzten Atemzug.

Wenn Jamie bis jetzt noch nicht wusste, wer sie war, würde er es sehr bald herausfinden. Und gerade jetzt war es unwichtig, ob er wusste, *wer* sie war; er wusste, *wo* sie war. Roger wusste es. Father Peter wusste es.

Selbst wenn sie davonlief, genau jetzt, und niemals mehr stehen bliebe, würden die Leute Jamie und Roger und Father Peter über sie und ihren Verbleib befragen. Und Jamie, sowie auch Father Peter und Roger, würde nichts preisgeben.

Dann würde man ihnen wehtun. Vielleicht ganz schrecklich. Um sie zu schützen.

Eva hatte keine Bedenken, sich zu verstecken. Sie hatte das bereits mit großem Erfolg und viel Kraft ihr ganzes Leben lang getan. Aber jetzt war alles dabei, sich zu entwirren, und es war falsch zuzulassen, dass andere ihretwegen mit Schwertern niedergestreckt wurden.

Das durfte nicht sein.

Sie tätschelte dem Pferd die Nüstern und sah, auf eine seltsam distanzierte Weise, dass ihre Hand zitterte. Sie drehte sich um und ging zur Tür hinaus.

Sie sagte sich, dass sie nicht die Absicht habe, sich gefangen nehmen zu lassen. Sie war keine Märtyrerin. Sie hatte unendliches Vertrauen in Jamies Fähigkeit, sie aus einem Burgturm zu retten, wenn es sein musste; das war nicht die Frage. Aber es musste nicht sein, dass er dafür kopfüber auf einer Folterbank landete.

Und deshalb, so sagte sie sich, war dies allein eine Sache der Selbsterhaltung. Und dieser Gedanke ließ sie sich besser fühlen.

Eva schaute auf ihre Hände. Auch ihre andere Hand zitterte jetzt. Ihre Knie waren wie aus Brühe gemacht. Ihre Lippen fühlten sich kalt und kribbelig an.

Sie hielt sich in den dunklen Winkeln und ging weiter.

Der Schock, den Mouldins Worte ausgelöst hatten, strömte in Wellen durch Jamie.

»Sie ist König Johns Tochter aus seiner ersten Ehe. Er hat sie von dem Moment ihrer Geburt an versteckt, und nur wenige wissen überhaupt von ihrer Existenz. Aber John hatte immer sein Auge auf den Thron, und seine erste Frau, Isabella of Gloucester, hatte weder eine so üppige Mitgift, noch war sie so adelig oder so attraktiv wie Isabella von Angoulême.«

Jamie schüttelte den Kopf. »Jene erste Ehe wurde annulliert«, sagte er und kämpfte gegen die hartnäckige Schwere an, die in seine Glieder drang, die ihn wünschen ließ, sich zu setzen. »Sie hat hierbei keine Bedeutung; der König hat viele Bastarde.«

Eva, von königlichem Blut. Eva, auf der Flucht, gejagt von den

Großen und Mächtigen, eine Bedrohung für die Krone. Eva in Gefahr.

»Niedriggeborene, Frauenzimmer, Geliebte«, zählte FitzWalter abschätzig auf. »Er hat Kinder von Frauen wie solchen. Diese Tochter jedoch wurde von einer Countess geboren.«

»Sie ist illegitim geboren«, sagte Jamie dumpf.

FitzWalter stieß wieder eines seiner heiser bellenden Lachen aus. »Was kümmert das? Der König von Frankreich hat seine illegitimen Kinder gerade für legitim erklärt. Wie schwer würde es für uns sein, das auch zu tun?«

Diese flüchtige Wolke von aggressiver Hoffnung, die FitzWalter auswarf, hatte Substanz. Seit Hunderten von Jahren waren die Linien von Vererbung und Herrschaft ein machtvolleres Schwert als Legitimität gewesen. Es lag noch nicht sehr lange zurück, dass England von einem Bastard erobert und regiert worden war. Fürwahr, König John hatte seinen eigenen Neffen Prinz Arthur getötet, um die Opposition gegen seinen Aufstieg zum Schweigen zu bringen, denn sogar vor zwanzig Jahren war die Frage nach dem rechtmäßigen Erben heiß und unnachgiebig gewesen. Die Antworten waren dabei, sich zu festigen, aber fest waren sie bis jetzt noch nicht.

In diesen dunklen Tagen suchten die Menschen nach jedem guten Grund, nach irgendetwas, an das sie sich binden konnten, dem sie huldigen konnten. Eine illegitime Tochter war nicht solch ein Pflock. Aber eine königlich geborene Tochter, die mit einem mächtigen, ehrgeizigen Baron verheiratet wurde?

Das könnte ein Königreich zum Einsturz bringen.

»Also, ist sie hier?«, verlangte FitzWalter zu wissen.

Mouldin antwortete ihm, aber er sah dabei Jamie unverwandt an. »Aye, sie ist hier.«

Die Dinge hatten eine neue Wendung bekommen. Der einzige Weg, hier herauszukommen, war, sie weiter voranzutreiben, schneller zu Ende zu bringen, als irgendjemand es erwartete. Alles würde zum Teufel gehen. Schwerter würden gezogen werden, Menschen würden sterben, und der einzige Ausweg war, dass der Sieger der Aufwiegler sein musste. Die Bedingungen bestimmte.

Jeder war dabei, sich vorzubereiten, aber »sich vorbereiten« war nicht gleich »bereit sein«, und Jamie machte seinen Schritt. Er bückte sich und riss den kleinen Dolch aus seinem Stiefel.

»Genug!«, brüllte er, warf die Hände hoch und stürmte vor. Mouldin wich sofort zurück und zog seine Klinge. Sein einziger verbliebener Soldat eilte an seine Seite. »Ihr Narren!«, rief Jamie und umkreiste sie. »Ein Priester? Wir stehen hier und kämpfen wegen der Eingeweide eines *Priesters*? Behaltet ihn!« Er schrie jetzt. »Ich will die Erben!«

»Nein!«, rief Cig und sprang vor, zu dem Haufen mit den Schwertern. »Er vertritt den König nicht mehr. Jesus, Jamie ...«

»Du wirst keinen der Erben bekommen, nicht bei meinem Leben!«, brüllte FitzWalter und stieß Cig zur Seite.

Die Tür flog auf, und Männer strömten herein, und inmitten von ihnen sah Jamie den blonden Kopf von Chance. Jamie sprang vorwärts, prallte gegen Mouldins Spießgesellen, schlug ihn aus dem Weg. Dann sprang er auf die Füße und griff sich Mouldin, bevor der weglaufen konnte, drehte ihm den Arm auf den Rücken, brach ihm ihn fast, und hielt ihm den Dolch an die Kehle. Alle erstarrten.

»Und jetzt, Jäger«, verlangte Jamie, und sein Blick war auf FitzWalter und Cig gerichtet, die reglos dastanden, »sagst du mir, wo Peter von London ist, und du wirst leben, um einen weiteren Tag zu sehen.«

Mouldin atmete schwer, seine Augen blitzten vor Wut, aber seine Stimme klang gefasst. »Der Priester hat von Euch gesprochen, Jamie. Ich weiß, wer Ihr seid.«

Jamie zerrte an ihm. »Das hat er Euch nicht gesagt.«

»Das musste er nicht.«

»Wo ist er?«

Mouldin schüttelte den Kopf. »Ihr werdet ihn nie finden. Und sie wird es Euch niemals sagen.«

Hitze schoss in Jamies Glieder. Selbstvertrauen. »Meint Ihr Magda?«

Mouldin erstarrte, dann brüllte er vor Wut und warf die Arme hoch, eine kraftvolle Bewegung von einem starken Mann. Sie löste den Raum aus seiner Starre, und der Kampf brach aus. Jamie ließ sich von der Bewegung Mouldins zurückwerfen, drehte sich dabei, um sich nach seinem Schwert zu bücken.

»Holt den Priester!«, schrie FitzWalter.

»Bringt mir Lost!«, brüllte Cig.

Jamies Hand schloss sich um den Griff seiner Waffe, und ein Maß an Ruhe erfasste seinen Körper. Er sprang auf die Füße, und der Raum wurde zu einem Weingarten aus schlagendem Stahl. Jamie hielt seinen eigenen Stahl, erlaubte es sich, gegen eine Wand zurückzuweichen. Als er nahe genug war, beugte er sich zur Seite und rief aus der Fensteröffnung: »Die Zeit ist reif!«

Er hätte sich die Mühe nicht machen müssen, weil Roger und Ry und Angus in diesem Augenblick durch die Tür hereinstürmten.

Und am Rande seines Blickfeldes sah Jamie, dass Chance sich durch die Hintertür davonmachte.

55

Eva schlich sich in die Gasse hinter dem Zunfthaus. Nach ihrer Zeit in England hatte sie Erfahrung mit Gassen. Leise wie eine Maus huschte sie durch den schmalen Durchgang, eine Minute nach Ry und Roger.

Aber es gab gar keine Veranlassung, verstohlen wie eine Maus zu sein, erkannte sie, als sie näher kam. Drinnen klang es wie ein Schiffbruch, mit Wellen und Holz, das zerbrach, und Männern, die über Bord gingen. Kurz bevor sie die Tür erreichte, zog sie ihr Messer und holte tief Luft.

Eva erstarrte, als sie jemanden herauskommen sah. Sie drückte sich an die Mauer und beobachtete die schlanke Gestalt. War das nicht die Frau, die sie mit Jamie gesehen hatte?

Die Frau sah sie und blieb stehen, verharrte, als wäre sie unentschlossen, dann wandte sie sich in die entgegengesetzte Richtung. Dabei schaute sie über die Schulter und sagte leise: »Ihr könnt ihn haben. Ich werde mir den Rest nehmen. Aber der König wird ihn sich holen. Er ist verloren.«

Langes, blondes Haar wehte um die Ecke des Eingangs.

Ein weiteres lautes Krachen drang aus dem Haus, und Eva wandte sich zur Tür.

Sie musste jetzt auf Jamie aufpassen. Über seine Frauen konnte sie sich im Augenblick keine Gedanken machen.

Der Kampf war heftig. Männer lagen am Boden, stöhnend oder blutend oder sterbend oder alles drei, aber einige kämpften noch.

Unglücklicherweise war FitzWalter einer von ihnen, und er stand Jamie gegenüber. Mit gezogenem Schwert stand er nah an einem umgestürzten Tisch. Aus dem Augenwinkel sah Jamie, dass Roger mit einem der Soldaten kämpfte. Der Junge hielt sich gut, aber der kräftige, erfahrene Kämpfer war ihm deutlich überlegen. Ry musste sich Cigognés erwehren, während Angus es gleich mit zwei Männern zu tun zu haben schien.

»Jamie«, sagte FitzWalter und hob leicht die Hand. »Dies wird nicht gut für dich ausgehen.« Er atmete tief durch. »Aber es muss nicht auf diese Weise enden.«

»Wieso seht Ihr es enden?«

FitzWalter machte einen Schritt vor. »Noch kannst du dich mir anschließen. Ich kann dir Land geben, Jamie.« Langsam ließ Fitz-Walter die Hand wieder sinken. »John hat keine Chance mehr, Jamie. Das weißt du. Wenn die Erben erst gefunden sind, wird alles befleckt sein. *Alles*. Und, Jamie, ich sage dir, alles, was wir brauchen, ist ein solcher dunkler Fleck. Der Geruch von etwas, was abscheulich genug ist, das Land ins Wanken zu bringen. Es gibt genug Menschen, die wünschen, dass es befleckt ist. John kann sich nicht dagegen wehren. Der Sohn des Königs ist sieben Jahre alt. Ich könnte ihn mit meinem Ponywagen überrollen. Aber die Tochter?«, sagte FitzWalter, während er näher zu Jamie trat. »Sie ist eine Prinzessin, und in diesen aufgewühlten Zeiten braucht es nur einen Mann mit Ehrgeiz und einer Streitmacht, sie zu heiraten und England für sich zu beanspruchen. Er müsste bereit sein, dafür zu kämpfen. Was sich kaum als ein Hindernis erweist.«

»Ihr habt jemandem im Sinn«, sagte Jamie kalt.

»Einige.«

»Sie ist nicht zu verkaufen.«

FitzWalter erstarrte. »Jamie. Du und die Tochter des Königs?« Er bellte ein Lachen, dann sah er Jamie direkt an. »Wenn du sie willst, vielleicht könntest du dann dieser eine sein. Bis jetzt ist nichts entschieden. Ich kann dich noch brauchen, dich groß machen.« Er trat noch einen Schritt näher, senkte seine Stimme. »Etwas in dir strebt nach Höherem, Jamie. Ich kann es dir geben.«

»Und etwas in Euch will sterben«, entgegnete Jamie scharf und stieß den umgeworfenen Tisch mit dem Fuß zur Seite.

FitzWalter hob sein Schwert und grinste, aus seiner gespaltenen Lippe lief Blut in seinen Bart. »Du machst einen Fehler. Wir können diesen Krieg sofort beenden.«

»Ihr suhlt Euch im Krieg«, sagte Jamie kalt.

»Es dient mir nicht, über verbrannte Erde zu herrschen«, sagte FitzWalter. »Wenn du dich mir anschließt und wenn wir die Tochter haben, wird der König fortgehen. Unehrenhaft zwar, aber er wird fortgehen.«

»Niemals«, sagte Jamie. »Niemals wieder.«

FitzWalters einschmeichelndes Lächeln wurde zu einem höhnischen Grinsen. »Du denkst, du bist zu gut für *mich*? Du bist ein gottverdammter Söldner.«

»Ihr seid ein gottverdammter Verräter.«

»Aber immer noch besser als solche wie du, Lost. Du kannst doch nicht glauben, dass der König sie dir lassen wird. Seine *Tochter*? Für einen gemeinen Soldaten? Wenn du sie willst, Jamie, dann bin ich der Weg für dich.«

FitzWalter drang einen weiteren Schritt vor, die Hand zu einer beschwichtigenden Geste erhoben. Dann, schnell wie eine Peitsche, ließ er die Hand auf Jamies Schwertgriff herunterfallen und packte ihn am Handgelenk. Jamie riss seinen Arm hoch, aber FitzWalters Griff war unerbittlich. Ihre Gesichter waren nur ein paar Zoll voneinander entfernt, ihre Arme zitterten von der Anstrengung.

»Ändere deine Meinung, bevor ich dich töten muss, Lost«, zischte FitzWalter.

»*Everoot*«, korrigierte Jamie ihn und riss das Schwert mit einem mächtigen Ruck frei. »Und ich bin niemals verloren gewesen.«

FitzWalter taumelte zurück, und sein Schwert fiel ihm aus der Hand. Es rutschte über den Boden und blieb außerhalb seiner Reichweite liegen. Er wirkte verwirrt und schockiert, als er sich aufrichtete. Dann klärte es sich in Begreifen. »Himmel noch mal, jetzt sehe ich es. Ihr *seid* Everoot.«

Jamie ging vor, zwang FitzWalter zurück, bis der stolperte und stürzte. Er trat zu ihm und drückte ihm die Spitze seines Schwertes an die Kehle. Doch es gab Jamie kein Gefühl der Befriedigung, keine Freude, seinen alten Feind besiegt zu haben. Es gab nur den Wunsch, es hinter sich zu haben.

»Warum?« FitzWalters Stimme war zu einem heiseren Geräusch geworden. »Ich hätte Euch groß machen können. Warum habt Ihr mir nicht gesagt, wer Ihr seid? *Warum habt Ihr mich verraten?*«

Jamie wählte seine Worte langsam, methodisch. »Weil John gesalbt ist, und Ihr seid es nicht. Weil er der König ist und Ihr nicht. Ihr hättet damals nur einen einzigen Mann, einen anständigen Mann präsentieren müssen, und ich hätte Euch bis ans Ende aller Tage unterstützt. Aber nicht einmal dazu seid Ihr in der Lage gewesen.«

»Ich werde es jetzt tun«, sagte FitzWalter und griff nach Jamies Handgelenk. »Ich werde mich mit Euch beraten. London haben wir schon eingenommen, und der französische König segelt nach England...«

»England soll jetzt also an Philips Leine gehen?«

»Falls Ihr etwas anderes wollt, werde ich Euch zuhören. Wir werden alle zuhören. Kommt, Jamie. Überlegt es Euch. Das alles kann Euch gehören. Everoot, mit all seinem Land, seinen Burgen. Sie reichen von Schottland bis nach Wales.«

»Ich werde keinen Anspruch auf Everoot erheben, weder für den König noch für die Rebellen. Sollte es keine andere Wahl geben, wird es herrenlos bleiben.«

FitzWalter schien zu knurren. Seine Finger schlossen sich fester um Jamies Handgelenk. »Dann tötet mich am besten gleich jetzt, Lost, denn ich werde Euch ganz gewiss töten.«

Jamie beugte sich über ihn und machte mit ausgestreckter Hand eine Bewegung quer über seine Kehle. »Das Töten steht mir bis hier«, sagte er barsch. »Ich bade in Blut. Ich habe es gründlich satt.«

»Ich nicht.«

»Dann werden wir uns vermutlich in der Hölle wiedersehen.« Er schlug FitzWalters Kopf mit einem dumpfen Geräusch auf den Boden. FitzWalter verdrehte die Augen. Jamie starrte auf ihn hinunter. Irgendetwas war zu Ende gegangen. Etwas Schmutziges und nur halb Getanes war ... vollendet.

Ry hatte den Fuß auf Cigs Schulter gestellt, und zerrte ein letztes Mal den Strick fest, der ihn an seinen Kameraden band, die Füße zum Nacken gestreckt. Er ließ das Seil fallen, und Jamie ging zu ihm und klopfte ihm auf die Schulter.

»Danke«, sagte Jamie rau.

Angus hatte schließlich Mouldin niedergerungen. Er war tot, ein unrühmliches Ende für ein schändliches Leben, aber selbst Mouldin hatte jemanden, der um ihn trauern würde: Magda. Wer wusste, wo Peter von London war?

Roger stand über einen Soldaten gebeugt, der mit dem Rücken auf dem Boden lag, und neben dem ... Eva hockte, die ihren spitzen Dolch an die Pulsader in seinem Hals hielt.

»Ah, aber Ihr seht, es könnte auch ein Unfall sein«, sagte sie gerade mit freundlicher Stimme. »Ich halte es genauso, an einen wichtigen Teil von Euch. Die Spitze rutscht ab, einfach so, und das wäre sozusagen auch beabsichtigt.«

Jamie stellte sich hinter sie und tippte auf ihren Rücken. Sie stand auf und wich zurück. Rogers Augen waren auf seine Beute gerichtet, und Jamie streckte die Hand aus und zog langsam an Rogers Schwertgriff, bewegte die Klinge fort vom Hals des Mannes.

»Das hast du gut gemacht, Roger. Aber wir töten sie nicht, es sei denn, wir müssen es tun. Wir werden ihn fesseln.« Jamie legte Roger die Hand auf die Schulter und drückte sie. »Noch einmal, du hast meinen Dank.«

»Und Euch gehört mein Schwert, Sir.«

Eva stand nahe der Tür, abseits, wie es ihre Gewohnheit war. Jamie ging zu ihr, während Ry und Angus den Mann auf die Füße zerrten, und zog Eva an seine Brust.

»Warum bist du hergekommen?«, verlangte er zu wissen und barg sein Gesicht an ihrem Hals.

»Ich habe mein Leben damit verbracht, mich zu verbergen, Jamie. Manchmal muss man aus dem Schatten hervortreten. Besonders wenn die in Gefahr sind, die man liebt.«

Er hob den Kopf. »Wieso hast du gedacht, du könntest helfen?«

Sie legte die Hände auf seine Arme. »Ich war nicht ganz ehrlich zu dir.«

Er lachte leise. »Man hat mir gesagt, wer du bist.«

»Ich hätte es dir sagen müssen. Für mich ändert es gar nichts«, sagte sie rasch, dann wandte sie den Blick ab. »Aber du willst vielleicht...«

Er legte die Hand um ihr Kinn, fing die Locken ihres Haars und zog Eva auf die Zehenspitzen, nahe an sein Gesicht. »Ich werde dich von hier fortbringen«, sagte er leise. »Wir werden in dein Haus gehen. Und wenn du es nicht willst, wird John dich niemals finden, das schwöre ich. Ich schwöre es bei meinem Leben.«

Sie nickte, ihre Augen schimmerten hell und feucht. »Lass uns hoffen, dass es nicht dazu kommen wird. Wir werden *mon père* zurückholen und dann fortgehen, um nie wieder gefunden zu werden.«

Er küsste sie ein letztes Mal und wandte sich zu den anderen.

»Lasst uns ihn holen gehen.«

56

*E*va fand ihn.

»Er wird bei Magda sein«, sagte Jamie, während sie hinaus in den hellen Frühlingstag eilten. Der Himmel war strahlend blau, und die Sonne blendete. Selbst die grauen, buckligen Pflastersteine schienen das Licht zu reflektieren.

Überall waren Marktbesucher unterwegs, bildeten Trauben vor den Läden. Ausrufer zogen durch die Gassen, priesen neuen Wein und Bier an oder verkauften Pasteten. Tiere wurden durch die Menschenmengen auf den Pferdemarkt außerhalb des Stadttores getrieben, Ziegen und Schafe und ein Pony. Kinder und Hunde liefen zwischen den bunten Röcken und bestiefelten Beinen der Erwachsenen umher, die für einen Tag zum Markt gekommen waren. Es herrschten Lärm und Licht und Ausgelassenheit. Es fühlte sich an wie eine andere Welt.

Jamie ließ Eva und Roger vorgehen, Ry war an seiner Seite. Angus stapfte ihnen als eine Art von Ein-Mann-Nachhut hinterher. Sie gingen, so schnell sie konnten, wichen Menschen und Tieren aus, während Jamie erklärte: »Mouldins Worte waren: ›Sie wird es Euch niemals sagen.‹ Er meinte Magda damit.«

»Ich bin sicher, er meinte sie«, stimmte Eva zu. »Aber Father Peter ist beim Arzt.«

Jamie sah sie scharf an. »Magda und der Arzt wohnen an entgegengesetzten Enden der Stadt. Wir müssen die richtige Wahl treffen. Warum glaubst du, dass er beim Arzt ist?«

»Weil Magda eine Pflegerin ist.«

»Also hat sie den Priester bei sich behalten.«

Eva schüttelte den Kopf und zeigte auf die Straße, die zu Jacob dem Doktor führte. »Das ist nicht das, was solche Menschen tun,

Jamie. Sie sorgen dafür, dass die Gefährdeten bei dem sind, der sich am besten um sie kümmern kann. Father Peter wird beim besten Arzt im Westen sein. Ich bin sicher.« Sie sah ihn an. »Es ist das, was ich getan hätte.«

Jamie ergriff ihren Arm. »Ry, du und Roger holt die Pferde. Angus, du kommst mit mir. Wir gehen zu Jacob dem Doktor.«

Schon als sie näher kamen, konnten sie sehen, dass etwas vorgefallen war. Die Eingangstür stand offen, drinnen waren Tische umgestoßen, Glasphiolen und Becher zerbrochen, die Scherben lagen über den Boden verstreut. Salben und Flüssigkeiten tropften von den Holztischen. Ein Geruch von Moder und Blumen lag in der Luft, beißend und süßlich. Pergament raschelte im leichten Morgenwind. Ansonsten war kein Laut zu hören.

Niemand war zu sehen. Und das war seltsam. Denn die Menschen versammelten sich wie Kinder vor einem Puppentheater, einfach schon, um dabei zuzusehen, wie ein Müller einen Biberdamm zerstörte. Dann würden sie doch auch hier herumstehen.

Es sei denn, sie wussten etwas. Etwas, was sie von dieser Szene fernhielt.

»Jamie«, flüsterte Eva. »Schnell.«

Jamie zog sein Schwert, hielt es hiebbereit, Eva im Rücken. Er wies Angus an, Wache zu stehen, dann betrat er das Haus und lauschte. So gespenstisch es auch wirkte, so still und grabesähnlich in der hellen Vormittagssonne, vermittelte der Ort dennoch nicht das Gefühl einer drohenden Gefahr oder eines bevorstehenden Angriffs.

Jamie winkte Eva, ihm zu folgen.

Sie ging sofort zur Treppe und eilte, nachdem sie ihm stumm ihre Absicht angezeigt hatte, die Stufen hinauf, leise wie eine Katze. Er wandte sich zum Hinterzimmer und stieß die Tür auf.

Jacob der Doktor. Er saß am Bett von ... Father Peter.

Jamie ließ sein Schwert sinken. Jacob wandte sich langsam um, seine Schultern drehten sich mit seinem Kopf, als wäre sein Nacken über Nacht steif geworden und ließe sich nicht mehr bewegen.

»Ich dachte mir, dass Ihr zurückkommen würdet«, war alles, was er sagte.

»Was ist passiert?«

Jacob schaute auf Father Peter. »Er hat nach Euch gefragt.« Er berührte Peter von London an der Schulter, während Jamie ans Bett trat. Peter schlug die Augen auf.

Jamie kniete sich vor ihn. »Es ist lange her, alter Freund.«

Father Peter lächelte matt. »Ah, Jamie. Du bist gekommen.«

Jamie ergriff die blasse runzlige Hand und drückte sie leicht. »Ich wäre in dem Moment gekommen, in dem ich Euren Namen hörte, Father, aber eines müsst Ihr wissen: John hat mich geschickt, Euch zu holen.«

Peter von London hob unter Schmerzen eine Hand und legte sie auf Jamies Arm. »Ich weiß. Ich habe dich nie dafür angeklagt, treu zu dienen, Jamie.«

Jamie schüttelte den Kopf. »Es war nicht immer treu gedient.«

»Jetzt ist es so, und das ist alles, was zählt.«

»Wer hat Euch das angetan?« Jamie sah in Peters Gesicht, das die Male von Gewalt trug. Die Bettlaken waren gesprenkelt mit Blutflecken.

»Der König.«

Jamie zuckte zusammen. »Cig hat das getan?«

»Eine Frau.«

»*Was?*«

Peter begegnete seinem Blick. »Sie war blond.« Chance. Oh, welch tödliche Ironie. Chance, eine Geheimagentin des Königs.

Peter winkte mit der Hand. »Dies ist jetzt kaum der Punkt,

Jamie. Die Zeit ist gekommen. Ich habe die Sachen deines Vaters für dich.« Er griff nach einer kleinen Tasche, die neben ihm lag, ein wenig größer als der übliche Beutel, den ein Reisender mit seinen Reisepapieren um den Hals trug, urkundliches freies Geleit, Karten, Empfehlungsschreiben und, wenn er ein Narr war, mit Münzen. Aber was Peter von London, alter Vertrauter und Freund seines Vaters, ihm jetzt übergab, waren die Familienerbstücke von Everoot.

Der dicke Siegelring seines Vaters mit dem berühmten Everoot-Siegel, eine Doppelrose in Gold und Silber, in der Mitte ein funkelnder grüner Stein, wie das Auge eines Drachens. Der kleine dreifarbige Schlüssel. Ein Waffenrock mit dem Everoot-Wappen, sorgfältig zusammengelegt. Und schließlich ein kleines goldenes Medaillon und darin eine Haarlocke. Die seiner Mutter.

Father Peter beobachtete, wie Jamie die Stücke durchsah. »Ich bitte um Verzeihung, dass es so lange gedauert hat. Ich hätte Euch diese Dinge schon vor vielen Jahren bringen sollen.«

»Ich glaube nicht, dass ich sie früher angenommen hätte.«

»Es gibt auch Zeichnungen, Jamie, und Niederschriften.« Peter wies mit einem Kopfnicken zu seiner Tasche. »Seht hinein.«

Die Luft schien dünner zu werden, als Jamie hineingriff. Er nahm mehrere Pergamente heraus, zusammengerollt und mit einem Band umwickelt. Er löste das Band und strich die Pergamente glatt.

Was ihm als Erstes in die Augen sprang, war ein Bild von ihm und seinem Vater, die mächtigen Türme der Burg Everoot im Hintergrund. Dann eine weitere Zeichnung, die Jamie als sechsjähriges Kind im Wald beim Schnitzen eines Stückes Holz zeigte.

Ja. Er erinnerte sich an jenen Tag. Father Peter, damals ein sehr viel jüngerer Mann, hatte seinen Freund, den Earl von Everoot, besucht. Es war der Tag, an dem sein Vater ihm ein kleines Messer geschenkt hatte. Der Tag, an dem er Jamie mit in den Keller hinuntergenommen hatte, in das Gewölbe mit den Schätzen.

Das nächste Bild zeigte das, was Jamie in den vergangenen zwanzig Jahren immer wieder vor sich gesehen hatte: die Ermordung seines Vaters. König John, der seinen Vater niederstreckte, einige wenige Männer auf der dreckigen kopfsteingepflasterten Straße, die versuchten, den König zurückzuhalten.

»Ich war dort.« Father Peters Stimme schien aus weiter Ferne zu kommen. »Ich war an jenem Tag mit dem König zusammen, als Euer Vater mit der Nachricht zurückkehrte, dass König Richard gefangen genommen worden, aber nicht tot sei, wie John es behauptete.«

Jamie nickte stumm. Was gab es zu sagen? Er war auch dort gewesen – und war weggelaufen.

»Ich habe versucht, Euch zu finden«, sagte Peter leise, aber es klang wie ein Schrei. »Aber es ist mir nicht gelungen.«

»Ihr solltet mich auch nicht finden.«

Peter wies mit einem Kopfnicken auf die Zeichnung. »John weiß, dass ich es festgehalten habe, und er weiß um die Gefahr. Das Bild wird Euch von Nutzen sein, solltet Ihr es brauchen. Jeder auf dieser Zeichnung ist ein Zeuge.«

Das nächste Pergament war ein Dokument, eine Art Niederschrift. Nein. Worte und Namen. Unterschriften. Die Bestätigung seiner Taufe.

»Diese Dinge werden Euch nicht besonders erfreuen«, sagte Father Peter ernst. »Aber sie werden ein Beweis sein, Mylord.«

Jamie hob abrupt den Kopf. »Nennt mich nicht so.«

»Doch, ich *nenne* Euch so. Ihr müsst Anspruch auf das erheben, was Euer ist.«

Jamie richtete sich auf. »Nein.«

Peter sah ihn scharf an. »Ihr müsst. Ihr müsst Anspruch auf Everoot erheben.«

»Nein, *curé*. Das werde ich nicht tun. Ich werde fortgehen, zusammen mit Eva, wenn sie mich haben will. Ich bin hier fertig.«

»Diesen Luxus könnt Ihr Euch nicht gönnen, Jamie of Everoot. Ihr könnt Euer Erbe nicht ausschlagen.«

»Ihr werdet es erleben.«

Peters Blick wurde hart. »Everoot ist kein Geschenk, Jamie. Es ist eine Verpflichtung.«

Jamie lächelte matt. »Jetzt klingt Ihr wie ein beflissener Mann der Kirche.« Er schaute hinunter auf den Waffenrock seines Vaters in seinen Händen, ließ ihn in die Tasche fallen. »Seid Ihr deswegen zurückgekommen?«

Peter zog die Augenbrauen hoch, und Jamie berührte die Tasche. »Hierfür?«

»Ja, dafür«, entgegnete Peter. »Dafür und für die Sache, für die ich das letzte Jahr meines Lebens gegeben habe. Die eine Sache, die dieses Land vor der wachsenden Kriegsgefahr retten könnte. Die Charta. Den großen Freibrief.«

Der Blick, den er auf Jamie richtete, war jetzt härter und eindringlicher als vorher. »Eine Charta, der Ihr helfen werdet, Früchte zu tragen, wenn Ihr Euren Anspruch auf Everoot anmeldet.«

Jamie schüttelte den Kopf. »Ihr habt zu lange mit Büchern und unter Mönchen gelebt, Priester. Ein Stück Pergament wird weder die Rebellen noch den König befriedigen. Es wird niemals von Bestand sein.«

Peters Augen schleuderten jetzt Blitze. »Entweder seid Ihr sehr dumm, oder Ihr denkt, dass ich es sei.« Jamie lachte. »Natürlich wird sie nicht allein aus sich heraus von Bestand sein«, sagte Peter fest. »Es ist Pergament. Aber eine Burgmauer kann auch nicht viel ausrichten, wenn sie nicht von Männern besetzt ist. Es braucht Menschen, damit sie standhält. Es wird Männer brauchen, mächtige, einflussreiche Männer, um diese Charta Bestand haben zu lassen. Männer mit der inneren Kraft und Stärke, sie umzusetzen. Männer mit Burgen und Lehnsmännern und Geld. Männer mit Mut.«

Ihre Blicke trafen sich und hielten sich fest.

»So ein Mann bin ich nicht, *curé*«, sagte Jamie ruhig. »Es tut mir leid, Euch zu enttäuschen. Ich bin nicht wie mein Vater.«

Peter ließ sich mit einem Laut des Widerwillens in die Kissen zurückfallen. »Ihr seid wie er, was Eure Sturheit angeht. Wäre doch nur Eure Mutter hier.«

»Ja, wäre sie es doch«, wiederholte Jamie.

»Ihr und Eva werdet ein feines Paar abgeben«, fügte Father Peter bitter hinzu. »Sie ist genauso dickköpfig wie Ihr.«

»Ihr seid beide sehr sture Männer«, sagte eine ruhige Stimme von der Tür her. »Aber ich bin froh, Euch Dickkopf zu sehen.«

Jamie spürte, wie sich Peters niedergedrückte Stimmung hob. »Ah, Jamie, Ihr habt mir Eva gebracht. Das habt Ihr gut gemacht«, sagte er leise und wandte den Kopf zur Tür.

Sie betrat das Zimmer, und ihr Blick registrierte alles: Jamie, der am Bett kniete, die hellroten Blutflecken auf dem Leinenlaken, mit dem der Priester zugedeckt war.

Dann umarmte sie ihn, sprach leise mit ihm, sagte nichts über das Oberlaken oder darüber, dass er sterben würde, denn Eva war klug genug, keine Zeit mit Dingen zu verschwenden, die ohnehin nicht zu ändern waren. Jamie erhob sich und beobachtete die beiden einen Augenblick lang, diese alten Freunde, Eva, die ihn zudeckte und redete und plauderte, Peter, der sie mit einer Handbewegung wegscheuchte und den Kopf schüttelte.

»Bleib jetzt bei Jamie, Eva«, sagte Peter nach einem langen Moment und schloss die Augen.

Sie stand neben dem Bett, ihre Fingerspitzen ruhten leicht auf dem Laken, das seine Brust bedeckte. »Aber natürlich.«

»Und Roger?«, fragte er, seine Stimme klang matter als noch einen Augenblick zuvor.

Eva erwiderte nichts. Jamie schaute auf und sah, dass ihr Gesicht wie aus Eisen gemacht wirkte, das Kinn angespannt, die

Augen starr, während kleine Schauer sie bis in die Spitzen ihrer Haare zittern ließen.

»Er ist in Sicherheit«, antwortete Jamie an ihrer statt. »Und mutig. Er wird ein Segen für den sein, dem er dienen wird. Ihr und Eva habt ihn gut erzogen.«

Father Peters Lippen schürzten sich leicht, er hielt die Augen noch immer geschlossen. »Das ist allein das Verdienst dieser eigensinnigen Frau. Ich sagte, er wäre verloren, aber sie beharrte darauf, dass es nicht so sei, und brachte ihn zurück.«

Evas Gefühle brachen sich in zwei Tränen Bahn, die ihr über das Gesicht liefen. Aber sie lächelte und sagte: »Ich habe heute Nacht ein Bild für jemanden gemalt. Von seiner Mutter. Er hat gesagt, es sei gut geworden.«

Father Peter tätschelte ihr schwach die Hand. »Alles, was du tust, ist gut, Eva. Ich bin stolz auf dich.«

Danach war er still. Jamie stand neben Eva, seine Hand ruhte auf ihrer Schulter, und sie warteten stumm. Es dauerte nicht lang, bis Peter starb.

»Ich denke, es hat seinen Heimgang leichter gemacht, dich bei sich zu haben«, sagte Jamie.

Sie streckte die Hand nach ihm aus, und er nahm sie, und sie beide sprachen ihre Gebete für Peter von London.

Ry kam durch die Haustür gestürmt, er atmete heftig und hielt sich am Türrahmen fest. Blut floss aus seiner aufgeplatzten Lippe. Ein Auge pulsierte rot und war dabei, zuzuschwellen.

»Sie haben Roger«, keuchte er.

Jamie lief schon zur Tür hinaus, als Ry noch sagte: »Du musst jetzt mitkommen.« Eva folgte ihnen auf der Stelle. Sie liefen die Straße hinunter, stießen die Leute aus dem Weg.

»Die Rebellen?«, rief Jamie.

»Nein. Der König.«

Alles, was Eva von diesem Augenblick an tat, war, als würde es unter Wasser stattfinden, während die Entscheidung Form in ihr annahm, an Stärke gewann. Es fühlte sich an, als würde sie gegen eine große Macht anschwimmen.

Obwohl es eigentlich gar keine Entscheidung war, wie sie durch den Schleier dieses Wassers erkannte. Es war eher, als würde etwas aufgedeckt, das vor langer Zeit in die Erde gelegt worden war, etwas Vergrabenes, wie Rüben in deinem Garten oder Knochen deiner einst Geliebten. Auf diese Weise war das Aufdecken weniger eine Enthüllung als vielmehr ein Erinnern: *Du hast mich vergessen, aber ich habe dich nicht vergessen.*

Die Saat war aufgegangen. Roger war in Gefahr, Jamie war in Gefahr, Father Peter war ermordet worden, und die Fesseln ihres Versprechens waren durchschnitten.

Sie würde den König töten.

57

Sie kämpften sich ihren Weg hinaus durch das Stadttor, während Menschen zuhauf hereinströmten, aber sie kamen zu spät. Viel zu spät. Sie standen auf dem Gipfel, Ry mit seinem zerschundenen und blutenden Gesicht und Angus mit grimmiger Miene, und starrten auf die Straße, die unter ihnen entlanglief.

Eva wich einige unsichere Schritte zurück und setzte sich ins Gras. Die Welt schwankte wie ein kleines Boot unter ihren Füßen, und sie konnte weder Atem holen noch wieder aufstehen. Sie starrte unverwandt geradeaus. Das grüne Gras tat ihren Augen weh.

Jamie starrte in die Ferne, auf den Weg, den die Männer des Königs geritten waren. Ein Tagesritt nach Everoot. Wessen Pferde waren schneller? Seine oder die der Doppelagentin Chance? Sie würden es herausfinden müssen.

»Ich muss hinterher«, sagte Eva ruhig, als würde sie erklären, dass sie Kräuter sammeln gehen müsse.

»Aye, wir werden ihnen folgen.«

Rys Hand fiel auf seine Schulter. »Das kannst du nicht tun, Jamie.«

»Ich kann was nicht?«

Rys Miene verhärtete sich. »Gehst du als Everoot dorthin?«

Jamie schwieg.

»Jamie, wenn du zum König gehst, musst du als *du* hingehen. Als Everoot. Wenn du als Jamie Lost hingehst, als der Ritter des Königs, wirst du nicht lebend durch das Tor kommen.«

Jamie sah den Hügel hinunter.

Rys Stimme klang jetzt härter. »König John wird dich töten. Siehst du nicht, was sie mir angetan haben? Sei versichert, dass ich nur als eine Botschaft an dich freigelassen wurde. Dies hier« – Ry zeigte auf sein malträtiertes Gesicht – »ist die Botschaft. John will dich vernichten.«

Eva mischte sich ein. »Das ist auch das, was die blonde Frau zu mir gesagt hat. Sie sagte, John würde dich jagen.«

»Mich jagt immer irgendwer«, entgegnete Jamie knapp.

Ry verengte die Augen. »Hattest du je einen Zweifel, was die Pläne des Königs für dich betrifft, Jamie, so kannst du sie jetzt nicht mehr anzweifeln. Er vertraut dir nicht mehr.« Rys Blick aus blutunterlaufenen Augen bohrte sich in Jamies. »Du kannst nicht dorthin gehen, ohne dass der Name Everoot dich schützt. Erhebe Anspruch, jetzt, Jamie. Es ist Zeit. Oder sie werden dich töten.«

»Sie werden es versuchen.«

»Himmelherrgott noch mal.« Ry packte Jamie an seinem Rock und schrie: »Dort drinnen kann ich dich nicht beschützen!«

Sie starrten sich lange an, dann trat Ry einen Schritt zurück. »Du wirst nicht einmal jetzt auf deinen Titel Anspruch erheben, nicht wahr, nicht einmal, wenn so viel auf dem Spiel steht?« Kalte, harte Wut füllte seine Worte wie eine Glaskugel. »Weder beanspruchst du ihn, noch verzichtest du auf ihn, Jamie. Das ist falsch.«

»Das ist richtig«, widersprach Jamie. Seine Stimme klang tödlich leise. »Ich tue keines von beidem. Ich werde auf Eva Anspruch erheben.«

»Das reicht nicht.«

»Das ist mir egal. Du wagst es, zu mir von Forderung zu sprechen? Du, der einen Vater und eine Familie hat, ein *Erbe*, und der auf alles verzichtet hat? Du, der mich gesehen hat in meiner schlimmsten ...«

»Du warst acht Jahre alt!«

»... du mit einer Frau, die auf dich wartet, solltest du dich je entscheiden, ihr die Hand hinzustrecken ... denke ja nicht, ich hätte Lucia vergessen ... und doch verzichtest du auf all diese Dinge. Stattdessen bist du hier, bei mir.« Jamie tippte sich mit den Fingerspitzen an die Brust. »Bei *mir*.«

Wenn alle Klangfarben der Scham wie Ponys hätten zusammengetrieben werden können, würden sie in diesen beiden Worten Jamies eingepfercht sein.

Eva, die noch immer im Gras saß, verstand es jetzt: Jamie konnte nicht begreifen, warum jemand sich für ihn entschied. Warum Ry sich für ihn entschieden hatte. Warum sie sich für ihn entschieden hatte. Weil er sich bis jetzt noch nicht entschieden hatte.

Schweigen hallte auf dem Hügel wider.

»Ich weiß nicht, warum du bleibst«, sagte Jamie kalt. »Geh und beschütze die Familie, die du verlassen hast.«

»Ich kann nicht ...« Rys Stimme brach. »Ich kann sie nicht retten.«

Jamie stellte sich so dicht vor ihn, dass ihre Körper sich berührten. »*Mich kann man nicht retten.*«

Ry wich einen Schritt zurück, dann noch einen. Er wandte sich ab, mit hängendem Kopf, und für einen langen Moment herrschte Schweigen. Dann hörten sie das Zischen einer Waffe, die an Metall entlangstrich, und Ry drehte sich um und legte sein Schwert an Jamies Hals, mit der flachen Seite. Eine Drehung seines Handgelenks, und die Schneide würde seine Pulsader treffen.

»Ich sollte das jetzt tun«, sagte Ry leise, seine rot geränderten, erschöpften Augen hielten Jamies fest. »Was du seit Jahren zu tun versuchst, das sollte ich hier und jetzt für dich tun.«

Die Energie eines Blitzes krachte durch die Luft auf dem Hügel. Niemand bewegte sich.

»Dann tu es doch«, sagte Jamie.

Eva stand auf und ging zu den beiden, legte die Fingerspitzen auf die kalte Klinge und schob sie zur Seite.

»Schwerter sind scharf«, murmelte sie. »Lasst sie uns nur gebrauchen, wenn kleinen Kindern der Tod droht; würdet ihr sterben, könntet ihr ihnen nicht helfen. Da ihr beide sehr wütend seid und es hier keine kleinen Kinder gibt, werden wir jetzt damit aufhören und durchatmen und uns nicht gegenseitig umbringen und unseren Feinden damit eine große Freude bereiten.«

Ry ließ zu, dass sie das Schwert hinunterdrückte. Seine Spitze wirbelte eine kleine Staubwolke auf, als sie auf einen nackten Fleck auf dem Boden traf. Angus räusperte sich.

Für einen Moment geschah nichts. Dann schob Ry seine Klinge zurück in die Scheide und ging den Hügel hinunter davon. Er schaute sich nicht mehr um.

Sie sahen ihn fortgehen. Eva war verwirrt. Sie wandte sich Jamie zu. »Geht er . . . ?«

»Für immer fort«, sagte Jamie grimmig. »Ich weiß, wohin sie geritten sind«, sagte er, fast wie zu sich selbst. »Nach Everoot.« Er schaute zu Eva.

Sie nickte. »Dann brechen wir am besten sofort auf.«

»Angus, bleib bei Ry«, sagte Jamie, als er sich umdrehte und dann den Hügel hinunterging. »Gott weiß, was er jetzt machen wird.«

Sie trennten sich am Fuß des Hügels. Angus, um Ry zu suchen, Eva und Jamie, um nach Everoot zu reiten.

58

Einen ganzen und einen halben Tag später zügelten sie genau im Süden der Burg, des Nestes, ihre Pferde, der uneinnehmbaren, unbezwingbaren Befestigungsanlage der riesigen Grafschaft Everoot.

Ihre steinernen Türme stießen wie Fäuste aus der Erde in den hellen blauen Himmel. Überragten das Tal und das Dorf am Fuß. Nicht ein Wimpel flatterte auf den Wällen; der König zeigte seine Anwesenheit nicht an. Er wünschte nicht einmal, dass bekannt wurde, dass er aus Windsor geflohen war. Eva vermutete, dass nur wenige Menschen wussten, dass er sich hier aufhielt. Das würde ihr von Nutzen sein.

Nichtsdestotrotz strömten Menschen durch das schwer bewachte Tor hinein und heraus, zu Fuß oder zu Pferde, einige mit Karren. Es würde unmöglich sein, die Anwesenheit des Königs lange geheim zu halten.

Jamies Blick blieb unbewegt auf die hoch aufragende graue Spitze des Hauptturmes gerichtet. Für Eva war es eine schwere Heimkehr, aber sie konnte sich nicht einmal ansatzweise vorstellen, wie Jamie sich fühlen musste.

»Ich sollte dich hierlassen«, murmelte er.

Sie nickte. »Natürlich, aber das wird nicht geschehen. Du bist eigensinnig und tust nicht immer das, was du tun solltest.«

Ein leichtes Lächeln erhellte sein Gesicht, als er sie ansah. »Du tust genau, was ich sage, ganz genau so. Hast du mich verstanden, Eva?«

»Laut und deutlich«, sagte sie und nickte. Das bedeutete nicht, dass sie ihm gehorchen würde, aber das hob sie sich für später auf.

Selbst von hier aus konnten sie eine Reihe Leute in den Höfen der Burg herumlaufen sehen, die nicht in Rüstungen steckten.

»Die Burg ist sehr belebt«, bemerkte Eva. »Das wird uns nützen.«

Jamie, in voller Rüstung, die Kettenkapuze, zusammengefallen zu einem Haufen zusammengefügter Kettenglieder, im Nacken, saß in seinem Sattel und schwieg. Ein Arm war leicht gebeugt, sodass er den Griff seines Schwertes mit seinen eingelegten silbernen Flechtbändern sofort greifen konnte. Seine andere Hand hielt locker die Zügel, sein Blick war auf das Castle gerichtet. Seine Kleidung war dunkel und unauffällig, seine Wangen und sein Kinn dunkel von Bartstoppeln. Er sah aus wie ein wettergegerbter Krieger nach einem Feldzug, allein mit seinem Pferd und dem Wind.

»Lass uns hinreiten.«

Die Torwachen, die Jamie gut kannte, waren offensichtlich bis jetzt noch nicht darüber informiert worden, dass Jamie jetzt ein Feind des Königs war.

Sie öffneten rasch die kleine Tür im Nordturm des Vorwerks und ließen ihn und Eva passieren. Sie betraten den kalten, dunklen, sich sechzig Fuß hoch in den Himmel erhebenden Turm wachsamen Auges.

»Wo ist der König?«, fragte Jamie.

»Noch nicht eingetroffen, Sir.«

Jamie nickte. »Gut«, sagte er, dann flüsterte er Eva ins Ohr: »Wir haben Zeit.« Sie eilten über den äußeren Burghof. »Hier treffen wir uns, sollte die Lage gefährlich werden«, sagte er und führte sie an den Rand des weitläufigen Innenhofes.

Trotz der geheimen Ankunft des König waren überall in den Höfen Leute unterwegs, Diener und Knappen und Händler. Aber selbst wenn man Johns prächtige Entourage von Dienstboten und Höflingen dieser Mischung hinzufügte, hätte dies nicht das sich weit ausdehnende Areal von Everoots großen Burghöfen gefüllt.

Sie hatten den Burghof zur Hälfte überquert, bevor Jamie merkte, dass etwas nicht stimmte. Eine Missstimmung in dem Gesumme einer Burg, wenn die Herrschaft anwesend war.

Der König mochte seine Banner nicht zum Zeichen seiner Anwesenheit herausgehängt haben, aber irgendjemand wusste, dass er hier war, denn ... war das nicht die Livree von Geoffrey de Mandeville, die der Knappe trug, der jetzt vorbeiging? Und ... Essex. Hereford. Norfolk.

Jeder Edelmann oder Aspirant auf einen Titel schien hier zu sein oder einen Repräsentanten geschickt zu haben.

Was zum Teufel ging hier vor?

Jamie hielt Eva dicht an seiner Seite, als sie weitergingen, und stieß fast mit Brian de Lisle zusammen, der die überdeckte Treppe herunterkam.

Er blieb für einen Moment stehen. »Jamie!« Er eilte die letzte Stufen hinunter, griff nach seinem Arm.

Jamie wollte Eva in irgendeinen Gang schieben, aber hier gab es keinen. Aber er hätte sich keine Sorgen machen müssen. Als er seinen Schritt verlangsamte, ging Eva einfach weiter und an ihm vorbei, schüttelte ihre Röcke und sprach leise mit sich selbst, als habe sie einen wichtigen Botengang zu erfüllen.

De Lisle sah sie an – es war unmöglich, das nicht zu tun –, packte dann aber Jamies Unterarm mit festem Griff. »Jamie Lost, du bist ja wohl mehr als verrückt hierherzukommen. – Es ist schön, dich zu sehen.«

»Gleichfalls, Brian«, entgegnete Jamie den Gruß und stählte sich dagegen, dass die Dinge nicht gut laufen würden. Wieder einmal. Brian war einer von Johns getreuesten und bestbelohnten Captains, klug, gerissen und, glücklicherweise, eigenständig denkend. Er war äußerst gefährlich. Er würde auch wissen, was zum Teufel hier vorging.

»Du bist gerade erst angekommen?«, fragte Brian.

»Aye. Ich hatte einen Auftrag.«

»Das hörte ich.« Brians Augen suchten in Jamies, als sie einander losließen. »Du bist ein gesuchter Mann, Jamie. Was zum Teufel tust du hier?«

Jamie erwiderte seinen Blick. »Bist du gleichermaßen an mir interessiert?«

Brian zögerte, dann schüttelte er den Kopf. »Kein Grund bis jetzt, dich zu hassen, Jamie. Ich habe dich bis jetzt noch nie etwas ohne Grund tun sehen.« Brian sah ihn an. »Willst du ihn mir sagen?«

Jamie empfand schiere Erleichterung. Er hätte Brian de Lisle nicht gern niedergestreckt. Es würde die Lage nur erschwert haben. »Bald. Bist du bereit, mir ein paar Stunden Zeit zu geben?«

Brian gab einem der funkelnden Helme oben auf dem Wehrgang ein Zeichen. Der Wachsoldat nickte und eilte auf die Treppe zu. Brian schaute wieder zu Jamie. »Du hast weniger als eine Stunde, würde ich schätzen, dann wird der König eintreffen. Du hast den Priester nicht?«

Jamie schüttelte den Kopf. »Er ist gestorben. Was zum Teufel ist hier los?« Er zeigte auf den Knappen von de Mandeville, der gerade in den Ställen verschwand.

Brian de Lisle schüttelte den Kopf, grinste aber. »Der König hat den Verstand verloren, Jamie, aber in diesem Fall könnte er dabei eine brillante Idee gehabt haben.«

»Und die wäre?«

»Die Lehen zu versteigern.«

Jamies Herz schlug langsamer. »Welche Lehen?«

»Die Baronie d'Endshire wurde als zusätzlicher Leckerbissen

angeboten, aber das Ganze ist jetzt natürlich noch pikanter, da der Junge letzte Nacht zurückgebracht worden ist.«

Jamie packte ihn am Arm. »Ist er hier?«

Brian schaute überrascht auf Jamies Hand.

»Du hast ihn gesehen?«, drängte Jamie. »D'Endshire?«

»Aye, ich habe ihn gesehen. Ich höre, du bist ihm ebenfalls begegnet. Zehn Jahre vermisst, und du findest ihn binnen einer Woche.« Brian schüttelte den Kopf mit einem leichten Lächeln. »Ich bin beeindruckt.«

»Und der König...?«

Brian zuckte mit den Schultern. »Vielleicht weniger. D'Endshire scheint von der getreuen Sorte zu sein, und ich erwarte, dass der König ihn akzeptieren wird. Ein rechtmäßiger Erbe ist wahrscheinlich besser als ein gekaufter.«

Jamie nickte und holte tief Luft. Die Neuigkeiten fühlten sich an wie ein kleines Fenster einer Gnadenfrist. »Wo ist er?«

Brians Mund verzog sich nach oben zu einem Lächeln. »Nicht bei deinem Leben, Jamie. Welches gut sein möge, beginne ich zu denken.« Er sah Jamie an, dann rief jemand nach de Lisle. Brian schaute hinüber, winkte und drehte sich um. »Everoot steht auch zum Verkauf.«

Die Worte hallten in Jamies Kopf wider. »Was?«

»Der König verkauft Everoot an den Höchstbietenden. Ganz im Stillen. Ganz auf die Schnelle.«

Jamie fühlte sich, als hätte man ihm einen Faustschlag versetzt.

»De Mandeville, Essex, sie alle haben Emissäre geschickt. Es ist erstaunlich, wie rasch diese Männer in Bewegung kommen können, wenn man ihnen nur ordentlich die Sporen gibt«, sagte Brian unbekümmert. Er war sich nicht bewusst, dass Jamie nur eines von drei Worten verstanden hatte, weil ihm das Blut durch den Schädel rauschte. »Der König macht seinen Zug.«

»Er macht einen Fehler«, sagte Jamie kalt.

Brian zuckte mit den Schultern. »Wer weiß? Der König könnte gerade einen Weg gefunden haben, die Charta abzuwenden und den Krieg zu gewinnen, und beides auf einen Streich.« Brian schaute über Jamies Schulter. »Ich muss gehen.«

Er zeigte hinauf zum oberen Treppenabsatz, von dem einer der Kammerherren des Königs heruntergeeilt kam. »Richtet Sir Jamie ein Zimmer. – Davon ausgehend, dass du bei Sonnenuntergang noch am Leben bist, werden wir uns heute Nacht betrinken, du und ich. Es gibt viel zu bereden und vielleicht auch zu feiern.«

Brian ging davon. Der Kammerherr sah Jamie an. Jamie lächelte. »Richtet mir mein Zimmer, wie Lord Brian es angeordnet hat.«

»Sir ...«

»Ich werde Euch auf dem Fuße folgen.«

Jamie wandte sich um und ging zum Hauptturm, den Weg, den Eva genommen hatte, ging um die Menschen herum, die die Treppe des Wohnturms aus grauem Stein herunterkamen, der einst sein Zuhause gewesen war, das Castle, das der König verkaufen würde an den, der am meisten dafür bot.

Spät an diesem Tag, nachdem Jamie davongeritten war, nach einer Reihe von langen und bitteren Drinks, ging Ry zu den Ställen und begann, sein Pferd zu satteln. Ein monströser Schatten fiel auf die Balken über ihm und verharrte dann. Ry drehte sich langsam um.

»Herrgott noch mal, Angus«, knurrte er und wandte sich wieder dem Aufsatteln zu.

Angus machte einen Schritt in den Stall. »Du hast dich geirrt.«

»Ich bin sicher, dass es so ist.«

»Weißt du, was er dort oben tun wird, auf Everoot?«

»Jamie? Sich umbringen lassen.«

»Aye, nun, ich kann das nicht einfach so geschehen lassen, verstehst du? Ich werde hinreiten und diese Schuld tilgen, und wenn mich das umbringt.«

»Nicht, falls er sich zuvor selbst umbringt.« Ry ließ die Klappe seiner Satteltasche fallen und tätschelte seinem Pferd den Hals. Er griff nach den Zügeln und führte es aus dem Stall. Angus stand ihm im Weg, die Arme vor der Brust verschränkt, die Stirn gerunzelt. Ry sah mit gerunzelter Stirn zurück.

»Du siehst verdammt elend aus«, stellte Angus unumwunden fest.

»Aye, nun, das passiert, wenn man versucht, Jamie zu beschützen.«

Ry begann, sich an ihm vorbeizudrängen. Angus rührte sich nicht. Er blieb stehen, und Angus' Blick bohrte sich in ihn.«Ich verstehe nicht, warum du ihn allein gelassen hast.«

Ry zuckte mit den Schultern. Weil man einen Mann, der von einem Selbstzerstörungstrieb besessen ist, nur für eine gewisse Zeit retten konnte. Ry hatte entsprechende Erfahrungen mit hoffnungslosen Fällen, und er hatte endlich zugeben müssen, dass Jamie einer davon war. »Langeweile«, sagte er barsch.

»Was zum Teufel heißt das?«

Ry machte einen entschlossenen Schritt nach vorn, und dieses Mal ließ der Schotte ihn durch. »Das heißt, dass es mit Jamie immer dasselbe ist. Fast getötet werden, fast, nur fast, bis er dann eines Tags schließlich dann doch getötet wird. Ich will nicht dabeistehen und zusehen, wenn das passiert.«

Angus hob die Hände. »Verdammt, Ry, das ist doch genau der Grund, warum du bei ihm bist. Wir alle wussten das damals: Jamie wird sich umbringen, und Ry wird ihn wieder zurückbringen.«

»Jetzt nicht mehr.«

»Warum nicht?«

Ry starrte ihn an. »Weil ich damit fertig bin.«

Angus starrte zurück. »Du hast immer gesagt, Jamie wäre dickköpfig, Ry, aber dich übertrifft keiner. Und jetzt?«

Ry schob ihn mit einem Armschwung zur Seite. »Jetzt werde ich gehen, um aufzuräumen.«

Angus drehte sich um, knarrend und klirrend von Leder und Waffen. »Ich werde mit dir kommen.«

»Ich meine es im wahrsten Sinne des Wortes. Ich werde Schränke aufstellen und zerbrochenes Geschirr forträumen, bei Jacob dem Doktor.«

»Ich werde mitkommen. Jamie hat gesagt, dass ich das soll.«

Ry blieb so unvermittelt stehen, dass der Griff von Angus' Schwert ihm in den Rücken stach. »Was?«

»Er wollte nicht, dass du irgendwas machst, das ...«, der Schotte bedachte seine nächsten Worte lange, »übereilt ist.«

Ry wandte sich kalt um. »Übereilt? *Übereilt?* Ich, übereilt?«

Angus ging einen Schritt zurück, die Hand hoch erhoben. »Ich sage nur, was Jamie gesagt hat.«

Ry starrte ihn einen Augenblick lang an. »Warum hast du uns verlassen, vor all diesen Jahren?«

Angus' wurde rot. »Ich konnte es nicht ertragen, Jamie so viel schuldig und nicht in der Lage zu sein, es ihm zurückzuzahlen. Und er hat mich das auch nie vergessen lassen.«

Ry machte auf dem Absatz kehrt und ging zur Tür. »Du verstehst Jamie nicht. Er lässt es dich nie vergessen, weil er niemals vergessen hat. Er wird niemals vergessen und niemals vergeben. *Sich selbst.* Es gibt nichts, was ich dagegen tun kann.«

»Du sollst ja auch gar nichts dagegen tun, verdammt«, knurrte Angus. »Ihr seid Freunde. Du hast es ihm geschworen.«

Ry blieb an der Tür stehen. Die Frühlingssonne zeichnete eine Schwelle aus Licht vor den Stall. »Und was ist mit mir?«

Schweigen, dann sagte Angus: »Du wirst vermutlich das tun, von dem du meinst, es ist das Richtige. Ich verstehe nur nicht, wie es das Richtige sein kann, ihn allein zu lassen, um zu sterben. Und was wird aus dem Mädchen?«

Ry holte tief Luft.

»Ich weiß nicht, was er ohne dich tun wird, Ry.«

»Ich soll ihm also dabei zusehen, wie er stirbt?«

Er hörte, dass Angus seinen massigen Körper bewegte. »Nun, Ry, ich weiß nicht, was mit dir ist, aber ich habe nicht vor, ihn sterben zu lassen. Ganz egal, wie versessen er auch darauf ist.«

Einen Moment lang schwiegen sie. Dann wandte sich Ry an ihn. »Everoot ist zwei Tagesritte entfernt.«

»Mit frischen Pferden weniger.«

»Zuerst zum Doktor. Das zumindest hat er verdient.«

»Aber dann schnell, Ry«, sagte Angus, während sie den Stall verließen. »Jamie sah schrecklich entschlossen aus, und wie mir zu Ohren gekommen ist, versteigert der König Grafschaften.«

Jamie führte Eva in ein unbenutztes Schlafzimmer – trotz der vielen Besucher gab es noch viele. Im Wohnturm fand sich eine Kammer neben der anderen, und auch in den Wachttürmen gab es etliche Räume. Er öffnete einfach die Tür zu einem der am weitesten abgelegenen Zimmer, wies dann zwei Diener an, Bettzeug und Kleider und ein Kohlenbecken in das »Schlafgemach der verwitweten Countess of Misselthwaite« zu bringen, die soeben alles verloren hatte, als ihr Gepäckkarren in der reißenden Flut des Wash stecken geblieben war, und warum in des Königs Namen war das nicht schon längst geschehen?

Die Diener starrten diesen unbekannten, zornigen Edelmann, der sie wegen etwas anfuhr, was sie offensichtlich hätten wissen müssen, aus großen Augen an. Dann schossen sie davon, den Korridor hinunter, und sehr bald schon waren sie mit all den verlangten Dingen und einigen zusätzlichen zurück, wie zum Beispiel mit Kerzen und einem Teller mit Speisen und einem Spiegel aus poliertem Metall.

Eva hielt sich den Spiegel vor das Gesicht, während die Zofe sich unter Jamies Stirnrunzeln beeilte, das Bad mit den duftenden Kräutern zu bereiten, dann verließ sie rasch das Zimmer. Eva stach mit der Fingerkuppe in ihre Wange, während sie noch immer in den Spiegel schaute. Sie neigte den Kopf zur Seite und spähte auf ihr Profil. Blass, dünn, entschlossen. Dies waren die Dinge, die sie in ihrem Gesicht sehen konnte. Sie durfte Jamie nicht zu genau ansehen, sonst hätte er das Letztgenannte auch bemerkt.

Sie legte den Spiegel aus der Hand. »Das hast du alles sehr gut gemacht«, sagte sie sanft, während sie im Zimmer herumging.

»Du wirst für eine Weile hierbleiben.«

Sie berührte das Bett. »Das klingt wie eine Drohung.«

»Es ist ein Befehl, Eva.«

Sie strich mit der Handfläche über die Bettvorhänge, die eilig hochgebunden worden waren.

»Du wirst hier warten. Ich werde alles regeln.«

Sie schaute aus dem Fenster; es ging hinaus auf den inneren Burghof. Sie zog den Kopf wieder herein und wandte sich Jamie zu. »Misselthwaite?«

Er schüttelte den Kopf mit einem müden Lächeln.

»Ich denke, das ist ein sehr klangvoller Name. Vielleicht wird unser kleines Haus Misselthwaite heißen.«

Er griff nach ihrer Hand und zog sie zu sich. »Roger wird es gut gehen«, murmelte er an ihren Lippen. »Ich werde dafür sorgen.«

Sie erwiderte nichts, weil Jamie für solche Dinge nicht sorgen konnte. Er mit seinem edlen Herzen würde es versuchen, natürlich, und würde danach tot sein. Da er Anspruch auf eine Grafschaft zu erheben hatte, war dies offensichtlich nicht vernünftig.

Opfer mussten gebracht werden, aber es würden nicht Jamies Opfer sein. Auch nicht Rogers.

Es würden Evas Opfer sein.

Jamie hatte seine Arme um sie geschlungen. Es war etwas, was sie nicht beschreiben konnte, diese Bewusstheit, dass dieser gute Mann sie wollte, also versuchte sie es auch nicht. Sie schmiegte die Wange an seine Brust, und sie hielten einander fest, atmeten im Gleichklang. Sie spürte, wie ihr Herz sich weitete. Sie konnte fühlen, wie es ihre Brust ausfüllte, bis hinunter zu ihrem Schoß. Wie es sie mit Jamie füllte. Sie fühlte sich, als sei sie ein einziges schlagendes Herz.

Das war eine viel bessere Art zu verlöschen, als sie es sich je ausgemalt hatte. Und in zehn Jahren hatte man sehr viel Zeit, sich sehr viele unerfreuliche Arten auszudenken.

Sie beide hörten es – die Ankunft des Königs und seiner Entourage. Das Klappern von Hufen auf den buckeligen Pflastersteinen auf dem Hof, die Rufe der Männer und Pferdeknechte, bellende Hunde, Diener, die umhereilten. Dann schlugen Türen zu, der Hufschlag wurde leiser, als die Pferde fortgeführt wurden. Schritte wurden lauter, dann leiser, als die Männer um den Hauptturm herumgingen und ihn betraten.

Keiner von beiden bewegte sich.

Heiße, dicke Tränen füllten Evas Augen. Es war unfassbar, all diese Tränen, seit sie Jamie begegnet war. Sie schloss die Augen und drückte sie ganz fest zu.

Er bewegte sich, aber nur, um den Kopf zu beugen und ihn auf ihren Scheitel zu legen. Seine Stirn drückte an ihre. Seine tiefen, gleichmäßigen Atemzüge streiften warm ihr Ohr. Seine machtvolle Kraft war, für einen Moment, entspannt. Er machte sich bereit, bereitete sich vor. Er war müde.

Eva löste ihre Finger, ließ sie über seinen Rücken gleiten und begann, seine Schultern zu massieren.

Er gab einen tiefen Ton von sich, dann ein Stöhnen. »Ich muss gehen«, murmelte er, ohne sich zu rühren.

»Ja«, sagte sie und drückte ihre Finger fester, massierte ihn mit tiefen, kreisenden Bewegungen. Sie fühlte seine Arme herunterfallen. »Gleich. Aber er ist bereits hier. Es gibt nichts, worauf sich vorzubereiten wäre, keine Möglichkeit, ihn dort zu erwarten, wohin er kommen wird, bevor er selbst dort sein wird. Also wirst du diesen Moment noch bleiben und mich empfangen.«

Er legte die Finger unter ihr Kinn und hob ihr Gesicht empor und lächelte leicht. »Ich werde dich heute Nacht empfangen, Eva.«

»Vielleicht ein wenig schon jetzt?«

»Jetzt ist keine Zeit.« Aber er küsste sie, nachdem er das gesagt hatte, also wusste sie, dass es vielleicht doch noch ein wenig Zeit gab. Er richtete sich auf, zog sie mit sich, bis er auf der Kante des Bettes saß. Er hob sie auf seinen Schoß, dass sie ihn ansah, ihre Beine waren zu seinen Seiten gespreizt. Er hielt die Augen mit den langen Wimpern geschlossen, als er eine Reihe von Küssen auf ihre Kehle setzte und heiße rote Stellen zurückließ, die pochten, wenn er sich weiterbewegte, tiefer glitt. Seine Berührung wirkte verzweifelt und heftig, und das alles ihretwegen.

Sie konnte sein Verlangen in dem harten Schaft spüren, der sich zwischen ihre Röcke drängte, seine leidenschaftlichen Küsse, seine immer suchenden Hände, und vor allem in den fast unhörbaren Worten, die er an ihrer Haut murmelte. Was sagte er?

Sie legte die Hände um sein Gesicht und küsste ihn. »Was immer es ist, ja, ich will«, wisperte sie, zerrte an ihren Röcken, zog sie für ihn hoch. Er übernahm die Führung, drehte sie beide herum auf die Knie. Er öffnete die Bänder seiner Beinlinge, und ohne Vorwarnung hob er Eva hoch und senkte sie auf sich herunter.

»Ich sagte, verlass mich nie«, sagte er rau, die Augen auf sie gerichtet.

Sie warf den Kopf in den Nacken, als er in sie eindrang. Es war eine rasche, harte, heftige Vereinigung. Sie waren wie zwei Irrsinnige, Zähne schlugen aufeinander, Hände packten zu, drückten, harte, tiefe Bewegungen, die bestimmt waren, zu erregen und zu besitzen. Es war, als ob sogar Jamie wüsste, dass dies vielleicht das letzte Mal war, dass sie einander berührten.

Er zerrte an den Bändern ihres Kleides, riss am Halsbündchen, bis er seinen heißen Mund um ihre Brust schließen konnte. Er saugte, während er in sie pumpte, sie bei jedem Drängen seiner Hüften hob, tiefer in sie eindrang. Binnen Momenten taumelte sie über die Klippe. Ihr Kopf fiel nach hinten, als ihr Körper explodierte, und sie fühlte ihn hart und hämmernd in sich, als er seinen Samen in heißen Zuckungen in ihr verströmte, während sie seinen Namen an seinem Hals wisperte und sich an ihm so festhielt, wie sie nur konnte.

Er fiel zurück auf das Bett. Eva saß mit gespreizten Beinen auf ihm, küsste ihn, und dass sie ihn an seinen Handgelenken an die Bettpfosten gebunden hatte, merkte er erst, als es zu spät war.

59

*E*va?«, murmelte Jamie, als er sich plötzlich eines Strickes bewusst wurde, der an seinem Handgelenk zerrte. Nein, an beiden.

»Jamie«, wisperte sie und glitt von ihm herunter, richtete ihre Röcke und blieb in sicherer Entfernung von ihm stehen. Sie strich mit den Fingerspitzen über seinen nackten Bauch und ... wandte sich dann ab.

Er schoss hoch. Die Stricke hielten ihn zurück. »Was zum Teufel ist los?«, verlangte er zu wissen und zerrte an den Fesseln. Sie waren fest und unnachgiebig. Er schaute hoch zu Eva. Sie stand an der Tür.

Sie verließ ihn.

»Jamie, was immer du auch sagst, Roger ist nicht sicher. Der König ist verrückt. Er muss aufgehalten werden.«

Sein Herz hämmerte. »Eva«, sagte er dunkel, langsam. »Was hast du vor?«

Sie sprach weiter, als hätte er nichts gesagt. Sie hatte seine Worte offensichtlich überhört. »Wie nützlich kann John einen fünfzehnjährigen Jungen finden, dessen einziger Reichtum das Land ist, das der König bereits selbst besitzt? Verglichen mit den großen und reichen Männern, die ohne Zweifel ihre Angebote machen werden, ist Roger so bedeutend wie eine Mücke. Und du?« Sie schüttelte den Kopf. »Der König will dich hängen sehen.«

Jamie zerrte wieder an den Stricken, mühte sich darum, sich aufzusetzen. »Eva. Was du sagst, ist begründet. Wir werden reden, ich werde zuhören, aber, Eva ...«

»Du weißt das, weil du ein guter Mensch bist. Der König ist es nicht. Ich weiß das. Er ist mein Vater.«

»Eva, *tu das hier nicht*.«

Sie legte die Hand an die Tür, während er gegen die Stricke kämpfte. »Ich habe deine Warnung gehört, Jamie. Mein ganzes Leben hat aus Warnungen bestanden. Und weißt du, was danach kommen wird? Noch mehr davon. Alle wegen König John. Weiteres Davonlaufen, weitere Dunkelheit...«

»Du darfst dich dem König nicht zeigen, bevor ich...«

»... und so wird es immer weitergehen.«

»... dich geheiratet habe!«, rief er.

Für einen kurzen Moment schwieg er.

»Und welchen Wert hat unsere Heirat für den König?«

Sein Herz hämmerte. »Ich werde Anspruch auf Everoot erheben«, sagte er, und es fühlte sich an, als wollte er diese Worte für immer sagen. »Ich werde Anspruch auf Everoot erheben und auf dich, und *das* ist von Wert.«

Seine Erklärung schien Eva nicht zu beeindrucken. »Und dann wirst du nichts sein als eine noch größere Bedrohung. Ein mächtiger Lord, verheiratet mit der Tochter der Königs? Und das nach allem, was ihm dein Cigogné ohne Zweifel berichtet hat? Nachdem er erfahren hat, dass du eine Zeit lang die Absicht hattest, ihn zu töten.« Sie schüttelte den Kopf und öffnete die Tür. »Nein, Jamie. Es gibt nur einen Weg, dies zu beenden.«

Er lag still. »Was soll das heißen? Was wirst du tun?«

»Den König nicht zu töten, Jamie, das war keine gute Entscheidung. Und jetzt sind all die guten Männer tot oder werden es bald sein. Ich werde mich darum kümmern, da es niemand sonst tut.«

»Jesus, Eva, du bist verrückt.« Er hatte eine plötzliche, erschreckende Einsicht, wie Ry sich seinetwegen fühlen musste. »Du hast keine Vorstellung davon, was das Töten aus einem Menschen macht.«

»Du hast getötet«, sagte sie sanft. Sie hatte keine Ahnung von der Tragweite ihres Handelns. »Und du bist ein guter Mensch.«

»Ja, ich habe getötet, und innerlich bin ich ein sterbendes Etwas. Ich war tot, bis du gekommen bist, Eva.«

»Aber wenn es einen Grund gibt«, flüsterte sie, die Hand an der Tür. »Einen guten Grund? Gewiss zählt das doch.«

»Es zählt. Für eine Weile.«

»Ich muss es nur einmal tun.«

»Du verstehst mich nicht, Eva: *Dieses eine Mal genügt.*«

»Nur dieses eine Mal.«

Er brüllte, ballte die Fäuste, zerrte mit einem wilden Ruck an den Fesseln. Der hölzerne Bettpfosten knackte leise. Eva zuckte zusammen; ihr Gesicht wurde blasser. »Ich schwöre, ich werde dich eigenhändig töten«, knurrte er.

Er zerrte wieder. Ein weiteres Knacken von Holz. Sie trat durch die Tür.

»Ich habe zu lange in der Dunkelheit gelebt, Jamie«, sagte sie leise und schaute über die Schulter zu ihm. »Ich kann es nicht mehr. Und Roger auch nicht. Und du auch nicht.« Sie zog die Tür hinter sich zu, aber nicht, bevor sie leise sagte: »Ich liebe dich.«

Dann war sie fort.

Jamie ließ den Kopf sinken und erneuerte seinen Angriff auf die Bettpfosten. Unter diesen Umständen würde es eine halbe Stunde dauern.

Eva ging den vertrauten Korridor zum Herrenturm hinunter. Ein weißes Rauschen füllte ihren Kopf wie ein Wind, als sie die Steine unter ihren Füßen zählte. Die Welt, in der sie gelebt hatte, entfernte sich wie die Küste von einem Boot, wenn man auf einer mächtigen, aber unsichtbaren Strömung auf das Meer hinaustrieb. Sie fühlte sich, als hätte sie den Rudern nur einen kleinen Stoß gegeben und sie wären über die Bordwand gerutscht und ins Wasser gefallen. Es konnte jetzt keine Änderung der Richtung mehr geben. Sie war auf ihr Ziel ausgerichtet wie ein Pfeil und würde darauf zufliegen, unaufhaltsam.

Es war unmöglich, sich vorzustellen, dass sie Roger nie wiedersehen würde, also tat sie es nicht. Es war unmöglich, sich vorzustellen, sie würde Jamie niemals wiedersehen, also tat sie es nicht. Niemals wieder zu fühlen, wie Jamie sie mit seinem Lächeln zu seinem Ziel machte, niemals mehr seinen Daumen zu spüren, der ihren Nacken streichelte, so viel beherrschte Kraft, wenn er auf ihr lag. Niemals die Wölfe hören. Luft atmen. Ihre harten, hässlichen Stiefel fühlen, die wieder die feste, wunderschöne Erde berührten.

Die Dinge, an die sie nicht denken konnte, wuchsen und wuchsen, bis sie ein winziger Stachel aus Dunkelheit inmitten all der hellen Dinge waren, die sie sich in dieser Welt nicht vorstellen konnte.

Sie schlüpfte in das Vorzimmer des Königs. Es war nicht schwer; Eva wusste, wie sie sich unsichtbar machte. Sie saß auf einer kleinen Bank an der Wand, starrte auf nichts, bis sie ein Geräusch hörte, das Scharren von Stiefeln draußen auf dem Steinboden.

Sie stand auf und zog ihren Umhang fester um sich; so blieb sie so lange wie möglich ungesehen und konnte ihren Vater, den König, töten, bevor er noch jemanden zerstörte, den sie liebte.

60

Jamie zerrte wieder an seinen Fesseln. Kein Knacken von Holz. Er ballte die Fäuste und zog wiederholt an den Stricken, bis seine Arme und sein Bauch brannten, dann hielt er inne, um Atem zu holen. Er starrte hinauf an die Decke.

Eva hatte recht gehabt. Ry ebenso. Ganz besonders Ry. Jamie hatte seit Jahren in einer Totenwelt gelebt, hatte weder die Hände ausgestreckt noch sich bewegt. Unentschlossenheit hatte sein Leben gekennzeichnet, trotzdem war sein Handeln immer unerschütterlich gewesen.

Aber jetzt stand er am Wendepunkt. Wenn er nicht Anspruch auf Everoot erhob, würden andere es tun. Das hatte ein Feuer in ihm entzündet, obwohl er es ignoriert hatte. Mit der Möglichkeit konfrontiert zu sein, dass jemand anders Everoot regieren würde, hatte ihm die Luft abgeschnürt.

Es beanspruchen zu müssen, um Eva zu retten, ließ ihn wieder zu Atem kommen. Er könnte es tun. Er würde es tun. Ein Gefühl von Macht und Schicksal feuerte seine Entschlossenheit an.

Genug damit, noch länger zu grübeln; es war Zeit, sich zu befreien.

Nackt und gefesselt auf diesem Bett zu liegen, gab einem Gelegenheit, über die Fehler nachzudenken, die man in der Vergangenheit gemacht hatte. Zum Beispiel musste er Eva einschärfen, wie wenig er ihre Methode schätzte, Probleme zu lösen.

Er begann einen erneuten Angriff auf die Bettpfosten.

Ry und Angus kamen im Kielwasser eines Zugs von Händlern und Huren nach Everoot. Unverzüglich machten sie sich auf die Suche nach Lucia, der dunkelhäutigen, heißblütigen jungen Italienerin, die vor Jahren auf Baynard Castle gedient hatte und die fortgegangen war, als Ry gegangen war. *Weil* er gegangen war. Ihr war es egal, dass er Jude war oder dass er die meisten seiner Tage in tödlicher Gefahr verbrachte oder dass er kaum die Hände von ihr lassen konnte, wann immer sie sich nahe waren. Für sie zählte nur, dass er sie anlächelte, keine andere Frau ansah und sich verpflichten würde, den Rest seines Lebens mit ihr zu verbringen.

Dies war zum Streitpunkt geworden: Rys Leben drehte sich darum, Jamies zu retten, da er das seiner Familie nicht hatte retten können, und er war nicht in der Lage gewesen, dieses Leben aufzugeben. Nicht einmal für Lucia.

Sie hatte ihm schließlich mit einem lässigen Zurückwerfen ihrer dichten dunklen Haare den Laufpass gegeben und gesagt, sie wolle ihn nie wiedersehen.

Ry hoffte, dass das nicht stimmte. Sie hatte keinen anderen geheiratet, und sie war im Dienst des Königs geblieben, obwohl sie einen Platz in jedem adligen Haushalt bekommen hätte. Wünschte sie ihn wirklich niemals wiederzusehen, dann hätte sie das doch getan. Richtig?

Er und Angus suchten sie in allen Ecken und Winkeln von Everoots Castle. In seinen Gedanken plante Ry die Wiedervereinigung. Er würde sie küssen, fragen, ob sie ihn heiraten wolle, verlangen zu erfahren, wo Roger und Jamie waren. In dieser Reihenfolge.

Jamie spannte das Kinn für einen weiteren mächtigen Ruck an den Stricken an, als die Tür aufflog. Er riss den Kopf hoch und starrte Roger, Ry und Angus an, die auf der Schwelle standen.

Sie schauten auf seinen nackten, an die Bettpfosten gebundenen Körper, und ihnen fiel die Kinnlade herunter. »Jesus, Jamie«, knurrte Ry. »Was ist passiert?«

»Eva ist passiert«, warf Roger mit der Art von grimmiger Gewissheit ein, die Jamie von jemandem erwartete, der Evas Tricks kannte. Jamie würde sich mit ihm beraten müssen. Vielleicht während Eva an einen Baum in der Nähe gefesselt war.

»Ich habe keine Ahnung, wie ihr hierhergekommen seid, aber ich war noch nie so froh, drei Männer zu sehen, die meinen nackten Körper begaffen. Bindet mich los.«

Angus übernahm die Wache an der Tür, während Ry und Roger zum Bett eilten. Jeder kümmerte sich um einen Arm, während Jamie sich mit einer heftigen Kopfbewegung das Haar aus der Stirn schüttelte. »Ich schulde euch etwas«, sagte er mit Nachdruck.

»Wieder einmal«, knurrte Ry, der sich auf den Strick konzentrierte.

»Warum bist du zurückgekommen?«

»Mir gefällt der Gedanke, dass du in meiner Schuld stehst. Und ich hatte mich geirrt«, fügte Ry hinzu. »Es tut mir leid.«

Jamie schüttelte den Kopf. »Nein. Du hattest absolut recht. In allem.«

»Ich fühle mich, als sollte ich diesen Moment irgendwie für immer in Erinnerung behalten«, murrte Ry, während er die Stricke durchschnitt. »Ich frage mich, ob ein gravierter Teller angemessen wäre.«

»Wie wäre es damit, dass ich dir mein Leben verdanke?«

Ry lächelte matt. »Meine Mission ist beendet.«

»Ich werde es dir vergelten.«

Ry zuckte mit den Schultern, während er an dem Strick herumschnitt. »Ich verwalte all deine Konten und Münzen, Jamie. Du bist ein reicher Mann. Ich werde nur das nehmen, was mir zusteht.«

Die Stricke fielen, und Jamie fuhr hoch, schlug erst Ry auf die Schulter, dann Roger, dann schoss er aus dem Bett, ergriff seine Unterkleider und griff dann nach der Tasche, die Peter von London ihm gegeben hatte. Er nahm den Everoot-Waffenrock heraus und zog ihn sich über den Kopf. »Wie hast du Roger gefunden?«, erklang Jamies gedämpfte Stimme durch die Seide.

»Lucia.« Ry streckte die Hand aus und zog den Waffenrock herunter. Jamies Kopf tauchte daraus auf. Er sah überrascht aus. Ry grinste. »Sie hat wirklich nach mir *geschmachtet*.«

»Das ist gut. Ich bin froh.« Jamie steckte sich den Siegelring an. Er fühlte sich schwer an, viel schwerer als das Metall war, aus dem er gemacht war. Es musste das Gewicht des Schicksals sein, das auf ihm lag. »Wie hast du mich gefunden?«

Roger wippte auf den Zehen, seine große, frische Energie brach ihm fast durch die Haut. »Das war ich, Sir. Ich habe die Diener über die Countess von Misselthwaite reden hören, die all ihre Habe verloren hat und von einem sehr befehlenden Höfling begleitet wurde. Ich wusste, das müsst Ihr sein.«

»Roger, du hast eine Zukunft als Richter, wenn du das wünschst.« Ry griff nach Jamies Schwertgürtel und trug ihn zu ihm hinüber.

Jamie nahm ihn und sah Ry an. »Und du?«, fragte er ruhig. »Wohin bist du gegangen?«

Rys Lächeln verschwand. »Nirgendwohin. Ich habe getrunken. Ich habe Jacob dem Doktor geholfen, sein Haus aufzuräumen. Angus hat mir gesagt, dass ich ein Dummkopf gewesen sei. Aber war das etwas Neues?« Er richtete sich auf und ging zur Tür. »Wo ist Eva?«

Jamie legte ihm die Hand auf die Schulter, als er vorüberging. Ry blieb stehen, drehte sich aber nicht zu Jamie um. »Du bist lange hinter mir her gewesen, das Geld gut anzulegen. Deine Familie ist eine gute Anlage. Bring sie fort von London. Kaufe Land. Bring sie dorthin, wo sie sicher sein werden.«

»Wohin, Jamie? Wo soll ich ›sicheres Land‹ kaufen? In der ganzen christlichen Welt gibt es keinen sicheren Ort. Sie würden verleugnen müssen, was sie sind, und das werden sie nicht tun.«

Was blieb da noch zu sagen? Die Ungeheuerlichkeit der Sache türmte sich auf wie eine schwarze Wolke, die den Horizont verdunkelte. Man wusste, sie würde weiterziehen und Zerstörung bringen, und man konnte nichts dagegen tun.

Jamie umfasste Rys Schulter fester. »Wir können noch alles zum Guten wenden.«

Ry zog eine Augenbraue hoch. »Nur, wenn du deinen Anspruch geltend machst. Wenn nicht, dann werden wir einfach sterben.«

»Warum bist du dann gekommen?«

Ry legte seine Hand auf Jamies. »Weil ich dein Freund bin.«

Jamie grinste. »Das zählt mehr als der ganze Rest.« Er griff nach seinem Umhang und schloss ihn auf der Schulter mit der Everoot-Brosche. Ihr grünes Auge funkelte wie der Stein des Siegelrings. Sie waren nicht zu übersehen. »Ich werde Anspruch auf Land und Titel erheben, Ry. Ich bin Jamie of Everoot.«

Roger trat zu ihnen. »Und ich bin Roger of d'Endshire.«

Angus steckte den Kopf herein. »Ihr alle seid ein Haufen von Narren. Worauf warten wir noch? Eine ganze Herde Edelmänner geht in diesem Moment in das Haus der Herrschaft, Jamie. Wie für eine Audienz oder Beratung.«

Jamie stieß die Tür weit auf, und sie gingen hinaus in die Gefahr, wie ihre Väter es getan hatten.

»Dann lasst uns gehen und dafür sorgen, dass sie es bedauern.«

Sie gingen die Wehrgänge zum Hauptturm entlang, versuchten nicht einmal, sich zu verbergen. Hier oben blies der Wind rau, und die Sonne brannte heiß. Es schien, dass die Nachricht sich inzwischen verbreitet hatte: Jamie Lost war ein gesuchter Mann. Sie konnten die Rufe hören, die Worte, die hin und her gingen. Der König war hier, und er wollte Jamie.

Sie dachten über den kürzesten Weg nach. »Ich war noch sehr klein, Mylord, ich erinnere mich nicht, welcher Weg uns am schnellsten dorthin bringt«, sagte Roger leise.

»Aber ich«, entgegnete Jamie ernst. Er trug den Kopf erhoben, sein Umhang blähte sich im Wind, der Ring an seinem Finger funkelte, und Everoots Farben leuchteten in der Sonne.

Jetzt erst realisierte Roger, dass diese Burg, The Nest, wie sie genannt wurde, einst Jamies Zuhause gewesen war. Obwohl er sie verlassen hatte, als er noch sehr jung gewesen war, musste sie in seinem Kopf abgebildet sein, wie eine Gegend auf einer Landkarte. Es gab kein Zögern, kein Innehalten in seinen Schritten.

Genau wie Eva sich bewegte. Wie sie sich in jener Nacht bewegt hatte, als sie Roger so grob in eine Spalte der Festungsmauer gedrängt hatte, dass er sich die Wange am rauen Stein aufgekratzt hatte. Dann hatte sie sich vor ihn gestellt und verhindert, dass er Zeuge der Ermordung seines Vaters wurde.

Jamie und Eva gehörten zusammen. Roger wusste das mit einer Sicherheit, die sein Herz schneller schlagen ließ. Das war etwas Gutes. Er konnte fast alles tun, wenn er das wusste.

»Mylord, seid Ihr zuvor nie heimgekehrt?«

Jamie schlug den Weg zum Herrenturm des Hauses der Herrschaft ein. »Ich bin jetzt heimgekehrt.«

Sie gingen in einer Reihe, hintereinander und festgefügt, den Wehrgang entlang zu dem Durchgang, der die Festungsmauer mit dem Herrenturm verband. Jamie stieß die Tür auf, und ein Schwall kalter, muffiger Luft strömte über sie hinweg wie ein toter Drache, der zum Leben erwachte.

»Ab *jetzt* müssen wir uns beeilen«, sagte Jamie. »Hinunter in das zweite Stockwerk.«

Sie rannten die Treppe hinunter. Die letzten wenigen Stufen bis zum Absatz vor den herrschaftlichen Gemächern sprang Jamie hinunter. Zehn der Armbrustschützen des Königs standen dort. Ihre Mienen zeigten erstes Wiedererkennen, dann Respekt und dann, als sie sich ihrer neuen Mission erinnerten, Erschrecken. Sie griffen nach ihren Waffen.

Jamie zog sein Schwert. »Ich muss zum König.«

64

Eva saß im Vorzimmer, als einer der Soldaten des Königs hereingeeilt kam. Er sah sie und blieb überrascht stehen. Dann machte er einen Schritt auf sie zu, die Schlitze seines Waffenrocks kräuselten sich in dem Luftzug, den seine schnelle Bewegung verursachte.

»Mistress«, sagte er und griff nach ihrem Arm. »Ich muss Euch leider sagen, dass Ihr hier nicht bleiben könnt.«

Eva hob das Gesicht. Er war jung, sein Gesicht glatt, aber er schien aus guter Absicht entschlossen, seine Aufgabe zu erfüllen. Das war nicht hilfreich. Gerade jetzt brauchte sie Soldaten, die bestechlich waren. Sie schenkte ihm eines ihrer strahlenden, gewinnenden Lächeln.

Seine Augenbrauen zogen sich zusammen, dann erwiderte er langsam ihr Lächeln.

»Es tut mir sehr leid, junger Sir«, sagte sie leise. »Seine Majestät haben mich herbefohlen, und ich dachte ... ich habe nur getan, was er befohlen hat.«

»Oh, nun«, sagte der Soldat und tätschelte ihr auf eine tröstende Weise den Arm, »auf diese Art läuft es nun einmal ab, nicht wahr? Aber in diesem Zimmer könnt Ihr nicht warten. Ich werde Euch zu ihm hinunterbringen.«

Er drehte sie zur Tür des Vorzimmers. Ein Soldat, bewaffnet mit einer kleinen Armbrust, tauchte auf und blieb stehen. König John hatte viel zu viele Männer in seinem Schlafzimmer, die ihn abschirmten.

Der Armbrustschütze sah zwischen Eva und ihrer Eskorte hin und her. Seine Finger schlossen sich ein klein wenig fester um das Holz seiner Waffe. Sie erinnerte sich daran, dass Jamie etwas darüber gesagt hatte, dass der König eine Leibwache aus Armbrustschützen hatte. Dies musste einer aus der glücklichen Schar sein.

»Wer ist sie?«, verlangte der Schütze zu wissen.

»Die Geliebte des Königs«, erklärte der junge Soldat fröhlich.

Sie lächelte.

»Ich bringe sie hinunter in die Halle.«

Der sehr viel misstrauischere Schütze unterstützte das. »Aye. Wir werden sie zu Seiner Majestät bringen«, sagte er auf eine höchst unangenehme Weise. Aber das war überhaupt nicht wichtig, weil es genau das war, was Eva wollte.

Der junge Soldat führte sie am Arm hinaus, der Schütze folgte ihnen. Sie wandten sich zur Treppe.

Sie alle hörten die Stiefelschritte, die die Treppe heraufkamen. Gleichzeitig. Ein Kopf tauchte auf, dann war die ganze Person auf dem Treppenabsatz zu sehen.

König John.

»Lasst mich los«, befahl Eva leise, und der junge Soldat gehorchte.

Sie schob alle Gedanken an die Menschen, die sie liebte und was sie für sie gewollt und nicht gewollt hatten, beiseite. Sie fühlte nur die tröstende Gewissheit des spitzen, scharfen Dolches, der tief in den Falten ihrer Röcke verborgen war.

»Majestät«, sagte sie.

König John blieb für einen langen Moment stehen. Dann stellte er sich in den Schatten, fast so, als wüsste er es.

Ein weiterer Armbrustschütze stand hinter dem König. Der Soldat blickte Eva an und hob seine Armbrust, spreizte die Beine. Sicherlich tat der Schütze hinter ihr das Gleiche.

»Eva«, sagte der König mit sanfter Stimme.

Sie machte einen weiteren Schritt auf ihn zu. Sonnenlicht fiel durch die hohe, schmale Fensteröffnung, aber innen kam die eisige Kälte einem Schlag gleich. Sie stieg um Eva auf, weit über ihren Kopf hinauf, streckte sie zu etwas Erstarrtem, Weißem, sodass sie sich wie ein Eisblock fühlte.

Sie und der König starrten sich an. Seltsamerweise war Evas erster Gedanke die Frage, ob sie ihm ähnlich sah. Sie hatte ihr Gesicht noch nicht oft gesehen, und es war zehn Jahre her, seit sie das ihres Vaters gesehen hatte.

Er war beleibter, als er es vor zehn Jahren gewesen war. Beträchtlich sogar.

»Ich hatte Geschenke für dich«, sagte er aus dem Nichts.

Sie hatten höchst seltsame erste Gedanken beim Aufeinandertreffen.

Sein Gedanke war so unerwartet, dass er sie fast aus der Bahn warf.

»Kleider«, sagte er und kam einen Schritt näher. Er betrachtete Eva, die halb im Schatten, halb im Sonnenlicht stand. »Ein Pony. Geschenke. Für dich. Aber du bist davongelaufen.«

»Ich habe Kleider.« Sie zupfte an ihren Röcken.

»Warum bist du fortgelaufen?« Er klang aufrichtig ratlos. Sie musste sanft mit ihm umgehen, denn offensichtlich hatte er seinen Verstand verloren.

»Es war das Töten, versteht Ihr?«, erwiderte sie ruhig und machte einen Schritt nach vorn.

Er winkte dem Schützen zu, der seine Waffe angelegt hielt und auf Evas Brust zielte. »Lasst uns allein.«

»Majestät ...«, wandte der Soldat ruhig ein.

»Geht.«

Der Soldat ging gehorsam die Treppe hinunter.

Der König wandte keinen Blick von Eva. »Warum bist du gekommen?«

In ihrem Kopf war John ein Dämon. Seine Stimme klang in ihrer Erinnerung immer wie ein erschreckendes heiseres, wildes Bellen. Aber, ja, diese leisere Stimme hatte es auch gegeben. So hatte er gesprochen, wenn er gekommen war, um sie in ihrem weitab von Everoots Hauptburg gelegenen Versteck zu besuchen. Die Leute hatten sich darüber gewundert, wie oft König John nach Norden reiste, öfter als jeder König vor ihm. Aber Eva kannte den Grund; er war gekommen, um sie zu sehen. Er hatte sie vor der Welt versteckt, hatte sie aber während ihrer Kindheit oft besucht.

Eva krampfte die Finger um die in ihren Röcken verborgene Stichwaffe. Der Blick des Königs fiel auf ihre Hand. »Father Peter ist tot.«

Er hob rasch den Kopf. »Was ist passiert?«

»Eure Männer.«

Sein Gesicht über dem schwarzen Bart wurde blass. Verhärmte Augen wurden zusammengekniffen, als hätte John einen Schlag versetzt bekommen. Er schien aufrichtig entsetzt zu sein. »Das habe ich nicht befohlen, Eva, ich schwöre es dir.«

Sie lächelte ein klein wenig. »Musstet Ihr das denn? Brauchtet Ihr sie nicht einfach wissen zu lassen, wie erfreut Ihr wäret...?«

»Ich bin nicht erfreut. Ich brauchte Peter, bei mir, nicht aufseiten der Barone, nicht bei Langton, *bei mir*, damit ich mit ihm diese verdammte Charta noch einmal neu hätte abfassen können.«

John irrte sich ganz schrecklich, wenn er glaubte, er hätte dem *curé* auch nur so viel wie eine Mahlzeit am Nachmittag ausreden können. Aber Father Peter, er hätte John zu einer Menge Dinge überreden können. Natürlich konnte er jetzt nichts mehr sagen. Eva aber schon.

»Ist es nicht zum Lachen?«, sagte sie förmlich. »Ein wahrhaft großer Mann war der Überzeugung, sie wäre von Nutzen. Und jetzt ist er tot.«

»Ich habe das nicht angeordnet. Das schwöre ich dir. Komm herein, Eva.« Er trat zurück, um sie in seine Gemächer vorangehen zu lassen. »Wir werden reden. Über alles, was du wünschst.«

Sie dachte darüber eine lange Zeit nach. Sie dachte an die Menschen, die ihr Vater zerstört hatte, und an diejenigen, die er emporgehoben hatte. Sie erinnerte sich daran, wenn auch recht widerwillig, dass John große Freundlichkeit gegenüber vielen verletzlichen Menschen gezeigt hatte – und gegen sehr viele andere ganz schrecklich gewütet hatte. Er war These und Antithese, beides lag in ihm. Es musste recht schmerzvoll sein.

Sie dachte an Jamie und die anderen großen Männer, die dem König dienten, weil sie einen Eid geschworen hatten. Sie dachte an ihren geliebten, so leicht aufbrausenden *curé* und an die Dinge, denen er sein Leben gewidmet hatte: eine Charta, die die Einschränkung der Königsmacht und den Schutz der Menschen sicherte. Es mochte ein dummer Wunsch sein, aber Father Peter hatte geglaubt, dass solch ein Vertrag möglich war. Er hatte geglaubt, dass eine solche Verfassung möglich war, wenn Menschen wie Jamie sich ihre Grundsätze auf ihre Fahnen schrieben.

Aber wenn Jamie England verließ, würde das natürlich nicht geschehen.

Und doch, Eva könnte niemals ohne Jamie fortgehen. Man stolperte nicht über das, was das Herz wollte, und ließ es dann zurück. Das war unmöglich. Aber man ging auch nicht hin und tötete den Lord, selbst wenn das jemandes Herzenswunsch war.

Sie dachte und dachte, und John sagte kein Wort, drängte sie nicht im Mindesten.

»Habt Ihr Angst vor mir?«, fragte sie unvermittelt.

»Große«, kam seine Antwort.

Und das war es, weshalb sie dachte: *Nun, vielleicht gibt es hier ja doch noch etwas, auf dem man aufbauen könnte.*

Reue, so hatte sie aus einer dickköpfigen Quelle gehört, war oftmals etwas, was die Seele heilen konnte. Vielleicht würde ein äußerst schmerzliches Etwas bei der Erlösung des Königs helfen.

Im Tode hatte *le curé* sie in ein Werkzeug Gottes verwandelt. *So wie er*, dachte sie und lächelte leicht.

Der Arm des Königs war noch ausgestreckt, lud sie noch immer in seine Gemächer ein.

»Wenn Ihr mit mir über diese Charta sprechen wollt, dann ja, ich denke, wir können ein kleines Gespräch führen, Ihr und ich. Ein sehr guter Freund hielt diese Urkunde für bedeutend.«

»Komm herein«, murmelte der König.

Sie zog die Hand aus den Falten ihres Kleides und ließ den Dolch darin zurück.

62

»Ich muss zum König«, sagte Jamie mit tiefer Stimme.

Zehn bewaffnete Männer starrten ihn an. Ein Armbrustschütze – sein Name ist Gilbert, erinnerte Jamie sich – stand mitten auf dem Treppenabsatz.

»Wie zum Teufel bist du hier hereingekommen, Jamie?«

»Ich muss zum König.«

Gilbert lachte spröde. »Jamie, du bist nicht bei Sinnen. Du und ich, wir gehen zurück. Ich kenne dich gut. Und ich bitte dich noch einmal, die Sache nicht blutiger zu machen, als es sein muss. Benimm dich nicht wie ein Berserker.«

»Ich muss zum König.«

Die Männer hoben ihre Waffen, bewegten sich nervös. Der Platz war beengt, es stand zu viel auf dem Spiel. Dies würde rasch enden, auf die eine oder andere Weise.

»Ich bin auch für den König«, sagte Roger laut und trat vor. Alle Pfeile richteten sich auf ihn, mit einem Rauschen von Luft und einem Klirren von Metall.

Gilbert sah ihn kalt an. »Wer zum Teufel seid Ihr, und was habt Ihr hier zu suchen?«

Roger erwiderte seinen Blick unverzagt. »Ich bin Roger, der Erbe von d'Endshire, und ich bin gekommen, meinen Anspruch auf mein Erbe zu erheben und dem König meine Treue zu schwören.«

Die anderen Schützen hielten ihre Waffen auf Roger gerichtet, aber Gilbert schaute auf Jamie. »Was zum Teufel geht hier vor?«

Jamie sah ihn unverwandt an, ohne sein Schwert zu senken.

»Jesus, Jamie.« Gilbert klang fast flehend. »Hinter der Tür ist ein Raum voller Edelleute. Rebellen. Der König hat sie hergerufen. Ich kann dich nicht einfach dort hineinlassen ...« Seine Stimme erstarb, als würde er das Vergebliche seiner Bemühungen erkennen.

»Ich muss zum König.«

Es war das dritte Mal, dass Jamie diese Worte wiederholte, und dieses Mal traten die Männer zur Seite. Jamie ging zur Tür, und zum zweiten Mal in weniger als einer Woche würde er eine Tür aufstoßen, um einem Mann gegenüberzutreten, den er einst verraten hatte und der ihn jetzt tot sehen wollte.

Sicherlich brauchte er weniger Eintönigkeit in seinem Leben.

Er drehte den Riegel und stieß die Tür auf. Der König schaute herüber. Er stand am Fenster. Lebend. Und Eva ... Eva war an seiner Seite.

Jamie empfand eine so große Erleichterung, dass er nicht wusste, was er damit anfangen sollte. Ihre Blicke trafen sich für einen raschen, machtvollen Moment, dann schaute Jamie zu dem Tisch in der Mitte des Kabinetts. Um ihn herum saß ein halbes Dutzend Edler und deren Unterhändler und starrten ihn mit harten Augen an.

»Lost«, sagten einige und nickten respektvoll, aber andere schwiegen, den wütenden Blick auf den gefürchtetsten Lieutenant des Königs gerichtet.

Der König stieß sich von der Wand ab und zog sein Schwert. Eva stand reglos einige Schritte weit zurück, die Hände an den Seiten zu Fäusten geballt.

Mit langsamen Bewegungen legte Jamie sein Schwert auf den Boden. Der König verharrte, sein Schwert halb aus der Scheide gezogen. Er warf einen raschen Blick zur Tür, wo Roger und Ry und Angus standen, vielleicht waren Pfeile auf ihre Herzen gerichtet. Der König wandte sich an Jamie.

»Ich habe von Eurem Verrat gehört.«

Jamie richtete sich auf. »Cig lügt.«

»Nicht Cigogné.« Der König trat einen Schritt näher. »Robert FitzWalter. Euer Mentor.«

Jamie schwieg.

»Lügt FitzWalter? Sagt mir, dass es eine Lüge ist. Sagt mir, dass Ihr nicht sein Mann gewesen seid, als Ihr zu mir gekommen seid, um mir zu dienen.«

Jamie schüttelte den Kopf, sein Kinn war angespannt. »Das kann ich nicht, Mylord. Es ist die Wahrheit.«

John warf den Kopf in den Nacken und stieß einen Wutschrei aus. Die um den Tisch sitzenden Männer sprangen auf.

»Ich werde aus Euch eine Warnung für alle Verräter machen, Jamie Lost«, bellte der König. »Gestreckt, geviertailt und aufgehängt bis zum Tod, das wird Eurem Verbrechen kaum gerecht. *Wie konntet Ihr das tun?*«

Jamie sagte ruhig: »Euch dienen, Mylord? Es war nicht einfach. Aber ich habe es getan, jeden Tag.«

Johns Gesicht färbte sich rot. »Ihr habt mich verraten.«

»Ich habe Robert FitzWalter verraten, Sire. Ich habe nicht Euch verraten.«

»Ihr habt Treue geschworen, als Ihr in meine Dienste tratet!«, schrie der König. »Dann habt Ihr die Seiten gewechselt.«

Und das war es, was John am meisten fürchtete. Es war, was er sein Leben lang mit seinen verrückten, paranoiden Verschwörungen auszulöschen versucht hatte: dass seine engsten Verbündeten und Vertrauten sich als nicht vertrauenswürdige, ränkeschmiedende Feinde entpuppten.

Jamie war Johns lebendig gewordener Albtraum.

»Im entscheidenden Augenblick habe ich Euch gewählt«, sagte Jamie ruhig.

Für einen Moment starrte John ihn nur an, er atmete schwer. »Ich habe Männer für Geringeres als das getötet.«

»Ich weiß.«

Etwas Dunkles lag in Jamies Worten. Jeder hörte es. Es ließ den König innehalten; dann beugte er sich vor bis zu Jamies Gesicht, sein kurzes schwarzes Haar war nur wenige Zoll entfernt.

»Ich werde Euch auf der Stelle erstechen, Lost.«

»Wie meinen Vater?«

John zuckte zurück. Seine Augen verengten sich, dann weiteten sie sich. Er wurde bleich, die Kinnlade fiel herunter. Es war, als sähe er alles – den Waffenrock, den Ring, die Ähnlichkeit – auf einen Streich. Verblüffung und Ungläubigkeit und Wut auf den Schultern, machte der König einen Schritt zurück, dann noch einen, taumelte langsam über den Boden.

»Heiliger Gott«, flüsterte er. »Ihr seid Everoot.«

In dem darauf folgenden brüllenden Schweigen hallte sein Flüstern von den Wänden wider.

»Christus am Kreuz«, murmelte einer der Männer am Tisch. Sie alle standen in Verwirrung und Anspannung da. Nach zwanzig Jahren hatte sich der vermisste Erbe endlich offenbart, und er war die ganze Zeit einer der ihren gewesen? Es war fast zu viel, es zu begreifen. Besonders da einige dieser Männer hergekommen waren, um auf Everoot zu bieten.

»Wie habe ich das nicht sehen können?« Johns Stimme war nur ein heiseres Flüstern. Sein Blick suchte Jamies Gesicht. »Aber schließlich ist es so viele Jahre her. So viele Jahre, seit Euer Vater starb.«

»Seit er ermordet wurde.« Jamie beugte sich vor, sodass nur der König sein kehliges Keuchen hören konnte. »Ihr vergesst eines, Mylord: *Ich war dort.*«

John zuckte zurück wie vor einem Streich.

»Solltet Ihr etwas brauchen, Eure Erinnerung aufzufrischen, so habe ich etwas für Euch.«

Jamie zog Peters Zeichnung aus der Tasche und entrollte sie vor des Königs Nase. John erstarrte. Die Schlussfolgerungen lagen dort, ausgebreitet wie Dominosteine: John hatte Jamies Vater ermordet. Und Jamie war Zeuge der Tat gewesen. Jamie konnte Johns Königsherrschaft mit einigen wenigen Worten zerstören. Aus dieser Entfernung, mit einem Dolchstoß.

Angst breitete sich jetzt auf dem Gesicht des Königs aus. Sie machte ihn schwankend wie eine Brücke an sandigen Gestaden. Angst ließ ihn angreifen.

Dann kam von Jamies Seite etwas Unerwartetes. »Sire«, sagte eine weibliche Stimme so ruhig, als spräche sie mit einem von Panik erfüllten Tier. »Jamie hat Euch in Gracious Hill seine Treue bewiesen. Und auch davor.«

Es war Chance, die das sagte.

Jamie war so kampfbereit, so bereit für den Tod, dass er angesichts der überraschenden Entwicklung, dass Chance ihn verteidigte, nichts empfand. Außer vielleicht das Verlangen, ihr dafür eine Verletzung beizubringen, dass sie für Father Peters Tod verantwortlich war. Aber all das musste warten. Alles musste darauf warten, wie der König darauf reagieren würde, dass einer seiner mächtigsten Magnaten von den Toten zurückgekehrt war.

»Ich sollte euch töten«, flüsterte der König heiser.

Jemand hinter ihm trat vor. »Nein, das solltet Ihr nicht.« Brian de Lisle stellte sich neben Jamie. Seine Hand ruhte auf dem Heft seines Schwertes, aber noch hatte er es nicht gezogen. »Wir brauchen Jamie, und wir brauchen Everoot. Den rechtmäßigen.«

Brian sah Jamie nicht an, und Jamie sah ihn nicht an. Aber sicherlich hatte es eine besänftigende Wirkung auf den Zorn des Königs, dass seine beiden wichtigsten Lieutenants Schulter an Schulter standen und dass der eine von ihnen sich als der rechtmäßige Lord einer der mächtigsten Grafschaften des Königreiches erwiesen hatte.

Vielleicht half aber auch das Kabinett voller Zeugen.

Langsam zog Jamie die übrigen Dokumente hervor, die Peter

ihm gegeben hatte, und warf die aufgerollten Pergamente auf den Boden. Sie rollten ein Stück weit, vor und zurück, dann lag die Rolle still. Der König starrte darauf.

Schweigen breitete sich aus, bis in die Ecken des Kabinetts.

»Ich kann Euch nie wieder vertrauen, Jamie«, sagte der König, während er aufschaute.

Jamie verschränkte die Arme und lächelte fast. »Mylord, ich bin der Einzige, dem Ihr vertrauen könnt. Ich hatte Euer Leben tausende Male in meinen Händen. Hätte ich Euren Tod gewollt, würdet Ihr tot sein.« Vom Tisch kamen Rufe des Erschreckens, das Scharren von Stiefeln war zu hören. Johns Kinn spannte sich an, aber er unterbrach Jamie nicht. »Das macht mich zur sichersten Person der Welt für Euch, Sire.«

Der König sah zu den um den Tisch sitzenden Edelleuten, dann zurück zu Jamie. »Wenn ich Euch mit Everoot belehne, werdet Ihr Euch dann in gutem und aufrichtigem Willen mit mir verbinden?«, fragte er vorsichtig.

Jamie ließ die Arme sinken. »Wenn Ihr mir gebt, was ich haben will.«

John sah verwirrt aus. »Ich werde Euch Everoot geben.«

Jamie beugte leicht den Kopf, ein Nicken zu seinem König, eine Anerkenntnis der Autorität. Aber seine nächsten Worte beantworteten jede Frage darüber, ob Jamie Forderungen oder Bedingungen stellte.

»Ich erhebe Anspruch auf Everoot, Mylord. Ich verlange nur eines als Gegenleistung.«

»Was?«

»Eva.«

John holte hörbar Luft, dann begann er langsam freudlos zu lächeln. Jamie konnte sehen, wie der Schatzmeister in John zu rechnen begann, Gewinn und Verlust abwägte, wenn er Eva mit dem Erben von Everoot verheiratete. Ein mächtiger Lord verheiratet mit einer königlichen Prinzessin, die angekratzte Geschichte von Königstreue, tödlich. Es musste eine schwere Entscheidung sein.

Der König sah Eva an. Ebenso Jamie. Wie jeder im Kabinett, und er musste zugeben, dass sie sahen, was er sah: eine schlanke, blasse Frau mit fließendem dunklen Haar in einem blauen Kleid, deren Augen sich nie von seinen abwandten, als sie ihm die Hand darbot.

»Ihr werdet mir dienen?«, sagte der König ruhig. »Treu?«

»Ich habe Euch immer treu gedient, Mylord«, sagte Jamie, der schon durch das Kabinett ging. Er bat nicht um Erlaubnis, und er schaute nicht zurück. Er bot Eva die Hand dar. Sie ging auf ihn zu, und er zog sie an sich. Jamie war überzeugt, dass die Männer mit ihm sprachen, aber das alles war unter der Helligkeit von Evas Anwesenheit wie gedämpft. Eva lag in seinen Armen. Er legte die Hand um ihren Hinterkopf und küsste sie. Es war nur ein Kuss, aber er war innig, ihre Arme um ihn geschlungen, seine Finger in ihrem Haar. Er hob ihr Gesicht. »Wirst du auch mit einer Burg statt mit einem kleinen Haus zufrieden sein, Eva?«

»Aber natürlich«, wisperte sie. »Wenn es dir gelingt, dem Drang zu widerstehen, mich einzuschließen ...«

Er richtete sich auf. »*Ich?*«

»... dann ja.«

Auf ihrem Rücken verflocht er seine Hände mit ihren und sah Eva an. »Gut, ja. Das werde ich ertragen.«

»Aber mich zu meinem eigenen Schutz bei einem einäugigen Schotten zurückzulassen, kommt nicht noch einmal infrage. Während ich höchst zufrieden darüber bin zu sehen, wie sehr du dich sorgst, schätze ich andererseits derartige unerwartete Schutzmaßnahmen keinesfalls. Ich ziehe es vor, sie mir selbst auszusuchen. Aber dafür zu sorgen, dass ich nicht von Männern oder Ottern belästigt werde, wenn ich in einem Fluss bade, das wäre eine hilfreiche Maßnahme.«

»Ah. Die Otter. Das werde ich mir merken.«

»Und falls spitze Dolche in mich gestoßen werden sollen, würde es mir auch gefallen, beschützt zu werden.«

»Das sollte man annehmen.«

Sie wählte einen ernsten Blick, um ihn anzusehen. »Aber, Jamie, du kannst mich nicht einfach irgendwohin bringen und dann davongehen. Denn erstens werde ich davonlaufen. Zweitens werde ich dir folgen. Drittens mag ich es nicht, wenn jemand anders darüber entscheidet, wo ich mich aufhalte. Das liegt daran, dass ich so lange Zeit solche Entscheidungen selbst getroffen habe. Verstehst du das?«

Er nickte und dachte, er hätte jemanden aus weiter Ferne seinen Namen sagen hören. »Ich verstehe.«

»Ich weiß, dass es nicht leicht sein wird. Dennoch bitte ich dich, es zu ertragen. Wirst du es?«

»Ich werde. Für dich. Und jetzt zu meinen Bedingungen.«

Sie strahlte. Sie hatte nicht bemerkt, dass sie über Bedingungen sprachen. Sie legte die Hände auf seine Schultern und nickte ermutigend. »Ich bin bereit.«

»Erstens.« Er strich ihr mit der Hand über das Kinn. »Du wirst deine Gedanken mit mir teilen.«

Sie seufzte übertrieben laut. »Ihr schlagt einen schwierigen Handel vor, Sir, aber ich akzeptiere.«

»Du wirst deinen Körper mit mir teilen.«

»Das tue ich, seit dem Moment, in dem du mich in diese Schenke gezerrt hast.«

»Du wirst dich außerdem von Häfen, Hähnen, Schenken und allen Orten fern halten, an denen Männer miteinander kämpfen. Und du wirst *nie wieder* einen Strick in die Hand nehmen.«

Sie stellte sich auf die Zehenspitzen. »Ich habe dich erschreckt«, wisperte sie. »Jamie der furchtlose Ritter hat Angst.«

»Schreckliche Angst.« Er beugte den Kopf und rieb seine

Wange an ihrer. »Ich verspreche dir, dass ich dich eines Tages in dein kleines Haus bringen werde, Eva.«

»Das ist nichts, worüber man sich Gedanken machen muss, Jamie.«

Er verschränkte seine Finger mit ihren. Irgendjemand rief jetzt ganz gewiss nach ihm. »Everoot hat kein rotes Dach, aber du kannst Rüben auf seinem Land anbauen.«

»Sieh an, du bist so gescheit, mich mit Gemüse zu verführen.« Sie lächelte zu ihm hoch. »Ein Mann mit einem Schwert, der bereit ist, Dächer zu reparieren, und ein Ort, an dem ich meine Rüben ziehen kann. Wie könnte ich da nicht sehr glücklich sein?« Ihre Augen strahlten ihn an.

»Was mehr könnte eine Prinzessin wollen?«, murmelte er, als er Eva umdrehte, um die anderen anzusehen. Um zu beginnen, das Leben zu leben, das er sich all diese Jahre versagt hatte.

»Nur dich, Jamie. Immer nur dich.«

Epilog

20. Oktober 1216
The Nest, Hauptburg der Grafschaft Everoot

Eva war im Obstgarten des äußeren Burghofes und rettete verschrumpelte Äpfel vor dem letzten Zugriff des Herbstes. Es war eine herrliche Ernte gewesen, genug, um viele der harten Kanten ihres Herzens in Hinblick auf England abzuschleifen.

Sie war glücklich. Everoot war ein sicheres Zuhause, und Roger lebte nur einen halben Tagesritt entfernt auf Endshire, wo er mit der Aufgabe kämpfte, ein englisches Landgut zu führen. Es war etwas ganz anderes, als durch französische Wälder zu fliehen, deshalb war Ry oft hier, um zu helfen, das Chaos zu beseitigen, das zehn Jahre Abwesenheit des Lords verursacht hatten. Angus wurde zwischen den beiden Besitzungen hin und her geschickt, wobei er darüber schimpfte, dass die Engländer ein Haufen von Narren waren und dass er besser nach Schottland zurückkehren sollte. Was er aber doch nie tat. Eva verwöhnte ihn mit einer Unzahl von Fleischpasteten und sehr gutem Ale, und am Ende blieb er.

»Aber nur, weil ich nicht sicher bin, ob die Schuld bereits abgetragen ist«, sagte er finster.

»Oh, das ist sie nicht«, versicherte sie ihm, tätschelte seinen Arm, und das machte sie beide glücklich. Jamie verdrehte die Augen.

Everoot war voll von Rittern und Gefolgsleuten, die sich als entschlossen königstreu herausstellten und die ihren neuen wiedergefundenen Lord bewunderten. Eva sorgte sich, dass all die Lobhudelei Jamie zu Kopfe steigen könnte, nachdem in den vergangenen

Jahren Selbstabscheu und Vorsicht seine Wege gepflastert hatten. Bis jetzt war das noch nicht geschehen, aber man konnte nie wissen. Eva hielt ihn in Schach, indem sie ihm mit großer Regelmäßigkeit die höchst weltlichen, irdischen Aufgaben übertrug, von denen sie behauptete, sie nicht tun zu können. Das Kind, das unterwegs war, gab ihr das Recht dazu. Und Jamie war närrisch vor Freude.

Niemand kannte Evas wahre Identität – sie und Jamie und der König hatten darin übereingestimmt –, und Eva wollte es auch gar nicht anders. Sie war Jamies Frau, und mehr wollte sie nicht.

Behutsam schüttete sie die kleinen Äpfel, die sie in ihrem geschürzten Rock gesammelt hatte, in einen Korb, und sah Jamie mit großen Schritten auf sie zukommen. Er kam vom Exerzierplatz, wo er mit seinen Männer trainiert hatte.

Seine langen Beine holten mit selbstbewussten Schritten weit aus. Er fuhr sich mit den Fingern ungeduldig durch das Haar und strich es nach hinten. Sein Gesicht war so glatt rasiert, wie Eva es bewerkstelligen konnte, aber insgeheim hatte sie nichts dagegen, wenn sie einige Tage ausließen. Sie genoss es, wenn er gefährlich aussah, und die sanfte Art, auf die er sie berührte.

Nun, manchmal sanft.

Sie war froh, dass er zu Hause war, denn der Bürgerkrieg war ausgebrochen. Die Charta hatte nichts geändert. Knapp drei Monate nach deren Unterzeichnung durch alle Magnaten außer Jamie – »Sie wird nicht halten«, hatte er gesagt, als sie ihn gebeten hatten, auch zu unterschreiben; »ich werde dienen, aber ich werde nicht unterzeichnen« – war der Krieg erneut ausgebrochen.

Doch The Nest war ein Zufluchtsort geblieben. Kuriere und Boten und Barone nutzten The Nest als Basis für die weitergehenden Verhandlungen, Everoots Hauptburg war ein Ort der Ruhe inmitten des Wahnsinns.

Jamie war jetzt bei Eve angelangt. Er nahm ihre Hand und

küsste sie geistesabwesend, während er in den Korb mit den Äpfeln spähte. Er nahm einen heraus. »Äpfel?«, fragte er, während er hineinbiss.

Sie schüttelte den Kopf. »Beeren.«

Er grinste, als ihm Apfelsaft über das Kinn lief. Sie reckte sich, um ihn wegzuküssen. Das war der Moment, in dem sie den Reiter hörten, der den Hügel von Everoot heraufgaloppierte.

»Der König ist tot!«, rief er, noch ein Dutzend Yards entfernt. »König John ist gestorben!«

Die Nachricht verbreitete sich rasch. König John war an dem Übergenuss von Flussaalen gestorben. Der neunjährige Henry würde in Westminster gekrönt werden. William the Marshal, Earl of Pembroke, hatte geschworen, den Jungen auf seinen Schultern von einem Meer zum anderen zu tragen, wenn es sein musste, um das Land zu bewegen, ihm Treue zu schwören. Die mächtigsten Männer bildeten eine Regentschaftsregierung, um den jungen König zu beraten. Jamies Anwesenheit wurde verlangt. Sie planten, die Magna Charta neu zu fassen. Die Rebellen würden folgen. Der Krieg würde aufhören.

Alle versammelten sich auf dem Burghof. Dörfler, Ritter, Waren liefernde Händler. Spontan entstand der Gedanke einer Feier. Jamie gab rasch den Befehl, etwas zu trinken zu bringen, zu Ehren des neuen Königtums. Als das erste Fass Ale herausgerollt wurde, erhob sich Jubel. Noch mehr Leute fanden sich ein. Kinder wurden nach Hause geschickt, um Becher zu holen. Die Ausgelassenheit erreichte neue Höhen, und häufig waren Rufe zu vernehmen, wie »Lang lebe der König!« und »Lang lebe Everoot!«.

»Aale«, sagte Jamie nachdenklich und schaute zu Eva hinunter. »Hatten wir ihm nicht vor Kurzem eine Ladung Aale geschickt?«

»Hatten wir?«, meinte sie unbestimmt und hakte sich bei ihm ein. »An eine solche Kleinigkeit kann ich mich nicht erinnern.«

Sie spürte, dass er sie von der Seite anstarrte. »Du erinnerst dich daran, wo die Wascheimer aufbewahrt werden, und an den Jahrestag des Todes der Mutter des Kochs. Deiner Aufmerksamkeit entgeht nichts.«

Sie klopfte auf ihren gerundeten Bauch. »Das liegt an deinem Sohn. Er bringt mich durcheinander.«

Das lenkte Jamie ab. Er schaute auf ihren Bauch. »*Er* könnte eine *Sie* sein.«

Ihr Lächeln wurde langsam breiter, und es wurde so breit, dass es ihren Wangenknochen wehtat. »Ja. Eine *Sie* wäre auch möglich.«

Das Fest ging weiter. Eine Flöte wurde hervorgeholt. Kinder und Erwachsene tanzten. Hunde bellten. Jemand drehte einen Eimer herum, und Trommelschläge ertönten. Von den Wehrgängen drang das fröhliche Rufen der Soldaten herunter, die Wache hielten.

»Dein Vater ist tot«, sagte Jamie leise und sah Eva an.

Sie nickte, dann schüttelte sie rasch den Kopf. »Gewiss ist es so, aber es fühlt sich nicht so an. Was an Trauer da war, ist vor langer Zeit gewesen. Jetzt wird der Krieg zu Ende gehen, das Plündern wird aufhören, der Winter wird leichter werden. Ich fühle keinen Kummer wegen dieser Dinge.«

»Macht dir anderes Kummer? Vielleicht dass du einen kalten Winter im Norden Englands verbringen wirst?«

Sie winkte ab. »In manchen Gegenden Frankreichs ist es auch sehr kalt, sowohl was die Orte als auch die Menschen angeht. Ich bin hier glücklich, mit dir.«

Er legte den Arm um ihre Schultern. »Und ich mit dir.«

Sie lächelte. »Mein einziger Kummer ist, dass es noch Monate dauern wird, bis das Baby auf der Welt sein wird.«

»Aye, nun, ich habe mein Bestes gegeben.« Er beugte sich vor und küsste ihren Bauch. Der Anblick ihres Lords, der den erbentragenden Bauch seiner Lady küsste, rief ein Aufbranden von

Jubelrufen hervor. Jamie neigte den Kopf zur Seite und grinste Eva an. »Es gefällt ihnen, wenn ich dich küsse.«

»Sie sind sehr vernünftig, deine Leute. Sie mögen es, wenn du mir Babys machst.«

Er lachte und richtete sich auf. »Wie ich.«

Eva griff nach seiner Hand. »Komm, erinnere mich daran, warum ich viele Kinder mit dir haben möchte.«

»Wir können gerade jetzt nicht mehr machen, Eva.«

»Ich denke auch eher daran, es zu üben«, versicherte sie ihm.

Er lachte und nahm ihre Hand. Die schrägen Strahlen der untergehenden Herbstsonne fielen auf die Feiernden, als Jamie Eva hineinführte, um für das Einzige zu üben, das sie je gewollt hatte: eine eigene Familie, mit Jamie an ihrer Seite.

Anmerkungen der Autorin

Zum Attentatsversuch auf König John und zu Simon de Montfort

Im Jahr 1212 gab es tatsächlich eine Verschwörung mit dem Ziel, König John zu töten. Robert FitzWalter und weitere feudale Rebellen flohen um ihr Leben und durften erst wieder einreisen, nachdem John den Disput mit dem Papst als eine Bedingung zur Aufhebung der Exkommunikation beigelegt hatte.

Der Simon de Montfort, den die meisten Leser kennen, lebte ungefähr fünfzig Jahre nach der Zeit, zu der dieser Roman spielt. De Montfort geriet in Konflikt mit König Johns Sohn Henry III., ein Kampf, der – ebenso wie die Magna Charta – half, den entstehenden Parlamentarismus auszuformen. Der de Montfort, von dem in diesem Buch die Rede ist, ist der Vater. Er war, das gaben sogar seine Zeitgenossen zu, so wie Jamie ihn beschrieben hat: grausam, habgierig und ein brillanter Militär. Er führte den Kreuzzug gegen die christliche Sekte der Albigenser in Südfrankreich (der einige Jahrzehnte später mit viel Blutvergießen weitergeführt wurde).

Ich habe die Historie ein wenig verfälscht und die Zeitachse gekürzt. Es ist möglich, dass Ableger der unzufriedenen feudalen Kräfte im Jahr 1210 de Montfort tatsächlich die Krone angeboten haben, aber der misslungene Attentatsversuch fand nicht vor 1212 statt, also zwei Jahre später.

Ich konnte keinen Hinweis finden, dass die Verschwörer zu dieser Zeit einen Kandidaten für den Thron benannt hätten (selbst FitzWalter, ein Wichtigtuer und Rüpel, war nicht so anmaßend, sich selbst für einen akzeptablen Thronanwärter zu halten). Ich hielt es für schlüssig zu vermuten, dass sie den Thron demselben Mann wie zuvor angeboten haben könnten: Simon de Montfort.

Wahrscheinlicher ist, dass es, sollten sie ihn sonst irgendjemandem angeboten haben, König Philipp II. Augustus von Frankreich war. Im Jahr 1212 war Philipp mit anderen Feldzügen beschäftigt, aber in den Jahren 1215 und 1216 fand er durchaus Gefallen an dem Gedanken einer Invasion Englands.

Zum Charakter des Mouldin

Das Amt eines »Keeper of the Heirs« (Wart oder Aufseher oder Bewahrer der Erben) hat es nie gegeben. Aber Mündel und Erbinnen und kleine Erben, die als eine der größten Geldquellen der Krone dienten. König John hielt sie im Allgemeinen nicht in Gewahrsam; er verkaufte die Rechte an ihnen, wie es alle seine Zeitgenossen taten, als Teil des komplexen und sich stets verändernden Netzwerks aus Protektion, Lehnstreue und eiskalter Geschäftemacherei.

Aber es gab Keeper vieler anderer Dinge: Keeper of the (king's) Body (der Person), of the Privy Seal (des Großen Siegels) und den bei Weitem wichtigsten, den Keeper of the Wardrobe, den Wart oder Leiter von Ausrüstungs- und Finanzbehörde. Keeper hatten Schlüsselfunktionen im königlichen Haushalt – in der mittelalterlichen englischen Regierung. Ich dachte, das zu schließen, was offensichtlich eine Lücke in der Herrschaftsordnung mittelalterlicher englischer Könige war, und vergrößerte Johns Haushalt um das Amt: Keeper of the Heirs (Wart der Erben).

Zu König Johns Methoden, die Opposition zu unterdrücken: Hungertod und Mord

John wird beschuldigt, seinen Neffen Prinz Arthur von der Bretagne ermordet zu haben. Es gibt dafür keinen Beweis, aber sehr viele Leute, Zeitgenossen und Historiker, halten dies für wahr. John hatte das aufbrausende Temperament seines angevinischen Vaters, und die Menschen hatten gelernt, sich davor in Acht zu nehmen.

Die Idee, Mouldins Familie dem Hungertod anheimfallen zu lassen, entstand durch die Vorkommnisse um William de Briouze (de Braose). De Briouze war ein aufstrebender Ritter im Haushalt des Königs, der John in vielen Rollen diente, eine davon war die des Gefängnisaufsehers. Einige sagen, dass de Briouze Zeuge des Mordes an Prinz Arthur in Rouen gewesen sei. Augenscheinlich hat de Briouze' Frau geklatscht.

Das war sein Pech. Sich auf unbezahlte Schulden bei der Krone beziehend, jagte König John de Briouze durch ganz England bis nach Irland und dann auf den Kontinent zurück, und da er de Briouze' nicht habhaft werden konnte, hielt er sich an dessen Frau und Sohn, setzte sie gefangen und ließ sie verhungern.

Zum Krieg, der auf die Charta folgte, und zu Jamies Königstreue

Der Friede der Magna Charta dauerte schätzungsweise drei Monate. Von Anfang an herrschten Doppelzüngigkeit und ein Mangel an Willen auf beiden Seiten, und der Krieg war, als die Ernte eingebracht war, in vollem Gange. Den Winter hindurch hielten die Rebellen ihre Belagerungen aufrecht, der König marschierte und schickte seine *routiers* in alle Winkel des Landes, und schon bald kam Philipp II. Augustus von Frankreich über den Kanal gesegelt. England war reif zur Eroberung.

Doch einige Gefolgsmänner standen unerschütterlich zu ihren Eiden, die sie dem König geschworen hatten. So zu lesen bei W. L. Warren in seinem *King John* (University of California Press, 1961, 1978, S. 252–253). Ich liebe diese Darstellung des Kriegsausbruchs und der Ankunft des französischen Königs, während einige wenige Vasallen getreu zu ihrem König standen, obwohl sie Grund genug gehabt hatten, ihm die Treue aufzusagen.

Ich habe Jamie zwischen all diese Männer gestellt: getreu, wenn es unbequem war; unerschütterlich, wenn alles vernünftig Beratene keine Bedeutung mehr hatte; unverbrüchlich gebunden durch die tieferen Bindungen von Königseid und Lehnstreue, als die Ordnung um sie herum sich aufzulösen begann.

Am Ende jedoch war es nicht so sehr Königstreue, die England rettete, sondern der Tod. König John starb im Frühjahr. Sein Sohn Henry wurde zehn Tage später gekrönt und herrschte sechsundfünfzig Jahre. Er versuchte, alle französischen Besitzungen zurückzufordern, und scheiterte damit. Er durchlitt einen weiteren Bürgerkrieg und berief (widerwillig) das erste offizielle Parlament ein. Er war ein extravaganter König, der die Architektur liebte, auf eine Vielzahl von Beratern hörte und vielleicht nicht geeignet war, ein König zu sein. Im Gegensatz zu seinem Sohn, Edward I.

Zu Misselthwaite

Ja, ich weiß. Es ist meine kleine Hommage an *The Secret Garden* von Frances Hodgson Burnett. Ich liebe Misselthwaite Manor, und ich stelle mir die kalte, abweisende Burg genau als die Art von Ort vor, den Eva verwandelt haben könnte. Der geheime Garten wäre ihr Refugium gewesen. Und ob er es geliebt hätte oder nicht (was er getan hätte) – Jamie wäre dort auch glücklich gewesen, solange er Eva hatte.

Dank

Ich möchte besonders V. K. und D. M. und L. C. danken, die ihre eigene Arbeit und ihre Familien zurückgestellt haben, um dieses umfangreiche Manuskript in letzter Minute zu lesen – und das aus nur einem Grund: um mir zu helfen. Ihr habt mein Selbstvertrauen wieder aufgebaut. Ich schulde Euch etwas.

Ein großer Dank an meine Freundin Rachel Grant, die mich unermüdlich darauf hinweist, wenn es zu viele hochgezogene Augenbrauen gibt und Szenen, die sich ausdehnen. Ich danke dir. Und meine Leser.

Und eine dicke Umarmung für meine Leute in der – bald anders heißenden – Destination Debut Group, die mir nicht nur geholfen haben, mich besser zu fühlen, sondern auch stärker zu sein.